사슴의 왕 하

SHIKA NO OU Vol. 2 KAETTEIKU MONO
©Nahoko Uehashi 2014
Edited by KADOKAWA SHOTEN
First published in Japan in 2014 by KADOKAWA CORPORATION., Tokyo.
Korean translation rights arranged with KADOKAWA CORPORATION., Tokyo
through Shinwon Agency Co., Seoul.

사슴의 왕

하

돌아왔다 떠난 자

우에하시 나호코 지음   김선영 옮김

문학사상

차 례

제12장

사슴의 왕

초록의 빛   513

반	이 소설의 주인공이다. '외뿔'의 우두머리로 츠오르를 상대로 싸우지만 패하고, 아카파 소금광산에서 노예 생활을 한다.
유나	소금광산에서 반이 거둔 활달한 아이다.
토마	오키 지방의 청년으로 부상당해 움직이지 못하는 그를 반이 구해주었다.
오마	토마의 아버지다.
키야	토마의 어머니로 츠오르에서 오키로 강제 이주를 당했다.
홋사르	또 한 명의 주인공인 천재 의술사다.
마코우칸	홋사르의 시종이다.
미라르	홋사르의 조수이자 연인이다.
리무엣르	홋사르의 할아버지로 츠오르 황비를 죽음의 병에서 구해낸 고명한 의술사다.
토마소르	홋사르의 매형으로 오타와르 심학원 '생류원'의 원장이다.
시칸	토마소르의 조수로 유카타 평원의 '아파르 오마' 출신이다.
아카파 왕	츠오르에 정복당한 아카파의 왕으로 츠오르에 복종을 맹세했다.

스루미나	아카파 왕의 조카딸로 츠오르의 유력자 요타르의 아내다.
투림	'아카파의 걸어 다니는 사전'으로 불리는 아카파 왕의 측근이다.
마르지	추적 사냥꾼 대장이다.
사에	마르지의 딸로 추적 사냥꾼들 중에서도 뛰어난 실력을 가진 여성이다.
스옷르	'메아리의 주인'이다. '요미다의 숲'에 사는 노인으로 큰까마귀에 영혼을 태워 날아다닌다.
나타르	츠오르 제국의 황제로 황비의 생명을 구한 리무엣르를 신뢰한다.
오우한 제후	츠오르 제국 아카파 영주로 과거 홋사르의 치료 덕분에 목숨을 건졌다.
우타르	오우한 제후의 장남으로 오만하고 이기적인 사내다.
요타르	오우한 제후의 차남으로 아카파 왕의 조카딸인 스루미나를 아내로 맞았다.
로나	오우한 제후의 제사의장이다.
케노이	과거 '아파르 오마'의 족장으로 지금은 '개의 왕'이라고 불리고 있다.
오판	케노이의 아들로 '아파르 오마'의 현 족장이다.

제 7 장

개의 왕

사슴의 왕

돌아왔다 떠난 자 하

1

품어주는 여인

눈이었다. 잎에 소복이 쌓인 맑은 눈이었다. 혀를 내밀어 눈을 머금자 열이 나 부은 입 안에서 기분 좋게 녹아내렸다. 숨쉬기도 한결 편해졌다.

"……고, 마워."

더듬더듬 말하자 사에가 고개를 끄덕이고는 그대로 제 몸으로 반을 거의 끌어안다시피 해서 모닥불을 쬐어주었다. 가녀린 여인의 몸으로 그런 자세를 취하는데도 힘겨운 기색이 없다.

반은 잘 알지도 못하는 여인의 품속에 있는 것이 민망했지만 그렇게 해준 덕분에 포근했다. 차갑게 얼어붙었던 몸도 조금은 아늑해지는 것 같았다.

머릿속이 저릿한 탓에 모든 사물이 기묘하게도 아득히 느껴졌다.

불똥을 튀기며 타오르는 모닥불을 보며 반은 멍하니 '이건 아버지의 모닥불'이라고 생각했다. 아버지는 불을 기가 막히게 잘 지폈다. 깊이 쌓인 눈 위에서 불을 지필 자리가 없을 때도 감쪽같이 모닥불을 지펴냈다.

눈 위에서 모닥불을 지피는 것은 어렵다. 불을 붙일 수는 있어도, 눈이 녹아 땔감이 젖으면 불이 죽기 때문이다.

"이럴 때는 말이지, 먼저 자작나무를 베어야 한단다."

아버지는 그렇게 말하며 실제로 몇 번이나 시범을 보여주었다.

자작나무를 베어 잎이 무성한 자리에 낫도끼로 홈을 낸 후, 거기에 유분이 많은 자작나무 껍질을 빽빽이 꽂아 태우는 것이다. 그렇게 하면 나무가 그대로 훌륭한 화로가 된다.

말보다 실천이 어려운 법이라서 아버지의 모닥불은 아무리 배워도 그리 쉽게 흉내 낼 수 있는 재주가 아니었다.

하지만 이 사람은 이리도 훌륭히 해냈다.

그런 생각을 하는 동안, 머릿속의 마비가 서서히 풀리면서 어둠 속에 흩어져 있던 조각들이 모이듯이 그때까지의 기억이 돌아왔다.

문득 자기가 뭘 하고 있었는지 머릿속에 떠오른 순간, 바늘에 찔린 듯한 통증이 가슴을 스쳤다.

"……유나."

반은 중얼거리며 몸에 힘을 주었다.

"제가 얼마나 정신을 잃고 있었습니까?"

"그렇게 오래는 아니에요. 아직 한밤중이에요."

머리 뒤에서 사에가 조용히 대답해주었다.

"이렇게 정신을 차릴 정도면 화살이 스친 어깨도 마비가 심하지는 않겠네요."

그 말에 반은 왼손을 쥐어보았다. 확실히 마비는 가셨지만 아직 솜방망이를 쥔 것처럼 불확실한 감각이 남아 있다.

주먹을 거듭 쥐었다 폈다 하던 반은 속으로 희미한 위화감을 느꼈다.

'이 사람은……'

대체 누구지?

벼랑 중턱에 서 있던 모습이 눈앞에 떠올랐다. 욕탕에서 만났을 때는 평범하기 그지없는 유목민 여성으로 보였다. 하지만 일개 유목민 여성이 그 상황에서 호쿠소우 나무에 불화살을 쏠 생각을 해낼 리 없다.

게다가 지금 한 말로 미루어보면, 이 여인은 독화살에도 정통하다.

서서히 번져가는 의심이 가슴을 태웠다.

사에는 반의 겨드랑이 밑으로 두 손을 넣어 배 언저리를 붙잡았다. 반이 들키지 않게 손을 들어 그 손을 쥐려는 찰나, 사에가 손을 겨드랑이 밑에서 슬그머니 뒤통수로 돌려 눈 깜짝할 새에 뒤에서 그를 구속했다.

여자의 힘 따위 대수롭지 않을 텐데도 정확하게 관절을 제압당했다.

"꼼짝 말아요. 반지에 독침이 장치되어 있으니까."

목덜미에 딱딱한 물체가 닿았다. 이게 그 반지인 모양이었다. 힘을 주면 구속은 풀 수 있겠지만 독침에 찔릴 위험을 무릅쓸 수는 없었다.

"정체가 뭐냐? 어째서 이런 짓을?"

목이 눌려 목소리가 제대로 나오지 않았다. 악다문 잇새로 말을 토해내자 사에가 낮은 목소리로 대답했다.

"저는 모르파예요."

"모르파……."

들어본 적이 있다. 제법 오래전에 들은 이름이다. 반은 기억의 나락에서 그 이름에 얽힌 지식을 끌어 올리며 중얼거렸다.

"아카파 왕의 그물?"

뒤에서 작은 한숨 소리가 들려왔다.

"맞아요."

반은 얼굴을 찌푸렸다. 상황을 전혀 짐작할 수 없었기 때문이다.

"아카파 왕의 밀정이 어째서 나를……."

귓가에 숨결이 닿았다. 숨소리밖에 들리지 않았다.

'대답하지 않을 작정인가?' 그렇게 생각했을 때, 낮은 목소리가 들려왔다.

"소금광산에서 홀로 살아남아 달아난 노예를 추적하라는 명령을 받았습니다."

반은 설마 하는 마음과 역시나 하는 마음이 한 덩어리가 되어 치밀어 올라 이를 악물었다. 기껏해야 탈주 노예 한 명인데 이토록 오랫동안 찾고 있었을 줄이야…… 게다가 쫓아온 자가 츠오르의 수하가 아닌 모르파라는 사실이 아무래도 찝찝했다.

"어째서 아카파 왕이 나를 쫓는 거지? 츠오르에 점수라도 딸 셈인가?"

"아니요."

사에가 속삭이듯 대답했다.

"……더 복잡한 사정이 있어요."

그 말을 끝으로, 어째서인지 사에는 또 입을 다물어버렸다. 그 정적 속에서 문득 또 한 가지 의문을 떠올린 반은 눈살을 찌푸렸다.

"나를 붙잡고 싶었다면……."

반이 중얼거렸다.

"독화살을 맞고 쓰러져 있을 때, 어째서 포박하지 않았지?"

사에가 몸을 꿈지럭거렸다. 그리고 별안간 팔을 풀더니 반에게서 몸을 뗐다.

여인의 따스한 몸이 멀어지자마자 냉기가 축축한 등과 목덜미를 어루만져 반은 몸을 부르르 떨었다.

사에는 손이 닿지 않을 곳에 서서 반을 굽어보고 있었다. 모닥불에 비친 그녀의 얼굴에는 흠칫 놀랄 만큼 깊은 고뇌의 빛이 서려 있었다.

사에는 뭔가를 말하고 싶다는 얼굴로 잠시 반을 바라보았지만, 이내 슬그머니 시선을 돌리고는 어두운 숲속으로 걸어가버렸다.

눈이 옅게 뒤덮인 수풀을 밟는 소리가 사라지자 주위는 깊은 정적에 휩싸였다.

반은 멍하니 어둠에 가라앉은 숲을 보고 있었다. 뭔가 엄청난 실수를 저지른 듯한 상실감이 느껴졌다.

목청껏 저 여인을 부르고 싶다는 충동에 사로잡혔지만, 그는 간신히 주먹을 불끈 쥐고 영문을 알 수 없는 그 충동을 억눌러 담았다.

추적꾼을 도로 불러서 어쩔 셈인가. 동료를 부르러 간 걸지도 모른다. 지금 당장 이곳에서 달아나야 한다. 그런 생각들이 줄줄이 머릿속을 스쳐 갔지만 몸이 움직이지 않았다.

붙잡을 작정이었다면 그럴 기회는 얼마든지 있었다. 이 상태로 내버려두고 떠났다는 것은 달아나라는 말이나 마찬가지다.

'내가 달아나지 못할 거라 여기는 건가?'

그럴지도 모른다. 그녀는 그가 유나를 찾고 있다는 사실을 알고 있다.

추적 기술이 뛰어나기로 유명한 모르파의 여인이다. 지금 이곳에 내버려두어도 금방 뒤를 쫓을 수 있다고 생각하는 것인지도 모른다.

'그래도……'

의문은 남는다. 그녀의 의도가 무엇인지 알 수가 없었다.

혼란스러운 의문이 거품처럼 가득 떠올랐다.

아카파 왕은 츠오르 제국의 오우한 제후 관리하에 있다. 아카파의 소금광산도 더 이상 아카파 왕의 재산이 아니니, 그가 소금광산에서 달아난 노예를 쫓을 이유는 없어야 마땅했다.

츠오르 군 장수들을 죽인 외뿔의 우두머리이자 소금광산에서 달아난 자신을 붙잡아 츠오르에 바침으로써 아카파는 모반할 의지가 없다는 점을 보여주려 한다는 게 가장 그럴싸한 이유였다. 하지만 그것도 위화감이 있었다. 이토록 오랫동안 모르파를 시켜 추적할 만한 가치가 그에게 있을 것 같지가 않았다.

사에의 괴로운 목소리가 귓속에서 되살아났다.

'……더 복잡한 사정이 있어요.'

반은 얼굴을 찌푸렸다. 뭔가를 마음에 담고 있으면서도 그것을 입에 담지 못한 여인의 눈이 지금도 그를 바라보고 있는 듯했다.

'어째서 날 구한 거지.'

이 년이라는 세월 동안 계속 그를 추적했다면 그 노고는 대단했을 것이다.

추적하던 사냥감이 눈앞에 아무 저항도 못 하고 쓰러져 있는데, 어째서 그 여인은 통나무 따위에 걸터앉아 그가 눈을 뜰 때까지 가만히 바라보고 있었을까. 눈을 입에 넣어주던 손가락, 품에 안아주던 몸짓, 그 눈길……. 그 모든 것이 여인이 입에 담았던 말과 부합하지 않았다.

반은 손바닥으로 얼굴을 덮었다. 아직 눈에 보이지 않는 무언가가 그를 에워싸고 있다. 몇 겹으로 감긴 실에 얽매여 사방으로 끌려간다. 그러나 실을 끌어당기는 그 주인의 얼굴이 보이지 않는다.

'……유나.'

유나는 지금 어디에 있을까. 어디서 이 추운 밤을 지새우고 있을까. 무서워서 울고 있지는 않을까. 그런 생각에 반은 가만히 있을 수가 없었다. 순박한 척하며 교묘하게 유나를 납치한 낫카에게 불 같은 증오를 느꼈다.

'어째서, 그 아이를 데려갔을까?'

낫카가 유나를 납치할 수 있도록 자신을 다른 장소에 붙들어두었던 로차이들의 모습이 뇌리에 떠오른 순간, 반은 흠칫 놀라며 얼굴에서 손바닥을 치웠다.

'로차이…….'

별안간 번갯불이 번득인 기분이었다. 아카파 소금광산, 살아남은 그와 유나, 유나를 납치해간 낫카. 모두 그 로차이와 상관이 있다.

누가 무엇을 위해 그들을 농락하는지는 알 수 없다. 하지만 목적은 아마도 그들의 말살이 아닐 것이다. 죽이고 싶다면 그럴 기회는 얼마든지 있었다.

'오히려…….'

불현듯 떠오른 답에 반은 아연실색했다.

'우리의 가치는 그 지옥에서 죽지 않고 살아남았다는 데 있다는 건가.'

어둠이 가라앉은 숲속 머나먼 어디선가에서 가늘고 짤막한 새 울음소리가 들려왔다.

유나를 쫓아서

나뭇가지가 아직 검은 그림자처럼 보였지만, 그 틈새로 드러나는 하늘은 희뿌옜다.

날이 밝은 것이다.

반은 한숨을 쉬며 얼굴을 쓸었다. 수염이 손바닥에 닿았다.

'……슬슬 가볼까.'

얕은 수면과 각성을 되풀이하느라 머리는 무거웠지만, 몸의 마비는 거의 사라졌다.

유나를 품에 안고 도망친 낫카의 발자국을 찾을 수 있을까. 밤 사이에 눈이 그친 듯했지만, 그래도 발자국은 이미 눈으로 덮였을 것이다.

낫카의 자취를 어떻게 추적할까 고민하면서 일어난 반은 잎에 쌓인 눈을 입 안에 머금었다. 그때, 사에의 손가락 냄새가 문득 떠올랐다.

'그 사람은 어디에서 남은 밤을 지새웠을까?'

사에가 걸어가며 남긴 발자국은 오래되지 않아서 금방 눈에 들어왔다.

'……쫓아가볼까?'

그녀가 유나를 납치한 자들과 한패라면 이 발자국은 반을 덫으로 유인하는 유혹의 이정표가 될 것이다. 하지만 이것 말고는 유나를 찾을 수 있는 단서가 없었다.

반은 모닥불 반대편으로 돌아가 낫도끼를 주워 들었다. 뻔히 알면서 덫 속으로 뛰어드는 것에 대한 불안은 있었지만 망설이지는 않았다.

아바, 하고 부르는 유나의 목소리가 들리는 것만 같았다.

낫도끼의 자루를 쥐고 사냥꾼의 눈으로 수풀을 살피면서 반은 천천히 흔적을 쫓기 시작했다.

추적을 시작한 반은 곧 사에가 일부러 발자국을 또렷이 남기고 있음을 깨달았다. 마치 이것은 덫이에요, 하고 알려주는 듯한 자국을 여기저기에 남겨두었다.

사에는 반이 그 부자연스러움을 알아차릴 줄 알고 이런 짓을 했을 것이다. 덫인 줄 알면서도, 그래도 유나의 뒤를 쫓을 건지 묻는 것만 같았다.

'내 각오를 시험하는 건가.'

그 여인은 어째서 이런 짓을 하는 것일까…….

'아니면 그저 단순히 길 안내를 해주는 것일까?'

사에의 발자국 옆에는 낫카의 것으로 보이는 남자의 설피 자국이 함께 있었다. 그녀 역시 낫카의 뒤를 쫓고 있는 것이다. 모르파의 눈으로 낫카가 걸어간 자취를 찾아내서 뒤따라 올 반을 위해 눈에 띄는 발자국을 남겨주는 것인지도 모른다.

마음 한구석에서 사에의 상냥함을 믿고 싶어 한다는 것을 깨달은 반은 표정을 가다듬었다. 안일한 기대에 눈이 어두워지면 덫에 빠질 뿐이다.

사에는 유나가 유괴된 장소로 반을 이끌고 있다. 그것은 틀림없지만, 그 속내는 알 길이 없다.

낫카의 발자국에도 자취를 숨기려는 흔적이 보이지 않는다. 오히려 뒤쫓아 오기를 바라는 것처럼 새로 내리는 눈에 파묻히지 않도록 나무 밑에 뚜렷한 발자국을 남겨놓았다.

약한 독화살로 잠재운 뒤에 도중에 따라잡히지 않도록 충분히 거리를 두면서도, 한편으로는 제대로 추적할 수 있도록 흔적을 남기고 있다.

'무슨 목적으로.'

그들은 왜 이런 짓을 하는 걸까. 이렇게 번거로운 짓을 해야만 하는 이유는 무엇이란 말인가…….

반은 이틀 동안 오로지 발자취를 추적하는 데 주력했다. 그리고 사흘째 되는 날, 그는 추적을 잠시 중단하고 사냥을 해서 고기를 배불리 먹었다. 고기를 먹으면 몸에 온기가 돈다. 나흘째 새벽, 반은 새로운 기력이 넘쳐흐르는 것을 느끼며 모닥불을 끄고 일어나 다시 발자취를 추적하기 시작했다.

해가 솟아오르자 나무 사이로 청명한 빛이 퍼져나갔다. 새들이 지저귀며 나뭇가지 사이로 날아다닐 때마다 눈이 녹으면서 작은 물방울이 떨어졌다. 여우가 수풀 밑으로 지나가자 얼룩조릿대에 살포시 쌓인 눈이 후두둑 떨어졌다.

숲이 아침의 밝은 빛깔로 가득 차오를 무렵, 문득 사에의 발자국이 낫카의 발자국에서 떨어졌다. 그 이유는 금방 알 수 있었다. 연기 냄새가 났기 때문이다.

고개를 들고 눈에 힘을 주자 나무들 사이로 뭔가가 보였다.

'천막?'

나무와 수풀의 색깔에 교묘하게 묻히는 색조라 알아보기 어려웠지만 틀림없었다. 저 나무들 너머에는 천막이 있다. 그것도 한둘이 아니었다. 눈이 익숙해지자 여러 개의 천막이 보였다.

반은 표정을 가다듬었다.

저곳이 종착점이리라. 그를 그곳으로 유인하기 위해 낫카는 유나를 납치한 것이다.

개의 냄새가 났다. 개들이 짖는 소리도 들린다. 연기 냄새와 함께 많은 사람들이 아침을 준비하느라 분주한 기척도 감돌았다.

몰래 접근하기란 불가능했다. 개가 없으면 어떻게든 되겠지만,

혹 사냥개가 있다면 밤이 되길 기다려 가까이 다가가도 반드시 들킬 것이다.

아군도 없고, 대책을 세울 겨를도 없다.

'……할 수 있는 건 한 가지뿐인가.'

조용히 숨을 토해낸 반은 천막을 향해 걸음을 뗐다.

걸음을 뗀 지 얼마 되지 않아 사방에서 은밀한 기척이 몰려들었다. 천막 쪽이 아니었다. 숲속에서 다가왔다.

콧속으로 짐승 냄새가 물씬 풍겨왔다. 그 냄새를 맡은 순간, 콧속에서 익숙한 감각이 불쑥 고개를 들었다.

'왔구나.'

로차이다. 그 짐승이 다시 다가온다. 그리고 그 짐승에 반응해서 자신도 짐승으로 변하려 한다…….

잠시 망설이던 반은 곧 마음을 다잡고 파도처럼 차오르는 비릿한 감각에 몸을 맡겼다. 말을 버리고 인간의 마음을 버리는 대신, 짐승의 눈과 코와 귀, 그리고 생각하지 않고도 움직이는 몸을 얻는다.

코에서 머리로 뭔가가 퍼져나가더니 순식간에 풍경이 변했다. 반은 눈을 부릅뜨고 입술을 들어 올리며 나직하게 그르렁거렸다.

로차이들이 제자리에 멈췄다. 명령을 받고 멈춘 게 아니라 움찔, 하며 발을 멈춘 것이다. 그러고는 꼬리를 낮게 늘어뜨리더니 가랑이 사이로 집어넣는다.

반이 다가가자 로차이들이 슬금슬금 뒤로 물러섰다.

색채가 사라지고 사물의 윤곽이 농담濃淡으로 떠오르는 잿빛 세계에서 소리와 냄새가 기이한 존재감을 띠고 다가왔다. 그리고 또 한 가지, 눈에 보이지 않는 실 같은 것이 박동하면서 하늘과 땅으로 무수히 뻗어 있었고, 그 때문에 모든 것이 하나로 이어진 것처럼 느껴졌다.

반이 걸음을 옮기자 그 실로 짠 그물이 출렁거렸고, 그 기세에 눌려 로차이들이 뒷걸음질을 쳤다.

문득 그 그물에 잔물결이 수없이 일렁거렸다. 반은 코끝을 쳐들었다.

사람의 냄새다. 남자들의 냄새가 난다. 말의 냄새가 코를 찔렀지만 말의 기척은 없었다. 천막 쪽에서 남자들이 걸어오자 쇠 비린내가 났다. 손에 들고 있는 창날이 풍기는 불쾌한 냄새다.

"……."

소리가 들렸다. 뭔가 말하고 있다. 반은 다가오는 남자들을 가만히 바라보면서 그 말에 귀를 기울였다.

"……진, 뿔의 반."

그 이름이 귀로 들어온 순간, 짐승의 감각이 옅어지기 시작했다. 냄새와 소리가 흐려지는 대신 세상이 제 빛으로 돌아왔다.

선명한 붉은 천을 어깨에 비스듬히 두르고 손에 창을 든 남자들이 성큼성큼 걸어왔다. 남자들은 창은 닿지만 낫도끼는 닿지 않는 거리를 두고 서서 이쪽을 바라보았다. 온몸에서 강인한 전사가 갖는 차가운 위압감이 솟구치고 있었다.

하지만 이상하리만치 두렵지 않았다.

'……물어뜯고 싶다.'

돌연, 그렇게 생각했다.

콧속에서 머리 꼭대기까지 비릿하고 자극적인 냄새가 치솟았다. 붉은 안개 너머를 보는 듯한 환각이 뇌리에 펼쳐졌다가 사라졌다. 반은 아찔하리만치 흉악한 그 충동에 지지 않으려고 필사적으로 이를 악물었다.

'……내가 이상해졌어.'

마치 자신이 두 사람 있는 듯한 위화감을 느꼈다. 그들을 물어뜯고 싶어 미칠 듯한 자신과, 그런 충동에 시달리는 자신을 기이하게 여기는 또 다른 자신이 서로 격렬하게 씨름하고 있다.

관자놀이가 욱신거렸다. 귓속에서 피가 흐르는 소리가 들린다.

반은 숨을 깊이 들이마신 후에 눈을 감고 온몸을 뒤흔드는 충동이 가시길 기다렸다. 몸속에서 부풀어 오르는 흉포한 힘을 꺾기 위해 열심히 힘을 주자 어깨와 팔과 옆구리가 멋대로 움찔거렸다.

아득한 메아리처럼 아지랑이 밑에서 작은 목소리가 들려왔다.

'……물지 마, 물지 마, 물지 마……. 물어뜯으면 그들을 죽이게 된다.'

고개를 떨구고 그 희미한 목소리에 마음을 집중했다. 그 목소리는 지팡이였다. 폭풍처럼 그의 몸을 흔드는 충동을 견디기 위해 매달릴 수 있는 단 하나의 지팡이. 죽여서는 안 된다. 한 번 죽이기 시작하면 그칠 줄 모르게 된다. 모든 사람을 죽이고 말 것이다.

"……부러진 뿔의 반."

그 부름에 반은 천천히 눈을 떴다. 흔들리는 시야 속에서 점점 눈앞에 선 남자들의 모습이 다시 뚜렷하게 보이기 시작했다. 그러자 주문에서 풀려난 것처럼 로차이들이 몸을 부르르 떨고는 방향을 바꾸어 숲속으로 달려갔다. 그것을 지켜보는 전사들의 눈에는 어째선지 안도와 환희의 빛이 감돌았다.

전사들의 중앙에 서 있는, 머리 뒤로 백발을 갈기처럼 흩날리는 사내가 한 걸음 앞으로 나와 갈라진 목소리로 말했다.

"외뿔의 수장이여. 자네를 기다리고 있었다."

오판

다른 천막보다 배는 더 큰 천막으로 끌려갔다. 낫도끼를 빼앗긴 반은 맨손으로 안으로 들어갔다. 대우는 난폭하지 않았지만 정중하지도 않았다.

중앙에 화로가 있고, 정면에 커다란 깃발이 걸려 있다. 불꽃처럼 붉은 말이 당장이라도 달려 나갈 기세로 앞발을 들고 뒷발로 서 있는 모습을 자수로 놓은 깃발이었다.

화롯가에는 앉은뱅이 의자가 세 개 놓여 있었다.

백발의 노전사老戰士가 화로 건너편으로 돌아가 깃발을 등지고 앉자, 그의 양옆 의자에 장년의 남자와 젊은 남자가 앉았다. 아들과 손자, 혹은 조카와 아들일까. 어찌 되었든 노전사의 친척이리라. 생김새가 무척 닮았다.

다른 전사들은 창을 천막 밖의 거치대에 놓고, 단검 자루에 손을 걸친 채로 들어와 반의 등 뒤에 나란히 섰다.

노전사가 반을 올려다보며 앉으라고 권했지만, 반은 움직이지 않고 선 채로 그를 굽어보고 있었다. 뒤에 있던 전사가 성난 기색을 띠며 다가와 반의 어깨를 눌러 꿇어앉히려 했다.

바로 그때, 반이 몸을 수그렸다. 그는 허를 찔려 비틀거리는 남자의 팔을 단숨에 잡아끌어 뒤로 꺾어 누른 후, 남자의 목덜미를 짓밟았다.

"……가만히 있어."

반은 등 뒤에서 단검에 손을 뻗으려는 다른 전사들을 제지했다.

"움직이면 이 녀석의 목을 밟아 부러뜨리겠다."

남자들은 동작을 멈췄지만, 정면에 앉아 있던 백발의 노전사는 안색도 바꾸지 않고 반을 바라보고 있었다.

그의 입가가 희미하게 올라갔다.

"죽일 테면 죽여라."

노전사가 말했다.

"허점을 보인 자는 죽어야 마땅하지. 여기 있는 자들은 누구도 인질이 될 수 없다."

그 눈에 감도는 싸늘한 빛을 본 순간, 털벌레가 피부를 기어가는 듯한 역겨운 기분이 가슴속으로 퍼져나갔다.

반은 붙잡은 남자의 팔을 콱 틀어 탈구시켰다. 그 고통에 남자가 눈을 까뒤집으며 포효했다.

그의 비명이 가시기도 전에 반은 화로를 뛰어넘어 눈을 부릅뜬 노전사의 얼굴을 한 손으로 붙잡았다. 그리고 상대가 무기를 들지 못하도록 재빨리 그 손을 잡아 짓눌렀다. 깔개 위에 노전사의 얼굴을 처박은 반은 무릎으로 등의 급소를 누르며 다른 전사들을 둘러보았다.

"……아무도 인질이 되지 않는다는 말이 사실이냐?"

남자들은 무표정을 가장했지만 그 눈에는 숨길 수 없는 동요의 빛이 있었다. 그들의 시선이 한 방향으로 흘깃 움직이려다가 멈추었고, 그 부자연스러운 동작을 알아차린 반은 눈살을 살짝 찌푸렸다.

짓누르고 있는 손 밑에서 노전사가 침을 흘리며 갈라진 목소리로 죽이라고 외쳐댔다. 반은 그 말을 들으면서 가만히 남자들을 바라보았다.

"나를 부러진 뿔이라고 부르던데."

반이 말했다

"거기까지 안다면 내 또 다른 별명도 알고 있겠지."

아들로 보이는 남자가 한쪽 뺨을 실룩, 일그러뜨렸다. 그 남자에게 시선을 옮긴 반이 말을 이었다.

"나는 병사의 목숨을 제 것처럼 여기는 놈이 구역질 날 정도로 싫다. 죽이려면 먼저 장수부터 죽이지."

남자가 희미하게 숨을 들이마시고 입을 열었다.

"……아버지를 죽여도 아무 요구도 통하지 않는다. 그대가 키우는 아이의 목숨만 사라질 뿐이야."

반은 입가를 일그러뜨렸다.

"그 아이를 죽이면 그쪽도 날 복종시킬 고삐를 잃는 거다. 이유는 모르겠지만, 굳이 이 정도로 성가시게 해놓고 그래도 되나? 그렇다면 나도 마음을 굳혀야겠군."

미소를 거두고 반이 말했다.

"이 세상에서 다시 그 아이를 품에 안을 수 없다면 그 울분을 풀고 죽을 따름이다. ……어차피 한 번은 죽었던 목숨, 너희를 죽이고 먼저 저세상으로 간 동료들에게 이야깃거리로나 가져가야겠군."

그렇게 말한 순간, 그것도 괜찮겠다는 살벌한 기분이 반의 가슴 속으로 퍼져나갔다.

노전사의 아들의 미간이 대번에 창백해졌다.

그때, 오른쪽에서 가녀린 목소리가 들려왔다.

"……기다려요."

그쪽으로 고개를 돌리자 노전사를 많이 닮은 생김새의 청년이 두 팔을 벌리고 의자에서 일어나는 모습이 보였다.

"오손, 앉아 있어!"

노전사의 아들이 성난 기세로 고함을 질렀지만 오손이라는 청년은 아버지는 보지도 않고 오로지 반을 쳐다보며 서 있었다.

"어린 제가 이런 짓을 하면 목숨이 위태롭겠지만……."

얼굴도 창백하고 목소리도 떨렸지만 청년은 말을 이어나갔다.

"설사 보복을 당하더라도 당신에게 말하겠습니다. 무엇보다 중요한 것은 대의. 그 대의를 위해서는 제 목숨 따위는 없는 것이나 마찬가지입니다. 무례하게 군 점은 사과드리겠습니다. 화를 거두시고 저희 이야기를 들어주십시오."

반은 청년을 바라보았다.

"내가 화가 난 것은 무례한 대접을 받아서가 아니야."

조용한 목소리로 말하자 청년이 허를 찔린 듯이 눈을 휘둥그레 떴다. 아직 앳된 구석이 남아 있는 그 얼굴을 보면서 반이 말했다.

"너희는 내게 볼일이 있는 거겠지. 그 때문에 내 아이를 데려간 것 아닌가?"

청년은 눈을 껌뻑거렸다.

"······그렇, 습니다."

반은 감정 없는 목소리로 말했다.

"대의를 위한 건지 뭔지는 모르겠다만, 너희들이 목숨을 버리든 말든 내 알 바 아니야. 하지만 내 목숨은 나의 것이고, 내 아이의 목숨도 내 아이의 것이다. 너희는 우리의 생사를 결정할 권리가 없어. 나는 아무 상관도 없는 어린아이의 목숨을 일회용 도구로 이용해도 된다고 생각하는 너와, 지금 내 손 밑에서 침을 흘리고 있는 이 영감에게 화가 난 것이다. 그런 당연한 상식도 모르는 네놈들에게 말이야."

쥐 죽은 듯이 고요한 천막 안에서 노전사의 숨소리만 시끄럽게 울려 퍼졌다. 반은 날카로운 눈길을 들어 천막 구석에 조용히 서 있는 전사를 노려보았다.

"용건이 있다면 정식으로 찾아와 만나서 이름을 밝히고 이야기하면 된다. 그런 당연한 일을 왜 못 하는 건가?"

전사가 깜짝 놀란 기색으로 눈을 휘둥그레 떴다. 그는 잠시 반과 지그시 마주 보다가 마침내 입을 열었다.

"어째서 내게 말하는가?"

반은 그 질문을 무시하고 노전사의 머리를 잡아채 융단에 처박았다. 쿵, 하고 묵직한 소리가 울리며 노전사가 신음했다.

반은 노전사의 몸에서 손을 떼고 두 손을 털고 일어나 기지개를 폈다. 그러고는 천막 구석에 있는 전사 쪽으로 몸을 돌리고 조용한 목소리로 말했다.

"내가 먼저 물었다."

전사의 얼굴 위로 서서히 미소가 번졌다. 그때까지 일개 병사인 척하던 얌전한 표정이 대번에 사라지고 오만하고 뻔뻔한 남자의 얼굴이 나타났다.

"……옳거니, 외뿔의 우두머리는 보통내기가 아니군."

그는 다른 남자들을 둘러보며 쓴웃음을 지었다.

"자네가 무슨 짓을 할 때마다 이 녀석들이 내 낯빛을 살폈으니까. ……뭐, 어쩔 수 없지. 이리 된 이상 번거로운 짓은 그만두고 제대로 시작할까?"

남자는 고개를 꺾어 뚝뚝 소리를 내며 한 걸음 앞으로 나서서 반과 맞섰다. 그리고 날카로운 빛을 머금은 눈으로 반을 노려보았다

"나는 아파르 오마의 족장, 오판이다."

스물일고여덟 살쯤 됐을까. 탄탄한 체구에 눈이 크고 부리부리한

남자였다.

반은 잠자코 오판이라는 남자를 바라보았다. 오판은 개의치 않는 기색으로 말을 이었다.

"아이를 납치한 건 비겁한 수법이니 자네가 화내는 것도 당연해. 하지만 이유가 있어서 그런 것이야. 자네라는 남자를 가늠할 수 있었다면 이런 번거로운 짓은 하지 않았을 테지."

반은 눈을 가늘게 떴다.

"……가늠?"

그 목소리에 노기가 서려 있음을 알아챈 오판이 조용히 손을 들었다.

"무례한 표현이었군. 그 점은 사과하지. 하지만 가늠하려 했다는 건 사실이다. 어쨌든 자네는 츠오르 이주민 따위와 함께 살고 있었으니까."

오판은 이어서 뭔가 말하려다가 마음을 바꾸었는지 반에게 앉으라고 권했다.

"이야기가 길어. 자리에 앉게나. 나도 앉아야겠어."

오손이라는 청년이 펄쩍 앞으로 뛰어나와 자기 의자를 반에게 양보했고, 백발 노전사의 아들도 자신의 의자를 오판에게 양보했다.

오판은 의자에 털썩 걸터앉으며 노전사의 아들에게 말했다.

"수고했다. 아버지와 우파를 돌봐주도록 해라."

자신의 실수가 부끄러웠는지, 노전사의 아들은 고개를 떨구고 있었다. 그는 오판의 말에 고개를 끄덕이고는 작은 목소리로 오손에게 뭐라 속삭였다. 그리고 이마를 문지르고 있는 노전사를 부축해 구석으로 데려가 자리에 뉘었다.

반이 어깨 관절을 뺀 남자는 동료에게 부축 받아 천막 밖으로 나갔다.

천막 안이 겨우 조용해지자 오판은 뒤에 있는 전사를 돌아보며 술잔을 주고받는 시늉을 했다. 전사가 재빨리 천막 구석에서 술항 아리와 잔 두 개를 가져왔다. 잔 하나를 반에게 건넨 오판은 자기 잔과 반의 잔에 술을 따랐다.

"새로 시작하자는 의미의 술이다. 자, 들지."

그렇게 말하더니 단숨에 벌컥벌컥 들이켰다.

반도 술잔을 입으로 가져갔다. 마유주馬乳酒이리라. 희멀건 술이 혀를 따끔하게 찌르며 목구멍을 지났다.

오판이 바로 두 번째 잔을 채우더니 다른 전사를 돌아보며 말했다.

"어이, 음식 좀 가져와."

입구 가까이 있던 전사가 고개를 꾸벅 숙이더니 냉큼 밖으로 나갔다. 그 모습을 지켜보던 오판이 다시 반을 향해 몸을 틀었다.

"자, 어디서부터 이야기할까."

오판은 혼잣말처럼 중얼거리고는 입을 다물었다. 무슨 생각을 하는지, 오래도록 아무 말 없이 그저 반의 얼굴을 바라보다가 불현듯이 입가를 일그러뜨렸다.

"부러진 뿔의 반이라. 신출귀몰한 퓨이카 기수이자, 짐승 같은 츠오르 놈들의 속을 썩인 남자……. 어떤 사내인가 했는데, 그래, 지옥을 보고 온 남자의 얼굴은 이렇군."

미소가 짙어지더니 오판이 말했다.

"인질까지 빼앗긴 고립무원의 처지에서 나를 교섭 자리로 끌어내다니."

오판은 가만히 미소를 거두었다.

"하지만 결정적인 패를 쥐고 있는 건 나야."

그 눈은 싸늘한 빛을 머금고 있었다. 백발 노전사의 눈과는 또 다른, 철저하게 차가운 표정이었다.

"양녀를 다시 품에 안을 수 없다면 우리를 죽이고 죽으면 그만이라고 헛소리를 하더군. 하지만 난 그걸 허풍이라고 생각하지는 않아. 자네 얼굴에는 허무가 있으니까. ……한 걸음 물러나면 어둠 속에 툭 떨어질 허무지. 어둠의 나락으로 떨어질 때, 자네는 비명 한마디 지르지 않을 테지. 오히려 안도하는 표정을 지을 것 같군."

입꼬리를 가만히 추어올리며 오판이 속삭였다.

"그래도 자네는 그 아이가 사랑스럽겠지. 단숨에 죽는다면 또 몰라도, 귀가 잘리고 코가 잘리고 창자가 뽑혀 괴로워하다 죽는 딸을 지켜볼 수 있을까?"

반은 오판을 바라보았다. 희미한 웃음을 띤, 냉혹한 눈을.

"어떤 인간일까."

반은 중얼거렸다.

"그토록 잔혹한 짓을 하려는 자는."

오판은 눈을 껌뻑거리다가 희미하게 눈가를 찌푸렸다. 잠시 침묵하던 오판이 이윽고 깊은 한숨을 내쉬며 말했다.

"내게는 아무리 잔혹한 짓이라도 해서 이루어야 할 일이 있다."

날카롭게 빛나는 그 눈을 반은 말없이 바라보았다.

그러자 갑자기 오판이 술잔을 집어 던지고는 일어섰다.

"따라와, 보여줄 게 있다."

4

설원의 아파르

숲속 나무들의 바늘처럼 뾰족한 잎 사이로 하얀 빛이 반짝반짝 춤추고 있다.

천막을 나서자 오판은 눈을 쓸어낸 곳을 골라 걸음을 뗐다.

아침을 준비하던 사람들이 손길을 멈추고 성큼성큼 걸어가는 오판과 그 뒤를 따라가는 남자를 바라보았다. 그들 눈에 서려 있는 것은 이방인을 향한 호기심의 빛이 아니었다. 무언가를 기원하는 듯한 절실한 빛이었다. 무언의 기도가 그들의 온몸에서 새어 나와 한데 엉키는 것 같았다.

그 기묘한 무게를 천진난만한 아이들이 조금 거둬주었다. 아이들은 그 간절한 눈으로 부모를 올려다보거나 서로 쿡쿡 찔러댔고, 이따금 떠밀려 비틀거리던 아이가 소리를 낮추고 웃었다.

그런 사람들의 움직임과는 무관하게, 풀어 키우는 닭이 푸드덕거리며 눈이 얇게 쌓인 땅바닥을 열심히 파헤치거나 쪼아댔다.

향기로운 음식 냄새에 매운 연기 냄새가 섞여, 눈에 젖은 진흙 냄새와 가축 냄새와 더불어 풍겨왔다. 겨울 마을의 냄새였다.

반은 문득 어렸을 때 어머니가 자주 데려가주었던, 이모가 시집간 마을을 떠올렸다. 봄이 와도 눈이 남아 있는 산속 작은 마을이라 이런 냄새가 나곤 했다.

낯선 냄새에 흥분한 사냥개들이 이를 드러내며 계속 으르렁거렸지만 달려들지는 않았다.

'……길을 잘 들였군.'

털 상태와 생김새, 쫑긋 세운 귀, 꼬리 모양까지 어디를 보아도 사냥꾼이라면 한눈에 마음을 빼앗길 만한 좋은 사냥개들이었다.

오판은 벌써 마을을 벗어나 숲속으로 들어가는 참이었다.

반은 그 뒤에서 천천히 걸었다. 성큼성큼 걸어가는 오판과 점점 거리가 벌어지자 뒤를 막으며 따라오는 전사들이 초조해하는 것을 알았지만, 반은 걸음을 서두르지 않았다. 주위 지형을 파악해두고 싶었기 때문이다.

침엽수와 활엽수가 뒤섞인 어두침침한 숲속에서 이따금 인기척이 느껴졌다. 멀리 개 짖는 소리도 들린다. 사냥하는 자가 있는 것이리라.

어딘지 모르게 피부에 익숙한 숲이었다. 이대로 걸어가면 고향의 집이 보일 것처럼 그리운 느낌이 들었다.

숲 사이로 이어긴 길은 짐승이나 겨우 다닐 만큼 좁은 길이었지만, 사람이 자주 다니는지 눈이 잘 다져져 있다.

완만한 오르막이라고 느꼈던 길이 이윽고 끊겼다가 불쑥 푸른 하늘 아래 고개를 내밀었다. 눈 밑으로 펼쳐진 광경에 반은 시선을 빼앗겼다.

광대한 눈밭이 펼쳐져 있다. 설원을 에워싼 산들을 보는 순간, 뜨거운 덩어리가 목구멍으로 솟구쳤다. 바로 꿈에 그리던 고향 산천이었다.

'저건 우카라 봉우리다! 그렇다면 이곳은 유라이카 평원인가⋯⋯!'

내가 이런 곳에 있었나, 하는 놀라움이 온몸을 감쌌다. 하루면 고향에 닿을 수 있는 토가 산지의 동쪽 끝 초원을 지금 굽어보고 있는 것이다.

'어쩐지 아까부터 그리운 마음이 들더라니.'

목구멍 주위로 뜨거운 감정이 치밀어 올라 콧속으로 퍼져나갔다. 저 너머에 고향이 있다. 나고 자란 산하, 부모 형제, 많은 친구들과 지냈던 날들, 아내와 만나고 아들과 지냈던 모든 것이.

문득 자그마한 그의 집에서 풍겨오는 냄새를 맡은 듯한 기분이 들었다.

화롯가에서 이야기하는 아내와 아들의 얼굴을 타닥거리며 타오르던 화롯불이 따스하게 비추던 그리운 집 풍경이 눈앞에 선했다. 안타까운 마음이 파도처럼 밀려들어 가슴을 짓누르자 반은 잠시 숨을 쉴 수가 없었다.

저 산 너머에 가도 이제 그 집은 없다. 알고 있지만 어쩔 수 없었다. 가슴을 쥐어뜯고 싶을 정도로 그리웠다.

반은 숨을 크게 들이쉬었다.

여름에 푸릇푸릇한 풀들이 나부끼는 유라이카 평원도 지금은 광대한 눈밭이다. 그 들판에 붉은 짐승의 무리가 점점이 있었다. 얕은 눈을 헤치고 그 밑에 있는 풀을 파내 먹는 듯했다.

오판이 바위 틈새로 모습을 감추었다. 절벽 밑으로 내려가는 길이 있는 듯했다. 뒤를 돌아보자 전사들이 그의 뒤를 따르라고 눈짓으로 재촉했다.

그들의 밝은 얼굴을 본 반은 깜짝 놀랐다. 음울한 초조함을 애써 숨기던 방금 전의 표정이 씻은 듯이 모습을 감추었다. 이제 멀리 달려가려는 소년들처럼 숨길 수 없는 환희가 그들의 얼굴에서 빛나고 있었다.

군데군데 눈이 남아 있는 바위를 밟으며 벼랑길을 내려가 설원에 내려서자 오판이 고개를 돌렸다. 그의 얼굴 또한 더없이 밝았다.

오판은 눈썹을 치켜세우고 너털웃음을 터뜨리더니 시선을 설원으로 돌리고는 입가에 손을 대고 '호우!' 하고 커다란 소리를 냈다. 그러고는 호우! 호우! 잘 울리는 목소리로 몇 번이나 불렀다.

그 목소리가 멀리 퍼지자 먼 곳에 흩어져 있던 붉은 무리가 움직이기 시작했다. 마치 새하얀 들판에 불꽃이 튀는 것 같았다. 그중 한 마리가 무리를 뒤로 하고 쏜살같이 달려왔다. 매끄럽게 몸을 흔들며 넘치는 힘을 온몸으로 뿜어내면서.

소름이 돋았다.

설원이 반사하는 눈부신 빛이 눈에 익자, 빠르게 다가오는 그것이 말이라는 사실을 알 수 있었다. 그럼에도 눈앞의 광경을 믿을 수가 없었다.

'정말 말……인가?'

보통 말보다는 덩치가 조금 작지만 사지가 탄탄했다. 온몸으로 그 힘을 뿜어내고 있다.

그 말의 아름다운 털의 결은 감히 비할 데가 없었다. 움직일 때마다 탐스러운 붉은빛이 파도처럼 그 등을 쓸고 갔다.

반은 아무 말도 못하고 설원을 달려오는 아름다운 말을 바라보고 있었다.

말은 똑바로 오판의 곁으로 다가오더니 기뻐서 어쩔 줄 모르는 아이처럼 콧등으로 그의 가슴을 찔렀다.

"하하, 이 녀석이."

오판은 웃으며 말의 목을 끌어안고 갈기에 손을 넣어 탄탄한 목을 어루만졌다.

"아름답지?"

뒤를 돌아보는 오판에게 반은 고개를 끄덕였다.

오판이 웃었다.

"아름답기만 한 게 아니야. 이 녀석은 빠르다. 그렇지, 아파르? 넌 최고야. 아아, 그래. 너는 최고다."

말은 자신이 칭찬받고 있다는 것을 안다는 듯한 눈을 하고 코를 벌름거리며 자랑스럽다는 듯이 목을 한껏 치켜들었다.

전사들이 저마다 애마를 불러들이는 통에 잠시 말소리가 들리지 않을 정도였지만, 오판은 꾸짖기는커녕 밝은 미소를 머금고 그 목소리를 듣고 있었다.

부름을 받은 말들이 달려왔다. 말들을 맞이하는 전사들의 옆얼굴에서 문득 이미 떠나간 동료들의 그림자가 어른거려서 반은 가슴이 아렸다. 모두들 이런 얼굴을 하곤 했다. 자신의 퓨이카를 맞이할 때······.

제 목소리를 듣고 고개를 들고 무리에서 벗어나 기쁜 듯이 달려오는 퓨이카를 보았을 때, 가슴이 부풀어 오르는 그 행복감. 햇빛을 받은 사슴의 그윽한 향기. 자신을 바라보는 맑고 검은 눈동자. 그리운 동료들의 웃음소리가 지금 이곳에 있는 젊은 전사들의 목소리와 한데 어우러졌다.

다가온 말들은 모두 늠름한 모습이었다. 하지만 어느 하나 오판의 애마처럼 강한 빛은 없었다. 오판이 최고라고 칭송했던 것은 단순한 자랑이 아니라 순수한 진실이었다.

남자들은 다정한 목소리로 자신의 애마를 부르며 그 콧등을 쓰다듬고 허리와 발의 상태를 확인했다. 옆에 반이 있다는 사실도 잊은 채, 말을 어루만지며 말에 대한 이야기를 하느라 여념이 없다. 이대로 한 걸음, 두 걸음 물러나 벼랑길 쪽으로 사라져도 아무도 모르지 않을까. 그런 생각이 들자 쓴웃음이 치밀었다.

언뜻 눈길이 마주치자 오판이 눈썹을 치켜세우며 쑥스러운 듯이 얼굴을 일그러뜨렸다.

"퓨이카는······."

민망함을 감추려고 던진 듯한 그 목소리에 그때까지의 오만함은 없었다.

"말보다 허리가 가늘지."

"그렇다."

"늘 궁금했는데, 그런 체격으로 당신 같은 남자를 태우고 달리면 대체 얼마나 갈 수 있는 거지?"

반은 미소를 지었다.

"퓨이카는 다리가 튼튼해. 나를 태우고도 가파른 낭떠러지를 손쉽게 오르내리지. 하루 낮밤 정도는 계속 달려도 지칠 줄 모른다. 내 눈에는 말이 더 가녀리게 보여."

오판이 눈썹을 치켜들고 의심스러운 표정을 지었다.

"그 정도로 다리가 튼튼하단 말인가? 그 사슴이?"

"그래. 튼튼할 뿐 아니라 빠르지. 평원에서는 아파르에 못 미치겠지만 산지라면 퓨이카가 훨씬 빠르다."

오판은 씩 웃었다.

"아파르도 낭떠러지 정도는 내려갈 수 있어. 물론 아르르판 절벽은 무리겠지만. 퓨이카는 어떻지?"

반은 미간을 찌푸렸다.

'아르르판 절벽? 아카파 동쪽의 낭떠러지를 말하는 건가?'

확실히 그건 대단히 가파른 절벽이지만, 반은 어지간히 먼 곳을 예로 든다고 생각하며 대답했다.

"내려갈 수 있다."

"정말인가? 해본 적 있나?"

"그래. 예전에 츠오르 군을 격파할 수 있는 효과적인 장소를 찾아 여기저기 원정을 다녔으니까. 그 절벽도 퓨이카는 내려갈 수 있었어. 하지만 말은 어렵겠지. 아무리 아파르라도."

오판의 얼굴에서 불현듯 웃음이 사라졌다. 아파르가 퓨이카에 못 미친다는 말에 화가 난 건가 싶었는데, 그렇지는 않은 듯했다.

애마의 목을 어루만지며 오판은 한숨을 쉬었다.

"……퓨이카는 산으로, 아파르는 들로 보내란 말인가."

그렇게 중얼거리던 오판이 반에게로 시선을 돌렸다. 그러고는 아까보다 가까이 다가온 아파르 무리를 손으로 가리켰다.

"말은 잘 모르겠지만, 어떤가, 저 무리를 보고 뭔가 느끼겠나?"

무리에는 암컷이 많아 보였다. 거세마를 필두로 망아지도 몇 마리 섞여 있다. 언뜻 극히 평범해 보였지만 망아지들의 빛깔이 썩 좋지 않았다. 발이 눈에 엉켜 비틀거리는 망아지도 보였다.

"저 망아지들은 올봄에 태어난 새끼들인가?"

말은 초봄에 새끼를 낳는다고 들었다. 태어난 지 일 년 가까이 지났다고 보기에는 다리와 허리가 불안정해 보여 그렇게 물은 것인데, 오판 일행의 얼굴에 떠오른 것은 격렬한 분노의 빛이었다.

"그렇다. 올해야. 대지를 박차고 뛰어다닐 때다. ……고향의 들판에 있었다면."

목소리가 떨렸다. 분노만이 아니었다. 강렬한 비애와 불안이, 그 옆얼굴에 서려 있었다.

5

신의 목소리

아파르 무리를 바라보며 오판은 신음하듯 말했다.

"이곳은 너무 추워."

반이 미간을 찌푸렸다.

"하지만 말은 추위에 강하잖나?"

오판은 고개를 저었다.

"다른 말은 그렇지. 하지만 아파르는 햇빛을 쬐어야 빛나는 말이다. 이런 눈 쌓인 들이 아니야. 어미에게서 태어난 새끼가 몇 마리나 깊은 눈 속에서 죽었다. 그 다리로 서보지도 못하고 얼어 죽었어."

오판은 입술을 떨며 눈에 분노를 담은 채로 쓴웃음을 지었다.

"아파르는 지붕 밑에서 새끼를 낳지 않아. 북쪽 놈들을 따라 마구간을 지어주었지만 새끼를 낳을 때가 된 어미 말들은 벽으로 에워싸인 것만으로도 미친 듯이 날뛰더군. 벽에 몸을 찧어 뼈가 부러진 어미 말도 있었어. ……차마 볼 수가 없을 지경이었지."

오판은 고개를 저었다.

"아파르는 햇빛이 찬란히 비치는 들에서 사는 말이다. 유카타 평원은 아파르를 품어 키우는 너그러운 어머니의 품이었어. 고향을 떠나 이런 눈 쌓이는 들로 끌려온 뒤로 이 녀석들은 해마다 약해지고 있어. 내년에는 몇 마리의 새끼가 태어날지……. 제대로 설 수 있는 녀석이 얼마나 될지……."

오판은 입을 다물고 잠시 숨을 가다듬은 후에 반을 바라보았다.

"당신이라면 어떨 것 같나? 만약 이게 퓨이카였다면? 보고만 있을 수 있을까? 퓨이카들이 고통스러워하면서 쇠약해지는 몰골을."

말뚝에 묶인 퓨이카들의 가련한 모습이 떠올라 반은 얼굴을 찌푸렸다. 건강하게 사는 퓨이카의 모습을 보는 기쁨과 아픈 퓨이카를 보는 고통. 그것은 간사 씨족으로 태어난 남자에게는 이성의 영역을 떠나 몸속에서 솟아오르는 감정이다.

이 남자도 그러하리라. 쇠약해져가는 아파르를 보는 고통에 날마다 시달리는 것이리라.

그것은 끝이 보이지 않는 고통이다. 그들이 츠오르의 지배를 당하는 유카타 평원으로 돌아갈 날은 오지 않는다. 고통이 끝나는 것은 아파르가 모두 죽어서 절망이 체념으로 바뀌는 순간이다.

오판의 얼굴이 일그러졌다.

"고향에서 쫓겨났을 때, 나는 외쳤다."

나직하고 거친 목소리였다.

　"바위산 꼭대기에 올라 유카타 평원을 향해, 목이 터져라……. '킴마의 신이여, 우리가 무슨 잘못을 했단 말입니까. 우리가 약해서, 탐욕스러운 침략자에게 졌기 때문에 노하신 것입니까!'라고. 비참했다. 뼈가 으스러지도록 비참했다. 하지만 한편으로는 몹시 부조리하다는 생각도 했어. 그렇지 않나? 그저 고향에서 평화롭게 살던 우리와 갑자기 쳐들어와서 남의 땅을 차지하기 위해 갖은 횡포를 부리는 놈들. 어느 쪽의 죄가 큰지는 어린애도 알 수 있는 사실이다."

　그의 목소리가 눈밭에 울려 퍼졌다 사라져갔다.

　"우리는 작은 씨족이다. 하지만 하늘과 땅을 우러러 한 점 부끄럼 없이 살고 있었어. 남의 것을 빼앗는 짓은 결코 하지 않았다."

　오판은 눈물이 번진 눈으로 반을 바라보았다.

　"불공평한 운명에 대해 생각해본 적이 있나? 내가 그때 알고 싶었던 건 그것이었어. 세상은 이런 법인가? 이토록 불공평한 것인가? 약자는 잡아먹혀 강자의 피와 살이 될 뿐. 그것이 진리인가? 작은 씨족으로 태어난 우리는 강자의 먹이가 되기 위해 태어난 건가? ……그저 괴로워하려고 이 세상에 태어난, 그런 운명을 가진 인간이 어째서 존재하는가?"

　잠자코 그 목소리를 듣고 있는 반의 귓속에 여린 목소리가 들려왔다.

　'……왜, 나야?'

고통에 시달리며 잠들 수조차 없는 힘겨운 숨결로 속삭이던 어린 아들의 마지막 목소리. 귓속에서 사라지지 않는 그 목소리. 건강하게 사는 자와, 그러지 못하는 자. 그것을 결정하는 것은 무엇인가.

"나는 기도했다. 바위산에서 이틀 밤낮을 기도하고, 또 기도했다. '신이여, 저희는 불가능한 것을 바라는 게 아닙니다. 그저 공평한 잣대를 원하는 것뿐입니다. 부디, 선하게 사는 자들에게 기쁨을, 타인에게 고통을 주는 자에게 벌을 주소서'라고."

오판의 표정이 문득 누그러졌다.

"어떻게 되었을 것 같나?"

오판은 반의 대답을 기다리지 않고 말했다.

"신이 대답해주시는 일은 없었다. 나는 절망했다. 잿빛 안개 속에 있는 기분으로 바위산에서 내려와 씨족이 임시 거처로 삼은 마을로 돌아갔다. 거기에서 나를 기다리는 것은 구원은커녕, 더한 고통이었다. 아버지가 개에게 물렸던 것이다."

바람 소리가 들려왔다. 말들이 꿈틀거리며 눈을 밟는 희미한 소리가 울려 퍼졌다.

"아아, 이것이 대답인가, 그렇게 생각했지. '너희는 절멸하여라.' 신이 그렇게 말씀하시는 줄 알았다. 그 개는 '킴마의 개'였으니까."

"킴마의 개?"

오판은 고개를 끄덕였다.

"그래. 킴마의 신이 보내신 개였다. 병들어 땅에 묻힌 아파르의 고기를 먹고 병을 이긴 개들은 신의 힘을 얻게 된다. 우리는 그런

개를 킴마의 개라고 부르지. 츠오르 놈들이 아파르의 고향에 부정한 양을 풀어 키웠을 때, 양들이 줄줄이 죽어갔다……."

오판이 별안간 쓴웃음을 짓더니 전사들을 돌아보았다.

"나도 꽤나 둔했지. 어째서 그때 이미 신이 손을 쓰셨다는 것을 알아채지 못했을까? 바위산에 기도하러 갔을 때, 나는 부모의 깊은 뜻을 헤아리지 못하고 부모를 탓하는 아이 같은 짓을 했던 것이다. 그렇지?"

전사들도 쓴웃음을 지으며 고개를 끄덕였다.

오판은 반을 향해 고개를 돌리고 사과했다.

"당신은 영문을 모르겠지. ……말하자면 이런 거야. 츠오르 이주민은 저들 지방의 생활을 그대로 유카타 평원에 가져오려 했다. 양은 물론이고, 보리까지 가져와 심었어. 하지만 유카타 평원은 놈들의 것이 아니야. 그래서 놈들이 가져와 심은 보리가 원래 유카타 평원에서 자라던 보리와 섞인 순간, 독으로 변했어. 그걸 먹고 놈들이 키우는 양이 줄줄이 죽어나갔지."

"그것이 최초의 징조였던 거지요. 신의 심판이 시작되었다는 증거였습니다."

젊은 오손이 끼어들었지만 오판은 나무라지 않고 고개를 끄덕였다.

"그런 셈이지."

"그……."

반이 입을 열자 남자들이 일제히 반을 쳐다보았다.

"독보리를 먹고 죽은 양을 당신들의 개가 먹었나?"

오판의 눈이 번뜩 빛났다.

"양만 독보리를 먹고 죽었던 게 아니야. 아파르도 죽었다. 우리는 독보리를 먹고 죽은 아파르를 땅에 묻었지만, 이주민들은 그 옆에 독보리를 먹고 죽은 양을 묻었어. 놈들이 더럽힌 탓에 무덤에는 성스러운 빛이 깃들지 않게 되었지만, 개들은 늘 그러하듯 살점을 파내 먹고 말았다……."

오판의 얼굴이 일그러졌다.

"개들은 죽었다. 부정한 고기를 먹고 괴로워하면서. 가엾게도. 하지만……."

그 눈에 다시 빛이 번득였다.

"킴마의 신은 그 뜻을 우리에게 보여주셨다. 무덤 일부에 다시 성스러운 빛이 깃들었지. 그 무덤에 묻힌 아파르나 양은 독보리를 먹고도 살아남은 녀석들이었다. 그 후에 진드기에 물려 죽었지만, 그래도 의지가 강한 놈들이었겠지. 킴마의 신은 그런 강인한 짐승의 고기에 특별한 힘을 주셨어. 그 녀석들을 먹은 어미 개들은 죽지 않았다! 똑똑한 새끼들을 잔뜩 낳았고, 그 새끼들은 성장이 빨라서 빠르게 늘어났지. 예전 킴마의 개들을 뛰어넘는 놀랍도록 똑똑한 새끼들이었어."

그 말을 들은 순간, 반은 그때까지 온 길을 뒤덮고 있던 안개가 천천히 걷히면서 보이지 않던 길이 눈앞에 보이는 불안을 느꼈다.

짐승의 눈이 뇌리에 뚜렷이 떠올랐다. 소금광산의 어두운 지하로 뛰어들었던 짐승의 그 눈. 어딘가 병사가 떠오르던 그 눈.

"독을 먹고도 살아남은 말과 양의 고기를 먹고……."

반은 중얼거렸다.

"그 개들은 몸에 독이 있나?"

오판은 뜨거운 시선으로 반을 바라보았다.

"그렇다. 그 개들은 신이 만드신 것이다. 신은 침략자가 가져온 독을 버텨낸 자에게 침략자를 죽일 힘을 주신 것이다. 침략자의 독에 더럽혀져도 살아남아라! 그리하면 너희는 전보다 강해지리라! 그렇다, 킴마의 신은 우리에게 알려주셨다. 유카타의 대지를 침범한 자들만 죽이는 독을 개의 어금니에 주심으로써."

그 얼굴에 서서히 미소가 번졌다.

"내 아버지는 죽지 않았다."

그 미소가 얼굴 전체로 퍼졌다.

"츠오르 이주민은 어금니에 스친 것만으로도 죽었는데 말이야. 알겠나? 킴마의 개는 옳은 자를 죽이지 않는다. 하지만 죄를 저지른 자에게는 생명을 앗아가는 어금니가 되지. 이 땅에 살 권리가 없는 자는 물리면 죽는다."

오판은 숨을 들이쉬더니 미소를 거두고 말을 이었다.

"……당신 눈에는 그 개들이 죽음의 사자로 보였겠지. 소금광산 안은 처참했다고 들었으니."

반은 잠자코 오판을 바라보고 있었다. 오판 역시 시선을 돌리지 않고 반과 마주 보았다.

"하지만 잘 생각해봐, 거기 있던 노예들의 정체를. 아카파 민족이 있었나? 아니면 유카타 지방의 세 씨족은? 당신 같은 토가 산지민은?"

예기치 못한 질문에 반은 눈살을 찌푸렸다. 어두운 땅속에서 함께 일하고 잠들었던 사내들. 얼굴이 제대로 보이지도 않았지만 분명 말이 통하는 이도 한 명도 없었다.

"없었지? 아카파 소금광산에서 일하던 노예는 모두 동쪽에서 끌려온 전쟁 노예들이야. 당신만 예외였다."

오판의 눈에서 하얀빛이 번득였다.

"당신은 살아남았어. 물렸는데도 죽지 않았지. 그 사실을 알았을 때, 우리는 전율했다. 전율하면서 킴마의 신에게 감사의 기도를 올렸다. 꼬박 하루를 빌고 노래했다."

오판은 숨을 들이마시고 말했다.

"당신은 그 개들이 우리 아파르 민족뿐 아니라, 츠오르의 만행으로 고통받는 모든 아카파 백성을 구하기 위해 내려온 신의 사자가 틀림없음을 증명해준 거야."

오판이 하는 말의 의미가 머릿속에 스며들어 형태를 갖추었다. ……순간, 등줄기에 저릿한 한기가 치달았다.

오판의 눈은 강렬한 빛을 머금고 있었다.

"신은 인간에게나 짐승에게나 고향을 주신다. 태어나고, 짝을 이루고, 자손을 낳고, 이윽고 대지로 돌아간다. 그 순환을 되풀이해온 고향은 우리의 존재 자체다. 우리 부모도, 그 부모도, 또 그 부모도,

모두 그곳에 있다."

오판이 불쑥 팔을 크게 벌렸다.

"우리는 반드시 돌아갈 것이다. 아파르가 뛰노는 저 아름다운 유카타 평원으로."

6

꿈속의 방문자

사람은 죽으면 작아진다. 거짓말처럼 작아진 아내의 얼굴을 망연히 바라보며 이따금 아들의 어깨가 팔꿈치께에 닿는 것을 느꼈다.

아들의 얼굴을 보기가 두려웠다.

눈물에 젖은 그 어린 얼굴이 올려다보고 있다. 그 작은 입이 "왜?"라고 묻는다.

"……왜, 엄마는……. 어째서……. 엄마는 왜 병에 걸렸어? 똑같은 병에 걸린 이모는 나았는데, 엄마는 어째서……?"

물어도 답이 없다는 것을 아는 것이리라. '왜'라는 말만 되풀이하는, 아직 한참 앳된 높은 그 목소리가 여리게 귀를 때린다.

'듣고 싶지 않다.'

반은 눈을 질끈 감고 귀를 막았다.

어린 그 목소리가 이윽고 "왜, 나야?" 하고 물을 것을 알기에……

반은 애써 꿈으로부터 제 몸을 떼어냈다. 거친 숨을 몰아쉬며 땀에 젖은 얼굴을 손으로 훔쳤다. 심장이 요동치듯 펄떡였다.

숨을 크게 몰아쉬고 길게 내뱉자 겨우 악몽의 잔재가 멀어져 갔다.

묘한 시간에 잠이 들었다.

저녁노을 빛이 천막의 연기 구멍으로 비스듬히 쏟아지고 있다. 반은 그 빛을 따라 천천히 솟아오르는 연기를 무심히 보고 있었다.

자그마한 일인용 천막 안에는 침상과 화로, 물병, 용변을 보기 위한 항아리가 놓여 있었다. 문 덮개가 닫혀 있고 밖에는 보초가 서 있지만 견고한 감옥과는 거리가 멀다. 달아나려고 마음만 먹으면 언제든지 달아날 수 있다.

하지만 이 천막은 반이 달아나지 못한다는 사실을 잘 알고 마련한 연금 장소였다. 반은 침상 위에 드러누워서 멍하니 지금 꾼 악몽을 생각했다.

'……오랫동안 꾸지 않았는데.'

아들을 잃고 얼마 되지 않았을 때는 밤마다 꾸던 꿈이었다.

오늘 아침, 오판의 이야기를 들은 탓이리라.

'그건 내 목소리다.'

왜, 라고 묻는 아들의 목소리는 그의 마음이 내는 목소리다.

병에 걸리지 않는 사람도 있는데, 왜 아내와 아들은 병에 걸리고 말았는가. 뭔가 잘못이라도 했다면 그나마 이해할 수 있지만, 아무 이유도 없기에 더더욱 묻지 없을 수 없다.

어째서 오래 살 수 있는 사람과 오래 살지 못하는 자가 존재하는가? 오래 살 수 없다면, 왜 태어나는 것일까?

'불공평한 운명……'

반은 두 손으로 얼굴을 덮었다. 문득 눈꺼풀 속으로 그 텅 빈 황혼녘의 주방이 보였다. 숨이 꺼진 여인들의 조용한 유해와 어머니의 보호로 살아남은 어린아이의 눈물에 젖은 뺨, 그리고 가만히 그를 바라보던 올망한 눈동자가.

'그 아이는 살아남았고 나도 살아남았다.'

품에 안은 유나의 촉촉한 온기가, 그 무게가 떠올랐다. 살아 있는 어린아이의 무게가 그때도 그의 팔을 눌렀다.

그 아이는 살아 있다. 그 아이는 아직 이 손으로 구할 수 있다.

숨을 깊게 들이마신 반은 얼굴에서 손을 내리고 연기 구멍을 올려다보았다.

'……집착인가.'

아직 앳된 구석이 남아 있는 저 오판이라는 족장과 이 씨족 사람들의 마음은 이해하고도 남는다. 그들이 겪은 고통도, 그 고통을 가져온 자에게 상응하는 고통을 맛보여주고 싶은 마음도, 다시 한번 고향에서 살기를 바라는 마음도 뼈저리게 이해한다.

하지만 역시 그 믿음이 집착이라는 생각밖에 들지 않았다. 저 독니를 가진 로차이를 그들은 신의 사자라고 믿고 있다. 킴마의 신이 츠오르로부터 서쪽 땅을 해방시키기 위해 보내신 사자라고 말이다.

하지만 병든 짐승에게 여자든 갓난아이든 할 것 없이 물게 하고,

그 생사를 신의 의지로 보는 행위가 얼마나 비정상적인지, 그들 중 누구 하나 깨닫지 못하고 있다.

'츠오르 인들도 사람이다.'

하루하루의 삶을 그저 이어나가는 평범한 사람들이다.

토마의 어머니 키야의 차분한 미소가 떠올랐다.

'메아리의 주인'에게 불려간 후에 소식도 끊겨서 키야와 가족들이 꽤나 걱정하고 있을 것이다. 그들에겐 미안한 마음이 들었다.

오키에서의 삶이 그리웠다. 할 수만 있다면 유나와 같이 돌아가서 다시 모두와 함께 살고 싶었다. 그곳에서는 출신 성분 따위는 이미 의미가 없었다. 인연이 있어 함께 살아온 나날들이 전부였다.

이주민에게는 그만의 사정이 있다. 고향을 떠나 강제로 이주당한 고뇌도, 이 땅에서 뿌리를 내리기 위해 흘린 땀도, 이 땅에서 얻은 행복도 있다. 하지만 오판과 그 부족민들은 그런 모든 것을 무시한 채, 그저 신에게 용서받지 못할 자라고만 생각한다. 그리고 자신들의 마음속에 무엇이 있는지 보려 하지 않는다.

'신이라는 건 편리한 핑계다.'

소금광산에서 개들에게 살해당한 노예들은 분명 동쪽의 백성이었다. 하지만 모두들 서쪽 백성과 마찬가지로 츠오르와 싸운 사람들이었다. 옆자리에서 자고 일어나던 그 남자들…… 모두 고향에서 쫓겨나 크나큰 고통을 견뎌온 사람들이었다.

'우리와 뭐가 다르지?'

같은 고통의 나락 속에 있던 사람들 아니던가. 그런 식으로 살해당해도 될 사람들이 결코 아니었다.

하지만 그런 말을 해도 오판의 믿음은 흔들리지 않을 것이다.

신이 노예로 일하는 고통에서 해방시켜주었다고 생각하면 그만이기 때문이다. 믿고 싶은 대로 생각하게 해주는 신이 제 입맛에 맞는 방편에 불과함을 그들이 인정할 일은 결코 없을 것이다.

오히려 반이 그런 식으로 생각한다는 걸 알면 그들은 진심으로 놀랄 것이다. 고향을 지키기 위해 츠오르 군과 사투를 되풀이하고, 동료가 죽고, 노예로까지 전락한 사내가 어째서 자신들과 똑같은 생각을 하지 않는지 의아해할 것이다.

'츠오르 군의 장수나 군인들은 증오스럽다.'

남의 땅마저 제 것으로 생각하는 오만함에는 피가 거꾸로 솟을 만큼 분노를 느낀다. 노예로 끌려간 그 지옥 같은 원한도 잊은 것은 아니다. 하지만 아무리 마음을 뒤집어 보아도, 오판 일족처럼 츠오르 인이라면 여자나 아이까지 모조리 죽이고 싶다는 증오는 없다.

'아마도……'

반의 가장 소중한 존재를 앗아간 것이 츠오르가 아니었기 때문이리라.

반은 머리맡에 놓인 작은 항아리에서 풍기는 달콤한 과실주의 향기를 맡으며 눈을 감았다.

마음속에 줄곧 뿌리를 내리고 있던 이 허무의 근원이 사람이나 국가였다면 그나마 나았을까. 저 남자들처럼 복수에 정념을 불태우면 마음의 어둠으로부터 눈을 돌릴 수 있었을까.

반은 작은 한숨을 쉬었다. 그것은 불가능할 것이다. 비록 아이와 아내를 앗아간 상대가 츠오르였다 해도 분명 그들 너머로 지금과 똑같은 광경을 보았을 것이다. 결코 사라지지 않는 이 깊은 허무를.

이 마음은 남에게 이야기해도 모른다. 오판에게 말한다 해도, 그는 결코 이해하지 못할 것이다.

'그들은 내게 무슨 짓을 시키려는 걸까⋯⋯.'

그 개들은 분명 무서운 존재다. 하지만 몇 마리나 되는지는 몰라도 어차피 개는 개다. 백 마리가 있다 한들 츠오르 군을 섬멸시키지는 못한다.

츠오르는 대국이다. 병을 퍼뜨리는 개 정도로는 그들을 이 땅에서 몰아내지 못한다. 아무리 집착에 사로잡혀 있다 해도 아파르 민족도 그 정도 사실은 알고 있을 터였다.

아니면 그런 것조차 모를 정도로 킴마의 신을 광신하는 걸까? 혹은 달리 뭔가 보여주지 않은 비밀이 있는 것일까⋯⋯.

그럴지도 모른다. 오판은 끝내 반에게 무엇을 원하는지 말하지 않았다. 밤이 되면 안다고 말했을 뿐이었다.

다만 그렇게 이야기한 후, 그가 덧붙인 말이 목에 걸린 이물처럼 가슴께에 박혀 있다.

'밤이 되면, 알게 된다. ⋯⋯킴마의 개의 죽음으로부터 되살아난 당신이라면.'

'킴마의 개의 죽음⋯⋯.' 그 개에게 물린 뒤로 찾아온 기이한 악몽. 그것을 죽음이라고 표현하는 것이 묘하게 오싹했다.

'그 후로 나는.'

분명 변했다. 무엇이 어떻게 바뀌었는지 모르겠지만, 몸속에 과거의 자신과는 다른 생물이 있다. 지금까지 몇 번인가, '그것'이 고개를 들었다. 몸도 마음도 앗아가면서.

'지금까지는 자아를 되찾을 수 있었다. 하지만……'

언젠가 그것이 주체가 되면 나는 사라지는 게 아닐까? 그런 예감이 늘 마음속 어딘가에 있다.

반은 두 손으로 가만히 얼굴을 덮었다.

'두려운 것은.'

정말 두려운 것은……, 그가 그것을 두려워하지 않는다는 사실이다. 언제 깨달았는지는 모른다. 어느새 느끼고 있었다.

'그걸로 변해 있을 때는 허무가 사라진다.'

늘 마음을 괴롭히는, 삶을 덧없이 생각하는 마음이 없다. 존재하는 것은 그저 생명의 충동뿐이다.

그리고 고독이 사라진다. 혼자인 것은 변함없는데 광대한 강에 녹아든 것처럼 평온한, 하나로 연결된 감각이 있다.

'오판은 아는 걸까? 나의 내면에 그것이 있다는 사실을.'

그럴지도 모른다.

그의 아버지도 개에게 물렸다가 살아남았다고 했다. 그 개들에게 물려 살아남은 자에게는 똑같은 현상이 일어날지도 모른다.

그렇게 생각했을 때, 문득 유나의 얼굴이 떠올랐다. 그 개들이 습격했을 때, 품에 파고들며 울던 그 목소리까지 생생하게 되살아났다.

'……아바, 아바……그게……검은 게 말이야…….'

'유나…….'

어쩌면 그 아이도 그런 걸까? 미친개에 물린 사람이 마치 미친개가 된 것처럼 물을 싫어하고 고통스러워하듯, 그 개에게 물린 사람은 비록 죽지는 않더라도 뭔가를 몸속에 키우고 마는 것일까?

빛의 세계. 어둠조차 환해 보이는 그 기이한 시야. 모든 것이 변하는 그 감각…….

반은 연기 구멍으로 쏟아지는 저녁노을 빛을 응시하며 차가운 물 같은 감각이 온몸으로 찰랑찰랑 퍼져나가는 것을 느꼈다.

아파르 민족이 고향을 되찾기 위해 그에게 무엇을 원하는지 모르겠지만, 그를 둘러싼 것은 단순한 복수와는 거리가 멀었다. 몹시 복잡하고 불확실한 무언가다.

그렇게 생각한 순간, 문득 그 여인이 했던 말이 귓가에 되살아났다.

'……더 복잡한 사정이 있어요.'

반은 미간을 잔뜩 찌푸렸다.

'모르파 족과 아카파 왕…….'

아파르 민족과 어떻게 얽혀 있는 걸까?

연기 구멍 둘레를 물들이던 금색이 서서히 빛을 잃어갔다.

그리고 주위가 푸른 어둠에 가라앉을 무렵, 이변이 찾아왔다.

7

개의 왕

처음 느낀 것은 냄새였다. 쓰러진 나무에 낀 이끼가 비에 젖으며 풍기는 싱그러운 냄새.

어느새 누군가가 천막 안에 있었다. 문 덮개를 들추지도 않고 발소리도 없이. 정신을 차리고 보니 구석의 어둠 속에서 인기척이 느껴졌다.

반은 몸을 일으켜 기척이 느껴지는 천막 구석을 바라보았다.

어둠 속에서 숨소리가 희미하게 들렸다. 하지만 사람의 모습은 보이지 않는다. 그림자조차 없다.

저녁노을의 푸른빛이 사라지고 어둠이 고요히 찾아왔을 때, 거기에 무언가가 보이기 시작했다. 어렴풋이 일렁이는 아지랑이 같은 도깨비불. 몹시 작은 창백한 빛이 무수히 엉키더니 흔들흔들 일렁거리며 사람의 형체를 이루었다.

"……."

머릿속에서 어떤 소리가 들렸다. 싱그러운 냄새가 온몸을 감싸더니 땀구멍으로 스며들었다.

"……이리로 오너라."

초록빛이 감도는 창백한 빛이 일렁거리며 부르고 있다. 그 손이 스르륵 뻗어와 놀랄 새도 없이 미간을 건드렸다. 그 순간, 몸이 쑥 빠졌다.

공기가 달콤하다. 주변은 환하고 몸이 떠오를 듯이 가볍다.

정신을 차리자 천막 밖을 걷고 있었다.

눈앞으로 남자의 등이 보였다. 듬직한 초로의 사내. 등을 살짝 구부리고 걸어간다.

보름밤처럼 주변이 묘하게 밝아서 남자의 모습이 뚜렷이 보였지만, 주위에 있는 다른 천막은 모두 환영처럼 어렴풋했다.

남자는 숲속으로 들어갔다.

숲속은 요사스러운 빛으로 가득했다. 헤아릴 수 없이 많은 빛. 무수한, 연기처럼 춤추는, 너무나도 작은 빛의 무리…….

다양한 냄새가 파도처럼 밀려들었다. 이윽고 친근한 냄새가 다가왔다. 가벼운 발걸음과 함께 달려오는 짐승들…….

'……로차이.'

십여 마리씩 뭉친 무리가 사방팔방에서 성큼성큼 다가왔다.

"……로차이[牢仔]라는 천한 이름으로 부르지 마라."

문득 소리가 들려왔다.

어느새 남자가 멈춰 서서 그를 바라보고 있었다. 로차이들이 남자에게 다가가 둥글게 에워싸더니 납작 엎드렸다.

"이건 킴마의 개. 나의 사냥개들이 이 땅의 검은 늑대와 교합해 킴마의 피를 받고 태어난 신의 사냥개들이다."

그것은 신비한 광경이었다.

우뚝 선 남자를 정점으로 높은 산을 따라 들판이 펼쳐지듯 수십 마리의 개들이 머리를 조아리고 있다.

"……당신은 누구요?"

반의 질문에 남자가 대답했다.

"나는 '개의 왕'이다."

남자가 웃은 것처럼 보였다.

"인간일 때의 이름은 케노이. 과거에는 아파르 민족의 족장이었지만, 킴마의 신에게 부름을 받고 새로 태어났다."

남자가 슬그머니 한 점을 가리켰다.

"보아라. 내 몸은 저기에 있다. 저 몸속에 있을 때, 나는 늙고 병든 몸이다. 이제 남은 앞날이 그리 길지 않지……."

남자가 가리킨 거목 밑동에 사람의 모습이 있었다. 거목에 깊숙이 기대어 고개를 숙이고 있다.

"개의 왕이 될 때, 나는 이렇게 몸을 벗는다. 그리고 나는 강해지지."

남자가 고개를 들어 이쪽을 똑바로 쳐다보는 듯했다.

"자네도 강하다. ……느껴지는가? 킴마의 개들은 자네를 두려워한다."

그것은 느끼고 있었다. 그를 두려워하면서도 따르고자 하는 개들의 마음이 파도처럼 전해졌다. 명령하면 그들은 그의 뜻대로 움직일 것이다…….

"지금까지 용맹한 사내들이 스스로 수없이 킴마의 개에게 물려가면서 그들의 왕이 되려 했다. 하지만 킴마의 개의 피를 품고 유대를 이루는 데는 성공했지만, 개의 왕이 될 수 있었던 남자는 아무도 없었다. 많은 수컷들이 있다 한들, 무리의 우두머리가 되는 것은 한 마리뿐. 개의 왕이 되는 데에도 어떤 자격이 필요한 것이겠지."

남자가 희미하게 웃는 것처럼 느껴졌다.

"자네는 내가 찾아낸 단 한 명의 예외……, 단 하나의 희망이다."

남자가 다가왔다. 풀을 밟고 있는데도 소리가 없다.

천천히 다가오더니 손을 뻗어 반의 손을 잡았다. 그 순간, 미지근한 액체가 흘러들어오듯이 무수한 목소리가 스며들어왔다. 반이 신음했다.

머릿속에서 목소리가 울렸다. 그것은 남자의 목소리 같기도, 자신의 목소리 같기도 했다.

"킴마의 개의 피를 나눈 형제여, 들어다오……."

수많은 모기의 날갯짓 소리처럼 높은 소리. 그 소리가 온몸에 차오르더니 이윽고 꿈이 시작되었다.

*

천막이 하얀빛으로 물들었다.

이른 아침의 부드러운 빛이 속눈썹에 닿아 일렁거렸다.

반은 천천히 눈을 떴다. 눈꺼풀이 무겁다. 뺨이 축축했다. 꿈속에서 운 것이다.

두 손으로 차갑게 식은 얼굴을 덮자 손바닥에서 살냄새가 났다. 그 익숙한 냄새를 맡은 순간, 다시 눈물이 솟구쳐 뺨을 타고 흘렀다.

'이 무슨…….'

꿈을 꾼 것일까. 비애와 고뇌와 환희로 가득한 기나긴 꿈이었다.

'개의 왕'이라고 한 노인과 하나가 되어 본 것은 아파르 민족이 고향에서 살던 시절의 나날과 함께, 그 모든 것이 갑작스러운 침략자들의 전횡으로 짓밟혀 무너져 내린 기억이었다.

고향을 빼앗기고 추방당하는, 제 몸뚱이가 반 토막 나고 가죽이 벗겨지는 듯한 비탄과 분노. 그 절망의 나락에 어렴풋이 보인 희망의 빛…….

인간의 육체에서 벗어나 하나로 녹아든 꿈속에서 본 모든 것은 압도적인 현실감과 함께 마음속에 녹아들었고, 이미 반의 기억이나 다름없는 것이 되었다.

하지만 그 압도적인 꿈의 기억보다 생생하게 아로새겨진 것은 꿈을 다 보여주고 늙은 몸으로 돌아간 순간의 케노이의 표정이었다.

그의 얼굴은 비참했다. 개의 왕으로 빛날 때의 표정과는 전혀 다른, 병들고 마음과 몸의 고통에 늘 시달리며 왜소해진 늙은 얼굴이었다.

그럴 만도 했다. 그가 짊어지고 있는 것은 너무나도 무거운 회한이다. 그의 동생은 동포에게서 고향을 앗아간 이주민을 습격하는 사건을 일으켰고, 동생의 계략을 알면서도 그는 말리지 않았다.

애마가 독보리를 먹고 죽은 일을 계기로 마음에 광기를 품은 동생의 계략을 그는 말로는 백해무익하다고 타이르면서도 진심으로 말리지는 않았다. 족장이면서도 동포의 분노를 달래지 못하고 어중간한 상태로 시간을 보내려 한 그 우유부단한 태도가 일족에게 결정적인 비극을 안겨준 셈이었다.

영원히 빼앗긴 고향. 두 번 다시 돌아가지 못할 그곳을 몇 번이나 돌아보며 울면서 떠나야만 했던 사람들의 분노와 비탄, 무언의 비난을 그는 한 몸에 짊어진 것이었다.

반은 두 손을 조용히 내리고 천막의 연기 구멍을 바라보았다. 그 구멍 너머로 보이는 아침 하늘. 눈에 익숙할 터인 그 하늘이 처음 보는 풍경처럼 느껴졌다.

얼굴을 일그러뜨리며 반은 눈을 굳게 감았다.

너무나 고독했다. 여태껏 오랫동안 느껴왔던 고독이었다. 이제는 돌아갈 수 없는 고향, 돌아갈 수 없는 시절. 사랑하는 아리사와 아들 모시르. 그 웃음, 피부의 온기, 내음…….

연로한 아버지와 어머니가 걸음마를 뗀 손자를 보고 기쁨에 겨운 얼굴로 웃고 있다. 아리사의 매끄러운 살에 살을 맞대고 품에 안아 목덜미의 내음을 느끼고, 뺨을 문지르며…….

아무리 바란들, 이제는 결코 돌아갈 수 없는 그 나날들.

급류를 타고 흐르듯 떠내려가는 낙엽.

번뜩이는 칼날, 피와 내장의 냄새, 땀, 얼굴을 가리고 어깨를 들썩이며 통곡하는 친구.

"……집으로 돌아가고 싶어."

결전 전야, 눈물을 흘리며 중얼거리던 전우 바사르의 목소리.

"집 아궁이 앞에 있는 아내와 딸이 내가 좋아하는 버섯과 멧돼지 고기로 찜을 만들어주고, 어머니가 햇볕 아래에서 다리를 쭉 뻗고 콩 껍질을 벗기는……."

오래 전에 세상을 떠난 가족들이 있던 그 고향으로 다시, 다시 돌아가고 싶다…….

흐르는 눈물도 닦지 않은 채, 반은 흐느껴 울었다.

오랫동안 울고 싶었다.

정처 없는 비탄 속을 하염없이 걸어왔다. 타향에서 살아가는 동안에도 마음속에서 가족과 살던 고향에의 갈망이 사라지는 일은 없었다. 그의 몸은 이미 나뭇가지에서 떨어져버린 잎이다. 흐르고 흘러서 마침내 대해大海로 사라지는 수밖에 없다. 그걸 알면서도 비탄과 갈망은 사라질 줄 모른다.

아파르 민족 또한 강제로 고향에서 떨어져 나온 낙엽이다. 오로지 고향으로 돌아가기를 바라는 서글픈 낙엽인 것이다.

아파르 민족이 그에게 무엇을 바라는지 알 수 있다.

케노이와 하나가 되어 그의 기억을 따라간 지금, 그것은 이미 자신의 핏속에도 흐르는 것처럼 느껴질 정도로 당연한 의무로 생각되었다.

천막 밖이 수런거렸다.

아까부터 수런거리는 소리는 들렸지만 그것과는 명백히 달랐다. 들리는 사람들의 말소리에서 이 천막에 볼일이 있는 사람이 찾아왔음을 느꼈다.

반이 몸을 일으킨 것과 거의 동시에 문 덮개가 올라갔다.

고개를 살짝 숙이고 들어온 남자를 본 반은 깜짝 놀라며 눈을 휘둥그레 떴다.

남자의 얼굴도 반을 보자마자 일그러졌다. 그 표정이 너무나 아내와 흡사해 보자마자 가슴이 뭉클했다.

반은 일어나서 무거운 다리를 겨우 움직여 남자에게 다가갔다.

"……형님."

반은 중얼거리며 떨리는 손으로 아내의 오빠이자 소꿉동무였던 남자의 손을 붙잡았다.

그 남자도 떨리는 입술로 눈물을 흘리며 반을 힘껏 끌어안았다.

제 **8** 장

변경의 민족들

사슴의 왕

돌아왔다 떠난 자

배후에 있던 자

저녁노을 빛이 잦아들면서 장작 창고가 푸른 어둠 속으로 가라앉기 시작했다. 허리를 숙여 마코우칸의 얼굴을 들여다본 여인이 희미하게 웃었다.

"……많이 늙었구나."

이리아, 하고 누나의 이름을 부르려 했지만 목소리가 제대로 나오지 않았다.

이리아는 마코우칸의 손목에 묶인 밧줄을 작은 칼로 끊더니 자그마한 단지를 내밀었다.

"마셔. 바람총의 독은 지금쯤 빠졌겠지만 아직 목이 칼칼하지? 조심해서 마셔. 사레들려도 모른다."

단지에 입을 대자 차가운 물이 입 안으로 퍼져나갔다. 하지만 제대로 삼킬 수가 없었다. 조금씩 삼키려 했지만 결국 사레들리고 말았다.

"거봐, 말을 해줬는데도. 너는 참⋯⋯."

이리아가 혀를 차면서 등을 두드려주었다. 눈물을 닦고 누나를 올려다본 마코우칸이 중얼거렸다.

"⋯⋯뭐가 어떻게 된 거야?"

이리아는 한쪽 무릎을 꿇고 씁쓸한 표정을 지었다.

"넌 대체 어째서 유그라우르 가문의 아들을 모시게 된 거니? 모처럼 이 시시한 세상에서 달아났으면서 제 발로 다시 속박을 당하러 돌아오다니, 이런 바보가 또 있을까."

"⋯⋯."

"도와주고 싶지만 이렇게 된 이상, 할 수 있는 데까지 해보는 수밖에."

마코우칸은 눈썹을 찌푸렸다.

"누님, 내가 알아듣게 좀 말해봐."

이리아는 한숨을 쉬며 머리를 쓸어 올렸다.

"너는 진창에 가슴까지 푹 빠져 있다는 말이야. 그나저나 바람총을 사용하다니. 나한테 맡기라고 했는데, 한심한 녀석들."

"녀석들이라니, 아파르 오마 말이야?"

목소리를 낮추어 속삭이자 이리아는 코웃음을 쳤다.

"목소리 낮출 필요 없어. 여기는 우리 집 장작 창고고, 놈들은 우리 부지 안에 들어올 수 없으니까."

"어?"

마코우칸은 주위를 둘러보았다.

"이런 창고가 있었나?"

이리아가 또 한숨을 쉬었다.

"네가 집을 뛰쳐나가고 몇 년이나 흐른 줄 아니?"

마코우칸은 울컥해서 누나를 바라보았다.

"뭐야! 난 줄 알면서 우리 집 창고 기둥에 묶어놓다니, 장난 그만해!"

이리아의 눈에 싸늘한 빛이 떠올랐다.

"이게 장난 같아? 동생만 아니었다면 그대로 죽게 내버려뒀어. 시종 따위는 없는 편이 우리한테도 편하니까."

마코우칸은 누나의 눈을 지그시 바라보았지만 그녀는 표정 없는 눈으로 마주 볼 뿐이었다.

"네 목숨은 그 정도로 가벼워. 쓸모가 있어 보이면 살려두겠지만, 조금이라도 해가 된다 싶으면 끝이야."

이리아가 얼굴을 바짝 들이대며 말했다.

"물론 나는 널 죽이기 싫어. 그래서 이렇게 이야기하러 왔지. 내 이야기를 잘 듣고 살아남으려면 어떻게 행동해야 할지 잘 생각해."

심장이 펄떡였다. 과거에 누나는 형의 목숨을 빼앗았다. 그 일을 떠올리자 목구멍에서 차가운 덩어리가 턱으로 퍼져나갔다.

"……우리를 이곳으로 보낸 건 심부야."

이리아는 피식 웃으며 얼굴을 더 가까이 들이대더니 속삭였다.

"그래서? 너희는 지금 우리 씨족에게 열렬한 환대를 받고 있어.

아무 문제도 없잖니?"

어스름 속에서 그 눈이 조용히 빛났다.

"나는 지금도 치이하나 님께서 명령하신 일을 제대로 수행하고 있어. 하지만 다른 사정도 있지. 중요한 사정이."

이리아가 얼굴을 쓱 젖히며 차가운 목소리로 말했다.

"오타와르는 연못에 비친 달이야. 스스로 빛나지는 못하지. 과거에는 아카파, 지금은 츠오르의 광휘를 받아 빛나고 있어. 언제나 그 시대의 위정자를 빛나게 하고, 그 힘으로 자신들도 빛나는, 수면에 비친 달……."

마코우칸은 잠자코 누나를 바라보았다.

대대로 오타와르의 심부를 받들어온 시녹 가문의 가업을 이어받은 누나. 속으로 무슨 생각을 하는지 지금까지도 알 기회가 없었다.

"치이하나 님의 명령이라는 게, 아파르 오마를 찾아내는 일이야?"

"그래."

이리아가 선뜻 대답했다.

"추방당한 그들을 받아들여 살게 해준 우리라면 정보를 얻기도 쉬우니까. 하지만 그들과 인연이 깊은 우리의 정보만으로는 불안한지, 이따금 다른 녀석들이 찔끔찔끔 나타나 찾아다니곤 해."

이리아가 코웃음을 쳤다.

"별 상관은 없지만. 이쪽도 심부의 수법은 훤히 꿰뚫고 있고, 또 이방인이 씨족과 접촉하면 바로 내게 보고가 들어오지. 씨족 사람을 매수해도 나는 알아. 다만……."

문득 이리아가 진지한 표정으로 말했다.

"앞으로는 그리 태평하게 굴 수만도 없어. 지금 성역의 쓸데없는 간섭을 받을 수도 없지."

두꺼운 천 밑에서 손을 꿈지럭거리는 것처럼, 무슨 말을 하는지 알 듯 말 듯했다.

다만 누나가 그 병든 개들의 습격을 계획한 쪽이며, 오타와르 성역의 심부를 배신했다는 사실만은 이해할 수 있었다.

누나가 음모자 쪽이라는 사실은 고향 사람들과 산지 씨족 모두가 음모를 계획한 측에 속한다는 뜻이리라.

'……아파르 오마와 오파르 오마.'

예로부터 인연이 있던 유카타의 씨족이 손을 잡고 뭔가를 꾸미고 있다.

'결국 흑랑열의 부활은 내 고향 씨족의 계략이었단 말인가?'

가슴속이 차갑게 식었다.

'그렇군, 나는 가슴까지 진창에 빠져 있구나.'

마코우칸은 누나를 보았다.

"……홋사르 님은?"

"걱정할 필요 없어. 그 사람은 소중한 인질이고 쓸모 있는 남자니까 정중하게 대접하고 있어."

"인질?"

누나는 어깨를 으쓱했다.

"그래, 당연하잖아. 여태 한 얘기를 못 알아들었니? 지금 성역의 쓸데없는 간섭을 받기 싫다고 했잖아. 그는 오타와르에 대한 담보야."

이리아가 일어나더니 마코우칸에게도 일어나라고 재촉했다.

마코우칸이 일어서자 그녀는 뒤로 돌라고 하더니 재빨리 손목을 밧줄로 묶었다. 조이지는 않았지만 교묘한 매듭으로 손목을 움직여도 전혀 헐거워지지 않았다.

"너는 꼭두각시가 되는 거야."

이리아의 목소리가 등을 타고 들려왔다.

"무슨 말을 들어도 반응하지 말고 우리가 시키는 대로 해. 그게 결국 너하고 홋사르를 구하는 길로 이어질 거야. ……스스로 생각해서 움직일 생각은 하지도 마. 넌 모르는 일이 산더미처럼 많으니까."

마코우칸은 대꾸하지 않고 고개를 돌려 누나를 바라보았다. 그녀가 가만히 그의 등을 손으로 떠밀었다.

"걸어. 홋사르에게 데려가줄게."

*

이리아의 말에 거짓은 없었다. 홋사르는 정말 환대를 받고 있었다.

어두운 뒷길을 지나 마코우칸이 끌려간 곳은 족장의 사촌동생뻘 되는 우카니 오쿠사의 저택이었다.

오쿠사 가문는 명문가지만 그 저택은 수도의 서쪽 끝 산 중턱에 외따로 서 있었다. 때문에 연금 장소로 선택한 것인지도 몰랐다.

이리아는 마코우칸을 데리고 뒷문으로 들어갔다. 두 사람을 맞이하는 저택 사람들은 고개만 살짝 숙일 뿐, 아무 말도 없이 복도로 안내하고는 바로 물러났다.

"이 방이야. 들어가."

이리아는 손목에 묶인 밧줄을 풀어 둘둘 감더니 발걸음을 돌려 떠나버렸다. 마코우칸은 한숨을 쉬고는 문을 두드렸다.

안에서 들어오라는 목소리가 들려 문을 열자 구운 오리고기의 향긋한 냄새가 물씬 풍겨왔다. 사냥한 오리를 잠시 매달아 숙성시킨 다음에 벌꿀을 탄 특제 양념을 뿌려 꼼꼼히 구우면, 껍질에 독특한 윤기가 돌면서 향긋하고 바삭하게 익는다. 속에 채워 넣은 밤과 호두를 고기와 함께 먹으면 입 안에 진한 풍미가 퍼진다. 이 지방에서 가을과 겨울 사이에 먹는 별미다.

홋사르는 홀로 식탁에 앉아 작은 칼로 오리고기를 잘라 열심히 먹고 있었다. 마코우칸이 방에 들어갔는데도 눈만 슬쩍 들었을 뿐, 손은 멈추지 않았다.

"……무사하셔서 다행입니다."

그렇게 말을 걸자 홋사르는 입 안에 든 음식을 오물오물 씹어 꿀꺽 삼키고는 과실주를 들이켰다. 그러고 나서야 겨우 손길을 멈추고 마코우칸에게 눈길을 돌렸다.

"맛있군. 자네도 들어."

마코우칸은 그의 말을 따라 의자를 빼고 앉았지만 식욕은 하나도 없었다.

"잘도 드시는군요."

마코우칸이 중얼거리자 홋사르는 코웃음을 쳤다.

"난 화가 나면 허기가 지거든."

그는 달그락달그락 소리를 내며 힘껏 고기를 잘라 입 안에 넣었다.

"……화가 나셨습니까? 걱정하는 게 아니라?"

"걱정? 뭘 걱정해?"

"뭐긴요, 우리는 바람총을 맞고 기절해 여기에 감금되어 있잖습니까?"

"그래서 화가 난다는 거잖아! 젠장, 바람총 따위를 쓰다니. 독은 적은 양이라도 체질에 따라서는 위험할 수도 있건만!"

홋사르는 꿀꺽꿀꺽 소리를 내며 과실주를 마셨다.

"망할 치이하나 할망구! 이리될 줄 알고 우리를 이런 곳에 보낸 거야. 그 빌어먹을 망할 할멈!"

"예? 그런가요?"

홋사르는 퉁명스럽게 말했다.

"뻔하잖아! 아파르 오마를 찾아내려 해도 이 주변 산지민 출신의 심부는 믿을 수 없으니 우리를 보내 반응을 살피려고 계략을 꾸민 거야. 우리라면 겸사겸사 병에 대한 정보도 알아볼 수 있으니까. 제길, 그 할멈, 나를 돌멩이 취급하다니! 연못에 던져서 물결을 구경하다니. 제법이야, 노인네가."

마코우칸은 얼이 빠져 불같이 화를 내는 젊은 주인을 바라보았다.

"······저, 그 점에 대해 말씀드려도 되겠습니까?"

마코우칸이 쭈뼛거리며 말하자 홋사르는 마음대로 말해보라는 듯이 손을 흔들었다.

마코우칸은 평탄한 목소리로 누나와 나눈 대화 내용을 설명했다. 식사를 하면서 말없이 듣고 있던 홋사르는 다 듣고 나자 요란한 한숨을 내쉬었다.

"자네 누님은 뿌리까지 심부의 사람이로군. 집을 뛰쳐나온 심정도 알 만해."

"······."

손에 든 과실주 잔을 돌리던 홋사르는 빙글빙글 돌아가는 술을 바라보면서 말했다.

"자넨 흑랑열 사건을 유카타 씨족의 음모라고 생각하는 모양인데, 아마 아닐 거야."

마코우칸은 "네?" 하며 눈을 휘둥그레 떴다.

"어째서요?"

"유카타 씨족끼리 꾸민 음모였다면 성역은 이미 아카파 왕을 움직여 불씨일 때 꺼버렸겠지. 어전 매사냥에서 오우한 제후의 아들을 습격하는 짓을 잠자코 넘길 리가 없어."

마코우칸은 눈썹을 찌푸렸다.

"그렇다면······."

홋사르는 한숨을 쉬었다.

"그래. 젠장, 일이 귀찮게 됐군······."

그때 문을 두드리는 소리가 나면서 그의 말을 덮었다.

마코우칸은 방에 들어온 사람을 보고 제 눈을 의심했다. 두꺼운 털가죽 옷을 두르고 들어온 자는 카잔의 진료소에 있어야 할 미라르였기 때문이다.

미라르는 추운지 새빨갛게 물든 뺨으로 방에 들어오자마자 이렇게 말했다.

"아아, 따뜻해! 다행이야, 저택 안은 따뜻하네. 나만 먼저 왔어. 현미경이랑 도구들은 모레쯤 도착하려나?"

밝은 목소리로 거기까지 말한 미라르는 자신을 아연히 쳐다보는 홋사르와 마코우칸을 알아보고 눈을 깜빡거렸다.

"표정이 왜 그래?"

"네가 어째서 여기에……?"

그 질문에 미라르의 얼굴에서 웃음이 사라졌다.

"어째서긴, 당신이 불러서……."

홋사르의 얼굴이 험악해졌다.

"불렀다고? 내가?"

"어머……, 아니야? 하지만……."

그때 문이 열리더니 초로의 사내가 들어왔다. 손에 과실주를 들고 있는 그는 아카파 왕의 측근인 투림이었다.

2

수비대의 불

"오오, 맛카라 구이로군요."

투림은 미소를 지으며 손에 들고 있던 과실주를 살짝 들어 보였다.

"가지고 오길 잘했군. 그 요리에는 이게 제격입니다. 바람총을 쏜 사죄로는 너무 빈약한 선물이지만."

홋사르는 무표정하게 투림을 바라볼 뿐, 아무 대꾸도 하지 않았다. 투림은 그런 홋사르에게 깊이 머리를 조아렸다.

"바람총을 쏜 건 저희 의도가 아니었습니다. 두 분이 츠오르의 관리와 함께 뭔가를 조사한다고 겁먹은 녀석들이 멋대로 저지른 짓입니다. 하지만 그들을 막지 못한 건 제 책임입니다. 참으로 드릴 말씀이 없습니다."

챙! 하고 날카로운 소리가 났다. 홋사르가 작은 칼로 술병을 쳐내

는 소리였다. 홋사르는 작은 칼을 식탁 위에 내던지고 투림을 바라
보았다.

투림은 가볍게 한숨을 쉬더니 술병을 식탁에 내려놓고 미라르를
보았다.

"미라르 씨, 도착하자마자 말씀드리는 게 죄송스럽지만, 그 겉옷
은 그대로 입고 계십시오."

"……네?"

홋사르와 마코우칸에게 시선을 흘깃 던지며 투림이 말했다.

"궁금한 것을 알기 전에는 느긋하게 식사를 즐길 수 없겠지요. 보
여드릴 게 있습니다. 따라오십시오."

투림을 따라 저택의 좁은 나선계단을 오르자 어느새 밤하늘 아래
로 나왔다. 얼음장 같은 밤바람이 얼굴을 때렸다. 바람에는 눈의 냄
새가 섞여 있었다.

산 중턱의 비탈을 깎아 지은 이 저택의 옥상은 이곳 수도에서도
제법 높은 곳에 있다. 난간까지 다가가자 저 멀리까지 가옥의 지붕
들이 쭉 이어졌다.

"저기를 보십시오, 모닥불이 타는 광장을."

투림이 가리킨 것은 씨족 회당 앞에 있는 중앙 광장이었다.

많은 모닥불이 타고 있는 터라 어둠 속에서 그곳만 환하게 보였
다. 많은 사람들이 모여 있다는 기척이 느껴졌고, 뭘 끓이는지 하얀
수증기가 뭉게뭉게 피어오르고 있다.

광장 가장자리를 따라 뭔가가 빼곡하게 들어차 있었다. 눈에 힘을 주고 보니 수없이 많은 천막이었다.

"저건 츠오르 수비대의 천막입니다. 서쪽의 토가 산지 요새에 있는 병사들과 교대하려고 오늘 밤에 막 도착한 병사들이 저녁밥을 짓고 있는 거지요. 내일 아침에 저들은 이곳을 떠날 것이고, 모레 밤에는 또 다른 병사들이 도착할 겁니다. 이 계절이 되면 수비대가 파도처럼 몰려듭니다."

밤바람에 나부껴 흐트러진 백발을 누르며 투림이 담담히 말했다.

"무코니아 왕국은 최근 겨울에 아카파를 침략하고자 덤벼들고 있습니다. 그 이유를 말하면 길어지니 생략하겠지만, 어쨌든 츠오르는 이렇게 서쪽 방어선으로 병력을 계속 보내고 있지요."

투림은 광장을 가리키던 손을 가만히 흔들었다.

"병사가 올 때마다 유카타 산지민들은 그들에게 식량과 필요한 군사 물자를 바쳐야 합니다. 매번 츠오르 병사들이 지나는 길에서 사람들은 조세 이외의 식량 공출을 강요당합니다."

투림이 모닥불을 보면서 말했다.

"저는 츠오르를 비난하는 게 아닙니다. 과거에 츠오르가 없었을 때도 무코니아와의 전쟁은 되풀이되었고, 그 시절에는 서쪽 씨족의 전사들이 방패가 되어야 했지요. 이 땅의 사람들이 피를 흘려야하는 상황은 츠오르 군이 가세한 지금이 아무래도 훨씬 적습니다."

투림은 광장에서 등을 돌려 홋사르 일행 쪽을 보며 말을 이었다.

"하지만 츠오르가 아카파를 영토로 편입한 후로 무코니아의 습격은 해마다 격렬해지고 있습니다. 이 수법, 저 수법으로 공격해옵니다."

"……겁이 날 테니까."

홋사르가 중얼거리자 투림이 고개를 끄덕였다.

"그렇습니다. 무코니아는 두려운 겁니다. 동쪽에서 쭉쭉 세력을 뻗어온 대국이 그들 가까이까지 와버렸으니까요. 게다가 식량도 물도 무기도 영구히 얻을 수 있는 안정적인 발판도 손에 넣었습니다. 그래서 조만간 반드시 토가 산지를 넘어 츠오르가 그들의 나라를 침공할 날이 온다고 생각하는 거지요."

벌벌 떠는 미라르를 본 투림이 가만히 그녀의 어깨를 다독였다.

"이곳은 너무 춥군요. 안으로 들어가시지요."

원래 있던 방으로 돌아가자 식탁 위에 세 사람 몫의 요리가 새로 차려져 있었다.

난로에는 장작을 더 넣었는지 불길이 활활 타오르고 있다. 아늑할 정도로 따뜻했다.

홋사르는 김이 솟아오르는 구이 앞에 앉아 미라르와 마코우칸에게 식사를 하라고 권하며 투림을 바라보았다.

"번거롭게 설명했지만, 요는 무코니아의 압력이 강해진 탓에 아카파 변경이 곤궁해졌다고 말하고 싶은 건가?"

투림은 고개를 끄덕였다.

"뭐, 말하자면 그런 셈입니다. 하지만 그게 전부는 아닙니다. 군

비뿐 아니라 츠오르가 이주민을 아카파에 이주시킨 것이 아카파 사람들의 가난으로 이어지는 겁니다. 넓은 땅인데, 이주민 정도로 유난스럽게 군다고 생각할지도 모르겠습니다. 하지만 목초지나 밭에 적합한 땅은 한정되어 있으니, 그곳을 점령당하면 당연히 그만큼 결실을 얻지 못하는 사람들이 나옵니다. 게다가 이주민의 세금 부담은 가볍지만, 아카파 인에게는 세금을 감해주는 조치가 없습니다."

투림은 쓴웃음을 지으며 말했다.

"솔직히 말씀드리면, 츠오르 제국 속령이 된 것 자체는 군사적으로나 경제적으로나 고마운 일이기는 합니다. 그들에게 반기를 들 마음은 조금도 없습니다. 다만, 이주민은 저희에게 무거운 짐입니다. 물론 무코니아 놈들이 가장 큰 걸림돌이지만, 이주민도 상당히 거추장스러운 존재입니다."

홋사르는 눈썹을 찌푸렸다.

"그래서?"

투림은 바로 대답하는 대신, 술병 마개를 따서 홋사르와 미라르의 잔에 불그스름한 과실주를 따랐다. 자기 몫도 따른 후에 마코우칸에게는 직접 따르라고 건네주었다.

"……어느 날, 어떤 사건이 생겼습니다. 우발적인 일로, 의도한 바는 아닌 듯하지만."

투림은 홋사르를 쳐다보았다.

"당신이 조사하던 독보리 사건입니다. 그때 저는 부하를 보내 그 사정을 상세하게 조사했습니다. 그래서 저희는 흑랑열이 다시 나타났을지도 모른다는 사실을 그때 이미 알고 있었습니다. 물론 오타와르 심부에는 알리지 않았지만."

잔 테두리를 손가락으로 어루만지며 투림이 입술을 일그러뜨렸다.

"아시는지 모르겠지만, 저희는 흑랑열이라는 병명을 들으면 신들에게 축복을 받은 기분이 듭니다."

홋사르의 시선이 흔들렸다. 처음으로 그 눈에 복잡한 심경이 떠올랐다.

"당신들 오타와르 귀인들에게는 증오스러운 병이겠지요. 하지만 저희 아카파 인에게는 고향을 해방시켜준 고마운 병입니다.

예로부터 북서부 산지에 사는 아름다운 검은 늑대는 신의 사자로 일컬어져 왔습니다만, 그들이 가져오는 병은 오타와르 인은 죽여도, 저희는 죽이지 않았습니다."

투림은 조용한 미소를 머금고 잔을 들어 과실주를 한 모금 마셨다.

"그러니 독보리 사건이 터졌을 때도 저희는 그리 걱정하지 않았습니다. 이주민은 죽었지만 개를 키우는 아파르 오마에서는 죽은 자가 나오지 않았으니까요. 오히려 어떤 길조로 보였습니다. 하지만……"

투림은 잔을 내려놓고 홋사르를 바라보았다.

"저희는 큰 기대는 하지 않았습니다."

땔감이 파직, 하는 작은 소리를 내며 불길 속에서 부서졌다.

"그 사건으로 아파르 오마가 유카타 평원에서 추방당했을 때, 저는 그들을 받아들여달라고 사방의 씨족들을 찾아다녔습니다. …… 가련했습니다. 통곡하는 사람들을 고향에서 쫓아내야만 했던 그때는 정말 괴로웠습니다. 아카파 소금광산을 츠오르에 빼앗겼을 때 느꼈던 몸이 두 동강 나는 고통이 떠올랐습니다. 그런 기분은 경험해보지 않은 사람은 모릅니다."

홋사르가 눈썹을 찌푸렸다.

"……그래서? 그들을 동정해서 그들의 음모를 거들었다……. 그런 시시한 이야기는 아닐 텐데?"

투림은 쓴웃음을 지었다.

"물론입니다. 이야기했잖습니까, 큰 기대는 하지 않았다고요. 아파르 오마의 족장이 몰래 저를 찾아와 '킴마의 개를 쓰면 츠오르를 몰아낼 수 있다', '츠오르를 이 땅에서 깨끗이 몰아내고 아카파를 아카파 왕의 손안에 돌려주면 그들을 고향으로 돌려보내주겠느냐'고 의논해왔을 때도, 저희는 그들의 고난을 동정하기는 했어도 언질은 주지 않았습니다. 흑랑열을 가지고 있다 해도 고작 수십 마리의 개일 뿐입니다. 기대할 수도 없었지요. ……아카파 소금광산 사건이 터지기 전에는."

투림이 미소를 거두었다.

"그들은 몇 마리 안 되는 킴마의 개로 어디까지 할 수 있을지 보여주겠다고 했습니다. 저는 대수롭지 않을 거라 생각했습니다. 소금광산 내부 구조는 누구보다 잘 알고 있으니까요. 여러분도 보셨겠지요. 천통天通 갱도를 내려가지 않고서는 지하의 수많은 갱도로 갈 수 없습니다. 개가 사다리를 쓸 수 있을 리도 없고요. 하지만……."

땅속까지 통할 듯 거대한 수직의 갱도를 떠올린 마코우칸은 문득 소름이 돋았다. 정말로 개가 그 참사를 일으켰다면 킴마의 개라는 짐승이 그 수직 갱도를 내려갔다는 뜻이다.

"킴마의 개들은 천통 갱도로 내려갔습니다. 개들을 풀어놓은 견술사는 태연하게 말했습니다. 그들은 사다리와 벽을 번갈아 박차며 아득한 최하층까지 내려갔다고요."

홋사르의 얼굴에도 진지한 빛이 떠올랐다.

"그날……, 여러분과 함께 갱도를 보러 내려갔을 때, 저는 제 표정이 변한 것을 들키지나 않을까 계속 불안했습니다. 어쨌든 진심으로 놀랐으니까요. 그들이 풀어놓은 건 겨우 다섯 마리였습니다. 겨우 다섯 마리의 개가 그 많은 사람들을 모조리 죽였습니다. 그리고……."

"토가 산지민만 살아남았다……."

홋사르가 말하자 투림은 고개를 끄덕였다.

"그렇습니다. 과거 검은 늑대가 많이 살던 토가 산지. 그 변경의 땅에서 태어난 전사 '부러진 뿔의 반'만이 물리고서도 살아남았습니다."

투림이 입을 다물자 장작이 타오르는 작은 소리만 방 안에 울렸다.

"그자가 그 후에도 살아남았는지는 모르지 않는가."

홋사르가 중얼거렸다.

"스루미나 씨는 그 병에 내성이 있었던 모양이지만, 그대로 신약을 투여하지 않았다면 그 후 증세가 악화되었을지도 모른다. 잠복 기간이 길어질 뿐, 결국 발병해서 똑같은 경과를 밟았을지도 몰라."

투림이 문득 미소를 지었다.

"살아 있습니다, 부러진 뿔의 반은."

'엇?' 하고 마코우칸이 저도 모르게 몸을 내밀었다.

"당신은 그자를 찾아냈는가?"

투림은 마코우칸을 흘깃 쳐다보았지만 그 질문에는 답하지 않았다. 그리고 한 차례 한숨을 쉬더니 홋사르에게로 시선을 돌렸다.

"말이 너무 길어졌군요. 요는 그 소금광산 사건 이후로 저희는 킴마의 개가 가진 힘을 진지하게 검토해볼 마음이 들었습니다. 그리고 아파르 오마가 생각하는 것과는 조금 다른 가능성이 있다는 사실을 깨달았지요."

홋사르는 눈썹을 찌푸렸다.

"……가능성?"

투림은 조용히 말했다.

"전쟁 없이 무코니아와 츠오르로부터 이 땅을 해방할 수 있는 가능성 말입니다."

홋사르가 눈썹을 치켜세웠다. 그리고 입을 살짝 벌리고 투림을 바라보았다.

"무코니아 인도 그 개에게 물리면 죽습니다. 저희는 그 개를 기습 작전에 투입해 그 사실을 확인했습니다. 무코니아 인에게도, 츠오르 인에게도 그 병이 몹시 두려운 죽음에 이르는 병이라면……."

홋사르가 얼굴을 일그러뜨리며 내뱉듯이 말했다.

"아카파를 끔찍한 역병이 만연한 병든 땅으로 만들어서 그들이 스스로 이 땅에서 떠나도록 만들겠다는 심산인가! ……어찌 그런 어리석은 짓을."

홋사르는 주먹을 불끈 쥐고 투림을 노려보았다.

"병에 '절대'라는 건 없다. 갑자기 병독의 성격이 바뀌는 경우도 있어. 그런 짓을 하면 앞으로……."

투림이 그 말을 가로막았다.

"압니다. 저희는 안일했습니다. 그것은 이미 충분히 아는 사실입니다. 그래서 당신들을 이곳으로 불러들여서 일의 경위를 털어놓는 것입니다."

투림은 희미한 쓴웃음을 머금고 있었다.

"저희는 미묘한 입장에 놓여 있습니다. 츠오르 쪽에도, 그리고 당신을 이곳으로 보내 사건의 진상을 살피려는 오타와르 쪽에도."

홋사르는 코웃음을 쳤다.

"그렇겠지. 뭐, 제 발로 들어간 호랑이굴이지만."

홋사르는 그렇게 말하더니 눈을 한껏 가늘게 떴다.

"결국 내게 입을 다물고 있으란 말인가? 오타와르가 입장을 바꿀까 봐 두려운 거겠지. 아카파가 위험한 짓을 저지르면 선뜻 아카파를 버리고 츠오르 편에 붙을지도 모른다고 생각하는 거로군."

투림은 고개를 저었다.

"오타와르 귀인들께 알리는 건 상관없지만, 저희 입장을 배려하도록 설명해주셨으면 하는 겁니다."

투림은 그렇게 말하며 쓴웃음을 지었다.

"저희는 오타와르 귀인들을 잘 알고 있습니다. 사정을 똑바로 전달해주시면 내년 봄이 무사히 지날 때까지는 이 일을 공개하지 않는 게 좋을 거라는 걸 아시게 될 겁니다."

"내년 봄?"

홋사르는 그렇게 되물었다가 곧바로 뭔가를 깨달았다는 표정을 지었다.

"'옥안내방玉眼來訪' 때문인가? 과연······."

츠오르의 황제는 지배하는 영토를 구석구석 감시하기 위해 제 눈을 대신할 자를 정기적으로 파견한다. 내년 봄에는 이 아카파 지역에도 황제의 조카가 '황제의 눈'이 되어 찾아올 예정이다.

이번에는 선제후選帝侯로서 막대한 힘을 가진 오우아 제후가 수행한다고 하니 요타르 쪽은 지금쯤 그들을 맞이하기 위해 세심한 주의를 기울여 준비를 갖추고 있을 것이다.

지배하는 변경 지역을 경영하는 데 간과할 수 없는 하자가 발견되면 오우한 제후는 총독권을 빼앗기고 실각한다. 그들에게 삼 년에 한 번 있는 옥안내방은 자신들의 미래를 좌우할 중대한 행사다.

홋사르는 한숨을 쉬었다.

"이 시기를 노린 건가?"

"……예. 아파르 오마들의 계략으로는 절호의 기회인 셈이지요."

"위험한 시기에 광기 어린 놈들이 얼토당토않은 흉기를 손에 쥐고 있는 셈이군."

투림이 고개를 끄덕였다.

"왕의 마음도 굳어졌습니다. 그들을 막는 건 저희들의 역할이 되겠지요."

몸을 살짝 내밀고 투림이 홋사르를 바라보았다.

"하지만 병을 상대로 사태가 어떻게 돌아갈지, 저희도 짐작할 수 없는 부분이 있습니다."

홋사르는 쓴웃음을 지으며 고개를 저었다.

"흑랑열의 특효약을 내년 봄까지 만들란 말인가? 그건 불가능하네. 신약 개발은 그리 당장 되는 게 아니야."

"그건 잘 압니다. 내년 봄까지라고 기한을 정하는 건 아닙니다. 다만 그 약을 만들 수 있는 분이 계신다고 하면 당신과 미라르 님을 비롯한 오타와르 분들 이외에는 없습니다."

투림은 낮은 목소리로 말했다.

"우리가 아주 잠시 어리석은 꿈을 꾸어 들판에 풀어놓은 병이 앞으로 오랜 세월 사람들을 괴롭힌다면, 아무리 후회해도 부족할 것입니다. 부디 힘을 빌려주십시오. 어리석은 저희들을 위해서가 아니라, 이 땅에 사는 모든 사람들을 위해서."

3

'유스라 오마'의 고향

침소의 난로에도 불이 켜져 있어서 방 안은 충분히 따뜻했다.

미라르는 반듯하게 개어놓은 홋사르의 의복 옆에 자기 옷을 적당히 개어두고 침대로 향했다.

드러누워서 천장을 바라보고 있던 홋사르는 미라르가 담요를 걷고 파고들자 늘 그러하듯 그녀의 옆구리 밑으로 가만히 팔을 넣어 끌어안아주었다.

서로의 살갗의 온기를 느끼며 미라르는 한숨을 토했다. 홋사르의 목덜미에서 나는 내음이 좋았다. 폭 안겨서 그 목덜미에 코를 묻으면 어린아이로 돌아간 듯한 평온을 느꼈다.

"……미안해."

탁한 목소리가 들려왔다.

"뭐가?"

훗사르는 조금 뜸을 두다가 말했다.

"투림의 성품을 잘못 파악했어. 냉철한 남자인 줄은 알고 있었어. 하지만 당신을 끌어들일 정도로 냉혹할 줄은 몰랐어."

미라르는 촉촉하게 땀이 밴 훗사르의 목덜미에 조용히 입술을 댔다.

한동안 그대로 있었다. 그러는 동안 가슴속에서 어렴풋한 생각이 형태를 갖추자 입을 열었다.

"나는 꽤 기뻤는데."

훗사르가 몸을 살짝 떼고 미라르의 눈을 들여다보았다. 눈살을 찌푸리고 있다. 미라르는 쓴웃음을 지었다.

"투림 씨가 말했잖아. 나한테 조사를 부탁하고 싶은 게 있다고. 그러니까 단순히 당신에 대한 담보로 나를 끌고 온 게 아니라, 견식을 높이 사준 거잖아. 이건 흑랑열의 치료법을 찾는 데 중요한 기회고. 게다가……."

미라르는 훗사르의 이마에 자신의 이마를 맞대고 중얼거렸다.

"이렇게 당신하고 함께 있을 수 있잖아. ……기다리는 입장이 얼마나 힘든지 당신은 생각해본 적도 없겠지만."

훗사르는 아무 말도 하지 않았다. 늘 이렇다. 서로의 마음을 확인할 수 있는 순간에는 입을 다문다.

이 사람은 그런 사람이다. 게다가 신분도 너무 다르다. 앞으로 아이를 가질 수 있는 사이도 아니다. 그런 걸 모두 알고도 이런 관계가 된 지 벌써 몇 년이 흘렀을까? 미라르는 한숨을 쉬었다.

'……어쩔 수 없지.'

이런 남자를 좋아하게 되었으니 불평해도 소용없다.

가만히 입술을 맞대자 이내 홋사르도 입맞춤에 응해왔다.

희미하게 지붕을 때리는 물소리가 났다. 비가 내리기 시작한 모양이다.

*

밤중에 내리기 시작한 비는 아침에는 그쳤고, 츠오르 수비대가 출발할 무렵에는 구름도 개어 밝은 햇살이 도시를 감쌌다.

도시 뒷문으로 나가 산길을 내려가는 길에 투림은 뒤를 살피며 미라르를 염려했다.

"간밤에 내린 비로 발밑이 제법 미끄럽습니다. 여기서부터는 길이 훨씬 험하니 미끄러지지 않도록 조심하십시오."

홋사르가 마코우칸을 흘깃 올려다보며 턱짓을 했다.

"미라르 옆에 붙어 있어. 넘어질 것 같으면 도와주게."

마코우칸은 눈살을 찌푸렸다.

"홋사르 님이 도와주시는 게 나을 것 같은데요."

홋사르는 코웃음을 쳤다.

"내가 미라르를 붙잡아줄 수 있을 것 같나? 저 녀석, 꽤 무거워."

미라르가 고개를 돌려 홋사르를 노려보았다.

"다 들려."

홋사르는 퉁명스러운 표정으로 맞받아쳤다.

"들으라고 한 말이야."

멍하니 두 사람의 대화를 들으며 마코우칸은 젊은 주인이 미라르와 함께 있으면 어린아이처럼 변한다고 생각했다.

미라르도 어느 쪽인가 하면 동안이고 몸집도 작지만 어려 보이는 인상은 아니다. 오히려 이따금 흠칫 놀랄 정도로 노쇠해 보일 때가 있었다.

미라르가 홋사르를 바라볼 때, 그 눈에 비치는 감정을 볼 때마다 마코우칸은 '아아, 이 사람은 진심으로 홋사르를 사랑하는구나' 하고 생각했다. 너무나 다른 신분에다 어울리기 어려운 비딱한 구석이 있는 이 청년을 그녀는 진심으로 사랑한다. 모든 것을 가슴속에 숨기고 언제나 밝은 미소를 짓고 있다.

그 때문이리라. 미라르의 옆얼굴을 보고 있노라면 이따금 괴로워진다.

투림은 가벼운 발걸음으로 산길을 내려갔다.

'……늪지대(유스라)로 갈 셈인가?'

유카타 산지의 가장자리에 산재한 늪지대는 들어가기에 위험한 장소인 데다가 늪지의 백성인 '유스라 오마'의 영역이기도 했다. 때문에 어렸을 때는 이쪽 길로 내려가는 일이 거의 없었다.

유스라 오마는 아파르 오마의 하층민으로, 아파르 오마가 하인처럼 부리는 사람들이었다.

'그 사건 이후에도 그들은 고향에 머물 수 있었나.'

그럴지도 모른다. 원래 그리 눈에 띄지 않는 사람들이다. 지금도 조용히 늪지대에서 살고 있을 것이다.

새들의 무리가 서로 지저귀며 하늘을 건너갔다. 투림은 그 소리에 문득 어렸을 적에 아버지와 할아버지를 따라 늪지대로 오리 사냥을 갔던 일을 떠올렸다.

그때 분명 유스라 오마의 청년이 길 안내를 해주었다. 그들은 그런 일을 하며 얼마간의 보수를 받았는지도 모른다.

물 냄새와 축축한 진흙 냄새가 강해지더니 이윽고 늪지대가 눈앞에 한가득 펼쳐졌다. 바람이 강한 날에는 검은빛으로 보이는 수면도 오늘은 잔잔해서 아침 햇살에 반짝거리고 있다.

투림은 몇 번이나 왔었는지 능숙하게 늪지대 가장자리의 좁은 길을 빠져나가더니 마을로 들어갔다.

개가 짖어대자 마코우칸이 무심코 칼자루에 손을 뻗었다. 그때 앞쪽 집에서 나온 남자가 한마디 외치자 달려온 개들이 제자리에 멈추더니 낮게 그르렁거리면서도 그 이상 다가오지는 않았다.

투림을 본 남자는 고개를 깊이 숙이고 허리를 낮추어 반기는 시늉을 했다.

집에서 여자와 아이들이 나와 이쪽을 가만히 쳐다보고 있다. 쳐다보기만 할 뿐, 여자는 아무 말도 하지 않았고 아이들도 침묵을 지키고 있었다.

투림이 향한 곳은 마을 변두리에 덩그러니 서 있는 오두막이었다. 나무로 된 초라한 문을 열자 어둑한 그림자 속에서 인기척이 있었다.

투림의 뒤를 따라 발길을 들여놓은 마코우칸의 얼굴이 굳어졌다. 바닥에 깔린 지저분한 침구 위에 한눈에 봐도 병자로 보이는 여자가 누워 있었기 때문이다. 그 안쪽에는 멍석으로 덮어놓은 시신 같은 것이 있었다.

홋사르와 미라르도 눈앞의 광경에 말문이 막힌 듯 얼굴을 흐렸다. 하지만 홋사르는 바로 투림을 돌아보더니 억누른 목소리로 말했다.

"……어리석기는! 병자가 있으면서 어째서 좀 더 빨리 알리지 않았나!"

투림은 어두운 얼굴로 대답했다.

"죄송합니다……."

미라르가 주머니에서 헝겊을 꺼내 홋사르에게 건넸다. 홋사르는 말없이 입과 코를 막았다.

미라르가 건네주는 헝겊을 받으며 마코우칸은 얼굴을 찌푸렸다.

"흑랑열은 사람 사이에는 옮지 않는 것 아닙니까?"

미라르는 고개를 저었다.

"아직 확실하게 알아낸 건 아무것도 없고, 변이할 가능성도 있어. 게다가 병에 걸린 사람은 몸이 약한 상태니 우리가 감기라도 옮기면 큰일이잖아."

"군말 그만하고 일단 써."

홋사르는 짜증스럽다는 듯이 말하고는 장화를 벗어던지고 방으로 들어가 미라르와 함께 환자를 살펴보기 시작했다.

여자는 맥을 잡아도 반응이 없었다. 흑랑열의 특징인 보랏빛 부스럼이 살갗에 잔뜩 나 있었다.

홋사르는 환자 옆에 무릎을 꿇은 채로 투림을 올려다보았다.

"이 사람은 언제 개한테 물렸나?"

투림이 홋사르를 바라보며 입을 열었다.

"개한테 물리지는 않았다고 합니다."

홋사르는 눈을 부릅떴다.

"그럼 다른 짐승에게 물린 것인가? 늑대나 승냥이, 아님 다른 뭔가에."

"아닙니다. 듣자하니, 짐승에게 물리지 않았다고 합니다."

홋사르와 미라르의 얼굴이 한눈에 알 수 있을 정도로 창백해졌다. 그들은 서로 슬쩍 눈짓을 주고받더니 환자에게서 몸을 뗐다.

그 모습을 본 투림이 말했다.

"벌레를 우려하는 거라면 괜찮습니다. 미킴을 꼼꼼히 뿌렸으니까요."

홋사르는 눈살을 찌푸리며 입술을 굳게 다물고는 미라르에게 고개를 끄덕여 보였다. 그는 여자를 그녀에게 맡긴 뒤, 안쪽 시신으로 다가가 멍석을 신중히 걷어내고 시신의 옷을 벗겼다. 그러고는 그 몸을 구석구석 살피기 시작했다.

이윽고 미라르가 중얼거렸다.

"……있어."

환자의 옆구리를 가리키고 있다. 언뜻 보았을 때는 점으로 보였는데 자세히 보니 진드기였다. 피를 빨아 통통해진 '들진드기'였다.

들진드기는 피부에 들러붙으면 일주일이고 열흘이고 떨어지지 않는다. 실컷 피를 빨면 자연히 떨어지지만, 억지로 잡아떼려고 하면 턱만 피부에 박혀 곪아버리기 때문에 처치가 까다롭다.

이 들진드기는 환자의 피를 빠는 동안에 미킴을 맞고 죽은 것이리라.

미라르가 일어섰다. 얼굴이 창백했다. 아무 말 없이 빠른 걸음으로 오두막 밖으로 나갔다. 마코우칸이 그녀의 뒤를 쫓아 오두막을 나갔다.

미라르는 오두막을 등지고 햇빛 속에 서 있었다. 그 몸이 바르르 떨리고 있었다. 마코우칸이 말을 걸려는 찰나, 홋사르가 오두막에서 나와 그녀에게로 성큼성큼 다가갔다.

미라르가 홋사르를 올려다보며 떨리는 입술로 중얼거렸다.

"……어느 쪽일 것 같아?"

홋사르가 고개를 저었다.

"환자만 보고는 모르겠어. 마을 사람들 이야기를 들어봐야지."

미라르는 눈을 깜빡거리며 크게 숨을 내뱉었다. 그 뺨에 조금씩 핏기가 돌아오기 시작했다.

"그러네, 겁낼 때가 아니지. 오히려 이건 큰 단서가 될지도 몰라."

마코우칸이 궁금한 마음을 억누르며 잠자코 있자 미라르가 눈치채고는 설명해주었다.

"병의 원인에 대한 단서를 말하는 거야. 개가 아닌 진드기에 물린 사람이 흑랑열과 유사한 증세를 보이고 있어. 그렇다면 흑랑열의 병소는 원래 진드기 안에 있고, 그 진드기가 개를 물어서 병소를 옮긴 것인지도 몰라."

투림도 오두막에서 나와 가만히 이야기를 듣고 있었다.

"다만 그 밖에도 고려해야 할 점이 두 가지 있어. 개를 통하지 않고 진드기가 사람에게 직접 옮긴 것인지, 아니면 흑랑열의 숙주인 개의 피를 빤 진드기가 사람을 물어서 옮긴 것인지."

홋사르가 말을 이었다.

"전자라면 지금까지 흑랑열에 걸린 사람이 많았어야 해. 지금까지는 없었는데 근래 처음으로 나타났다면, 그 이유는 무엇일까? 그리고 지금까지 발병하지 않은 이유는 무엇일까? 그 점을 조사할 수 있다면 병의 치료법으로 이어질 단서를 찾을 수 있을지도 몰라."

그 목소리에는 억누르지 못하는 흥분이 있었다.

홋사르는 투림을 바라보았다.

"어찌 됐든, 일단 저 사람을 치료하는 데 전념하겠네. 혹, 나중에 그런 이야기를 마을 사람에게 들을 수 있을까?"

투림은 고개를 끄덕였다.

"그러려고 이곳으로 모신 겁니다."

그러고는 목소리를 낮추었다.

"솔직히 이야기를 끌어내는 게 상당히 어려울지도 모릅니다. 그들은 아파르 오마와 마찬가지로 킴마의 신을 믿습니다. 그 병에 걸렸다는 사실을 신벌神罰로 받아들이는 구석이 있어요. 그래서 환자를 간병하지도 않고 이런 오두막에 방치해두는 겁니다. 하지만 그들도 병을 두려워하고 있으니 치료법을 찾기 위해서라고 하면 분명 입을 열 겁니다."

홋사르와 미라르가 오두막 안으로 돌아가고 투림도 그들을 따라 들어갔다. 하지만 마코우칸은 좀처럼 오두막 안으로 들어갈 마음이 들지 않아 햇살 아래 우두커니 서 있었다. 원래 환자 곁에 있으면 울적해지는 체질이지만, 그런 소리를 하고 있을 때가 아니었다.

한숨을 내쉬며 오두막 쪽으로 걸음을 내딛으려는데, 마코우칸은 문득 시야 구석으로 움직이는 그림자가 보이는 것 같아 그쪽을 쳐다보았다.

오두막 옆에는 커다란 물병이 놓여 있었고, 그 물병 뒤에서 작은 얼굴이 쏙 나왔다. 그와 눈이 마주치자마자 그 얼굴은 다시 물병 뒤로 쏙 기어들어갔다.

살그머니 다가가 물병 위로 뒤쪽을 굽어보자 어린 여자아이가 무릎을 끌어안은 채 웅크리고 있었다. 마코우칸의 기척을 눈치챘는지, 고개를 돌려 그를 올려다보더니 대번에 떨떠름한 표정을 지었다.

"……보면 안 대!"

혀도 잘 안 굴러가면서 적반하장으로 화를 내고 있다.

"그런 곳에서 뭘 하는 거냐?"

그렇게 묻자 아이는 요란하게 얼굴을 찌푸리더니 쉿, 하고 손가락을 세웠다.

"숨어 이써! 보면 안 대!"

마코우칸은 무심코 웃음을 터뜨리고 말았다.

"우찌 마!"

아이는 점점 더 화를 냈다.

문득 어떤 생각이 들었는지 마코우칸이 웃음을 거두었다.

"여기에 엄마가 있니?"

아이는 고개를 휘휘 저었다. 마코우칸은 마음이 놓여 턱을 어루만졌다.

"아니구나. 그럼 넌 누구네 집 아이니?"

아이는 난처한 얼굴로 마코우칸을 올려다볼 뿐, 대답하지 않았다. 매끈하고 발간 뺨을 잔뜩 부루퉁하게 부풀리고 있는 모습이 깜찍했다.

"이름이 뭐니?"

다정한 목소리로 묻자, 아이는 갑자기 울먹거리는 표정을 짓더니 작은 목소리로 대답했다.

"……유나야."

4

퓨이카 '오라하'

어디선가 눈이 떨어지는 소리가 났다.

오늘은 이 계절 치고는 제법 따뜻하다. 나뭇가지에 쌓인 눈이 한 낮의 햇살에 녹아 숲 여기저기에서 파사삭, 하고 작은 소리를 내며 떨어지고 있다.

나뭇가지 사이로 쏟아지는 햇살이 앞서 가는 잣카와 아파르 오마의 족장인 오판의 등에 어른거렸다.

오판이 잣카 쪽을 향하고 있어 목소리가 똑똑히 들렸다.

"……그럼 자카토 협곡로지?"

잣카가 고개를 끄덕였다.

"그래, 일단 확실해. 그저께, 자카토 씨족 사람들이 놈들의 썰매 자국을 발견했다는 전령을 보내왔어. 오늘 안으로 어디까지 왔는지 알아낼 수 있겠지. 교묘하게 숨기긴 했지만 다른 두 개의 협곡로에

난 흔적에는 없는, 무거운 것을 실은 썰매 자국이 있었다더군."

오판이 흥분을 감추지 못하는 기색으로 손바닥에 주먹을 내리꽂았다.

"드디어 때가 왔구나. 마침내 자카토에 왔느냐!"

오판과 잣카의 뒤로 아파르 오마의 전사들이 묵묵히 따라가고 있다. 그 안에 섞여 걸어가면서 반은 형님인 잣카의 뒷모습을 복잡한 심경으로 바라보았다.

형님과 재회한 지 이 주가 지났다. 아파르 오마 마을에서 지내는 동안 반은 고향 민족과 아파르 오마가 의외로 상당히 깊이 연결되어 있다는 사실을 알게 되었다.

아파르 오마가 유카타 평원에서 쫓겨난 뒤에 아카파 왕의 배려로 십여 가족으로 나뉘어 각지에 분산해 이주됐다는 사실은 알고 있었다. 하지만 흐르고 흘러 최종적으로 토가 산지에 의탁한 오판 일행을 받아들인 것이 간사 씨족이었다니, 운명의 실이 기묘하게 얽혔다고밖에 생각할 수 없었다.

"츠오르와의 기나긴 전쟁으로 우리는 너와 같은 노련한 전사를 많이 잃고 말았지."

재회한 날 아침, 천막 안에서 아침 식사를 하면서 잣카가 말했다.

"믿음직한 전사가 줄어든 데다가 무코니아의 침공이 이상하게 늘어서, 우리는 쉴 틈도 없어. 지칠 수밖에 없지. 무코니아 놈들이 침입할 때마다 츠오르 수비병들에게 전령을 보내지만, 그놈들은 정말 위태로워지기 전에는 도우러 오지 않아. 우리를 방패 삼아 우리 힘이 깎여나가더라도 츠오르 병력은 가급적 온존하고 싶다는 거지."

형님은 쓴웃음을 지었다.

"그래서 아파르 오마를 받아들인 게 우리에게 불이익은 아니었어. 그들은 용맹한 전사고, 그야말로 목숨을 걸고 우리와 함께 싸워주니까. 이제 우리는 의형제나 마찬가지다. 그들만의 속셈이 있겠지만, 그들의 바람은 결국 우리의 바람과 똑같은 쪽으로 향해 있기도 하고."

오판 일족은 처음에는 토가보다 남쪽 산지민에게 의탁할 예정이었지만, 사소한 이유로 그들과 다투게 되어 결국 츠오르에 막 항복한 간사 씨족 마을로 옮겨 오게 되었다고 한다.

그 후로 간사 씨족은 오판 일족과 함께 여러 계책을 세우고 싸워왔다고 잣카가 말했다. 아파르 오마가 그들을 받아들여준 씨족과 함께 싸우는 것은 당연한 일이라, 츠오르 군의 눈을 피해 계책을 세우는 게 그리 어렵지 않았다. 잣카는 그 점이 고맙다며 웃었다.

'그렇다면……'

아카파 소금광산을 습격한 그 사건을 고향 사람들도 알고 있었을 가능성이 있다. 잣카가 그 이야기를 언급하지 않았지만, 죽다 살아나 노예로 전락한 반이 킴마의 개에게 물려 죽었다 해도 지옥 같은 소금광산에서 영원히 고통받는 것보다는 낫다고 생각했을지도 모른다.

그렇게 생각한 순간, 반은 문득 어떤 생각이 머릿속에 떠올라 희미하게 얼굴을 흐렸다.

'유나를 납치하는 번거로운 짓을 시킨 것이 형님 쪽의 잔꾀인가……?'

잣카는 반이 병을 증오한다는 것을 잘 알고 있다. 비록 고향을 되찾기 위한 싸움일지라도 병을 무기로 삼는다는 것을 알면 협력을 거부할지도 모른다고 오판 일족에게 귀띔했을 가능성도 부정할 수는 없었다.

거대한 호키 나무 아래에 다다르자 잣카가 걸음을 멈추었다. 오판 일족도 걸음을 멈추고 조용히 잣카의 행동을 지켜보고 있다.

잣카는 입가에 손을 대고 숲속을 향해 푸오오, 하고 능숙한 소리로 사슴을 불렀다. 잠시 후, 수풀이 부스럭거리더니 퓨이카가 달려왔다. 똑바로 잣카에게 달려와 그의 옆구리를 문질렀다.

반은 눈을 가늘게 뜨고 오랜만에 만나는 퓨이카를 바라보았다.

"'마츠후'는 건강해 보이는군."

그렇게 중얼거리자 잣카가 고개를 들어 반을 쳐다보았다.

"너도 불러봐."

반이 깜짝 놀라며 잣카를 쳐다보았다.

"설마……."

잣카가 미소를 지었다.

"그 설마가 맞아. 오늘 '오라하'를 데려오라고 했어. 불러봐. 아파르 오마가 익숙하지 않은 녀석이니 나갈까 말까 망설이고 있을 거야."

반은 이를 질끈 악물었다. 잠시 눈을 감았다가 다시 떴다. 그러고는 입가에 손을 대서 힘껏 콧숨을 들이쉬고 사슴을 부르는 소리를 냈다.

그 순간, 수풀이 부스럭거리기 시작하더니 훌륭한 뿔이 나타났다. 나뭇가지 사이로 쏟아지는 태양을 등지고 퓨이카가 달려왔다. 그 모습을 본 순간, 반은 콧속이 찡해지는 것을 느꼈다.

눈물이 넘쳐 그리운 퓨이카의 모습이 뭉개졌다. 카슈나 호반의 전쟁터에서 목숨을 잃은 오랜 동지 '리아후'의 새끼인 오라하. 새벽녘에 태어난 이 녀석을 처음 만진 것은 이 녀석이 아직 어미의 양수에 젖어 있을 때였다.

고향에 남겨두고 길을 떠났을 때, 오라하는 앳된 구석이 남아 있는 어린 사슴이었다. 하지만 지금은 이미 당당한 체구의 수사슴이다.

수풀에서 뛰쳐나오기는 했지만 조금 망설여지는지, 오라하는 멈춰 서서 검은 눈동자를 빛내며 반을 가만히 바라보았다.

"……오라하."

이름을 부르며 찰싹 혓소리를 내자 귀를 움찔거렸다. 그러고는 응석을 부리며 다가오더니 반의 오랜 부재를 탓하듯 코끝으로 쿡 찌르고 나서 가슴에 목을 문질렀다.

반은 그 냄새를 맡고, 등과 목을 어루만지고, 몸뚱이에 팔을 두르고 흐느꼈다. 멈출 수 없는 눈물이 넘쳐흘러 뺨을 타고 떨어졌다.

"……많이 자랐구나, 오라하. 너 이 녀석, 아비를 쏙 빼닮았네."

잣카와 오판 일행이 따뜻한 미소를 짓고 있었다.

"타줘야지."

잣카의 말에 반은 가만히 웃고는 몸을 돌려 오라하에 올라탔다. 손발에 익숙한 감각이 되살아난 반은 다리로 오라하의 몸을 단단히 조르고 달려가도록 지시했다.

그러자 오라하가 용수철처럼 뛰쳐나갔다. 나무를 잽싸게 피하며 쭉쭉 달려갔다.

사슴은 눈에 약하다. 퓨이카의 발굽은 크게 벌어져 있어 다른 사슴보다는 훨씬 눈에 강하지만, 그래도 눈이 많이 쌓인 장소에서는 발이 빠져 잘 달리지 못한다. 그래서 눈 위를 달릴 때는 요령이 필요하다.

굳이 생각할 새도 없이 감각이 돌아와 반은 적당한 발판을 반사적으로 찾아내면서 달려가는 오라하의 움직임에 맞추어 섬세하게 체중을 이동시키며 오라하를 몰았다.

바로 이거다. 이 속도, 이 소리, 이 진동. 이 모든 것을 사랑해왔다.

나뭇가지에 걸리지 않게 뿔을 뒤로 젖힌 퓨이카의 양쪽 뿔 사이에 턱을 대자 그의 시야가 퓨이카의 시야와 하나가 되었다.

같은 풍경을 보고, 같은 냄새를 맡고, 함께 바람을 맞으며 한 몸이 되어 달려간다.

수풀을 뛰어넘고 나무 사이를 가르며 잣카 일행 곁으로 돌아가자 오판 일행이 멍하니 입을 벌리고 있었다.

"……대단하군."

오판이 눈을 빛내며 중얼거렸다. 소년처럼 뺨이 발갛다.

"당신 말을 절반은 흘려들었는데……. 엄청나네."

"빠르지?"

잣카가 그렇게 말하자 오판이 고개를 끄덕였다.

"빨라, 게다가 놀랍도록 기민하군."

오판이 잣카를 돌아보며 말했다.

"지금까지 퓨이카 기수를 제법 많이 봐왔지만, 이런 건 처음 봐. 퓨이카가 이런 식으로 달릴 수 있다니……."

잣카의 얼굴에 쓴웃음이 떠올랐다.

"이 녀석이 특별한 거야. 반처럼 탈 수 있는 사람은 유감스럽게도 지금 우리 씨족에는 없어."

잣카는 한숨을 쉬었다.

"이 녀석처럼 눈 위를 자유자재로 달리는 전사가 많았던 시절에는 무코니아 놈들이 겨울철에도 간사 토지로 들어오는 일은 없었지. 놈들이 우리 처지를 얕잡아 본다고 생각하면 속이 끓어."

오판이 고개를 끄덕였다.

"그렇군. 이제야 비로소 이해했다. 외뿔은 눈으로 얼어붙은 천 길 낭떠러지도 내려간다는 소문을 들었을 때는 솔직히 과장이라고 생각했는데……."

두 사람의 대화를 들으며 반은 고향의 상황이 어렴풋이 눈에 보이는 것을 느꼈다.

과거에는 무코니아 병사가 겨울철에 토가 산지에 침입하는 일은 절대로 불가능했다. 산길이 얼어붙어 고개를 넘을 수 없고, 그렇다고 계곡 샛길로 가려 하면 퓨이카 기수가 위에서 화살을 쏘기 때문이다.

과거 무코니아 군이 빈번하게 진군한 행로는 토가 남부의 큰 강을 따라 난 초원길이었는데, 지금 그 주변에는 츠오르 군이 바위로 기나긴 방어벽을 쌓아 요새를 여럿 만들었다고 한다.

무코니아 군은 여름에는 말, 겨울에는 송아지만 한 거대한 개가 끄는 썰매를 타고 공격해온다. 허리까지 오는 방어벽이라도 그들의 발을 묶는 데 큰 효과가 있을 것이다.

'그래서……'

지금 무코니아 군은 산지에서 새로운 침입로를 찾으려는 것이다. 봄부터 여름 사이, 나뭇잎이 울창하게 우거지는 계절에는 신출귀몰한 퓨이카 기수들이 어디에서 습격해올지 모른다. 그리고 낙엽이 지기 시작하는 가을에도 발소리가 울려 모습을 숨길 수가 없다.

숙달된 퓨이카 기수인 외뿔이 전멸한 지금, 잣카의 말대로 눈 쌓인 비탈을 자유자재로 달릴 수 있는 재주를 지닌 퓨이카 기수는 얼마 남지 않았다. 그리고 그들만으로는 너른 산지를 충분히 지킬 수 없다. 무코니아는 그 사정을 눈치채고 겨울에 침입을 시도하게 된 것이다.

어느 정도 폭이 있는 계곡 길에 눈이 쌓여 다져지면 무코니아 군은 강해진다. 거대한 개들이 끄는 썰매나 활강판을 능숙하게 조종해 빠르게 쳐들어온다. 오르막에는 약하지만 절벽 위의 화살 공격만 없다면 보급 물자나 공성攻城 무기를 싣고서도 상당한 속도로 진군할 수 있다.

'그런가……'

무코니아 군이 자카토 협곡로로 진군한다는 말을 듣고 오판이 흥분한 이유를 알았다.

그 협곡로는 츠오르 요새의 뒷산으로 통한다. 그 뒷산에서 습격하면 요새에 막대한 피해를 주는 일도 가능하다. 단숨에 함락시키지는 못해도 요새를 수복하는 사이, 파도처럼 원군을 투입해 반복 공격을 할 수 있다면 요새 점령도 꿈은 아니다.

게다가 협곡로 양쪽은 대부분이 험한 낭떠러지라서 어지간히 숙련된 퓨이카 기수가 아니면 위에서 기습 공격을 하기 어렵다.

'시기 조정이 관건이군. 그것만 잘되면 무코니아는 요새를 차지할 수 있다.'

퓨이카는 설원에서는 아무래도 움직임이 둔해진다. 무코니아 군도 츠오르 군과 토가 산지민에게 협공을 당할 위험은 있지만, 지속적으로 원군을 보내는 시기를 적절하게 조정할 수 있다면 오히려 뒤쪽의 토가 산지민을 협공으로 섬멸할 수도 있을 것이다.

무코니아는 몇 개의 부대를 보내 적을 교란하면서 본대를 숨기는 전술을 선호한다. 아마도 잣카 일행은 교란에 빠진 척하며 그들의 본대가 자카토 협곡로를 선택하도록 꾸몄을 것이다.

'하지만 무슨 목적으로⋯⋯.'

좀처럼 원군을 보내주지 않는 츠오르 놈들을 당황하게 만들자는 것인가?

하지만 이제 와서 츠오르 요새에 피해를 준다 해도 토가 산지민이 얻는 이득은 적다. 오히려 무코니아의 침략을 유도하는 위험만 늘어날 뿐이다.

오라하에서 내린 반이 오판 옆에 서자 오판은 그를 올려다보며 빙그레 웃었다.

"내일 밤을 기대해. 이번에는 우리 실력을 보여줄 차례다."

5

자카토 기습

자카토 협곡로는 완만한 오르막으로 바뀌면서 요새 뒷산의 정상으로 이어지는 오르막 언덕이 된다. 원래는 그곳이 토가 산지민의 공격 지점이었다.

무코니아 병사들도 그 점을 잘 알고 있어, 오르막 직전에 충분한 휴식을 취한 다음 등반 준비를 갖추었다. 척후병도 앞장세웠다.

척후병으로 쓰는 것은 대개 토가 산지 서쪽, 무코니아령領 산악민山岳民들로 그들은 이 산지 식생에 익숙해 움직임에 군더더기가 없다.

반은 오판 일행과 함께 수풀에 숨어 그들이 신중하게 산으로 들어오는 것을 들키지 않을 거리에서 지켜보고 있었다.

잣카를 비롯한 간사 씨족 전사들은 이미 무코니아 군의 배후에 가 있다.

"무코니아가 등반을 개시하면 츠오르에 전령을 보내겠지만, 그

시점이 문제야."

오판은 그렇게 말했다.

"너무 이르면 츠오르가 충분한 전투태세를 갖출 테니까."

아직 반을 신용하지 않는 눈치다.

설명을 조금씩밖에 해주지 않으니 책략의 전모는 알 수 없었지만, 오판과 잣카의 행동을 보니 계획을 대강 짐작할 수 있었다.

역시 그들은 요새 공격을 허락할 셈이다. 전령을 보내 사전에 무코니아의 공격을 알리고, 배후에서 협공하자고 츠오르 군에 전해 충의를 표하면서 뭔가 다른 일을 벌이려 한다.

'그게 뭐지?'

머릿속에 한 가지 예상은 있었다. 아마도 그것이 맞을 것이다.

'하지만……'

오판이 두 손가락을 움직였다.

척후병 두 명이 돌아왔다. 주위를 살피면서 부대로 돌아갔고, 그 모습이 비탈 아래로 사라지는 것을 지켜본 오판이 뒤쪽의 전사에게 고개를 끄덕여보였다. 전사는 낮은 자세 그대로 숲속으로 사라졌다. 츠오르 군의 요새로 향한 것이리라.

오판이 반을 흘깃 쳐다보고 당당하게 웃었다.

어느새 나무줄기를 비추는 햇살의 각도와 색이 바뀌어 있었다. 무코니아 군으로서는 날이 저물기 전에 산 위에 진을 치고 싶을 터였다. 슬슬 등반을 시작하리라.

눈을 감고 귀를 기울이자 예전 같으면 들릴 리 없는 아득한 소리가 희미하게 들려왔다. 무코니아 병사가 움직이기 시작한 것이다.

오판이 소리 없이 일어나 출발 신호를 보냈다.

*

요새를 굽어보는 뒷산은 산이라기보다는 구릉이라고 부르는 게 어울릴 정도로 낮았다.

오판이 향한 곳은 무코니아 군이 진을 칠 장소에서 조금 떨어진 숲속으로, 이곳에서도 요새가 잘 보였다.

위에서 화살 공격을 당할 만한 장소에 요새를 세우는 것은 병법에 어긋나지만, 과거 이 주변에는 늪이 있었던 까닭에 그 외의 다른 장소는 지반이 약해 요새를 세우기가 어렵다.

토가 산지는 언뜻 완만해 보이지만 산세가 깊고 지형이 다양해 많은 인원이 지날 수 있는 길이 몇 안 된다. 이곳에 요새를 세우면 소위 출구에 마개를 덮어놓은 형국이라 대군이 들판으로 진군하는 것을 막을 수 있다.

게다가 츠오르의 요새는 실로 견고했다. 대규모 공성 무기라도 실어 오지 않는 한 함락하기 어려웠다. 그리고 그런 커다란 도구를 옮기려면 아무래도 진군 속도도 떨어진다.

과거 노련한 퓨이카 기수가 많았을 때는 느리게 전진하는 적군은 절호의 표적이었다.

하지만 지금은 그런 말도 못 할 처지다. 츠오르 군은 겨울 전쟁이 퓨이카 기수의 기량에 좌우된다는 사실을 몰랐으리라. 또한 츠오르 군은 공교롭게도 외뿔을 몰살한 탓에 지금 국경선 방어에 커다란 문제를 끌어안은 셈이 됐다.

적의 습격 소식을 받은 요새에 횃불이 활활 타올랐고, 츠오르 병사들은 분주히 움직였다.

전형적인 츠오르 양식의 요새였다. 문은 앞뒤 두 군데에 있는데, 둘 다 반원형의 '반월 성장半月城墻'으로 방어하고 있다

반월 성장이 있으면 위에서 보아도 문이 열렸는지 닫혔는지 알 수 없으므로 파성추破城槌도 쓸 수 없다. 문으로 돌격하려고 하면 성의 담장에 있는 궁병들에게 표적이 된다. 외뿔을 이끌고 싸웠을 때는 이런 요새를 공략하느라 꽤나 애를 먹었다.

'이 요새를 어떻게 공격할까?'

요새를 굽어보다 보니 외뿔을 이끌었을 때의 기분이 되살아났다.

'역시 불이겠지.'

요새 자체는 견고하지만 완전히 닫힌 상자는 아니다. 병사들이 생활하는 막사 주변에는 다양한 물자를 움직이기 위한 광장이 있는데, 거기에는 지붕이 없다. 원거리에서 불화살로 직접 쏘기는 어렵지만, 어떤 방법으로든 불화살을 닿게 할 수만 있다면 상당한 피해를 줄 수 있을 것이다.

그런 생각을 하면서 요새를 굽어보는데 뒤쪽에 인기척이 느껴졌다. 뒤를 돌아본 반은 흠칫 놀랐다.

누군가가 전사의 등에 업혀 다가오고 있었는데, 그 모습이 낯익다.

'……아아.'

반은 마음이 무거워졌다. 그날 밤 꿈이 생생하게 되살아났다.

반에게 가까이 다가온 전사는 노인을 천천히 그의 옆에 내려놓았다. 노인은 반을 보며 미소를 지었다.

"서글프군."

갈라진 목소리로 노인이 말했다.

"내 육신은 병든 늙은이라네."

오판이 다가가 노인의 곁에 무릎을 꿇었다.

"아버지."

노인은 아들에게 고개를 끄덕이더니 시선을 요새 쪽으로 돌렸다.

"이제 곧이군."

노인은 그렇게 중얼거리더니 이내 눈을 가늘게 뜨고 반을 보았다.

"냄새가 느껴지나?"

반도 지금 그 냄새를 맡은 참이었다. 초석硝石과 목탄, 그리고 유황 냄새가 섞여 있다.

"화염탄이군."

츠오르 군이 사용하는 화염탄의 냄새다.

반사적으로 목덜미에 소름이 돋았다. 츠오르와 싸울 때, 그 무기에 많은 동료들을 잃었다. 탄에 맞으면 몸이 터지면서 산산조각이 난다. 참혹한 죽음이었다.

하지만 지금 맡는 화염탄의 냄새는 츠오르 군의 요새에서 풍겨오는 냄새가 아니었다. 풍겨오는 방향이 다르다.

그 의미를 깨달은 반은 오싹했다.

"무코니아가 화염탄을 쓰기 시작했나?"

오판이 작게 중얼거렸다.

"츠오르 무기보다 조악하고 불안정하지. 잘못 다뤄서 자폭하는 꼴을 본 적도 있어. 오, 시작됐군. 자, 봐라."

나무들 사이로 건너편 무코니아 군의 진영이 환해졌다. 예전보다 밤눈도 시야도 밝아진 지금, 반에게는 병사들의 움직임이 잘 보였다. 몇 명이 일어나 옆으로 포진해 있다. 그 자세를 본 반은 실눈을 떴다.

'저건 라판인가?'

라판은 무코니아령의 산악민이다. 투석기를 다루는 데 뛰어난 그들과 몇 차례 싸운 적이 있었다.

투석기로 쏘는 탄은 멀리 날아간다. 라판처럼 뛰어난 사수라면 먼 표적도 상당히 정확하게 맞출 수 있고, 그 위력은 화살에 버금간다.

하지만 투석기는 쏘는 동작에 들어가면 중간에 방향을 바꿀 수 없으므로 일단 그들의 모습을 찾아내기만 하면 퓨이카 기수에게는 그리 두려운 적이 아니었다.

'아……'

그들의 모습이 갑자기 시야로 들어왔다. 투석기에 끼운 탄환의

심지에 불을 붙인 것이다. 그들은 온몸으로 투석기를 붕붕 휘두르더니 단숨에 화염탄을 허공에 쏘았다.

휘이익, 화염탄이 커다란 호를 그리며 밤하늘에 떠올랐다. 작은 빛이 차례로 요새 옥상으로 날아갔다. 그 탄환들이 요새에 떨어지면서 수많은 섬광이 어둠을 갈랐고, 묵직한 폭음이 연달아 울려 퍼졌다. 옥상에서 대기하고 있던 궁병의 몸뚱이가 날아가고, 지붕의 목재가 터져나갔다.

요새가 술렁거리기 시작했다. 수비병이 비명을 질러대며 우왕좌왕하는 모습이 보였다.

라판 족이 쏘아대는 화염탄의 작은 폭음이 이어지는 사이, 무코니아 본대가 움직이기 시작했다. 거대한 개가 끄는 썰매가 차례로 비탈길로 쏟아져 나오더니 얼어붙은 눈길을 능숙하게 내려갔다.

반은 오판을 돌아보았다. 이대로는 요새가 함락된다. 아파르 오마로서는 증오스러운 츠오르의 고통을 보는 게 통쾌하겠지만, 무코니아 군에 요새를 빼앗기면 토가 산지민은 새로운 전화에 휩쓸리고 만다.

반의 표정을 정확하게 읽은 오판이 낮은 목소리로 말했다.

"괜찮아. 무코니아는 쓰러뜨린다."

그러고는 그는 아버지를 힐끗 돌아보았다.

신비한 꿈속에서 자신을 '개의 왕'이라고 말했던 노인은 가만히 전황을 지켜보다가 이윽고 조용히 웃더니 손을 뻗어 반의 손목을 쥐었다.

'……시작한다.'

머릿속에 목소리가 울렸다. 그 순간, 피부가 근질거려 반은 신음했다. 머리가 안쪽부터 부풀어 오른다. 몸이 벗겨진다…….

정신을 차리자 노인의 품속에 있었다. 품속에 안겨 있다기보다 몸이 한 덩어리로 녹아 있다.

노인은 엄청난 속도로 산길을 뛰어 내려갔다.

반은 어느새 노인과 함께 빛나는 커다란 개로 변해 있었다. 사나운 충동이 솟구친다. 물고 싶다. 닥치는 대로 물어뜯고 싶다…….

노인이 몸을 한껏 젖히고 울부짖었다. 길게 여운을 남기는 소리 없는 목소리로, 킴마의 개들에게 지시를 내린다. 그 무음의 신호에 개들이 반응했다. 차례로 어둠 속에서 킴마의 개들이 뛰쳐나와 무리를 이루더니 눈 쌓인 산길을 빠르게 내려갔다.

선두를 달리는 것은 검은 개였다. 애꾸눈을 번뜩이며 다른 개들을 이끌고 쏜살같이 달리고 있다.

낌새를 느낀 무코니아의 썰매 개들이 그르렁거리며 몸을 뒤틀려고 했다. 이에 무코니아 병사들이 놀라 썰매 개들을 제어하려고 채찍을 휘둘렀다.

요새는 이미 눈앞에 있었다.

지붕이 불타오르며 주위가 대낮처럼 환했다. 츠오르의 기마병들이 무코니아 병사들을 막기 위해 요새 밖으로 나갔다. 그들은 방패와 창을 들고 다리 동작만으로 말을 교묘하게 다루며 공격해갔다.

사람과 말의 땀 냄새, 눈의 냄새, 지붕이 불타오르면서 나는 냄새, 튀어오르는 살점과 피 냄새가 진동하는 적진 속으로 반은 노인과 함께 달려가 측면에서 무코니아 병사를 덮쳤다.

킴마의 개들도 적진으로 뛰어드는 반 일행의 몸과 하나가 되어 달려들었고, 놀라서 돌아보는 무코니아 병사들의 목을 송곳니로 찢어발기며 건너편에 내려섰다.

무코니아 병사들이 몸부림치며 눈밭 위로 떨어져 튀어 올랐다가 굴렀다. 노인은 달려가면서 마치 수십 개의 손으로 고삐를 끌듯 여러 마리의 킴마의 개를 유도했다.

노인은 산악민은 노리지 않았다. 무코니아 정규병만을 공격하도록 지시하고 있다. 투구가 날아가, 그들의 금빛 머리카락이 불빛을 반사하며 번쩍였다.

병사의 목을 물어 송곳니가 부드러운 살갗을 꿰뚫은 순간, 엄청난 쾌감이 온몸을 꿰뚫었다. 비릿하고 짭조름한 피가 입 안으로 퍼져나갔고, 섬세한 빛이 타액과 함께 상대의 목구멍으로 흘러 들어간다…….

무코니아 병사들은 대혼란에 빠졌다. 어디서 나타났는지 모를 사나운 개 무리는 병사들이 휘두르는 검의 밑으로 빠져나가며 썰매 위로 뛰어올랐다. 거대한 썰매 개들의 둔한 움직임을 비웃듯이 그 등을 박차고 뛰어넘어 무코니아 정규병을 차례로 물어뜯었다.

차분히 볼 수 있었다면 자신들을 습격한 것이 겨우 스무 마리의 개들이었음을 깨달았을 것이다. 하지만 킴마의 개들은 움직임이 기묘하리만치 민첩해서 그 모습을 눈으로 좇기란 매우 어려웠다. 게다가 불꽃에 그림자가 일렁거려 밤의 설원을 넘나드는 스무 마리의 개들이 무수한 수의 무리로 보였다.

불시에 나타나 무코니아 병사를 습격하기 시작한 개들을 보고 놀란 츠오르의 기병들이 고삐를 잡아당겨 말을 세웠다. 그들의 얼굴에는 두려움이 서려 있었다.

무코니아 병사들은 진영이 무너지자 뿔뿔이 달아나기 시작했다. 언덕 위로 돌아가지 못하고 필사적으로 도주로를 찾아 썰매를 몰았다. 개중에는 썰매를 버리고 뛰어서 숲속으로 달아나는 무코니아 병사도 있었다.

노인이 껄껄 웃었다.

그는 개들에게 패잔병을 좇으라고 하지는 않았다. 눈에 보이지 않는 십여 개의 팔을 천천히 휘둘러 킴마의 개들의 눈을 츠오르의 기병 쪽으로 돌렸다.

겁에 질린 츠오르 병사들의 얼굴이 보였다. 어딘가 토마를 생각나게 하는 아직 앳된 병사였다. 그의 눈을 본 순간, 반은 차가운 바람을 맞은 것처럼 이성을 되찾았다.

노인이 무엇을 하려는지 눈치챈 반이 몸을 힘껏 젖혔다. 그러자 노인이 화가 난 듯이 반을 억누르려 했고, 반은 그것을 거부했다.

두 사람의 힘이 맞부딪쳤다……. 그 순간, 불현듯 미간에서 충격이 느껴졌다.

6

여인을 구하다

현기증이 났다. 대지가 호수처럼 일렁거렸다.

반은 거친 숨을 몰아쉬며 손으로 무릎을 붙잡고 고개를 들었다. 오판이 땀으로 범벅이 되어 노인 위에 엎드리다시피 해서 그의 팔을 붙들고 아버지를 부르짖었다.

"아버지! 정신 차리세요! 아버지!"

피 냄새가 났다. 노인의 팔에서 피가 흐르고 있었다. 오판 옆에 있던 아파르 오마 전사들이 재빨리 제 옷을 찢어 노인의 옆구리부터 어깨를 동여매 지혈했다. 자세히 보니 노인의 옆쪽 지면에 화살이 꽂혀 있었다. 누군가가 노인을 쏜 것이다.

무코니아 병사일까 싶어 라판과 무코니아 병사들이 있던 장소를 유심히 보니 그곳에서는 격렬하게 난투가 벌어지고 있었다.

라판이 들고 있던 횃불이 눈 위에 떨어져 있었다. 여기저기에 흩어진 그 횃불의 불빛에 검이 번쩍번쩍 빛날 때마다 비명이 울려 퍼졌다.

라판이 숲에도 숨어 있는지 이따금 화살이 날아왔지만, 라판 족에게 승산은 없어 보였다. 아파르 오마 전사들이 차례로 그들을 베어 쓰러뜨렸다.

노인이 눈을 떴다.

아들의 손을 뿌리치고 몸부림치듯 일어나 반을 보았다. 흐트러진 백발 밑에서 눈이 형형하게 빛났다.

"어째서⋯⋯."

노인이 목구멍에서 쥐어짜듯 물었다.

입 안이 씁쓸했다. 뒷맛이 불쾌했다. 그 개들과 한 몸이 되어 사람을 물어뜯는 쾌감에 취했던 자신이 혐오스러웠다. 몸속에 둥지를 튼 무언가가 이성을 앗아가 자신을 조종하도록 내버려두었다는 분한 마음이 가슴을 태웠다.

'내 영혼과 하나가 된 개에게 물린 저 청년은⋯⋯.'

흑랑열에 감염되었을 터였다. 이미 살아날 길이 없다.

'내가 사람을 병들게 하고 말았다.'

반은 신음했다. 후회해도 늦었다. 가장 하고 싶지 않았던 짓을 지금 하고 만 것이다.

자신의 몸속에 깃든 그것은 마물이다.

'나 아닌 존재가 내 얼굴을 하고 곁에 바짝 붙어 속삭이면서 내

마음 깊은 곳에 있는 어두운 갈망을 끌어내 온몸을 광기로 채워버린다…….'

그러면서도 도도히 흐르는 큰 강에 녹아드는 듯한, 이러면 된다는 안도감이 있다. 몸을 맡기는 것을 당연하게 여기게 되는 안도감이.

노인의 눈에는 광기와 비애가 서려 있었다. 그의 눈이 묻는다.

'동포들에게 속죄하고 싶다. 그들에게 고향으로 돌아가는 미래를 주고 싶다. 그리고 다시 한번, 딱 한 번만이라도 좋으니 고향을 보고 싶다. 이런 나의 뜨거운 마음을, 자네는 알아준 게 아니었단 말인가? 병으로 죽는 것은 무코니아 인과 츠오르 인뿐이다. 원래 자신의 땅이 아닌 곳으로 쳐들어가 차지하려는 탐욕스러운 놈들이 그에 상응하는 벌을 받는 것뿐이다. 자네는 병든 나를 대신해 저 개들을 이끌면서 싸움 없이 고향을 되찾고, 영구한 평화를 손에 넣을 길을 달려가는 게 아니었나? 빼앗기고 만 그 평온한 나날을 되찾고 싶다. 간절한 이 갈망을 자네도 가지고 있을 텐데, 어째서.'

반은 악다문 잇새로 거친 숨을 내뱉었다. 몸속에 있는 이 마음을 어떻게 알리면 좋을지 몰랐다. 젊은 츠오르 병사의 얼굴과 그 눈에 어른거리던 공포를 떠올리며 입을 열었다.

"싸움은……."

갈라진 목소리밖에 나오지 않았다.

"자신의 손을 더럽혀서 하는 것이다. 자기가 가진 기량으로……, 제 손이 닿는 곳에서."

노인이 고개를 격렬하게 저으며 아들의 팔을 붙잡고 신음하듯 말했다.

"이 녀석을……."

그때, 주위가 술렁거렸다. 전사 몇 명이 자그마한 그림자를 끌고 돌아오는 모습이 보였다. 가까워지자 그들이 끌고 오는 사람이 여인임이 드러났다.

늠름한 전사들이 오판 앞으로 여인을 떠밀었다.

"나무 위에 있었습니다. 케노이 님께 화살을 쏜 자가 이 여자일 겁니다."

의식이 가물가물한지 눈꺼풀을 바르르 떨고 있는 여인의 몸은 힘없이 바닥에 축 늘어져 있었다. 라판 족이 정령의 수호를 기원하며 착용하는 하얀 담비 목도리를 두르고 있다.

오판은 미간을 찌푸리고 여인을 굽어보았다.

"라판은 여자도 사수가 되니까."

그렇게 중얼거리더니 부하에게 고개를 끄덕여 보였다. 부하 전사가 고개를 숙이더니 이미 피로 물든 검날을 여인의 목덜미에 대고 겨냥한 후, 팔을 치켜들었다.

하지만 그다음 순간, 전사는 신음과 함께 급히 손으로 눈을 가렸다.

자갈을 던진 자세 그대로 앞으로 뛰쳐나간 반은 여인의 겨드랑이 밑으로 팔을 집어넣었다. 그러고는 번쩍 들어 올려 어깨에 둘러 멨다.

반의 그다음 움직임을 볼 수 있었던 것은 노인뿐이었다. 그는 여인을 둘러멘 채로 검을 든 전사의 팔을 옆에서 내리치듯 걷어찼다. 그 바람에 전사의 팔이 흔들려 검날이 똑바로 오판에게 날아갔다.

오판은 반사적으로 한 걸음 물러났지만, 검날이 허벅지를 스쳤다.

"네놈이!"

오판이 고함을 질렀을 때, 반은 이미 숲으로 뛰어든 뒤였다. 그는 달려가면서 숨을 들이마신 후, 드높은 소리로 사슴을 불렀다. 그 소리가 어둠 속에서 사라지기도 전에 오라하가 수풀을 뛰어넘으며 모습을 드러냈다.

"……놓치지 마! 활을 쏴라!"

오판의 목소리와 함께 활시위를 당기는 소리가 잔뜩 울리더니 공기를 가르며 화살이 날아왔다. 그러나 반은 멈추지 않았다.

반은 오라하의 등에 여인을 내려놓자마자 몸을 돌려 그 뒤로 뛰어올랐다. 그리고 여인을 감싼 채, 다리로 퓨이카에게 달리라는 신호를 보냈다.

오라하는 활시위를 떠난 화살처럼 뛰어올랐다. 덤불을 뛰어넘고 나무 사이를 가로질러 울창하게 우거진 관목 수풀을 가볍게 뛰어넘었다.

바람이 얼굴을 때렸다. 슬픔이 배 속에서 치밀어 올랐다.

뒤에 남기고 온 노인의 눈동자가, 그 절망이 등에 들러붙어 있는 것 같았다. 이런 식으로 배반하고 싶지는 않았다. 조금 더 진실한 말로 서로가 납득할 수 있는 길을 찾고 싶었다.

하지만 이미 늦었다. 생각하고 한 짓은 아니었지만 이미 주사위는 던져졌다. 이 여인이 처형당하는 것을 두고 볼 수만은 없었다. ……그것 또한 자신이 선택한 일이다.

"달려, 오라하!"

온몸을 뒤흔드는 감정을 억누르며 반은 그렇게 외쳤다.

*

날이 밝을 무렵, 간사 씨족의 전사들이 아파르 오마에 합류했다.

그 무리 안에서 반의 형님인 잣카를 찾아낸 오판은 그에게 눈짓으로 신호를 보내 전사들로부터 조금 떨어진 숲속으로 불러냈다.

어젯밤 일어난 일을 설명하는 오판의 말을 심각한 표정으로 끝까지 들은 잣카는 한숨을 쉬고 고개를 깊이 숙였다.

"미안하네."

오판은 잣카를 가만히 쳐다보았지만 이윽고 고개를 저었다.

"자네가 사과할 필요는 없어. 하지만 이렇게 된 이상, 이제 그 남자를 당신의 가족으로 생각할 수는 없네."

잣카는 오판을 바라보며 고개를 끄덕였다.

손바닥으로 제 얼굴을 천천히 쓸어내리며 잣카는 입을 열었다.

"그 녀석은 외뿔이 됐을 때부터 이미 내 가족이 아니었어."

눈에 묻힌 나무들을 멍하니 바라보며 잣카는 중얼거렸다.

"……여자를 구했단 말이지."

잣카는 오판에게로 시선을 돌렸다. 새벽녘의 푸른 숲이 서서히 하얀 아침 빛깔로 변해가고 있었다.

"그 녀석은 처자식을 잃었어. 여자가 죽는 꼴을 가만히 보고 있을 수는 없었겠지."

오판은 싸늘한 눈으로 잣카를 보았다.

"그렇다면 단순한 바보지만, 그렇지 않을지도 몰라."

잣카는 어리둥절한 표정으로 실눈을 떴다.

"무슨 뜻이지?"

오판이 날카로운 얼굴로 말했다.

"우리가 죽인 라판 족의 무기를 수거하다가 묘한 점을 발견했어. 시체 중에 라판 족이 아닌 자의 시체가 하나 섞여 있더군."

잣카가 눈썹을 실룩거렸다.

"뭐라고?"

"하얀 담비 목도리를 두르고 있어서 언뜻 보면 라판 족으로 보이지만, 손바닥에 투석기 때문에 생겨야 할 굳은살이 없었어."

라판 족은 어렸을 때부터 투석기를 사용한다. 비록 활을 쓰는 사수라 해도 그 손에는 반드시 투석기에 쓸려서 생긴 딱딱한 굳은살이 있어야 마땅하다.

"라판이 아니라면 누구란 말인가?"

오판은 가만히 잣카를 바라보았다. 이윽고 잣카가 얼굴을 일그러뜨렸다.

"그런가……."

까칠한 얼굴을 무의식적으로 손으로 문지르며 잣카는 낮은 목소리로 말했다.

"왕은 보신保身을 선택했다는 뜻인가."

잣카가 멍한 눈으로 앞쪽을 보았다. 그 표정의 의미를 민감하게 알아챈 오판이 이를 악물었다.

"우리는."

악문 잇새로 오판이 말했다.

"고향을 되찾을 것이다, 무슨 짓을 해서라도."

잣카가 눈살을 찌푸렸다.

"마음은 알겠지만, 지금은 몸을 숨기고 때를 기다리는 게 낫지 않을까? 아카파 왕이 염려하는 건 츠오르 왕의 안색이잖아. 무코니아를 막는 목적으로만 킴마의 개를 쓰면 상황이 또 바뀔지도 몰라."

오판은 고개를 저었다.

"그런 여유를 부릴 마음은 없어."

"……그런가, 아버님 일도 있으니. 용태는 좀 어떠신가?"

"좋지 않아. 화살이나 칼에 베인 상처가 깊진 않지만, 킴마의 개를 부린 데다가 실망이 겹쳐서 상당한 고열을 앓고 계셔. 원래도 올해를 넘길 수 있을지 없을지 모를 상태였어. 기력만으로 살아계신 셈이야."

숙영지 쪽을 보며 오판이 말했다.

"하지만 아버지는 포기하지 않으셨다."

시선을 돌려 번득이는 눈으로 잣카를 바라보며 오판은 슬그머니 웃었다.

"나도 포기하지 않았어. 비겁하게 왕의 안색이나 살피는 짓은 이제 그만두겠다. 우리가 정의야. 신들은 그것을 알고 계셔."

오판은 한동안 말없이 잣카를 바라보다가 이윽고 고요한 표정을 지었다.

"당신들과 함께 싸우는 건 여기까지로 하지."

잣카는 잠자코 오판을 바라보았다.

"아버지와 나, 정예 전사들은 앞으로 씨족을 떠날 생각이다."

잣카의 표정이 얼어붙었다.

"자네들은……"

오판은 고개를 끄덕이고 깊숙이 고개를 숙였다.

"우리를 받아들여주고, 또 함께 싸워준 은혜는 황천길을 건너서도 잊지 않겠다."

오판은 고개를 들고 가만히 웃었다.

"마지막 소원일세. 우리 민족을 토가 산자락 깊숙이 숨겨주길 바라네."

"……"

"왕과 우리의 싸움을 츠오르의 눈에 들켜서는 안 돼. 우리를 배반하고 공격해오는 놈들도 저항하지 않는 백성을 산속까지 쫓아가 토벌하는 요란한 짓은 하지 않겠지."

잣카는 즉답하지 않고 그저 오판을 바라보고 있었다. 그들이 지금 처한 상황과 변경 지역 주민들의 앞날, 지금 무엇을 해야 할지 등, 그런 일들은 머릿속에서는 이미 결론이 나 있었다. 하지만 그런 중요한 문제들을 누르고 치밀어 오르는 것은 슬픔이었다.

오만하고 고집스럽지만 동포를 깊이 사랑하는 이 남자가 너무나 안쓰러웠다. 사방에서 불어오는 사나운 바람에 내몰려 몸부림칠 때마다 고립되어가는 작은 씨족의 수장…….

'이미 승패는 났다.'

아카파 왕이 보신을 택한 이상, 무슨 짓을 하더라도 그들과 함께 꾸었던 꿈이 현실이 될 확률은 없다.

물러설 때였다. 지금이라도 손을 떼면 간사 씨족에게는 피해가 없다.

'하지만…….'

눈앞에 있는 이 남자는 손을 뗀다는 선택지는 생각도 할 수 없을 것이다. 물러난다는 것은 그들을 짓누르는 부조리한 운명을 받아들이는 것이 된다. 완고한 아파르 오마가 그런 짓을 할 수 있을 리가 없다.

오판이 매달리고 있는 것은 '그들이 옳다'는 믿음과 '옳으면 신이 도와주신다'는 착각이다.

그들은 전진할 것이다. 비록 그것이 나락 위에 걸린 실오라기 위를 지나는 길이라 해도.

'그래도…….'

오판은 토가 산지민이 피해를 입지 않도록 배려해주었다. 그런 남자이기도 한 것이다.

잣카는 말없이 배와 가슴과 이마에 순서대로 주먹을 댄 후에 고개를 깊이 끄덕였다.

*

아카파 왕의 명령을 받은 전사단이 토가 산지의 아파르 오마 부락을 야습한 것은 그로부터 이 주 후였다.

그날은 아침부터 눈보라가 쳤지만 밤에는 바람이 조금 잠잠해졌다. 그 조용한, 나무들조차 얼어붙을 듯한 어둠 속에서 야습은 츠오르에 들키지 않도록 은밀히 진행되었다.

대부분의 아파르 오마는 이미 간사 씨족의 인도로 산속으로 숨었지만, 개의 왕 케노이가 이끄는 아파르 전사 열두 명은 마을에 남아 아카파 전사단에 맞섰다.

오판을 비롯한 정예 전사의 모습은 없었지만, 그래도 아파르 전사의 분투는 놀라웠다. 압도적인 숫자를 자랑하는 아카파 정예 부대의 절반이 목숨을 잃었다. 그리고 그 자리에서는 살아남았지만 킴마의 개에 물려 귀환하는 도중에 죽은 전사도 있었다.

아카파의 야습은 은밀하고 짧은, 음험한 전투였다.

열두 명의 아파르 오마 전사 중 열 명이 전사했다. 다시 내리기 시작한 눈과 밤의 어둠을 틈타 달아난 자는 극소수였다. 그중에는 케노이도 섞여 있었다.

날이 밝자 아카파 전사들은 놓친 전사들의 뒤를 추적했지만 눈보라가 그들의 흔적을 지웠고, 결국 오판 일행의 모습을 찾을 수 없었다.

다만 한 가지, 아카파 전사단에게 커다란 수확이 있었다. 쓰러진 나무 그늘에 누워 있는 시체 하나를 발견한 것이다.

반쯤 눈에 묻혀 있던 그것은 오판의 아버지이자 개의 왕인 케노이의 시신이었다.

7

초승달과 뿔

연기 냄새가 난다.

눈을 감고 있어도 현기증이 났다. 사에는 눈을 감은 채로 가만히 현기증이 잦아들기를 기다렸다.

왼쪽 허벅지가 아팠다. 바람총에 맞은 자리다. 맥박을 따라 욱신 거렸다. 바람총으로 쏜 화살은 바로 빼냈지만 맞은 자리가 굳어 있 었다.

어젯밤 일은 어느 정도 기억하고 있었다. 화살의 독 때문에 몸은 움직이지 않아도 의식은 있었기 때문이다. 사내들이 그녀를 짐짝처 럼 다루며 죽이려 하는 소리를 들으며 꼼짝도 못하고 있었다.

죽음을 각오하고 화살을 쏘았는데, 아직 살아 있다는 게 이상 했다.

슬슬 새벽이 가까워지고 있다. 추위가 혹독했지만 몸은 따뜻했다. 눈으로 쌓아 올린 벽이 바람을 막아주고 있다. 배 쪽에는 작은 모닥불이 있었다. 거의 재로 변했지만 그래도 희미한 온기가 느껴졌다.

사에는 목덜미에서 자신을 품에 안고 잠들어 있는 남자의 숨결을 느끼며 가만히 눈을 떴다.

새벽하늘에 조각달이 걸려 있었다.

얼어붙은 숲속은 모든 것이 푸르렀다. 눈도, 나무들도, 그 사이로 보이는 하늘도 같은 색을 띠고 있다.

그 안에서 빛나는 것이 있었다. 퓨이카의 두 눈동자다.

커다란 퓨이카가 눈 속에 앉아 고개를 들고 이쪽을 보고 있었다. 푸른 어둠 속에서 그 모습은 눈과 어우러져 있었지만, 그 눈만큼은 강한 빛을 머금고 이쪽을 가만히 바라보고 있었다.

귓가에 조용한 소리가 들렸다.

"……저 녀석은 거의 안 자."

사에는 작게 고개를 끄덕였다.

어째서일까. 손에 꼽을 정도로밖에 말을 나눠보지 못한 남자인데, 이렇게 안겨 있으니 마음이 놓였다. 눈과 나무들, 퓨이카와 그들. 그것뿐인 이 세상이 조각달 밑에서 이대로 얼어붙기를 바랐다.

벌써 오래도록 이 남자를 지켜봐왔다.

동물처럼 감이 좋은 남자라 상당히 거리를 두어야 했지만, 멀리서 표적을 지켜보는 일에는 익숙했다. 나무 안쪽에서 지켜봐도 이 남자의 동작과 목소리와 표정이 뚜렷이 보였다.

처음 보았을 때는 원숭이 같다고 생각했다. 무리에서 떨어진 고독한 원숭이.

낙오된 원숭이는 처량한 법인데, 이 남자에게는 처량한 모습이 전혀 없다. 무리를 멀리 뒤에 두고 홀로 산야를 뛰어온 원숭이 같은 고요한 강인함이 있었다.

다가가기 어려운 인상인데도 소년들과 있을 때는 표정이 온화했다. 그럴 때의 그는 맑은 겨울날의 숲처럼 고요하고 밝았다. 그는 깨닫지 못했을지도 모르지만, 그를 따라 산과 들을 다니던 소년들의 표정은 하나같이 평온했다.

그리고 그 어린 소녀. 늘 똑바로 달려와 그에게 폴짝 안기던, 그 개구쟁이. 그 아이도 그에게 안기면 갓난아이처럼 평온한 표정을 지었다. 품속에 아이가 있을 때는 그의 얼굴도 온화했다.

감정의 파도가 느껴지지 않는 조용한 남자. 그래도 혼자 있을 때는 깜짝 놀랄 만큼 인상이 변했다. 그 표정을 처음 보았을 때는 가슴이 서늘했다.

산속으로 깊이 파고드는 뒷모습을 바라보며 이 사람은 오늘 밤에 고향으로 돌아가려는 게 아닐까, 불안해지기도 했다. 어두컴컴한 숲속으로 파고드는 뒷모습이 그 어둠 속에 녹아들기를 바라는 것처럼 보였기 때문이다.

어느 날, 문득 넘어서는 안 될 선을 넘어 사람의 모습을 잃는다. 이 남자에게는 그런 일이 일어나도 이상하지 않을 위태로운 느낌이 있었다.

수풀 속에서 희미한 소리가 들리자 퓨이카가 움찔하며 그쪽을 돌아보았다.

반이 가만히 안고 있던 팔을 풀어 몸을 뗐다. 갑자기 새벽녘의 냉기가 등을 찔러 사에는 몸을 떨었다.

"……괜찮아?"

그렇게 묻는 낮은 목소리에 사에는 고개를 끄덕였다. 어스름 속을 투시하듯 반은 사에를 바라보았다.

"나는 덫을 보고 올게. 몸이 힘들지 않으면 불을 좀 지펴줘."

사에의 얼굴이 어두워지자 반이 슬쩍 웃었다.

"이 계절에는 말을 탄 채로 오라하의 뒤를 쫓아오진 못해."

사에는 몸에서 힘을 뺐다. 확실히 그의 말이 맞다. 말로는 들었지만 제 눈으로 보기 전에는 퓨이카가 어떤 식으로 달리는지 상상도 할 수 없었다.

하지만 실제로 보고 몹시 놀랐다.

사슴이라는 이름이 붙어 있지만 퓨이카는 사슴과는 상당히 다르다. 튼튼하고, 대단히 민첩하며, 그 이름처럼 도약력이 엄청나다. 그만큼 말보다 훨씬 더 기수의 기술이 퓨이카의 움직임을 좌우하는 듯했다.

칠흑같이 어두운 밤의 숲을 나무뿌리에 걸리지도 않고, 나뭇가지에 긁히지도 않고, 눈에 발이 빠지지 않는 장소를 순식간에 골라 달려가는 반의 기술은 실로 경탄스러울 정도였다. 그 덕분에 오라하는 어젯밤에 절벽을 오르내리고 늪을 두 개나 뛰어넘었다.

아파르가 아무리 뛰어나도 겨울철, 그것도 밤중의 산속을 그런 식으로 달리는 퓨이카를 쫓아올 수 있을 리 없다. 눈에 찍힌 흔적을 쫓는 것도 날이 밝은 후가 아니면 어렵다. 퓨이카를 탈 줄 아는 간사 씨족의 남자들은 어젯밤에는 무코니아 군을 추격하고 있었을 테니, 설사 추격자가 온다 해도 이미 거리가 상당히 벌어진 상태다.

반이 옆을 지나가자 오라하가 그 무릎에 슬쩍 코를 댔다. 반은 그에 응하듯 그 뿔을 어루만지고는 수풀 속으로 사라졌다.

사에는 한숨을 쉬며 일어나 불을 지필 채비를 했다. 왼쪽 무릎이 아파 생각처럼 몸이 움직여지지는 않았지만, 그래도 반이 돌아오기 전에 간신히 불을 지필 수 있었다.

반은 한 손에 토끼 두 마리를 들고 있었다. 껍질을 싹 벗기고 내장도 빼냈다. 적당한 가지를 건네자 반은 작은 칼로 가지 끝을 쓱쓱 깎아 꼬치를 만들었다.

토끼 고기가 노릇하게 구워지자 사에는 허리띠에 묶어둔 작은 가죽 주머니에서 기름종이에 싼 소금을 꺼내 구운 고기에 뿌려 하나를 반에게 건넸다.

그때, 오라하가 일어나더니 불쑥 곁으로 다가왔다.

"조심해, 소금을 먹어치울지도 몰라."

반이 말한 대로 오라하는 사에의 손에 코끝을 불쑥 들이밀었다. 사에는 조용히 웃으며 소금을 조금 쥐어 오라하에게 내밀고, 나머지는 손가락으로 다져서 가죽 주머니에 도로 넣었다.

하지만 그것으로는 부족했는지 오라하는 코끝으로 사에의 가슴을 꾹꾹 눌렀다.

"이 녀석, 그만해."

반이 야단치자 오라하는 불만스러운 듯 콧김을 훅 뿜어내고 겨우 사에에게서 떨어졌다. 산속에서 소금은 금보다 귀하다. 조금 빼앗 겼지만 목숨을 구해준 보답이라고 생각하면 아깝지 않다.

그런 생각을 하면서 사에는 따뜻한 토끼 구이를 한 입 베어 먹었 다. 이 계절의 토끼는 살이 많지 않다. 하지만 온몸이 얼어붙은 지 금, 소금을 뿌린 따뜻한 토끼 고기는 무엇에도 비할 수 없이 맛있는 음식이었다.

두 사람은 토끼를 정신없이 먹어치우고는 손가락에 묻은 기름까 지도 빨아 먹었다. 토끼 한 마리라도 배 속에 들어가니 몸이 훨씬 편해지고 온기도 돌았다.

어느새 날이 완전히 밝아, 눈이 하얗게 빛나고 있었다. 기름이 묻 은 단도를 눈으로 닦고 있는 반에게 사에는 깊이 머리를 숙였다.

"구해줘서 고마워요."

반은 고개를 들고 살짝 끄덕여 인사를 받았다.

"어째서 구해줬나요?"

반은 그 질문에는 답하지 않고 단도를 칼집에 꽂아 품에 넣으며 말했다.

"개의 왕을 쏜 이유를 말해줘."

잠시 동안 사에는 말없이 생각에 잠겼다. 돌아가는 상황을 생각 해보니 더 이상 이 사람에게 숨겨봐야 의미가 없을 것 같았다. 약간의 거부감이 남아 있었지만 사에는 마음을 굳히고 입을 열었다.

"아카파를 구하기 위해서예요."

반은 눈살을 찌푸렸다.

"개의 왕은 아카파 왕의 승인을 받아서 그런 일을 벌인 게 아니었나?"

사에는 눈을 깜빡였다.

"그가 그렇게 말하던가요?"

"……꿈을 보여주더군. 킴마의 개들을 이용해 병을 퍼뜨려서 츠오르와 무코니아로부터 아카파를 되찾는 꿈이었어."

사에는 고개를 끄덕였다.

"그 병은 이방인에게는 치명적인 병이지만 이 땅에서 나고 자란 사람은 죽이지 않는다. 그는 그렇게 말했겠지요?"

"그래."

사에는 한숨을 쉬었다.

"그건 거짓말이에요."

"거짓말?"

"네. 그 병, 흑랑열은 아카파 백성에게도 해로워요. 이미 죽은 사람도 나왔습니다."

사에는 이야기를 시작했다.

아카파 왕도 아카파 인은 흑랑열에 걸리지 않는다고 생각했다. 그래서 처음에는 아파르 오마의 계략을 용인했고, 일이 잘 풀리기만 한다면 실로 하늘이 주신 행운이라고까지 생각했던 것이다.

그러나 킴마의 개들에게 깃들어 다시 모습을 드러낸 흑랑열은 수백 년 전과는 다른 질병으로 바뀌어 있었다…….

"어전 매사냥 소문은 들었나요?"

"우타르가 물려 죽은 사건 말인가?"

"예. 왕족인 이자무 님도 한때 위독했어요. 목숨을 건진 후에 불편한 몸이 되신 것은 저희에게 크나큰 충격이었지요. 조사해보니 그전에도 각지에서 산발적으로 아카파 인이 같은 병으로 죽었다는 사실을 알게 되었죠. 게다가 그 어전 매사냥 사건은 속셈이 너무 뻔했습니다. 그 사건으로 츠오르는 아카파 왕도 관여됐다는 것을 확실히 의심하기 시작했어요. 아직은 은근히 위협만 하고 있을 뿐, 노골적으로 아카파 왕을 탓하지는 않아요. 그러니 늦기 전에 아파르 오마의 계략을 저지해야 해요. 그들이 뭔가 되돌릴 수 없는 짓을 저지르면 츠오르도 더 이상 잠자코 있지는 않겠지요."

반의 눈에 빛이 감돌았다.

"그래서 개의 왕이 츠오르 병사에게 킴마의 개를 보냈을 때 활을 쏜 건가?"

사에는 고개를 끄덕였다.

반은 사에를 지그시 바라보았다.

"도망칠 수 있다고 생각했나?"

사에는 대답하지 않았다.

"……각오한 바였나?"

사에는 반에게서 시선을 돌려 불꽃을 바라보았다. 그녀는 자신을 바라보는 반의 시선을 느끼고 하는 수 없이 입을 열었다.

"기나긴 전쟁을 겪고……, 많은 피를 흘리고 나서 간신히 얻은 균형이니까요."

반은 한숨을 쉬며 손으로 턱을 감쌌다. 한동안 그러고 있던 그가 이윽고 손을 내리고 화제를 바꾸었다.

"날 감시했던 이유가 뭐지? 오키에 있었을 때부터 감시했지?"

사에는 흠칫 놀라 고개를 들었다.

"눈치챘나요?"

반은 쓴웃음을 지었다.

"멍청한 것도 유분수지만, 그때는 몰랐어. 얼마 전 당신 품속에 있을 때야 깨달았지. 당신 냄새를 오키 숲에서 몇 번 맡았던 게 생각났거든."

사에는 당혹스러운 낯빛으로 눈썹을 실룩거렸다.

"……냄새?"

쑥스러운 표정으로 반은 한숨을 쉬었다.

"그 개에게 물린 뒤로 이상하게 후각이 예민해졌거든."

사에는 그런가, 생각하다가 얼굴을 붉혔다. 반이 그녀의 냄새를 기억한다는 것이 왠지 민망했다.

마음의 동요를 숨기고 싶은 사에가 재빨리 말했다.

"당신을 감시하라는 명령을 받았어요. 당신은 새로운 흑랑열을 앓고 살아남은 사람이고, 또 당신이 말하는 개의 왕 케노이가 당신을 찾고 있다는 정보를 아버지가 갖고 있었으니까요."

이야기하는 사이, 마음의 파도가 잠잠해졌다. 사에는 나뭇가지로 모닥불을 뒤척이면서 말했다.

"케노이는 병들었어요. 그래서 자기처럼 킴마의 개에게 물리고도 살아남은 남자를 후계자로 삼고자 찾고 있다는 정보는 제법 일찍부터 알고 있었습니다."

반은 눈살을 찌푸렸다.

"그런 것치고는 오랫동안 접촉이 없었는데."

"준비가 부족했던 모양이지요. 저희가 모든 사정을 다 아는 건 아니지만요."

반이 문득 얼굴을 찌푸렸다.

"……그렇다면 메아리의 주인도 아파르 오마와 한패였나?"

사에는 고개를 저었다.

"아니요, 아니에요! 요미다 숲의 주인은 케노이 일족과는 아무 상관없습니다. 킴마의 개를 불안하게 여기고 계셨으니, 그래서 당신을 부른 게 아닐까요?"

"하지만 당신은 거기 있었잖아. 게다가 그 낫카라는 사내도."

사에는 입을 열었다가 다물었다. 그리고 말을 골라가며 했다.

"설명하기 어렵지만……. 그때는 뭐랄까, 여러 방향에서 몇 개나 되는 밧줄이 당신을 향해 날아든 느낌이었어요. ……동굴 욕탕에서 제가 전에 다쳤다는 얘기를 했었죠?"

"그래."

"그건 사실이에요. 저는 소금광산 사건 후에 당신을 뒤쫓다가 크게 다쳤어요. 그때 저를 구해준 오키 사람이 메아리의 주인에게 데려가주었어요. 그 후로 저는 빈번히 그곳에 탕치湯治하러 가곤 했어요. 그곳은 오키 지방의 소문을 듣기에 딱 좋은 장소였으니까요."

"그럼 그때 그곳에 있었던 건 우연이었나?"

사에는 고개를 저었다.

"아뇨, 그때는 앗세노미가 당신을 찾아간 것을 보고 앞질러 갔어요. 케노이가 본격적으로 당신에게 접촉하려 하기에 당신에게서 눈을 뗄 수가 없어서."

반은 눈살을 찌푸린 채로 턱을 긁적였다.

"영문을 잘 모르겠군. 낫카는 거기에서 오래 일한 것 같던데."

"맞아요. 그 사람은 그곳에서 꽤 오래 일했던 것 같더군요."

"하지만……."

"네, 유나를 납치한 건 그 남자예요. 분명 그때 그곳에 있었다는 이유로 갑자기 그런 역할을 떠맡게 된 것은 아닐까요? 그 남자는 늪지의 백성인 '유스라 오마'니까요."

"유스라 오마?"

그렇게 말하고서 반은 눈을 번쩍 떴다.

"그런가, 놈은 유카타 출신이었나!"

"네. 전에 넌지시 신상을 물었을 때 경계하지도 않고 대답해주더군요. 자신은 유스라 오마인데, 아파르 오마가 유카타 평원에서 추방당한 사건에 관여했다는 이유로 이런 북쪽 변방에 오게 되었다고요. 유스라 오마는 원래 아파르 오마를 받드는 민족이니, 아파르 오마가 명령하면 따를 수밖에 없겠지요."

두 사람은 모닥불을 바라보며 잠시 침묵했다.

"그때……."

반이 입을 열었다.

"나를 아파르 오마에게로 이끈 이유가 뭐지? 당신 임무를 생각하면 나를 말리는 게 좋았을 텐데."

사에는 가슴이 질끈 아려와 고개를 숙였다. 이 사람은 머리가 좋다. 둘러대면 분명 눈치챈다. 조금이라도 의심을 사면 지금 그들 사이에 흐르는 미묘한 신뢰 관계는 당장에 무너지고 말 것이다.

사에는 잠시 고개를 숙였다가 마음을 굳히고 시선을 들었다.

"당신을 이용했어요."

반의 표정이 험악해졌다.

"이용했다?"

"예. 저희는 막다른 길목에 처해 있어서."

사에는 얕은 숨을 들이마셨다.

"아파르 오마는 아카파 왕의 변심을 경계해서 저들의 진짜 계획은 교묘하게 숨기고 있어요. 간사 씨족과 손을 잡고 무코니아를 덫에 빠뜨린다는 이야기는 사전에 아카파 왕에게 보고했지만, 그다음으로 그들이 무슨 짓을 하려는지 도저히 알아낼 수가 없었어요."

반은 실눈을 떴다.

"그래서 먹잇감을 사냥개 무리에 집어 던져보았다는 건가? 나를 손에 넣은 놈들이 어떻게 움직이는지 보려고……?"

사에는 고개를 끄덕였다.

그때 마음속에 있었던 생각은 그것이 전부가 아니었다. 반과 유나가 걱정스러웠다. 그가 유나의 뒤를 쫓지 않는다면 생각이 단순한 아파르 오마가 유나에게 인질의 가치가 없다고 판단할 가능성이 있었다. 그 아이가 죽을지도 모른다고 생각하니 가만있을 수가 없었다. 어떻게든 구해주고 싶었다.

'할 수만 있다면……'

그때, 그에게 모든 사정을 털어놓고 싶었다. 털어놓고 함께 의논해서 아이를 구하고, 그가 살아날 방법도 함께 찾고 싶었다.

하지만 그런 일은 허락되지 않았다. 그때는 아버지와 일족이 곁에 붙어 있었기 때문이다. 아버지는 그를 도구로만 보았다. 쓸모없다고 판단하면 망설임 없이 죽여버릴 것이다. 아버지와 일족 사람들은 훨씬 전부터 케노이가 반을 도구로 쓰지 못하게 시기를 봐서 반을 죽이겠다는 말을 했다.

"목적은 달성했나?"

사에는 잠시 무슨 소리인지 이해하지 못하고 눈을 깜빡였다.

"네?"

질문의 의미를 깨달은 사에가 고개를 저었다.

"아니요, 그건 아직."

무심코 쓴웃음이 떠올랐다.

"일이 이렇게 되지 않았다면 알아냈을지도 모르는데."

멀리서 새가 지저귀었다. 아침의 새소리가 숲을 감싸기 시작했다.

반은 아득한 시선으로 새들이 오가는 나뭇가지를 바라보다가 이윽고 시선을 돌리고 조용히 물었다.

"앞으로 어떻게 할 건가?"

어떻게 할 건가. 생각할 것도 없다. 아버지와 합류해 케노이를 감시하는 임무로 돌아가야 한다.

하지만 그것을 생각한 것만으로도 가슴이 먹먹했다. 아버지와 일족으로부터 멀리 떨어져 그들의 시선을 느끼지 않아도 되는 지금이 매우 귀중한 시간처럼 느껴졌다.

"……당신은 어쩔 건가요?"

사에가 되묻자 반은 턱을 어루만지며 대답했다.

"난 유나를 찾아야지. 어디서부터 손을 대야 할지 계속 생각은 하고 있어. 아파르 오마 마을에는 유나의 흔적이 없더군."

반이 피식 쓴웃음을 지었다.

"그 녀석 울음소리는 대단하거든. 황소고집이라 낯선 사람들이 에워싸면 온 마을이 쩌렁쩌렁 울리는 목소리로 난리를 피웠겠지. 뭐, 수면제를 먹였을지도 모르지만 그래도 거기에 그 아이가 있었다면 나는 알 수 있었을 거야."

사에는 고개를 끄덕였다.

"저도 유나는 거기에 없었다고 생각해요. 동료들 얘기로는 낫카가 일단 마을에 들어가긴 했지만 곧바로 다시 나왔다고 하더군요.

그때 아이를 업고 있었다고 하기에 낫카의 흔적을 추적하려 했지만 허락해주질 않아서."

"그런가."

반은 고개를 주억거렸다.

"그렇다면 어딘가로 데려갔겠군."

그가 잡히지 않는다면 유나에게 인질로서의 가치가 있으니 해를 가하지는 않을 것이다. 그래도 지금 그 아이가 홀로 불안 속에 있다고 생각하자 견딜 수 없이 초조한 마음에 가슴이 타들어갔다.

"당신한테 이런 부탁을 하는 건 이상한 일일지도 모르지만."

반은 망설이면서 말했다.

"딸을 찾는 걸 도와줄 수는 없을까? 당신 사정이 허락한다면 말이지만."

사에는 깜짝 놀라 반을 바라보았다.

반이 얼굴을 일그러뜨렸다.

"난 유카타 평원을 잘 몰라. 도움을 받을 수 있다면 좋겠는데."

그와 함께 가는 것을 아버지가 허락하실까? 사에는 반사적으로 그런 생각을 한 자신을 마음속으로 비웃었다. 아버지가 어떻게 생각하든 상관없다.

사에는 반을 바라보며 고개를 끄덕였다.

8

석화 부대

펑! 멀리서 날카로운 소리가 났다. 혹독한 추위를 견디지 못하고 어디선가 나무가 갈라진 것이다.

눈을 감은 채로 반은 멍하니 옛날 일을 떠올렸다. 이 소리가 들리면 할머니는 종종 '아아, 백마白魔가 나무를 걷어차기 시작했구나' 하고 말씀하시곤 했다. 할머니 또래의 사람들은 겨울 숲을 가로지르는 퓨이카의 정령이 뒷다리로 나무를 차서 생나무가 갈라진 거라고 믿었다.

이 소리가 울리는 날은 기온이 뚝 떨어져 산의 날씨도 사나워진다. 나무가 갈라지는 소리는 분명 겨울의 마물이 풀려난 증거였다. 어제 해 질 녘에 이 소리를 들은 반은 일찌감치 걸음을 멈추고 사에와 함께 거목 밑동의 눈을 파서 굴을 만들었다.

보통은 겨울 산을 여행할 때 반드시 눈 치울 막대기를 들고 다니지만, 어쨌든 몸뚱이 하나로 달아난 터라 처음 며칠은 도구라 부를 만한 것이 단검밖에 없었다.

그래도 단검이 있으면 어떻게든 된다. 날씨가 좋을 때 일단 살아서 겨울 산을 넘을 채비를 하기 위해 하루 시간을 내서 반은 산지에서 나는 각종 식량을 모았고, 사에는 눈 치울 막대기와 설피 등 겨울 산을 여행할 때 필요한 여러 도구를 만들었다. 그 때문에 그들은 날씨가 거칠어질 징조를 느껴도 그리 두렵지 않았다.

바위 밑은 차갑지만 큰 나무 밑은 이상하게도 따스하다. 커다란 굴을 파고 바닥에 잎이 붙어 있는 나뭇가지를 깔았다. 구멍 위도 상록수 가지로 덮었다. 굴속에 오라하를 앉히고 몸을 찰싹 맞대면 맹렬한 추위 속에서도 목숨을 잃을 염려는 없다.

퓨이카는 눈보라가 칠 때 큰 나무의 밑이나 수풀 속에 가만히 웅크려 있는 습성이 있다. 오라하는 비좁고 갑갑한 굴속에서도 꼼짝도 않고 자신의 온기를 나눠주고 있었다.

꾸벅꾸벅 졸다가 깨서 숨이 막히지 않도록 천장의 가지를 조금 치워놓고 다시 잠든다. 깊이 잠들 수 없는 밤을 보내는 사이, 어느덧 눈보라 소리도 잠잠해지고 여린 빛이 쏟아졌다. 그래도 여전히 추위는 혹독했다. 어디선가 또다시 나무가 펑 갈라지는 소리가 났다.

희미하게 메아리치며 들려오는 그 소리를 들으며 반은 피식 웃었다.

"……?"

사에가 의아한 눈빛으로 눈썹을 실룩거렸다.

"유나가."

반이 입을 열었다.

"나무가 갈라지는 소리를 들을 때마다 폴짝 뛰어오르거든."

유나는 나무 갈라지는 소리를 처음 들었을 때, 깜짝 놀라 폴짝 뛰어오른 자신을 본 오마 가족이 껄껄 웃었던 게 기뻤는지 나무가 갈라지는 소리가 들릴 때마다 깜짝 놀란 시늉을 하며 토끼처럼 뛰어오르곤 했다.

게다가 매번 뛰어오를 때마다 잔뜩 머리를 굴려 박진감 넘치는 연기를 펼치는 터라, 보는 쪽도 '다음에는 어떤 식으로 뛰어오를까?' 하고 꽤 기대하게 되었다.

반의 이야기에 사에가 작게 웃었다. 조용한 이 사람이 웃으면 어쩐지 작은 상을 받은 기분이 든다.

'……상황이 기묘해졌어.'

반은 속으로 중얼거렸다.

자신을 감시하던 여자와 벌써 며칠 밤이나 몸을 맞대고 지내고 있다.

오랜 세월을 함께 지내온 아내도 아닌데도 이렇게 지내는 것이 매우 자연스럽게 느껴진다. 생각해보면 무척 기묘한 일인데, 새삼스레 생각하지 않으면 신경조차 쓰이지 않는 것이다.

사에도 그리 깊이 알지도 못하는 남자와 몸을 맞대고 있는데 긴장한 눈치가 없다.

따뜻하게 녹은 몸에서 여성다운 살갗의 냄새를 느끼면 가슴속이 술렁거릴 때도 있었다. 그럴 때는 파도가 어우러지듯 사에의 마음도 다가오는 것 같았지만, 둘 다 굳이 깨닫지 못한 척하며 지내왔다.

"……유나가 저를 만나면 또 토라질까요?"

사에가 희미한 웃음을 머금은 목소리로 중얼거렸다. 반이 잠자코 있자 그녀가 말을 이었다.

"세 살까지가 가장 예측하기 어려워요. 네다섯 살이 되면 어떤 반응을 보일지 대충 알 수 있는데."

그 말을 들으며 반은 지금까지 입에 담지 않았던 말을 꺼냈다.

"당신도 아이가 있나?"

잠시 입을 다물었던 사에가 이내 쓸쓸한 미소를 지었다.

"아니요, 얻지 못했어요."

반이 턱을 어루만졌다.

"그런가. 말하기 거북한 걸 물었군."

사에는 고개를 저었다.

"그런 운명이었을 테니 어쩔 수 없는 일이지요. 그래서 남편과 헤어져 고향인 모르파로 돌아왔어요. 서른이 넘었을 때 제가 먼저 말을 꺼냈죠."

"……"

미소를 머금은 채로 사에는 반을 보았다.

"고향으로 갓 돌아왔을 때는 늘 남편 생각만 했는데, 이제 생각하

지 않는 시간이 더 길어졌어요. 허무한 일이지만…… 잊을 수 있다
는 것은 때로 구원이겠지요."

사에가 입을 다물자 바람 소리가 몸을 감쌌다.

시간이 마음의 상처를 닫아주고 잊게 해준다는 것은 분명 살아가
는 데 고마운 일일 것이다.

'……하지만.'

반은 멍하니 마음속으로 생각했다. 그에게는 떠나버린 사람들의
기억이 흐려지는 것이 편한 삶으로 이어지지 않았다. 아내와 아들
의 그림자가 옅어지기 시작했음을 깨달았을 때, 제 육신도 옅어지
는 것만 같았다. 아내와 아들의 존재감이 옅어질수록 그가 살아가
는 의미 또한 옅어졌다.

사에는 눈을 감고 있다. 그 얼굴을 바라보며 그녀가 살아온 길을
생각하는 사이, 이윽고 짧은 잠이 다시 찾아왔다.

눈보라가 하루 밤낮으로 이어지다가 그쳤다.

굴에서 나오자마자 오라하는 몸을 쭉 젖혀 온몸의 근육을 펴고
고개를 흔들더니 뛰어가서는 나무 밑동에 요란하게 오줌을 쌌다.

맹렬한 바람이 씻어낸 하늘이 청명하다. 새로 내린 눈으로 뒤덮
인 숲은 눈부신 빛으로 가득했다.

돌아온 오라하에 사에를 태우고 그녀 뒤에 함께 올라탄 반이 혓
소리를 내며 오라하를 북서쪽으로 몰았다.

사에가 놀란 얼굴로 돌아보았다.

"유카타 평원으로 가는 게 아닌가요?"

반이 고개를 저었다.

"먼저 가보고 싶은 곳이 있어. 조금 위험한 도박일지도 모르지만."

이곳에서 북서쪽으로 가면 '타크라 숲길'이라 불리는 길이 나온다.

눈을 머금은 바람이 타크라 산에 가로막혀 그런지, 혹은 울창한 상록 침엽수 숲이라 그런지, 이 숲길에는 눈이 그리 쌓이지 않는다. 겨울철 토가 산지에서 동부로 향할 때는 이 길이 가장 빠른 지름길이다.

"개의 왕이 아직 내게 미련이 있다면 유나가 있는 곳에 사자를 보낼 거야. 유나를 미끼로 나를 끌어내기 위해서."

사에가 살짝 얼굴을 흐렸다.

"하지만…… 그렇다면 그 길은 당신을 유인하는 덫일 수도 있잖아요."

반은 미소를 지었다.

"그만두는 게 좋을까?"

사에는 잠시 생각하다가 이내 미소를 지으며 말했다.

"가요."

이 주변은 반에게 제집이나 다름없는 곳이라 구석구석까지 익숙하다.

아파르 오마 전사들은 일단 요새 쪽에서 평지로 내려가 눈이 적은 길을 골라 여행해야 할 것이다. 그 점을 고려하면 그들이 지금 어느 주변에 있을지 대충 예상되었다. 반은 그들이 오기 전에 숲길 끝에 숨어 그들의 동향을 살피려 했지만 사에는 그건 그만두는 게 좋다고 말했다.

"그들은 분명 개를 데리고 있을 거예요. 킴마의 개는 아니겠지만, 아파르 오마의 사냥개들은 보통 사냥개가 아니에요. 육안으로 볼 수 있는 거리에서는 아무리 바람 밑에 있어도 들킬 위험이 있어요."

반이 눈살을 찌푸렸다.

"그렇다면 그냥 보내는 게 나을까?"

사에는 고개를 끄덕였다.

"조금 시간을 늦춰서 그들이 확실히 지나간 뒤에 도착하는 게 위험은 적겠지요."

반은 문득 미소를 지었다.

"……왜 그래요?"

사에가 의아하다는 듯 눈썹을 실룩거렸다. 반이 웃으며 말했다.

"놈들만 뛰어난 사냥개를 데리고 있는 게 아니라고 생각했을 뿐이야."

사에는 눈썹을 치켜든 채로 쓴웃음을 지었다.

변덕스러운 겨울 날씨 때문에 그날 저녁때부터 다시 눈이 내리기 시작했다.

눈은 모든 흔적을 감춘다. 타크라 숲길에 도착해도 눈이 많이 내리면 아파르 오마 전사들이 지나간 흔적까지 묻혀버릴지 모른다.

점점 굵게 쏟아지는 눈을 올려다보며 반은 마음속으로 눈을 저주했다.

그들이 지나간 뒤에 도착해야 한다. 그렇다고 그들이 지나간 뒤에 시간이 너무 많이 지나면 흔적이 사라져 뒤를 추적할 수가 없다. 반이 우려 섞인 말을 하자 사에가 조용히 고개를 저었다.

"괜찮아요. 이삼일 지나도 흔적은 쫓을 수 있어요. 개에게 들키지 않는 게 먼저예요."

전혀 긴장하지 않는 말투였다.

"그런가? 그럼 오늘은 일단 사냥으로 식량이나 확보할까?"

반의 말에 사에는 미소를 지으며 고개를 끄덕였다.

그날은 분담해서 사냥을 하고 일찌감치 노숙을 하며 느긋하게 휴식을 취했다.

오라하도 오랜만에 느긋하게 먹이를 찾아 배를 채운 터라 만족스러운 표정이었다. 퓨이카는 굶주림에 강한 짐승으로, 겨울철에는 먹이를 거의 먹지 않고도 살아남을 수 있다. 하지만 그 상태로 사람을 태우고 계속 달리면 몸에 무리가 온다. 때문에 아무리 급해도 눈 속일지언정 먹이를 찾을 수 있는 장소에서 적당히 시간을 주는 것도 퓨이카 기수가 알아야 할 중요 규칙이었다.

밤이 찾아왔다. 내리던 눈이 점점 더 사나워지더니 마침내 눈보라로 변했다.

다행히 이튿날 아침에는 눈보라도 그치고 구름도 걷혔지만, 새로 내린 눈이 길에 쌓여 걷기가 불편했다. 때문에 해가 슬슬 저물기 시작할 때가 되어서야 타크라 숲길에 도착했다. 눈길 위에 드리운 나무 그림자도 이미 푸르스름했다.

반은 숲길 끝에서 오라하를 세우고 눈을 감고 귀를 기울였다. 주변은 쥐 죽은 듯이 고요했고 길 위에 인기척은 없었다. 이따금 어디선가 짐승이 달려가는 희미한 소리와 나뭇가지에서 눈이 떨어지는 소리가 들려올 뿐이었다.

말 냄새도 나지 않았다.

'아파르 오마 전사들은 이 길을 이미 지나간 걸까, 아니면 이 길을 지나지 않았나? 어쩌면…….'

온갖 생각이 머릿속을 스쳤다.

오라하에서 내린 사에는 길을 굽어볼 수 있는 비탈에 올라 나무에 손을 짚고 섰다. 그리고 마치 뭔가를 읽듯이 고개를 조금씩 움직이면서 길을 바라보기 시작했다.

그렇게 한동안 바라보던 사에는 뭔가를 알아냈는지 설피를 신은 채로 한 걸음, 한 걸음 눈을 헤치며 길을 내려갔다. 그러고는 한 장소에 멈추더니 가만히 눈밭에 무릎을 꿇고 얼굴을 눈에 바짝 대고 바라보기 시작했다.

이윽고 사에가 자리에서 일어나 반을 돌아보았다. 그런데 그 표정이 범상치 않았다.

"왜 그래?"

반이 가까이 다가가자 그녀가 굳은 얼굴로 말했다.

"기마가 지나간 흔적이 있어요. 한둘이 아니에요. 적어도 이삼십 기騎 정도의 규모예요."

"⋯⋯!"

사에는 어젯밤 내린 눈에 푹 파묻혀 있는 길 여기저기를 가리 켰다.

"여기하고 거기⋯⋯. 거기가 가장 알아보기 쉬운데, 흔적을 알아 보겠어요?"

듣고 보니 확실히 사에가 가리키는 눈의 표면만 빛의 반사가 조 금 달랐다. 겨울철에 곰을 쫓다가 이와 비슷한 흔적을 본 적이 있 다. 한 번 발자국이 난 자리에 다시 눈이 쌓이면 이렇게 된다.

하지만 그것은 극히 미묘한 변화라서 사에가 말해주지 않았다면 절대 알아차릴 수 없는 흔적이었다. 그래도 일단 깨닫고 나니 다른 흔적도 보이기 시작했다. 그녀의 말대로 무수한 말발굽 자국이 길 전체에 어지러이 찍혀 있었다.

"⋯⋯사자가 아니군."

반이 중얼거리자 사에도 고개를 끄덕였다.

"그래요. 여기에 난 이 발굽 모양, 그리고 이 규모⋯⋯."

사에가 창백한 얼굴로 말했다.

"이건 아마 '석화石火 부대'의 흔적일 거예요. 열 기가 한 덩어리 를 이루어 적을 급습하는 아파르 오마의 정예군이 행군한 흔적이 에요."

제 **9** 장

이키미의 빛

사슴의 왕 하

돌아왔다 떠난 자

아파르의 무덤

"……아, 안 돼! 건드리면 안 돼!"

한 여자아이가 귀중한 지의류를 채취해 넣은 바구니를 건드리려
하자 미라르가 벌떡 일어나 붙잡았다.

아이가 입술을 비죽거리며 물었다.

"왜 건드리면 안 대는 거야?"

자신을 유나라고 소개한 어린 여자아이는 홋사르 일행이 유스라
오마 마을을 찾을 때마다 어디선가 나타나서는 가는 곳마다 따라
온다. 어째서인지 마코우칸과 미라르가 마음에 든 모양이다. 홋사
르가 한 번 매섭게 쫓아낸 뒤로, 그가 곁에 있으면 조금 멀찍이 달
아나지만 그래도 멀리 가지는 않고 까만 눈동자를 빛내며 이쪽을
바라본다.

뭔가 불만스러운 일이 있으면 뺨을 부루퉁하게 부풀리는 모습이

나 재빠른 구석이 새끼 다람쥐를 연상케 하는 귀여운 아이였다.

늘 어른들 몰래 집에서 빠져나오는지, 보통 아버지인지 삼촌인지 모를 남자가 다급한 표정으로 찾으러 왔다. 하지만 그럴 때마다 '어라? 지금까지 여기 있었는데' 싶도록 어느새 아이의 모습은 사라지고 없다. 숨는 재주가 여간 아니었다.

흑랑열과 흡사한 증상을 보인 여인에게는 신약이 잘 들었고, 이제는 자리에서 일어날 정도로 회복했다.

그 오두막에서 기거하며 제 가족처럼 환자를 치료한 것이 마을 사람들의 마음에 닿았는지, 처음 찾아갔을 때는 굳은 표정으로 쳐다보던 유스라 오마 사람들도 지금은 만나면 꼭 인사한다. 때로는 집으로 초대해 진심 어린 요리를 대접해준다.

홋사르와 미라르에게는 마을 사람들과 차분히 이야기할 수 있게 된 것이 무척 고마운 일이었다. 두 사람은 흑랑열이 이 부근의 환경과 밀접한 관계가 있다고 생각했다. 이 병과 진드기의 관계를 풀 수만 있다면 치료 방법을 찾는 데 큰 단서가 될 것이다.

두 사람은 오두막을 하나 빌려 약과 치료 도구를 두고 일하기 편한 환경으로 만들었다. 문제는 습기였다. 하지만 다행히도 그들이 빌린 오두막은 늪에서 떨어져 있었고, 아직 기온도 낮아 의외로 좋은 실험 환경을 만들 수 있었다.

투림이 마을에서 묵는 것을 단호하게 말렸기 때문에 중심지에서 다녀야 하는 게 번거롭기는 했지만, 그래도 아침 일찍 마을로 내려가면 하루 넉넉히 일할 수 있다. 훗사르는 온종일 사람들에게 병에 대한 이야기를 들었고, 미라르는 이 지역 식생을 조사했다. 지의류로 약을 만드는 것이 전문인 미라르에게 이 유스라 늪지대는 실로 흥미로운 장소였다.

미라르가 혼자 돌아다니는 것을 훗사르가 걱정하는 터라 반드시 마코우칸이 따라다녔다. 하지만 미라르는 그가 곁에 있다는 사실조차 잊고 이끼를 채취하는 데 몰두했다.

잿빛 늪에 작은 물결을 그리며 건너오는 바람은 차가웠지만, 햇빛은 조금씩 따뜻해지고 있어 맑은 날에는 희미하게 봄기운을 느꼈다.

커다란 늪 기슭에 쓰러져 있는 몇 그루의 나무가 전부 이끼로 소복이 덮여 있었다. 겨울철 메마른 들판에서도 싱그러운 초록빛을 띠는 이끼가 많았다.

이끼와 지의류는 비슷하지만 사실은 다른 생물이다. 익숙해지면 어느 쪽인지 구분하는 것도 그리 어렵지 않다. 지의류는 색도 형태도 다양했다. 나무줄기에 잿빛 반점처럼 들러붙어 있는 것이 있는가 하면, 붉은 기를 머금은 노란색의 작은 알갱이가 선명하게 잔뜩 모여 있는 것도 있다. 물속에 사는 해초처럼 하얀 수염을 무수히 늘어뜨린 것도 있었다.

옛 오타와르 왕국 시대부터 지금에 이르기까지, 오타와르 사람들은 다양한 약제 개발에 심혈을 기울여 왔다. 그 연구 역사 속에서도 무엇보다 큰 의미가 있는 발명은 현미경 제작이었다.

현미경 덕분에 오타와르 인은 병을 일으키는 원인을 처음으로 눈으로 보고 관찰할 수 있게 되었던 것이다. 이 세계에는 눈에 보이는 것만이 아니라 그렇지 않은 무수한 생명도 편재한다. 그 사실을 확인했을 때, 오타와르 인의 세계관은 확실히 크게 바뀌었다.

획기적인 발명이나 발견은 파도와 같다. 하나의 파도가 다음 파도를 불러오듯이 연달아 일어날 때가 있다. 현미경 제작에 성공한 이듬해에 제약에서도 획기적인 발견이 있었다. 어느 균류가 병소가 되는 세균을 죽이는 강력한 힘을 가졌음을 알아낸 것이다. 이 약의 효과가 뛰어나자 심학원은 온통 흥분에 휩싸였다.

하지만 이 약은 매우 강력한 과민 반응을 일으키는 경우가 있었다. 약을 투여 받고 죽은 사람이 나오자 한때 큰 소동이 벌어지기도 했다. 하지만 의술사들은 약과 독이 종이 한 장 차이라는 것을 잘 알고 있었으므로, 그 사건 하나로 항세균약抗細菌藥을 버리는 일은 없었다.

과민 반응에 대한 대처법 연구와 약의 개량이 담담하게 진행되었고, 그 부단한 노력 끝에 많은 질병을 다스릴 수 있는 다양한 약이 탄생되었다.

이 항세균약은 때로 격렬한 설사 증세를 일으키기도 했다. 그래서 그 원인을 찾던 중, 원래 사람의 체내에 소화를 돕는 이른바 '좋은 세균'이라 부를 수 있는 것이 존재한다는 사실도 알아냈다.

사람의 몸 안쪽에는 눈에 보이지 않는 많은 생물이 살고 있고, 그것들이 보금자리인 인간의 육체를 존재하게 한다는 사실은 '제국

諸國을 살리고, 스스로도 살라'라는 표어를 가슴속 지침으로 삼아온 오타와르 인들에게는 실로 유쾌한 발견이었다.

나라를 갖지 않는다는 것은 육체가 없는 것이나 마찬가지다. 하지만 오타와르 인들은 미세한 생물처럼 여러 나라에 파고들고, 흩어져, 그 나라들을 풍요롭게 살려왔다.

그리고 지금으로부터 약 십 년 전, 또 한 가지 놀라운 발견이 있었다. 현미경으로도 볼 수 없는, 세균보다 훨씬 미세한 병소가 존재할 가능성을 찾은 것이다. 세균 여과기를 써도 빠져나가는 미세한 병소, 즉 '극소병소極小病素'라 이름 붙인 그것은 항세균약도 듣지 않았다.

하지만 앗시미와 같은 지의류가 이 극소병소를 억누르는 힘을 지녔다는 사실이 밝혀졌다. 그 발견이 이루어졌을 무렵, 그때 막 도제로 공부를 시작한 미라르는 지의류에 그런 힘이 있다는 사실에 마음을 빼앗겨 그 후로 쭉 지의류를 연구해왔다.

흑랑열이 다시 모습을 드러냈을 때, 아카파 소금광산의 시신에서 채취한 흑랑열의 병소가 현미경으로도 볼 수 없는 극소병소임을 확인할 수 있었다.

이 크나큰 발견에 심학원이 들썩거렸다.

극소병소에 효과가 있었던 지의류로 미리 만들어놓은 십여 종의 약물의 효과를 재빠르게 시험했다. 강한 억제 효과를 뚜렷하게 보인 것은 앗시미와 이키미라는 지의류가 만들어내는 이차 대사산물로 만든 약이었다. 이것이 바로 홋사르가 항병소약이라 부르는 약이다.

지의류로 만든 약이 흑랑열에 들을지도 모른다는 사실을 알았을 때, 미라르의 머릿속에 떠오른 것은 오랜 세월 마음 한구석에 걸려 있던 의문이었다.

과거 오타와르 왕국이 멸망했을 때, 어째서 아카파 인은 흑랑열로 죽지 않았을까? 아니, 아카파 인도 그렇지만 맨 처음 검은 늑대가 살던 토가 산지나 오키 지방에서는 어째서 흑랑열을 앓은 사람이 없었나?

선배들은 오타와르처럼 인구 밀도가 높지 않고, 또 변경 지역이라 흑랑열로 죽은 사례가 전달되지 않았을 뿐이라고 말했다. 하지만 미라르는 그 점에 계속 의문을 느끼고 있었다. 지의류가 머릿속에 있었기 때문이다.

토가 산지 사람들은 퓨이카를 기르고 오키 지방 사람들은 순록을 기른다. 퓨이카에 대한 건 잘 모르지만 순록은 초록이 사라지는 겨울철에는 지의류를 즐겨 먹는다고 들었다. 소나 양은 순록과 달리 위 속에 지의류의 소화를 돕는 세균이 없기 때문에 그것을 먹지 않는다.

미라르는 언젠가 그 지방 사람들이 매일같이 먹는 퓨이카나 순록의 젖과 지의류의 관계를 조사해보고 싶다는 생각을 오랜 세월 품어왔다.

이곳 유카타 평원에는 퓨이카나 순록이 없다. 하지만 아파르는 다른 지역의 말과는 달라 지의류를 즐겨 먹는다고 한다.

'아파르를 기르던 사람들이 체내에 흑랑열의 병소를 지닌 개들과 살면서 병에 걸리지 않았다면, 거기에도 어떤 인과관계가 있지 않을까?'

미라르는 홋사르와 의논하면서 지금 그 의문을 열심히 조사하고 있었다.

요즘 조금 무리를 했는지 감기 기운 때문에 몸이 조금 버거웠다. 오늘은 목이 칼칼하고 따끔따끔해서 물통을 손에서 놓을 수가 없었다. 그래도 이 주변은 어제 조사한 장소보다 훨씬 식생이 좋아 다양한 지의류를 채취한 터라 힘든 줄도 몰랐다.

쓰러진 나무 위에 몸을 숙이고 채집용 삽으로 지의류를 벗겨내는데, 어디선가 목소리가 들렸다. 고개를 돌리니 종종걸음으로 다가오는 유스라 오마 청년이 보였다.

"……마코우칸 님."

청년이 손을 흔들었다.

"홋사르 님께서 부르십니다. 잠깐 오시랍니다."

마코우칸은 고개를 끄덕이며 바로 가겠다고 대답한 후에 미라르를 굽어보았다.

"미라르 님은 어쩌시겠습니까?"

미라르는 몸을 숙인 채로 고개를 저었다.

"나는 신경 쓰지 말고 가. 여기에 조금 더 있고 싶어."

마코우칸은 눈썹을 찌푸렸다.

"하지만······."

미라르가 웃었다.

"괜찮아, 어린애도 아닌데. 자, 가라니까! 홋사르는 성미가 급하니 바로 가지 않으면 화낼 거야."

늪에는 그들 말고 다른 그림자는 없었다. 자그마한 벌레들이 투명한 날개를 빛내며 날고 있다. 조용하고도 평온한 풍경이었다.

마코우칸은 미라르에게 고개를 끄덕이며 인사를 한 후에 청년의 뒤를 따라 빠른 걸음으로 그곳을 떠났다.

그들의 모습이 숲속으로 사라지자 주위는 한층 고요해졌다. 채취용 삽이 나무줄기에 쿡쿡 부딪치는 소리가 크게 들린다. 벗겨낸 지의류 덩어리를 들어 올리자 곁에 웅크리고 앉아 가만히 미라르의 손 언저리를 바라보던 유나가 물었다.

"그거 머야?"

"이건 말이지, '못하르'라는 거야. 녹색이 참 예쁘지?"

그렇게 말하자 유나는 콧잔등을 살짝 찌푸렸다.

"예쁘긴 한데, 비치 안 나."

미라르는 가만히 웃었다.

"확실히 빛은 안 나네. 하지만 보렴. 여기, 물방울이 붙어서 반짝거리지?"

유나가 들여다보더니 눈을 빛냈다.

"진짜!"

작은 손가락을 뻗어 물방울을 살짝 건드려보더니 물이 손가락에 묻자 까르르 웃었다.

"차가어!"

그러고는 폴짝 일어나서 방금 전 미라르가 건드리면 안 된다고 했던 바구니를 가리켰다.

"쟤도 에쁜데, 유나는 얘가 더 조아."

미라르는 일어나서 이제 막 채취한 못하르를 다른 작은 바구니에 넣으며 물었다.

"왜?"

그러자 유나는 함박웃음을 머금고 말했다.

"그야, 비치 나니까!"

눈살을 살짝 찌푸리며 미라르는 바구니 속에 넣어둔 신약 재료가 될 지의류를 뚫어져라 바라보았다. 진녹색을 띤 앗시미에서 빛은 전혀 보이지 않았다.

"빛이 나? ……빛은 안 나는데."

그렇게 중얼거리자 유나가 어리둥절한 표정을 지었다.

"반짝거리는데, 안 보여?"

유나는 그렇게 말하더니 쭉 늘어놓은 작은 바구니로 다가가 왼쪽 끝의 바구니와 한가운데의 바구니를 가리켰다.

"이거랑, 이거, 반짝거리자나? 이거하고 똑같아 에뻐."

무슨 소리를 하는지 알 수가 없어 미라르는 은근히 눈썹을 찌푸린 채로 바구니 쪽으로 갔다. 오늘 아침부터 채취해 종류별로 나누어 넣어둔 지의류는 이따금 물을 뿌려놓아 촉촉하기는 했지만 빛이 나는 것은 하나도 없었다.

유나는 정말 예쁜 것을 보는 표정으로 왼쪽 끝의 바구니 속 지의류를 넣 놓고 바라보고 있었다. 그 두 지의류를 본 미라르는 가슴이 철렁했다.

'설마…….'

왼쪽 끝 바구니에 넣어둔 것은 '탓키'라는 지의류였다. 또 하나, 유나가 가리킨 한가운데 있던 바구니에 든 것은 이키미다.

고목 가지에서 뻗어나는 연녹색 지의류인 탓키는 털처럼 생겼다. 이키미는 밝은 녹색으로 물가에서 잘 자라는 지의류다. 그것은 매우 희귀한 지의류라서 좀처럼 찾아보기 힘들다. 이쪽도 진녹색의 앗시미와는 외견상 전혀 다르게 생겼다.

하지만 이 지의류들에는 한 가지 공통점이 있었다. 서로 종은 다르지만, 몸속에서 만들어내는 이차 대사산물 속에 똑같은 성질을 지닌 성분이 포함되어 있는 것이다. 그리고 그 성분이 바로 극소병소에 강한 효과를 나타내는 것이었다.

균류는 이따금 빛을 발할 때가 있는데, 미라르도 버섯이나 해초가 빛을 내는 것을 실제로 본 적이 있었다.

'하지만…….'

아무리 눈에 힘을 주어도 탓키와 이키미가 내는 빛은 찾아볼 수 없었다. 이것들이 빛을 낸다는 보고도 들은 바가 없다.

균류가 만들어내는 이차 대사산물은 그 종류만도 천 가지가 넘어서 분석하지 않으면 구분할 수가 없다. 눈으로 보고 알 수 있는 성질의 것이 아니다.

미라르는 피식 웃으며 어깨 힘을 뺐다. '우연이겠지.' 이 아이는 분명 머릿속으로 뭔가 즐거운 상상을 하고 있는 것이다.

"그렇게 예뻐?"

그렇게 묻자 유나는 고개를 들고 함박웃음을 지으며 응, 하며 힘차게 끄덕였다. 그리고 발딱 일어나더니 이렇게 말했다.

"유나는 말이야, 이렇게 에쁜 거, 잔뜩 있는 데 알아."

"어, 정말?"

미라르가 무심코 되묻자 유나는 고개를 꾸벅하더니 그녀의 손을 와락 붙잡았다.

"이쪽."

작은 손에 이끌려 미라르는 달리기 시작했다. 이 아이는 정말 발이 빠르고 날렵하다. 게다가 걷기 편한 길을 고르지 않고 말도 안 되는 곳을 태연히 지난다.

미라르는 쓰러진 나무를 뛰어넘고 늪지대를 요리조리 빠져나가면서 내심 '내가 왜 이런 짓을 하고 있을까?' 하고 생각했다.

군데군데 눈이 남아 있는 숲을 빠져나가자 뜻밖에도 광활한 늪지대가 나왔다. 눈앞에 펼쳐진 광경에 미라르는 잠시 시선을 빼앗기고 말았다.

지금 그들이 서 있는 늪지대 물가는 울창한 나무들이 바람을 가로막고, 쓰러진 나무와 바위는 지의류로 소복하게 뒤덮여 있었다. 그리고 나뭇가지 사이로 쏟아지는 햇살이 그 나무와 바위의 초록빛을 아름답게 비추고 있다. 늪 속에는 해초가 무성해 초록빛이 짙었다. 이끼가 낀 거목과 바위가 늪을 에워싸듯 늘어서 있었고, 진한 정기精氣가 밀려들었다.

하지만 늪지 건너편은 햇빛이 찬란히 쏟아지는 풀밭이 멀리까지 아득히 펼쳐져 있었다. 저 멀리 양 떼가 보였다.

'그런가……'

이주민이 이쪽 나무를 벌채한 것이리라. 목초지를 확장해 늪의 물을 편하게 이용할 수 있도록.

나무가 잘려나간 건너편은 바람이 강해 바위도 허옇게 메말라 있다. 그 때문에 지의류나 이끼 종류가 이쪽과는 완전히 달랐다.

"이쪽 바바."

작은 손이 끌어당기자 미라르는 깊은 생각에서 깨어났다. 유나는 그녀를 얕은 늪가로 끌고 가더니 물가를 가리켰다.

"반짝거리지! 한가득!"

물가를 들여다본 미라르는 화들짝 놀랐다. 그곳에는 과거에 한 번도 보지 못했을 만큼 많은 이키미가 군생하고 있었다.

"굉장해."

그렇게 중얼거린 미라르가 숨을 삼켰다. 군생하는 이키미의 선명한 초록빛 너머로 물밑의 하얀 물체가 보였기 때문이다.

뼈다. 백골로 변한 커다란 생물이 누워 있다.

저도 모르게 벌떡 일어난 미라르가 한 걸음 물러났을 때, 발밑의 땅을 덮고 있는 지의류 밑에서도 하얀 물체를 발견했다. 소름이 돋았다.

"왜 그래?"

유나가 물었다. 그 순간, 미라르는 대답할 말을 찾지 못했다. 유나가 지의류에 덮인 백골을 가리키며 물었다.

"순록 뼈가 무서어?"

"순록?"

조심스레 뼈를 바라본 미라르가 눈살을 찌푸렸다. 늪 속의 백골에는 머리 부분이 있었는데, 그것은 순록의 머리가 아니었다.

"순록이 아니야. ……말이야."

미라르가 중얼거리자 유나는 눈썹을 실룩거렸다.

"어, 진짜야? 저거 말이야?"

"그래, 말이야."

다양한 생물의 골격에 대해 일단은 배웠기 때문에 두개골을 보면 말인지 아닌지 한눈에 알 수 있다.

'혹시 여기는 아파르의 무덤이었을까?'

그렇게 생각하며 새삼스레 주위를 둘러보자 남아 있던 눈 밑에 군데군데 말라죽은 꽃이 보이는 장소가 있었다. 이 주변에서 나는 꽃이 아니다. 어쩌면 무덤에 바친 꽃일지도 모른다.

그때 뒤에서 작은 소리가 났다.

뒤를 돌아본 미라르는 얼어붙었다. 나무들 사이로 남자들이 서 있었다. 허리에 검을 차고 손에 창을 들고 격렬한 분노를 얼굴에 머금은 채, 가만히 이쪽을 노려보고 있었다.

2

유스라 오마의 장로

청년이 마코우칸을 안내한 곳은 유스라 오마의 장로가 사는 집이 었다.

장로의 집이라고 해도 구조는 다른 집과 똑같았고, 습기 차는 것을 방지할 목적인지 바닥이 조금 높았다. 나무 계단을 다섯 단쯤 올라 안으로 들어가자 화로를 사이에 두고 장로와 마주 앉아 있던 훗사르가 고개를 돌렸다.

"왔군. ……미라르는?"

"조금 더 일을 하시겠다고 해서."

훗사르는 눈썹을 찌푸렸다.

"이런 바보. 어서 데려와. 혼자 두지 말라고 했잖아!"

마코우칸은 쓴웃음을 지었다.

"일에 몰두하신 미라르 님이 제 말을 따를 것 같습니까?"

훗사르가 콧방귀를 뀌었다.

"……그건 그렇지."

가까이 오라고 손짓하기에 곁으로 다가가자 훗사르는 거기 앉으라고 재촉했다.

"장로께 귀중한 이야기를 듣고 있는데, 이쪽 말이라 조금 알아듣기 어려운 부분이 있어. 자네가 통역 좀 해."

마코우칸은 그제야 이해했다. 그러니까 훗사르는 장로의 유카타 사투리가 너무 심해서 무슨 말을 하는지 전혀 못 알아들은 것이다. 고개를 끄덕인 마코우칸이 장로에게 말씀하시라며 권하자, 그가 고개를 끄덕이며 말했다.

"조으나."

괜찮으면 이야기해도 되겠느냐는 의미다.

"예서는, 여태 밋지(진드기)에 물리도 죽는 일은 었제."

마코우칸은 짐짓 진지한 표정으로 들으면서도 속에서 치밀어 오르는 웃음을 필사적으로 참았다. 이건 확실히 굉장한 유카타 사투리다. 단어뿐 아니라 억양도 옛날 사람의 말이다. 마코우칸은 괜스레 그리운 마음이 들었다.

장로가 이야기해준 것은 진드기에 물려 죽은 사람이 늘었다는 이야기였다. 이 지방의 숲은 따뜻해지면 진드기가 증가한다. 이 주변에 사는 사람들도 봄부터 가을 사이에 숲에 들어가면 진드기에 물리는 게 당연했다.

때로 이 진드기에 물린 산토끼가 발광하는 경우도 있었다. 옆으

로 펄쩍펄쩍, 춤추듯 뛰어다니다가 결국 말뚝처럼 몸이 꼿꼿이 굳
어 죽곤 했다. 그래서 그런 산토끼를 발견하면 예로부터 '아아, 진
드기가 들어갔구나' 하고 말했다고 한다. 진드기에게 물려 그 영혼
이 옮겨 가면 토끼는 몸속에 들어온 벌레의 영혼을 쫓아내려고 발
광하다가 결국 죽을 수밖에 없다는 것이다.

마코우칸도 그런 이야기를 들은 기억이 어렴풋이 있었다. 분명
할머니가 그런 이야기를 해주셨던 것 같다. 그걸 들었을 때는 얼마
나 무서웠는지 모른다.

진드기에 물려 이상해지는 것은 작은 짐승만이 아니었다. 사람
중에서도 열이 나거나 발작을 일으키는 자가 있다. 하지만 진드기
에 물렸다고 사람이 죽는 일은 예전에는 없었다.

그런데 이주민이 들어오면서 독보리 사건이 발생하고, 아파르 오
마가 이 땅에서 쫓겨난 지 몇 년 됐을 무렵부터 어린아이가 진드기
에 물려 죽는 비통한 일이 일어나기 시작했다. 그리고 최근에는 그
여인처럼 원래부터 몸이 약한 성인도 진드기에게 물려 병을 앓는
경우가 생기기 시작했다고 한다.

"……이기 다, 그넘들 탓이라."

장로는 얼굴을 일그러뜨리며 이주민을 욕했다.

아파르 오마가 유카타 평원에 있었을 무렵부터 유스라 오마는 여
러 가지 일을 해주고 아파르의 젖을 나누어 받았다. 장로는 아파르
의 젖은 만능의 묘약이라서 그걸 마시면 진드기에 홀리는 사람이

없었다고 말했다.

어쨌든 아파르라는 말은 고마운 생물이라, 킴마의 신에게 사랑을 받는다. 살아 있을 때도, 죽어서도 사람들에게 은혜를 베푼다.

아파르도 진드기에 물리기는 하지만 토끼처럼 미쳐서 죽는 일은 없다. 다만 많이 늙었거나 병들었을 때는 아무래도 약해져 있는 터라 진드기에 물리면 죽을 수도 있었다. 그런 아파르는 진드기의 영혼을 떨쳐낸 후에 킴마의 곁으로 떠날 수 있도록 늪가에 자리한 킴마의 무덤에 묻는다고 한다.

바위와 나무로 둘러싸인 그 무덤은 아파르가 즐겨 먹는 아름다운 이키미로 뒤덮여 있는데, 킴마의 빛으로 언제나 아스라이 빛나고 있다. 아파르 오마의 견술사는 무덤에 묻은 아파르의 사체에 킴마의 빛이 깃들 때를 가늠한 후, 새끼를 밴 암캐를 무덤으로 데려가 아파르의 고기를 먹였다. 그렇게 하면 새로 태어나는 강아지는 킴마의 빛이 주는 은혜를 받아 강하고 영리한 킴마의 개가 된다는 것이다.

여기까지 얘기한 장로는 얼굴을 찌푸리며 고개를 숙이고 입을 다물었다. 이윽고 눈길을 들어 어딘가 망설이는 말투로 말했다.

"근디 이주민들이 오고 나서는 죄 변해버렸제……."

이주민은 결코 용서받지 못할 짓을 저질렀다. 킴마의 무덤이 있는 숲을 베어내고 양들에게 물을 먹이는 장소로 만들어버린 것이다. 이에 아파르 오마는 격노했지만 그때는 참았다. 킴마의 무덤이 있는 쪽의 물가에는 이주민이 손대지 않았기 때문이다.

하지만 이주민이 숲을 베어낸 후로 킴마의 무덤에 이변이 생기기 시작했다. 독보리를 먹고 죽은 아파르를 킴마의 무덤에 묻어 정화시키려 했지만 그 사체에 킴마의 빛이 깃들지 않았다. 게다가 그 고기를 먹은 암캐도 괴로워하다가 죽었다고 한다.

킴마의 신께서 분노하셨다. 그런 목소리가 파리의 날갯소리처럼 땅을 뒤덮었고, 급기야 아파르 오마의 분노가 이주민에게로 돌아갔다.

킴마의 신의 분노는 그래도 풀리지 않고 이 땅을 병들게 했다. 그 당시에는 이주민이 방목하는 양도 많이 죽었다. 독보리를 먹고 죽은 양도 있지만 진드기에 물려 죽은 양도 많았다.

이주민은 그렇게 죽은 양의 사체를 숲가에 묻었지만 묻은 장소가 킴마의 무덤과 가까웠다. 그래서 아파르 오마의 사냥개들이 사체를 파먹어버리는 일이 몇 차례나 발생했다. 그렇게 독보리를 먹고 죽은 양이나 아파르를 먹은 개는 죽고 말았다.

개중에는 독보리를 먹고도 죽지 않은 양과 아파르도 있었다. 하지만 그런 짐승들도 어딘가 몸이 약했는지 진드기에 물려 죽는 경우가 많았고, 그렇게 진드기에 물려 죽은 양이나 아파르는 다른 무덤에 묻었다. 아파르 오마의 견술사들은 이키미와 앗시미로 뒤덮인 무덤에는 옛날처럼 성스러운 빛이 깃든다면서 일부러 찾아가 개에게 그 무덤에 묻혀 있던 고기를 먹였다.

그 고기를 먹은 개는 죽지 않았다. 죽기는커녕 그 어미 개가 낳은 새끼들은 이상하리만치 성장이 빨랐다. 게다가 다산이었다. 그리고 그 개들은 과거의 킴마의 개보다 영리하고 무서운 사냥개가 되었다…….

긴 이야기가 종반에 가까울 무렵, 장로가 머뭇머뭇 덧붙였다. 그 개들은 신이 보내신 신성한 짐승이라서 정직한 자는 물지 않는다는 것을 알지만 솔직히 그 개들이 곁으로 다가오면 무서웠다고, 케노이 님이 그 개들을 데리고 토가 산지로 옮겨 가셨을 때는 한숨을 놓았다고 말이다.

장로의 집에서 물러날 무렵에는 이미 해가 기울기 시작했다. 저녁노을 빛을 얼굴에 받으며 훗사르는 요란하게 한숨을 내쉬었다.

"……이제야 실마리가 보이는군."

그 목소리에는 억누를 수 없는 흥분이 있었다.

"지금 이야기를 들려주면 미라르가 펄쩍 뛰며 기뻐할 거야."

훗사르는 미소를 지으며 미라르가 지의류를 채취하는 늪 쪽으로 걸음을 돌렸다. 드물게 종종걸음으로 앞서 가는 젊은 주인의 뒷모습을 바라보며 마코우칸은 가만히 웃었다. 말은 많아도 그는 미라르를 사랑하는 것이다. 그녀도 기뻐하겠지. 이렇게 기뻐하는 훗사르에게 그 이야기를 들으면…….

하지만 늪가에 미라르의 모습은 없었다. 노을이 깔린 하늘을 날아 보금자리로 돌아온 맛카라가 줄줄이 늪으로 내려와 소란스럽게 울어댈 뿐, 주변에서 사람 그림자는 찾아볼 수도 없었다.

다만 미라르가 지의류를 담아놓은 바구니만이 그녀가 두었던 대로 얌전히 놓여 있었다. 불안이 어렴풋이 가슴을 스치자 마코우칸이 근심스러운 얼굴로 말했다.

"숲에 들어가셨는지도 모릅니다. 찾아보겠습니다."

홋사르는 찌푸린 얼굴로 바구니를 굽어보고 있었다. 다소 핏기가 가신 그의 옆얼굴은 깜짝 놀랄 만큼 앳돼 보였다.

미라르의 발자국을 찾아내려고 바구니 옆으로 몸을 숙였을 때, 문득 인기척을 느낀 마코우칸이 고개를 들었다. 숲 가장자리, 어두운 나무 그늘 사이에 남자가 서 있었다.

'……저건.'

분명, 그 어린 소녀의 숙부였다. 그 땅딸막한 남자는 뭔가 말하고 싶은 얼굴로 이쪽을 가만히 바라보았다. 그 얼굴에 떠오른 초초한 기색이 절박한 사태를 알리고 있었다.

마코우칸이 일어서서 검 자루에 손을 댄 순간, 오른쪽 숲속 여기저기서 기묘한 풍채의 전사들이 튀어나왔다. 그들은 말 모양 자수를 놓은 가슴 보호대를 차고, 손에는 창을 들고 있다.

'아파르 오마다.'

여덟 명이나 된다. 돌파하기에는 너무 열세였다. 마코우칸이 몸을 던질 각오로 달려들어 젊은 주인만이라도 피신시키고자 다리에 힘을 싣는 순간, 홋사르가 입을 뗐다.

"그만둬."

아파르 오마는 말 한 마디 없이 그저 원을 좁혀 왔다. 희미하게 말 냄새가 났다.

*

군침 도는 향기가 풍겨왔다. 저녁 식사 준비가 한창인 모양이다. 주방은 멀찍이 떨어져 있지만 풍향에 따라서는 이 방까지 요리 냄새가 날아온다.

투림은 한숨을 쉬며 읽던 서류를 덮었다. 옛 왕도인 카잔에서 나올 때, 요타르가 홋사르에게 전해달라고 건네준 서류였다. 거기에는 각 지방 이주민의 발병 상황에 대한 정보가 상세하게 적혀 있다.

이런 서류를 보면 역시 츠오르 인들은 행정 관리가 뛰어나다는 생각을 하지 않을 수 없었다. 변경에 이주시킨 사람들에 대해서도 조사를 게을리 하지 않고, 실로 치밀하게 다양한 사항을 조사했다. 아카파 왕국 시절에는 이러한 행정조사가 없었다. 변경의 백성에게 자치를 허락한 탓도 있어서 표면적인 정보는 그들의 자주적인 보고에 맡겼다.

물론 뒤로는 모르파를 이용해 정보를 모으고, 오타와르의 심부가 수집한 정보를 전달받아 필요한 사항은 거의 파악하고 있었다. 하지만 그것은 어떤 의미로 부드러운 그물이 전해주는 정보일 뿐, 치밀한 수치의 축적이 되지는 못했다.

눈 깊숙한 곳이 묵직하니 아렸다. 투림은 손가락으로 눈시울을 천천히 눌렀다.

'나도 늙었군.'

옛날에는 여행을 해도 지칠 줄을 몰랐지만, 지금은 옛 왕도와 각 지방 사이를 오갈 때면 온몸으로 피로를 느끼곤 했다. 소금광산을 관리하던 시절이 그리웠다. 그 시절에는 모든 게 지금보다 단순했다.

생각해보면 지금 일의 시초는 그 무렵부터 다져진 것이다. 금에 비견할 자산인 소금을 각 지방 씨족에게 분배하는 권한은 투림과 각 씨족 간에 다양한 인연을 맺게 해주었다. 그 시절에 맺은 인연이 지금 일에 도움이 되고 있다.

투림은 고개를 들어 창밖을 바라보았다. 밖은 이미 푸르스름한 저녁의 빛깔로 바뀌었다.

'슬슬 옷을 갈아입어야겠군.'

오늘 밤은 오랜만에 훗사르 일행과 저녁 식사를 함께할 예정이다.

'하루가 멀다 하고 유스라 오마 마을을 찾고 있는 그들에게 뭔가 진전이 있었을까?'

오타와르 성역의 심학원을 넌지시 떠본 후에 신약 개발을 훗사르와 미라르가 앞장서서 하고 있다는 사실을 알았다. 누구나 그들을 대단히 높이 평가했고 그들이 해결의 실마리를 찾아낼 거라고 기대하는 목소리가 많았다.

하지만 그렇게 정보를 찾는 사이, 설령 아무리 뛰어난 사람이 전력을 다한다고 해도 흑랑열처럼 무서운 병에 듣는 약을 당장 만들 수는 없다는 사실도 알았다.

지금 사태는 한시도 기다릴 수 없는 국면에 처해 있다. 설령 예기치 못한 속도로 신약이 완성된다 해도 사태 해결로 이어지지는 않는다. 약 이 주 전에 무코니아 군이 토가 산지 요새를 급습했다는 소식을 받았다. 요새가 상당한 피해를 입을 정도의 습격이었는데, 난데없이 나타난 개들의 공격으로 무코니아 병사가 무너졌다는 것이다. 전서구傳書鳩라 상세한 내용은 알 수 없었지만 그 짧은 소식만으로도 사태가 다음 국면에 접어들었다는 사실을 알았다.

왕도 이미 사태를 지켜볼 여유는 없어 보였다. 오우한 제후와 요타르는 그 개의 배후에 누가 있는지 이미 눈치채고 있다. 알면서 일을 크게 벌이지 않으려고 보고도 못 본 척하는 것이다. 이 상태가 유지될 동안 케노이를 제압해야만 한다. 그렇게 은밀히 충성을 표하지 않으면 츠오르는 무거운 엉덩이를 들어 가차 없이 제압하러 나설 것이다.

왕의 명령을 받은 정예부대가 이미 토가 산지에 도달할 무렵이다. 그들이 케노이를 붙잡으면 늦든 이르든 그 소식이 이곳에도 닿는다. 그때는 이곳에서 사는 아파르 오마를 설득해 무모한 짓을 하지 못하도록 억눌러야 한다.

투림은 한 손으로 얼굴을 가리고 긴 한숨을 내뱉었다. 그들이 고향에서 쫓겨난다는 사실을 알았을 때의 그 표정이 아직도 눈에 선하다. 멍한 눈으로 이제 다시는 볼 수 없는 보금자리를 바라보던 노인과 쓰러져 울던 어린 소녀들.

'……기대를 안겨주는 게 아니었는데.'

킴마의 개로 아카파를 되찾을 수 있다고 교섭하러 온 케노이에게 똑똑히 알렸어야 했다. 이미 아카파는 츠오르가 없으면 성립할 수 없는 나라가 되었다고 말이다.

케노이 일족은 츠오르가 기생충이라고 하지만 그렇지 않다. 사실 그들은 아카파라는 나무에 퇴비를 주고 가지치기를 하며 지키고 키워주는 정원사 같은 존재다. 그들이 다듬어준 나무는 이미 원래의 모습을 잃었고, 탐스러운 과실도 대부분 정원사가 차지한다. 그래도 그들은 폭풍이 오면 나무를 지키고 튼튼하게 자라도록 물을 준다.

병합된 후로 오랜 세월이 지난 지금, 이미 아카파는 예전의 소국小國과는 전혀 다른 모습으로 변하고 말았다. 방위도, 경제도, 모든 것을 츠오르에 의존하고 있다. 만일 츠오르가 아카파를 버리고 떠난다면 이 나라는 정원사를 잃고, 수원지를 잃고, 담을 잃고 강풍 앞에 놓인 노목老木처럼 메말라갈 것이다.

방위 부담, 불공평한 세금, 이주민 문제…… 분명 아카파 인을 괴롭히는 문제는 많다. 하지만 그것은 정치적인 거래로 해결해야 할 문제지, 반역이나 음모로 해결을 꾀할 사안이 아니다.

이주민이 방해된다고 훗사르에게 말했지만, 만약 실제로 그들이 지금 사라진다면 시장은 큰 혼란에 빠질 것이다. 그리고 그런 사실은 왕도 충분히 알고 있었다.

'그래도 잠시…… 아주 잠시, 꿈이 마음을 건드린 거겠지.'

현실에서 아득히 유리된 꿈. 아카파 인만으로 이루어진 아카파라는 꿈. 제 손에 다시 모든 권력이 돌아온다는 꿈. 케노이가 꾸는 꿈을 보며 그럴 수도 있다고 생각하는 마음도 있었으리라. 어차피 대단한 흉내는 못 낼 거라고 생각하기도 했을 것이다.

하지만 그런 식으로 어중간한 말로 희망을 안겨주어서는 안 됐다. 그때 왕이 보인 희미한 동정이 오히려 그들에게 너무나 잔혹한 미래를 가져다주고 말았다.

한숨을 쉬었을 때, 문을 두드리는 소리가 나더니 방에 들어가도 되는지 묻는 부하의 목소리가 들렸다.

"아아, 들어오너라."

그렇게 대답하자 부하가 문을 열고 들어왔다.

"바쁘실 텐데 실례합니다. 투림 각하께 화급한 용건이 있다고 유스라 오마가 찾아왔습니다. 산지의 백성, 오파르 오마의 눈이 없는 곳에서 내밀히 말씀드릴 게 있답니다."

"유스라 오마? 누군가?"

부하는 난처한 표정을 지었다.

"물어보았는데 대답하지 않았습니다. 만나시겠다면 여기로 데려오겠습니다만."

투림은 끄덕이려다가 아니, 하고 고개를 저었다. 정체 모를 자에게 관내의 구조나 이 집무실 위치를 알릴 수는 없었다.

"내가 가마."

복도로 나가 계단으로 향하자 아래층에서 남자들이 수군거리는 소리가 들려왔다. 중심지에 체류할 때를 대비해 씨족장이 준 이 저택에는 늘 서른 명쯤 되는 아카파 병사들도 함께 머물렀다. 이번에는 열 명으로 이루어진 부대를 두 개 더 데려왔으니, 지금은 오십

명이나 되는 병사가 이 저택에 있는 셈이다.

이제 곧 저녁 식사 시간이므로 그들은 모두 식당을 향해 걸어가고 있었다. 계단을 내려가자 몇몇 병사들이 그를 알아보고 부동자세를 취했다. 투림은 가볍게 손을 저어 그대로 식당으로 향하라고 말한 뒤에 뒷문으로 향했다.

뒷문을 나서자 저녁 무렵의 서늘한 바람이 뺨을 어루만졌다. 저택을 에워싼 담 너머로 보이는 산에서 시커먼 나무들이 바람에 한들거리고 있다.

경호병이 재빨리 창을 들어 올리며 경례했다. 투림은 고개를 끄덕이고 그 병사 옆에 서 있는 자그마한 남자에게 다가갔다. 뒷문에서 새어 나오는 빛이 남자의 얼굴을 어렴풋이 비추고 있다. 극히 평범하게 생긴 중년 사내였다. 어쩐지 낯익은 인상이었지만 어디서 만났는지는 생각나지 않았다. 유스라 오마에서 흔히 볼 수 있는 얼굴이었다. 마을에서 마주쳤던 건지도 모른다.

"용건이 있다는 게 자네인가?"

그렇게 묻자 사내는 머리를 깊숙이 조아렸다.

"그렇습니다. 이렇게 불쑥 찾아와 죄송합니다."

"화급한 용건이란 게 뭐지?"

사내는 고개를 들고 목소리를 낮추어 속삭였다.

"홋사르 님의 말씀을 전하러 왔습니다. 속히 와주시길 바란답니다. 모쪼록 산지민이 눈치채지 못하도록, 최소 인원으로 오시랍니다."

투림은 얼굴을 찌푸렸다. 산지민이 눈치채지 못하도록 조심해야 할 이유가 궁금했다. 이 중심지에 사는 산지민들은 오타와르의 심부와 관계가 깊다. 오타와르 인인 홋사르가 그들의 눈을 염려해야 할 이유가 무엇이란 말인가.

"홋사르 님은 어디 계신가?"

"저희 마을에 계십니다."

"무슨 용건인지 자네에게 말씀하시던가?"

"아닙니다. 그저 지금 한 이야기를 전하고 안내하라는 말씀만."

투림은 뒤에서 대기하고 있는 부하를 돌아보았다.

"홋사르 님은 아직 돌아오지 않으셨지?"

부하가 고개를 끄덕였다.

"예. 지금까지는 이렇게 늦으신 적이 없어서 마중을 가야 하나 의논하려던 참이었습니다."

투림은 신음했다.

"식당에서 세 명쯤 데려오너라. 이유는 알리지 말고."

부하는 고개를 끄덕이고 뒷문을 통해 저택 안으로 사라졌다.

유스라 오마 사내의 인도로 투림 일행은 밤의 숲을 헤치고 들어 갔다. 마을 후문으로 빠져나가면 오파르 오마 산지민에게 들키기 때문에 사내의 안내를 따라 저택 뒷산에서 늪지로 빠져나가는 길을 가기로 했다.

해가 저문 숲속은 매우 어두웠다. 아카파 병사들이 들고 있는 횃불은 발치를 겨우 비출 뿐, 한 치 앞도 내다볼 수 없었다. 하지만 유스라 오마 사내는 거침없이 걸어갔다.

투림은 이따금 불빛 속으로 떠오르는 그의 뒷모습을 좇아가면서 뭔가 으슬으슬한 느낌을 받았다. 소금광산이 있었을 때, 이런 느낌이 날 때면 반드시 무슨 일이 터졌다. 의식 위로 뚜렷이 올라오지 않은 무언가를 시각이나 청각이 감지하면 그것이 예감으로 이어졌다.

'뭐지.'

어째서 이리도 가슴이 울렁거리는가. 어둠 속을 걷고 있는 탓인가, 그렇지 않으면……

앞장선 사내의 걸음걸이는 독특해서 발을 디딜 때 왼쪽 어깨가 조금씩 내려갔다. 투림은 그 모습을 바라보다가 퍼뜩 깨달았다.

'그렇군. 이 남자는……'

사내에게 말을 걸려는 순간, 어디선가 부엉이가 울었다. 사내, 아니 낫카가 걸음을 멈추고 손가락으로 투림을 가리키는 시늉을 하더니 길옆 나무 뒤로 펄쩍 뛰어들었다. 거의 동시에 옆에서 걸어오던 병사가 아, 소리를 지르며 횃불을 떨어뜨렸다. 그러고는 목을 붙잡고 신음하면서 바닥에 무릎을 꿇고 그대로 쓰러졌다.

"적습이다!"

투림이 외친 것과 주위의 수풀이 부스럭거린 것은 동시였다. 검은 그림자가 줄줄이 나타났고 병사가 치켜든 횃불에 비친 시퍼런 날이 번뜩였다.

낫카

토가 산지에서 유카타 지방으로 남하하는 여행은 겨울에서 초봄을 향해 가는 여행이기도 했다.

계절이 좋을 때는 열흘 만에 토가 산지에서 유카타 지방으로 갈 수 있다. 하지만 그것은 식량을 충분히 가진 기마병일 때고, 반과 사에는 눈보라를 피하고 식량을 확보해가며 여행을 해야 하므로 상당한 시일이 걸렸다.

반과 사에는 아파르 오마의 석화 부대와 적당한 거리를 유지하면서 유카타 산지에 다다랐다. 그 부대가 개를 데리고 있지 않은 덕에 그들과 큰 거리를 두지 않고도 따라갈 수 있었다. 석화 부대 역시 츠오르 수비대의 눈을 피하면서 진군하느라 정규 가도로 가지 못하고 짐승들이 다니는 비좁은 산길을 지나는 어려운 여행을 한 덕분이기도 했다.

유카타 산지에 도착하자 석화 부대는 둘로 갈라졌다.

반과 사에는 둘로 나뉘어 탐색할지를 의논했지만 마땅히 서로 연락할 방법도 없었고, 아파르 오마에 들켰을 경우를 고려해 두 사람이 함께 있는 편이 나을 것 같았다. 그래서 일단 인원이 많은 쪽의 뒤를 쫓기로 했다.

그들이 쫓는 발자국은 유카타 산지민의 마을이 있는 산으로 이어지고 있었다.

*

부엉이가 작은 소리로 울었다. 시선을 돌리자 사에가 고개를 끄덕였다. 얼굴에 진흙을 바르고 실눈을 뜨고 있어 그녀의 얼굴은 거의 어둠에 묻혀 있었다. 똑같이 진흙을 바른 반은 어둠 속에 숨어서 한참 전에 석화 부대 전사들이 들어간 후로 소리가 끊긴 수풀을 굽어보고 있었다.

지금 막 가느다란 부엉이 울음소리가 수풀 속에서 들려왔다. 조금 전부터 앞쪽 어둠 속에서 여러 개의 횃불이 보이기 시작했다. 쇠붙이가 횃불에 비치며 번쩍거렸다. 몇몇 병사들이 이쪽 방향으로 좁은 숲길을 걸어오고 있었다.

부엉이 울음소리가 들린 순간, 주위가 소란스러워지더니 선두에 선 남자가 길을 벗어나 달아나는 모습이 보였다. 동시에 수풀이 부스럭거리더니 아파르 오마 전사들도 뛰쳐나왔다.

적의 습격을 알리는 고함 소리와 함께 횃불이 어지럽게 흔들렸다. 시퍼런 칼날이 번뜩이고 비명 소리가 솟구쳤다. 검이 맞부딪치는 날카로운 소리가 들리고 불꽃이 튀었다. 모래주머니를 가르는 듯한 묵직한 소리와 함께 땀과 피 냄새가 풍겨왔다.

얼마 지나지 않아 난투극은 끝났고, 바닥에 떨어져 타오르고 있던 횃불의 불빛 속에서 밧줄에 묶이는 한 남자가 보였다. 손이 뒤로 묶인 초로의 남자가 아파르 오마에게 에워싸여 걸어갔다. 아파르 오마 전사가 횃불을 치켜들자 그의 얼굴이 어둠 속에 떠올랐다.

곁에서 사에가 숨을 삼켰다. 아는 사람인 듯했다. 반은 누구냐고 물어보려다가 순간 눈살을 찌푸렸다. 산을 타고 내려오는 밤바람에 실린 익숙한 냄새가 코를 스쳤기 때문이다. 심장 고동이 빨라졌다. 그리고 냄새와 함께 왜소한 남자의 얼굴이 머릿속에 떠올랐다.

'……낫카!'

틀림없다, 이것은 그 남자의 냄새다. 유나를 납치해간 자그마한 유스라 오마 사내. 반은 온몸이 혹 달아올라 눈을 감았다.

눈을 감자 세계가 변했다. 냄새와 소리가 형태를 그리는 세계가 온몸을 감싸고 퍼져나갔다.

촛불이 타는 냄새, 피와 땀 냄새, 금속의 냄새 등, 산의 냄새와 이질적인 냄새들이 콧속을 날카롭게 찔렀다. 움직이는 자는 모두 대기 속에 냄새의 흔적을 남긴다.

반은 실눈을 뜨고 조용히 달리기 시작했다. 짐승처럼 은밀하고 부드럽게 수풀을 빠져나가 낫카의 냄새를 뒤쫓았다. 등 뒤에 사에의 냄새가 있다. 그녀가 따라오고 있다는 것을 느꼈지만 지금은 뒤를 돌아보지 않고 그저 정신없이 낫카의 뒤를 쫓았다.

오라하도 바싹 붙어왔다. 반은 사에와 퓨이카를 데리고 늑대처럼 은밀하게 밤의 숲을 달렸다. 낫카는 아파르 오마 전사들의 뒤를 따라 고개를 숙이고 걷고 있다. 그들은 어둠 속에서 산속을 오래 걸어가더니 이윽고 낭떠러지 밑으로 내려갔다.

어느새 달이 떠 있었다. 반달 빛에 어렴풋이 드러난 잿빛 낭떠러지로 군데군데 거뭇한 동굴이 입을 벌리고 있다. 포로를 붙잡은 전사들이 다가가자 낭떠러지 밑이 술렁거리더니 여러 개의 사람 그림자가 움직였다. 두 편으로 갈라졌던 전사들이 이곳에서 합류한 듯했다.

일렁이는 횃불이 우르르 이동하더니 포로를 데려간 전사들이 동굴로 들어가는 모습이 보였다. 다른 전사들은 그 동굴로 들어가지 않고 밖에 모여 모닥불을 에워쌌다. 낫카도 동굴로는 들어가지 않았다. 모닥불을 쬐고 있는 전사들과 뭔가를 이야기하고 있었지만 이 위치에서는 얼굴이 전혀 보이지 않았다.

반은 사에와 함께 숲 가장자리에 숨어 낫카에게서 눈을 떼지 않았다. 그가 사에의 귓가에 속삭였다.

"저 남자가 보이나? 모닥불 왼쪽 끝에 있는 왜소한 남자."

"……네."

"저자가 낫카야."

사에가 숨을 삼켰다.

"네? 정말로?"

반이 고개를 끄덕이자 사에가 눈살을 찌푸렸다.

"이런 곳에서 얼굴이 보여요?"

"아니, 냄새로 알 수 있어."

반은 낫카를 바라보며 낮은 목소리로 속삭였다.

"저자가 낫카야. 틀림없어."

그때, 낫카가 몸을 흔들더니 걸음을 뗐다. 그 모습을 본 사에가 아, 하고 숨을 삼켰다.

"정말 낫카네요."

두 사람은 서로 힐끔 얼굴을 마주 보았다. 반이 씩 웃었다. 시간이 많이 걸렸지만 마침내 따라잡았다. 유나를 찾기 위한 확실한 실마리가 바로 눈앞에 있다. 한시라도 빨리 그 아이를 품에 안고 싶었다. '아바!' 하며 눈을 동그랗게 뜬 얼굴을 보고 싶었다.

반은 가슴에 치밀어 오르는 생각을 억지로 눌렀다. 성급하게 굴어서는 안 된다. 먼저 무슨 일이 일어나고 있는지 확인해야 했다. 유나 생각으로만 움직이면 돌이킬 수 없는 결과가 일어날지도 모른다.

"포로로 잡힌 남자를 알아보겠나?"

작은 목소리로 묻자 사에가 고개를 끄덕였다.

"투림 님이에요."

반은 눈을 부릅떴다.

"저자가 투림 스포르사무인가? 아카파 왕의 심복이라는."

과거에 소금광산의 유통을 관장했던 아카파의 거물로, 츠오르가 소금광산을 차지한 후로는 변경의 관리로서 아카파의 모든 씨족을 연결하는 아카파의 중심인물…….

멀찍이 모닥불을 바라보며 사에가 중얼거렸다.

"저분은 저희 모르파를 총괄하는 분이에요."

그 말을 들은 순간, 모든 것이 연결되면서 지금 일어나고 있는 일의 의미가 확실해졌다. 반은 굳은 얼굴로 속삭였다.

"……케노이는 눈치챘던 거군."

사에도 어두운 표정으로 고개를 끄덕였다. 그녀를 붙잡았을 때거나 다른 모르파가 실수를 했거나, 어쨌든 아파르 오마는 아카파 왕이 그들을 저버렸다는 사실을 깨달았을 것이다.

등줄기가 서늘했다. 절망하고 격노한 아파르 오마가 아카파 왕이 반란을 미연에 제압해 없었던 일로 치부하도록 얌전히 두고 볼 리 없다.

'제압당하기 전에 선수를 쳤구나.'

석화 부대를 보내 아카파 왕의 심복을 인질로 잡았다. 이것이 그들의 의사표시로, 그들이 앞으로 무슨 짓을 할지는 불을 보듯 뻔했다.

*

밤에 산속을 걸어온 탓에 모닥불의 온기가 유독 고맙게 느껴졌다. 낫카는 아파르 오마의 눈치를 보며 몸을 웅크리고 모닥불에 다가가 조금 멀리서 불을 쬐었다.

아직도 온몸이 떨리는 듯한 기분이다. 아파르 오마가 명령하면 따르는 것이 일족의 의무였다. 하지만 투림을 기만하는 일의 선봉을 맡은 것은 가슴 아픈 일이었다.

'저분은 따뜻한 마음씨를 가진 분이다.'

독보리 사건 때도 많은 도움을 받았다. 낫카의 사촌 누이가 이주민 습격을 도왔다는 이유로 붙잡혀 사형을 당할 위기에 처한 적이 있었다. 그때 투림이 일부러 츠오르의 관리를 만나 유스라 오마가 어떤 처지인지를 설명하고 그녀의 목숨을 구해주었다.

그뿐만이 아니다. 사촌 누이가 사형을 면하고 아카파 소금광산의 가사 노예가 된 후에도 낫카의 숙부가 딸에게 식량이나 옷가지를 전해주러 갈 수 있도록 도와주었다. 아카파 왕의 심복이라는 말까지 듣는 높은 신분의 사람이 일개 변경의 백성을 위해 그토록 애썼다는 사실에 모두 놀랐고, 또 깊이 감사했다.

낫카는 그 무렵의 일을 똑똑히 기억했다. 사촌 누이가 소금광산의 노예 감독에게 유린당해 임신했다는 소식을 들은 숙부는 한때 앓아누울 정도로 비탄에 빠졌다. 하지만 손녀가 태어나자 그 먼 소금광산까지 몇 번이나 찾아가 아파르 젖으로 만든 라파테(건락에 나무 열매를 갈아 넣은 것)나 카잔에서 산 오키라프타(오키 지방에서 만든 라파테)를 몸에 좋다며 딸에게 열심히 가져다주었다.

예전에는 아파르 오마가 기회가 있을 때마다 아파르 젖을 주었다. 하지만 츠오르 인의 이주가 시작된 후로는 아파르의 젖이 거의 나오지 않게 되었고, 유스라 오마에게 젖을 주는 일도 드물었다. 그래서 숙부는 귀중한 아파르 젖으로 만든 라파테를 고된 노동과 출산으로 몸이 약해진 딸에게 먹이고 싶었던 것이리라.

"힘들게 구해준 라파테를 전부 제 딸아이에게 주더구나. 그 아이는 그 맛을 제대로 알지도 못할 텐데. 조금쯤 제 입에 넣어도 될 것을……" 하고 안쓰럽게 말하던 숙부의 얼굴이 지금도 눈에 선하다.

낫카는 숙부가 재작년에 세상을 떠났다고 들었지만, 우연한 기회에 사촌 누이의 딸이자 숙부에게는 손녀인 어린아이를 마을로 데리고 돌아가게 되었다. 독보리 사건 때 이주민의 습격을 억지로 도운 것은 사촌 누이만은 아니었다. 낫카도 감시 역을 맡았다. 다행히 츠오르 관리에게는 들키지 않았지만, 마을 안에는 그 사실을 아는 사람이 있었다. 혼자만 교묘하게 벌을 피한 것 같아 미안한 마음에 점점 마을에 있기가 괴로워졌고, 부모가 타계한 것을 계기로 그는 마을을 떠나 오키 지방으로 흘러들었다.

낫카는 그 일로 인해 자신이 유나를 만날 수 있었고, 나아가 마을로 데리고 돌아갈 수 있었다고 생각하면서 참으로 신비하다고까지 여겼다. 아파르 오마 전사가 요미다의 숲 동굴에서 소동을 틈타 사람들에게 들키지 말고 유나라는 어린아이를 납치해오라고 명령했을 때, 낫카는 깜짝 놀라 그런 엄청난 짓은 못 한다고 발뺌했다. 그 말을 들은 아파르 오마 전사는 피식 웃으며 그 아이가 아카파 소금 광산에 있던 사촌 누이의 딸이라고 말했다. 그리고 낫카에게 자신들이 거칠게 다루는 것보다는 그가 돌봐주는 편이 나을 것 같아 그 역할을 맡기는 것이라면서 고맙게 여기라고 말했다.

킴마의 신의 뜻이란 바로 이런 것을 가리키는 것이리라. 지금 유나가 동굴 속에 있다. 오타와르의 여자 의술사와 함께 있던 것을 붙잡았다는 말을 듣고 놀라서 데려가려 했지만 아파르 오마 전사들은 소중한 인질이라며 허락해주지 않았다.

'……어떻게 할까.'

숙부와 숙모 두 분 모두 돌아가신 터라 유나는 낫카의 사촌 누이, 그러니까 이모가 되는 사람의 집에서 돌봐주고 있다. 유나는 그 나이의 아이치고는 믿을 수 없을 만큼 고집이 세서 가족들에게 마음을 열지도 않았다. 그리고 틈을 보이면 바로 달아나 하루 종일 돌아오지 않았다. 어두워지면 제 발로 돌아오지만, 밥을 먹으면 집 안 한구석에서 웅크리고 잠들어버렸다. 그 때문에 사촌 누이는 꼭 도둑고양이를 키우는 기분이라며 투덜거렸다.

사촌 누이도 딸린 자식이 많아서 그 아이에게 애를 먹고 있는 눈치였으니, 일이 이렇게 되었다고 말하면 솔직히 안심할지도 모른다. 하지만 이대로 동굴에 두고 돌아가는 것도 왠지 박정하다 싶었다.

'얼굴이라도 한 번 보고 돌아갈까.'

조심스럽게 요청하자 아파르 오마 전사들은 한참 자기들끼리 의논하더니 이윽고 아이가 잠든 후라면 얼굴을 봐도 좋다고 허락해주었다.

4

미라르의 발병

갑자기 바위 감옥 밖이 소란스러워졌다.

"……무슨 일이지?"

홋사르가 고개를 들어 마코우칸을 쳐다보았다. 그러자 그가 일어나더니 귀를 암벽에 댔다.

"또 누가 붙잡힌 것 같습니다."

목소리가 탁하게 메아리쳐서 무슨 말을 하는지는 잘 알아들을 수 없었다. 하지만 말투나 발소리, 쇠창살이 박힌 내문內門을 닫는 소리 등, 옆에서 무슨 일이 일어나고 있는지 미루어 추측할 수 있었다. 이 바위 감옥은 천연 동굴을 쇠창살로 나누어 만든 것으로, 성의 지하 감옥보다 감방 사이의 벽이 두껍다. 귀를 대도 옆 감방에서 나는 목소리가 들리지 않았다.

마코우칸은 차가운 암벽에서 귀를 떼고 홋사르를 돌아보았다.

"대체 무슨 일이 벌어지고 있는 걸까요?"

홋사르는 부루퉁한 얼굴로 마코우칸을 보았다.

"나한테 그런 거 묻지 마. 이 상태에서 추측을 더해봤자 아무 의미도 없어. 움직임이 있을 때마다 판단하는 수밖에."

마코우칸은 한숨을 쉬었다.

"역시 그렇죠. ……게다가 우리를 곧바로 죽이지 않았다는 건 어떤 가치가 있다는 뜻일 테고요."

그때 누나의 말이 뇌리를 스쳤다. 살려둘 가치가 있는 것은 홋사르와 미라르 뿐일지도 모른다고 생각했지만, 신경을 써도 별 수 없는 일이라 그런 어두운 예감을 애써 모른 척했다. 마코우칸은 어렸을 적에 아파르 오마가 중죄인을 가두어두는 바위 감옥을 가졌다는 이야기를 들은 적이 있었지만, 설마 자신이 직접 들어오게 될 줄은 몰랐다.

'홋사르 님을 모시다 보면 목숨이 몇 개라도 모자라겠군.'

"으으, 응" 하는 작은 목소리가 들렸다. 방금 전까지 쉴 새 없이 미라르에게 말을 걸던 아이는 어느새 제 손으로 모피를 몸에 둘둘 감고 미라르와 암벽 사이에 자리 잡고 잠들어 있었다. 뭐라 웅얼거리며 잠꼬대를 하더니 모피를 끌어당겨 벽 쪽으로 몸을 뒤척이고 있다. 이런 상태에서 울지도 않고 쿨쿨 잘도 잔다. 정말이지, 씩씩한 아이다.

"……왜 그래?"

닿아 있는 어깨가 떨리는 것을 느낀 홋사르가 미라르에게 물었다.

"아무 일도 아니야. 괜찮아."

대답하는 목소리도 떨렸다.

"시시한 허세는 부리지 마. 추워?"

미라르는 고개를 끄덕였다. 방금 전에 한 사내가 와서 사람 수만 큼 모피를 두고 갔지만 그것을 덮고 있어도 감옥이 돌바닥이라 뼈가 시렸다. 불씨라고는 겨우 촛불 하나가 전부다.

홋사르는 주저하는 미라르를 꾸짖으며 그녀의 모피 위에 자기 모피를 덮어 단단히 끌어안았다. 하지만 그 몸의 떨림이 좀처럼 잦아들지 않자 홋사르가 그녀의 이마에 손을 짚고는 얼굴을 찌푸렸다.

"너, 열이 있잖아?"

깜짝 놀랄 만큼 높은 열이었다.

"언제부터야?"

미라르는 침을 삼키며 걸라진 목소리로 말했다.

"열은 방금 전에. 아침부터 목이 좀 따끔거린다 싶긴 했는데."

홋사르는 미라르의 귀밑을 만지며 마코우칸에게 촛불을 가져오라고 했다. 흔들리는 작은 불빛으로는 제대로 진찰할 수 없지만, 그래도 홋사르는 입을 벌리게 하고 목구멍을 보았다.

"부었군. 단순한 감기면 다행인데."

미라르는 힘없는 눈으로 홋사르를 쳐다보았다.

"……진드기에 물리진 않았겠지?"

최근 묘하게 날씨가 따뜻했다. 진드기가 슬슬 활동을 시작한다 해도 이상하지 않다. 게다가 미라르는 줄곧 늪지와 숲에서 지의류를 채취하고 있었다.

"조심은…… 했는데."

그녀는 소매가 긴 옷을 입고, 목에는 헝겊을 두르고, 머리도 천으로 덮었다. 남자들이 입는 긴바지를 입고, 바짓단은 장화 속에 넣었다.

하지만 진드기를 완벽하게 차단할 방법은 없다. 진드기는 작은데다가 물려도 통증이 별로 없어서 머리카락 속에 들어 있기라도 하면 알아차리지 못하는 게 허다하다. 진드기는 피부 밑에 턱을 콱 박아 물고 늘어지기 때문에 머리를 자주 감는 정도로는 떨어지지 않는다.

홋사르는 마코우칸에게 촛불을 들게 한 후, 미라르의 머리카락을 덮은 천을 벗겨 목덜미부터 머리카락을 헤치며 찬찬히 살폈다. 잠시 후, 홋사르가 손길을 멈췄다.

"……여길 불빛으로 비춰봐."

왼쪽 귀 뒷부분의 머리카락 속에 자그마한 검은 점이 보였다. 진드기다. 피를 빨아 몸이 제법 퉁퉁했다. 그 크기를 본 홋사르가 입술을 깨물었다. 짐작건대 물린 지 하루 이상 지났다.

진드기에 물렸다고 해서 꼭 병에 걸리는 것은 아니다. 오히려 아무 일도 없을 때가 더 많다. 하지만 병소를 가진 진드기일 경우, 물린 지 하루 이상 지나면 병에 걸릴 위험이 증가한다.

심장 고동이 빨라지고 가슴이 꽉 막히면서 불안이 솟구쳤다.

'진정해. 아직 흑랑열이라고 결론 난 게 아니야. 이 진드기가 병을 가지고 있지 않을 가능성이 높아. 이 증상은 단순한 감기일 수도 있다.'

홋사르는 자신을 타일렀다.

하지만 심장 고동은 계속 빨라졌고, 이마에서 두피까지는 차갑게 얼어붙었다. 떨리는 제 손가락을 보면서 홋사르는 숨을 크게 들이쉬었다가 내뱉었다.

"……물렸어?"

미라르의 목소리에 홋사르는 고개를 끄덕였다.

"그렇구나."

미라르는 부르르 떨면서 눈을 감았다.

"떼어낼까요?"

마코우칸이 촛불을 가져다 대려고 하자 홋사르가 황급히 말렸다.

"멈춰! 멍청아, 불을 갖다 대면 문 채로 날뛰어서 상처가 더 심해져!"

"그건 압니다. 하지만……."

"문 채로 죽으면 턱이 피부 속에 남아서 감염 위험이 더 커진다고!"

날카로운 목소리로 홋사르가 고함을 질렀다.

"정말이지, 너는 그런 것도……."

미라르가 불쑥 손을 뻗어 홋사르의 머리를 그녀의 품속에 끌어안았다.

"홋사르, 홋사르."

미라르는 그의 머리를 끌어안고서 탁한 목소리로 말했다.

"진정해, 부탁이야."

익숙한 향기에 감싸인 채, 홋사르는 거친 숨을 내뱉으며 눈을 감았다. 뱃속에서 기어오르는 공포를 어쩔 도리가 없었다. 혹시나 미라르가 흑랑열에 걸렸을지 모른다고 생각하니 잠자코 있을 수가 없었다.

'카잔으로 돌아갔어야 했는데.'

흑랑열 병소를 가진 진드기가 서식하는 줄 알면서도 그 땅에서 지의류를 채취하게 내버려두는 게 아니었다. 수많은 후회가 파도처럼 밀려들었다. 홋사르가 이를 악물었다.

'진정하자. 후회하고 있을 때가 아니야. 어떻게 하면 좋을지 생각해.'

진드기에게 물린 후에 목에 증상이 나타났다. 열도 있다. 한시라도 빨리 신약을 투여해야 한다.

밖에서 발소리가 들려오자 마코우칸은 퍼뜩 고개를 들었다. 바위 감옥의 쇠창살 너머로 보이는 통로에서 바위 구멍에 꽂힌 횃불 하나가 타오르고 있었다. 그 불빛에 비쳐 왜소한 남자가 조용히 다가오는 모습이 보였다.

'……저건.'

낯익은 유스라 오마였다. 분명 잠들어 있는 아이의 외삼촌이다.

"홋사르 님."

이름을 부르자 홋사르가 고개를 들었다. 마코우칸이 눈짓으로 가리키자 쇠창살 밖을 쳐다본 그는 쭈뼛쭈뼛 이쪽을 보는 남자의 존재를 알아차렸다.

"자네!"

홋사르가 부르자 작은 남자는 깜짝 놀랐지만 달아나지는 않았다. 오히려 쇠창살에 바싹 얼굴을 대고 안을 들여다보았다.

"……제 조카딸은 무사합니까?"

홋사르는 눈살을 찌푸렸다.

"이 아이의 숙부인가? 이 애를 데리러 온 건가?"

마코우칸이 잠든 아이를 건드리려 하자 작은 남자는 허둥지둥 말했다.

"아, 깨우지 마십시오. 그 아이를 그대로 두라는 지시가 있어서."

홋사르는 눈썹을 실룩거렸다.

"어째서? 정말 이대로 이 아이를 이런 바위 감옥에 가두어둘 셈인가?"

작은 남자가 고개를 끄덕였다. 그러고는 뒤를 힐끗 돌아보고 간수 노릇을 하는 전사가 옆 감방에 정신이 팔려 있음을 확인하더니 작은 목소리로 속삭였다.

"그 아이에게는 복잡한 사정이 있습니다. 설명할 수는 없지만 부디 가엾게 여겨 돌봐주십시오."

홋사르는 미라르를 끌어안은 채로 잠시 그 작은 남자의 얼굴을 바라보다가 이윽고 낮은 목소리로 말했다.

"알겠네. 이 아이는 우리가 돌보지. 대신 이쪽 부탁도 하나 들어다오."

작은 남자는 얼굴을 흐렸다.

"……그건."

그 입을 막으며 홋사르가 재빨리 말했다.

"귀찮은 일은 아니네. 마을에 우리가 빌린 오두막이 있는 건 알고 있겠지? 거기에 약과 치료 도구가 있는데, 망가뜨리지 않도록 조심해서 여기로 가지고 와주게. 미라르가 진드기에 물려서 열이 심해. 흑랑열에 걸렸을지도 몰라. 치료하고 싶네."

작은 남자가 깜짝 놀라 눈을 휘둥그레 떴다.

"그건……."

"우리에게 인질로서의 가치가 있다면 아파르 오마도 미라르를 죽게 내버려두지는 않을 테지."

홋사르의 목소리가 떨렸다. 필사적인 눈빛이었다.

"미라르가 죽으면 나는 자해하겠다. 어떤 수를 쓰더라도. 부탁이야, 아파르 오마를 설득해서 약을 가져와다오!"

5

기묘한 남자

낯카는 마을을 향해 어두운 숲속을 내달렸다. 아파르 오마 전사들에게 오타와르의 인질이 고열을 앓고 있으니 약을 가지러 가도 되겠느냐고 물었더니, 인질이 죽을까 봐 걱정이 됐는지 약을 가져오라며 순순히 허락해주었다.

'……약을 제대로 찾아서 가져갈 수 있을까?'

홋사르라는 젊은 귀인은 약이 있는 장소와 약이 들어 있는 병의 색깔을 열심히 가르쳐주었다. 그런데 그는 글자를 읽을 줄 몰랐다. 그래서 오두막에 두었다는 약이 한둘이면 모를까, 비슷한 병이 잔뜩 있다면 실수하지 않고 가져갈 자신이 없었다.

'누굴 깨워서 도움을 받는 편이 나을까?'

오두막에 있는 약을 전부 가져가면 수고를 두 번 들이지 않아도 된다.

미라르라는 사람은 병든 마을 사람을 애써 간병해준 다정한 사람이다. 할 수만 있다면 도와주고 싶었다.

숲은 어두웠고, 등롱은 발밑만 겨우 밝혀주었다. 낫카는 아까부터 계속 뭔가가 따라오는 듯한 기분이 들어 걸음을 멈추고 뒤를 돌아보았지만 아무것도 보이지 않았다.

'……기분 탓인가?'

이제 곧 마을에 도착할 것이다.

'자, 누구한테 도움을 청한다?'

그렇게 생각하고 있을 때, 등롱을 쥔 손에 뭔가가 부딪치면서 통증을 느꼈다. 등롱을 떨어뜨린 그가 신음하면서 손을 움켜쥔 순간, 등 뒤의 어둠 속에서 한 남자가 튀어나와 그의 목을 콱 붙들었다. 그대로 목이 꺾이면 뼈가 부러질 것이다.

"살려줘! 죽이지 마!"

낫카가 엉겁결에 외치자 그 남자가 낮은 목소리로 대답했다.

"……그럼 꼼짝 마."

그 목소리를 들은 순간, 낫카는 부르르 떨었다.

"내가 누군지는 알겠지?"

낫카는 조그맣게 끄덕였다.

"그 애는 어디 있나?"

낫카는 떨면서 속삭였다.

"……바, 바위 감옥에."

낫카는 잔뜩 겁에 질려 필사적으로 사과했다.

"용서해줘! 그런 짓은 하기 싫었어. 어쩔 수 없이 한 짓이야!"

낫카는 눈을 꾹 감고 이를 딱딱 부딪치면서 주절댔다. 말하는 동안에는 목뼈를 부러뜨리지 않을 거라고 생각하면서 정신없이 털어놓았다. 지금까지 있었던 일, 유나와 자신의 관계, 지금 그가 약을 가지고 돌아가지 않으면 의심을 산다는 이야기 등……. 이야기하다 보니 눈물이 났다. 지금까지 하고 싶지 않은 일만 강요받았다. 그러다가 이렇게 목숨을 잃고 끝난다고 생각하니 눈물이 그치지 않았다.

하지만 문득 정신을 차리고 보니 목에 감겨 있던 팔이 풀려 있었다. 손목을 단단히 붙잡고 있지만 방금 전처럼 당장이라도 자신을 죽일 듯한 분위기는 사라지고 없었다. 눈물이 그렁한 눈을 조심스럽게 뜨자 반이라는 남자가 자신을 지그시 굽어보고 있었다.

"……그러니까, 이제 약을 가지러 갔다가 다시 바위 감옥으로 돌아간다는 거군?"

그가 조용히 질문하자 낫카는 눈을 끔뻑거리며 고개를 끄덕였다.

"그렇다면 나도 데려가라. 도움을 청했다고 하면 속일 수 있겠지."

낫카는 눈을 휘둥그레 떴다.

"소, 속이다니……."

반은 낫카가 두르고 있는 두건 달린 외투를 힐끗 쳐다보았다.

"유스라 오마가 흔히 입는 그런 외투를 아무한테나 빌려 오면 돼. 바위 감옥 안에 있는 사람이 추위에 떨고 있어서 그런다고 하면 의심을 사지 않고 빌려 올 수 있잖아."

그렇게 말하더니 반은 날카로운 빛을 숨긴 눈으로 낫카를 쳐다보았다.

"한 번만 더 너를 믿겠다. 네가 지금 울면서 한 말이 진심이라면 한 번만 내게 속죄해라."

반은 다음에 배신하면 어떻게 하겠다는 말은 하지는 않았지만, 말하지 않아도 그것은 그의 눈에 명확하게 드러나 있었다.

낫카는 잠시 입을 다물고 반을 마주 보았다. 그리고 낮은 목소리로 중얼거렸다.

"알겠어. 데려갈게. ……하지만 그 뒤에 어쩔 생각이지? 거기에는 전사들이 아주 많아."

반은 그 질문에는 아무 대답도 하지 않았다.

*

밤이 느릿하게 지나간다. 방금 전 아파르 오마 전사가 다시 모피를 가져다주었다. 훗사르는 모피를 깔고 미라르를 눕힌 후에 두 사람 몫의 모피를 그 위에 덮어주었다.

미라르는 꾸벅꾸벅 졸고 있다. 열이 오를 만큼 올랐는지 이제는 떨지 않았다. 훗사르는 미라르의 이마에 잔뜩 맺힌 땀을 이따금 닦아주면서 눈도 붙이지 않고 약이 오기를 기다렸다.

'그 남자가 약을 제대로 가져올까?'

약의 이름을 알려주지 말고 전부 가져오라고 할 걸 그랬다. 병들이 부딪치면 깨질지도 모르니 헝겊 같은 걸로 하나씩 싸서 가져오라고 당부하는 것도 잊었다. 마음을 가라앉히려 해도 '이럴걸 그랬다, 저럴걸 그랬다' 하는 생각만 머릿속에 떠올랐다.

슬슬 자정이 가까울 즈음, 쇠창살 밖에서 간수 역을 하던 전사가 교대했다. 방금 전까지 있던 남자보다 제법 젊다. 몸집은 탄탄하지만 횃불에 비친 얼굴에는 아직 수염도 없었다. 그때, 출입구 쪽에서 소리가 들려왔다.

'왔나!'

홋사르가 일어나서 쇠창살 옆으로 갔다. 그 왜소한 사내가 누군가를 데리고 다가왔다. 두 사람 다 큼직한 자루를 들고 있었다. 그 뒤로 아파르 오마 전사 한 명이 따라와서 젊은 전사에게 눈짓을 보냈다.

젊은 전사는 긴장한 표정으로 두 사람을 세우더니 왜소한 남자와 또 다른 사내가 가지고 온 자루 속을 확인하기 시작했다.

'빨리, 빨리 해! 젠장, 그런 건 밖에서도 했을 거 아니야?'

홋사르는 속으로 욕설을 퍼부으며 그 작업을 지켜보았다. 마침내 머리를 든 젊은 전사가 나이 많은 전사에게 고개를 끄덕여 보였다. 그러자 나이 많은 전사가 검을 뽑아 움켜쥐고 말했다.

"좋아, 열어라."

젊은 전사가 쇠창살로 된 내문의 자물쇠를 열자 두 남자가 고개를 숙이고 들어왔다. 두 사람을 안으로 들여보낸 젊은 전사가 내문의 자물쇠를 잠그고 그 열쇠를 제 허리띠에 걸었다.

"가져왔나? 고맙네."

홋사르는 급한 마음을 억누르며 유스라 오마가 가져온 자루를 열었다. 놀랍게도 그들은 오두막에 둔 모든 약병과 치료 도구를 가져왔다.

"이걸로 족하십니까?"

"그래, 괜찮아. 정말 고맙네."

그때, 뒤에서 아이가 눈을 떴다. 지금까지 아무리 큰 소리로 말해도 깨지 않았는데, 결국 이 소동에 잠이 깬 모양이다. 유스라 오마를 따라온 사내가 아이 옆에 가만히 몸을 숙였다. 그 순간, 아이의 눈이 동그래졌다.

"아바!"

아이가 믿을 수 없다는 표정을 짓더니 다음 순간, 큰 소리로 울면서 그 사내의 품속으로 뛰어들었다. 사내는 아이를 들어 올려 꼭 끌어안았다.

"아바! 아바! 아바!"

울며 매달리는 아이를 끌어안은 사내가 낮은 목소리로 "이제 괜찮아, 용케 버텼구나"라고 하며 어르고 있다. 그 소동에 놀라 젊은 전사가 외쳤다.

"무슨 일이야?"

"이 아이를 돌보던 친척 아저씨라."

왜소한 유스라 오마가 난처한 기색으로 대답하자 젊은 전사는 아아, 그런가, 하는 표정을 지었다.

사내는 귀청이 떨어져라 큰 소리로 울어대는 유나를 품에 안고 일어나더니 다른 사람들에게 살짝 고개를 숙였다. 그러고는 바위 감옥 구석으로 가더니 작은 목소리로 아이를 달래기 시작했다.

미라르 걱정으로 머릿속이 가득한 홋사르는 당장 치료 쪽으로 주의를 돌렸지만, 마코우칸은 아무래도 마음에 걸리는 게 있어 사내와 아이를 바라보고 있었다.

'……유나의 아저씨?'

정말 그럴까. '아바'라는 표현은 유카타 방언에서는 자주 들어보지 못한 말이다. 아저씨라면 '아재'라고 했을 터였다. 만약 이 아이가 짧은 혀로 '아빠'라고 말하는 거라면 오히려 오키 지방 말에 가깝다.

얼핏 왜소한 사내와 눈이 마주쳤다. 그는 눈을 껌뻑거리다가 마코우칸의 시선을 피했다. 그리고 그때, 홋사르가 고개를 들고 고함을 질렀다.

"마코우칸, 멍하니 있지 말고 도와!"

마코우칸은 허둥지둥 홋사르를 돕기 시작했다. 약이 든 병을 늘어놓고 신중히 주사기를 꺼냈다. 소독약이 든 병의 뚜껑을 열자 코를 찌르는 듯한 독한 냄새가 바위 감옥에 퍼졌다. 홋사르는 미라르가 과민 반응을 보일 때를 대비해 약과 치료 도구를 꼼꼼히 늘어놓은 뒤에 그녀의 팔을 소독하고 신약을 주사했다.

쇠창살 밖에서 젊은 전사가 이쪽을 가만히 지켜보고 있다. 홋사르가 주사를 놓는 모습을 보며 눈을 부릅뜨더니 마치 자기가 주사를 맞는 것처럼 얼굴을 찌푸렸다.

홋사르가 치료를 한 차례 마치자 젊은 전사가 조심스레 물었다.

"그걸로 병이 낫나?"

홋사르는 고개를 들어 젊은 전사를 보았다.

"아마도…… 과민 반응을 보이지 않는다면."

젊은 전사는 눈을 껌뻑거리며 미라르를 쳐다보았다.

"바늘로 찌르다니, 아프지 않나?"

미라르는 열 때문에 흐린 얼굴로 미소를 지었다.

"괜찮아, 보기보다 안 아파. 걱정해줘서 고마워."

젊은 전사는 쑥스러운 듯 얼굴을 일그러뜨리고는 "아니, 딱히" 하고 말했지만, 곧바로 간수로서 부적절한 태도였다는 것을 깨달았는지 허리를 꼿꼿이 펴고 옆쪽 감방으로 가버렸다. 그가 멀어지자 홋사르가 한숨을 쉬었다.

"주사를 놓을 수 있어 다행이야. 아직 부스럼도 안 났으니 그리 심한 증상으로 번지지 않고 나을 거야. 개한테 물린 게 아니니까."

그 말을 들은 마코우칸이 눈썹을 실룩였다.

"킴마의 개에 물린 경우와 진드기에 물린 경우에 병의 정도가 다릅니까?"

홋사르는 사용한 주사기를 정리하고 새 예비 물품을 가까이 두면서 고개를 끄덕였다.

"다른 것 같더군. 그 오두막에 있던 사람은 이미 부스럼도 났고 의식도 몽롱했지만, 그 상태에서 신약을 맞아도 효과가 있었잖아?"

"그랬죠, 확실히. 매잡이와는 달랐지요."

홋사르의 얼굴이 많이 차분해졌다. 약을 쓸 수 있어서 안도한 것이리라.

"병소는 숙주를 바꾸면 약독화되는 경우가 많지만, 그 반대도 있어. 진드기가 옮기는 다른 병 중, 일단 다른 짐승이 숙주가 되었다가 거기에서 사람으로 감염되는 경우에 증세가 중해질 때가 있지. 흑랑열도 그럴 수 있어. 아직 아무것도 확신할 수 없는 상황이지만. ……뭐, 어쨌든 진드기로 감염됐을 때 이 약이 잘 듣는다는 걸 이미 알고 있었다는 게 다행이지."

그렇게 말하며 홋사르가 신약을 담는 병을 치켜들었을 때, 구석에서 엉뚱한 말이 들려왔다.

"와아, 에뻐!"

모두 무심결에 말소리가 난 쪽을 돌아보았다. 유나가 사내의 품에서 몸을 내밀고 그 병을 가리키고 있었다.

"바, 아바, 바바! 반짝거려! 에쁘다……."

그 목소리에 미라르가 흠칫 놀란 듯 고개를 돌려 유나를 보았다.

"이 약도 반짝거리니?"

유나는 고개를 끄덕였다.

"늪에 있던 이키미처럼?"

유나는 다시 고개를 까딱, 끄덕였다.

"응, 똑가타. 반짝거려. 진짜 마시써 보여."

홋사르가 눈살을 찌푸리며 미라르를 보았다.

"무슨 소리야?"

미라르는 홋사르를 올려다보며 갈라진 목소리로 말했다.

"이 아이 눈에는 이키미나 앗시미가 빛나는 것처럼 보이나봐."

홋사르는 무슨 소리를 하는지 모르겠다는 얼굴로 눈살을 찌푸렸지만, 곧바로 화들짝 놀라며 눈을 휘둥그레 떴다.

"뭐라고? ……설마, 그래서 이 신약도 빛이 난다고 말하는 건가?"

"그래."

"말도 안 되는 소리! 그런 일은 불가능해."

미라르는 열이 나서 탁해진 눈으로 홋사르를 바라보다가 이내 지쳤다는 듯이 눈을 감으며 중얼거렸다.

"하지만 아마 사실일 거야. 다른 지의류는 빛이 안 난다고 했으니까."

홋사르는 입을 다물고 말았다. 그는 한동안 눈살을 찌푸리고 생각에 잠겨 있다가 이윽고 시선을 들어 쇠창살 너머를 바라보았다. 젊은 전사가 아직 옆쪽 감방 앞에 있는 것을 확인한 그는 왜소한 유스라 오마 사내 쪽으로 시선을 돌려 속삭였다.

"아까 이 아이에게는 복잡한 사연이 있다고 했지. 그 이유를 알려주지 않겠나?"

그러자 그의 얼굴이 굳어졌다. 그리고 난처하다는 듯이 유나를 품에 안고 있는 사내를 쳐다보았다.

6

늑대의 눈

훗사르는 아이를 안고 바위 감옥 구석에 서 있는 사내를 돌아보았다. 몸집은 그리 크지 않지만 거친 인상의 사나이였다.

두건을 깊숙이 덮어쓰고 있어서 얼굴은 거의 보이지 않았다. 하지만 사내가 얼굴을 조금 움직이자 그 눈이 힐끗 보였다. 그 시선을 직시한 순간, 훗사르는 무심코 엉거주춤 일어섰다. 한순간이지만 늑대의 눈을 들여다본 기분이었다.

그때 사내가 입을 열었다.

"그 약으로 흑랑열이 낫습니까?"

조용한 목소리였다. 유스라 오마는 아니다. 그의 말씨는 조금 더 북방에 사는 민족의 언어였다. 게다가 이 사내에게는 유스라 오마 같은 비굴함이 전혀 없다. 자연스러운 모습 안에 위압감이 있다.

'이 사내, 정체가 뭐지?'

홋사르는 한숨을 쉬며 몸에서 힘을 뺐다. 잠깐이지만 겁을 집어먹은 것이 괜히 부끄러웠다. 사내와 아이의 정체는 몹시 궁금했지만 섣불리 들쑤셨다가는 회피할 것만 같았다. 그 사내를 보면 왠지 모르게 야생 짐승이 떠오른다. 호기심에 이쪽으로 고개를 돌리고는 있으나 위험을 감지하면 냉큼 멀어질 것이다. 홋사르는 일단 질문에 답하기로 했다.

"이 약은 킴마의 개에 물린 사람에게는 별로 효과가 없었어. 하지만 방금 말했듯이 진드기에게 물려 흑랑열과 유사한 증상을 보인 여인에게는 효과가 있었어."

아주 잠시, 효과가 없었다는 말을 들은 순간에 남자의 눈이 흔들렸다.

'이 사내도 흑랑열을 치료할 약을 원하는 건가?'

사내는 유나를 바닥에 내려놓고 입을 열었다.

"그렇다면 아직 킴마의 개에 물린 자를 구할 방도는 없다는 뜻인가?"

홋사르는 사내를 마주 보았다.

"맞네. 확실하게 듣는 약은 아직 완성하지 못했어. 하지만 가까운 시일 내에 만들 수 있을지도 몰라."

사내의 눈에 빛이 감돌았다. 그 모습을 본 홋사르가 무심코 물었다.

"자네도 흑랑열을 치료할 약이 필요한 건가? 어째서지?"

사내는 쓴웃음을 지었다. 그리고 한참 동안 홋사르를 가만히 바라보다가 조용한 목소리로 말했다.

"병으로 죽는 사람을 보고 싶지 않을 뿐이오."

훗사르는 눈을 껌뻑였다. 내민 손을 무시당한 것처럼 초조한 마음이 가슴에 남았다.

"아바, 저기······."

사내는 관심을 끌려고 자꾸만 옷자락을 잡아당기는 유나를 어르며 다시 훗사르 쪽으로 고개를 돌렸다.

"당신은 심오한 지혜를 가진 사람이라 들었소. 킴마의 개에게 물렸을 때, 병에 걸려서 죽는 자와 그렇지 않은 자가 생기는 이유를 안다면 부디 가르쳐주시오."

훗사르는 눈썹을 실룩였다.

"자네는 그런 어처구니없는 질문을 태연하게 하는 남자로군."

사내는 잠자코 대답을 기다렸다.

"그러는 자네는 어떤가?"

조금 심술이 난 훗사르가 물었다.

"다른 사람들처럼 킴마의 신이 내린 뜻이라 생각하며 받아들일 수는 없나?"

사내의 얼굴에 쓸쓸한 미소가 번졌다.

"······병을 앓거나 앓지 않는 이유가 그렇게 쉬운 거라면 얼마나 편하겠소."

가슴을 철썩 얻어맞은 기분이 든 훗사르가 사내를 뚫어져라 바라보았다. 뺨에 피가 쏠리는 것을 느끼며 그는 입술을 꾹 깨물었다. 무슨 말이라도 해야겠는데 말이 제대로 나오지 않았다. 이런 경우는 처음이었다.

"……자네는."

홋사르가 해야 할 말을 겨우 떠올리고 입을 연 순간, 갑자기 밖이 소란스러워지더니 비명 소리가 어지럽게 들려왔다.

"무슨 일이지?"

바위 감옥 밖을 보니 젊은 전사가 등을 돌린 채로 출입구 쪽을 향해 검을 겨누는 모습이 보였다. 어깨를 건드리는 감촉에 홋사르는 흠칫 놀라 고개를 돌렸다. 어느새 그 사내가 가까이 와 있었다.

"약과 치료 도구를 자루에 넣어서 이 아이와 그 여인과 함께 벽 쪽으로."

사내는 그렇게 속삭이며 아이를 홋사르에게 떠맡기고는 왜소한 유스라 오마 사내 쪽으로 고개를 돌렸다.

"아무 짓 말고 여기 있어. 얌전히 있으면 널 벌하지 않도록 중재해줄게."

그러고는 마코우칸을 돌아보았다.

"자네는 이쪽으로 와. 밖에서 보이는 위치로."

마코우칸은 눈살을 찌푸렸다.

"왜지?"

사내는 그 질문에는 답하지 않고 쇠창살 쪽으로 다가갔다. 그러자 고함 소리와 함께 바위 감옥 출입구 쪽에서 사람 그림자가 잔뜩 뒤엉키더니 한 무리가 난투를 벌이며 뛰어들었다.

감옥으로 쳐들어온 자를 본 마코우칸이 외마디 소리를 질렀다.

"……누님!"

그 말을 들은 홋사르가 눈썹을 치켜떴다.

"누님? 저 사람이 자네 누님인가?"

마코우칸은 난투를 벌이고 있는 누이와 그 일행을 보면서 흥분한 얼굴로 고개를 끄덕였다.

"저 왼쪽에 있는 사람이 제 누님입니다. '벌의 춤꾼'이 와주었어……!"

심부 사람들은 저마다 특기가 있다. 마코우칸의 외가 쪽에서는 대대로 '단검술'을 가르쳐왔는데, 빛살처럼 가느다란 단검을 눈에 보이지 않는 속도로 다루는 전사들을 벌의 춤꾼이라는 별명으로 불렀다.

어렸을 적에 단검술을 기초부터 가르쳐주었던 누이가 지금 눈앞에서 훌륭한 기술을 보여주고 있다. 이 좁은 동굴 안에서는 장검을 휘두르기 어렵다. 이리아 일행은 검을 마음껏 휘두르지 못하는 아파르 오마 전사의 품속으로 쉽게 파고들더니 그들의 팔 안쪽 힘줄을 베어내 무력화시켰다.

비명과 함께 핏방울이 튀었고, 검이 떨어지면서 바위에 부딪치는 소리가 울려 퍼졌다. 젊은 전사는 쇠창살에 등을 대고 난투하는 전사들 쪽으로 검을 내밀고 있었지만, 움켜쥐고 있는 검 끝이 부들부들 떨렸다.

누이에게 시선을 빼앗겼던 마코우칸은 그 기묘한 사내가 쇠창살 틈새로 손을 뻗는 것을 보고 흠칫 놀랐다. 사내는 젊은 전사의 허리춤에 달린 열쇠를 빼내더니 재빨리 자물쇠에 꽂고 돌렸다.

철컹, 자물쇠가 풀리는 소리를 들은 젊은 전사가 허둥지둥 뒤쪽을 돌아보더니 깜짝 놀란 얼굴로 허리춤을 더듬으며 활짝 열린 문을 쳐다보았다. 그때, 젊은 전사의 뒤에서 달려드는 누이를 본 마코우칸의 입이 무심코 벌어졌다.

그 순간이었다. 그 기묘한 사내가 열린 문으로 팔을 뻗어 젊은 전사의 목덜미를 붙잡더니 감옥 안으로 잡아끌었다. 그러자 마코우칸의 누이가 내지른 단검이 허공을 찔렀고, 젊은 전사는 한 끗 차이로 칼을 맞지 않은 대신 감옥 바닥에 나동그라졌다.

사내는 쓰러진 전사의 손에서 검을 빼앗아 들더니 그의 목에 겨누었다. 전사가 움직이지 못하게 제어하면서 마코우칸의 누이를 올려다보았다.

"이 녀석은 아직 어린애야. 죽일 필요는 없잖아"

형형한 눈으로 사내를 바라보던 이리아가 단검을 손안에서 빙글 돌려 칼날을 거두었다. 그리고 시선을 마코우칸에게로 돌렸다. 그녀는 허리띠에서 예비 단검을 빼 마코우칸에게 건넸다.

"바깥 상황을 확인하고 돌아올게. 그때까지 두 사람을 똑바로 지켜."

이리아는 홋사르에게 꾸벅 고개를 숙이더니 걸음을 돌려 옆쪽 감방 문을 열고 있는 동료 곁으로 잽싸게 다가갔다.

제 10 장

사람 속의 숲

사슴의 왕

돌아왔다 떠난 자

반과 훗사르

어깨를 건드리는 감촉에 훗사르는 소스라치게 놀라며 잠에서 깼다. 깊은 잠에서 갑자기 쫓겨난 그의 심장이 아플 정도로 펄떡였다.

아직 아침은 오지 않았는지 방 안이 어두웠다. 그 어둠 속에서 촛불을 든 여자가 서 있었다. 조용히 하라는 듯이 손가락을 입에 대고 있다. 불빛에 비친 그 얼굴을 본 훗사르가 눈살을 찌푸렸다. 어디서 본 얼굴인데, 머릿속이 멍해서 어디서 만났는지 기억나지 않았다. 한참을 바라보던 훗사르가 가까스로 하나의 기억을 떠올랐다.

"자네는 모르파의……."

훗사르가 중얼거리자 여자는 고개를 끄덕이며 깊이 조아렸다.

"사에입니다. 투림 님께 모습을 들키고 싶지 않은 이유가 있어서 이렇게 찾아뵈었습니다. 부디 무례를 용서하세요."

얼굴을 찌푸리며 침대에서 일어난 훗사르가 옆 침대를 쳐다보았다. 저녁 식사 후에 먹인 약이 효과가 있는지, 미라르는 곤한 잠에 빠져 눈을 뜰 기미가 없었다. 다시 사에 쪽으로 시선을 돌린 그는 그녀의 뒤쪽, 어두운 방구석에 서 있는 남자를 알아보고는 무심코 긴장했다.

"괜찮습니다. 당신께 위해를 가하지는 않을 겁니다."

그렇게 속삭이는 사에를 노려보며 홋사르는 억누른 목소리로 물었다.

"마코우칸에게 무슨 짓을 한 건가?"

마코우칸은 복도 쪽으로 난 옆방에서 자고 있었다. 그리고 그 방을 지나지 않고서는 이 방에 들어올 수는 없다. 비록 발소리를 죽였다 해도 무인인 마코우칸이 두 사람의 침입을 알아차리지 못한 채 자고 있을 것 같지는 않았다.

사에가 미안한 기색으로 얼굴을 찌푸렸다.

"자고 있습니다. 야식 음료에 탓츠리를 조금 섞었거든요."

홋사르는 참고 있던 숨을 토했다. 탓츠리라면 깊이 잠만 잘 뿐, 몸에 큰 해는 없다.

구석에 서 있던 사내가 움직이더니 천천히 다가왔다. 홋사르가 예상한 대로 바위 감옥에서 아이를 안고 있던 사내였다. 그가 사에 곁에 서더니 고개를 숙였다.

"먼저 이런 방법을 택한 것에 사과하오. 당신을 은밀히 만나고 싶다고 사에에게 부탁했소."

조용한 목소리였다. '그래, 이 사내의 말투는 이랬지.' 그런 생각을 하면서 홋사르는 사내를 올려다보았다.

"자네는 내가 누군지 알면서도 굳이 귀인에 대한 예는 다하지 않는군."

제 목소리를 들으며 홋사르는 속으로 쓴웃음을 지었다.

'달리 해야 할 질문이 있을 텐데, 이런 소리부터 하다니.'

아무래도 이 사내와 이야기하면 정신이 흐트러진다.

사내가 살짝 표정을 누그러뜨렸다.

"굳이 그렇다기보다는 습관이라. 우리 고향에서 높임말은 손윗사람에게만 쓰기에."

홋사르는 허어, 하고 중얼거렸다.

"그럼 손아래라면 씨족장에게도 높임말로 이야기하지 않는다는 건가?"

"그렇소."

왠지 재미있어진 홋사르가 슬그머니 웃었다.

"뭔가 이유라도 있나?"

사내는 입을 열다가 망설였다. 무슨 생각을 하는지 그의 눈빛이 조금 어두워진 것 같았다.

"……아마도 고난을 헤치고 나가며 자신보다 오래, 선하게 살아왔다는 사실보다 더 존경스러운 건 없다고 생각하기 때문일 것이오. 우리 씨족에는 아카파나 츠오르, 혹은 당신들 오타와르 사람처럼 날 때부터 귀인인 사람은 없소."

홋사르는 한쪽 눈썹을 치켜떴다.

"하지만 씨족장은 핏줄로 정하지 않나?"

"그렇기는 하지만 씨족장은 말하자면 중재자일 뿐, 당신들의 왕 같은 권력자가 아니오."

사내는 일단 말을 끊고 잠시 생각한 뒤에 다시 말을 이었다.

"남자 입장에서 말한다면 우리가 존경하는 남자는 여자에게 사랑받고, 자식 복이 많고, 그 아이들을 아끼며 훌륭하게 키워낸 노인들이오. 우리는 경의를 담아 그런 사람들을 '사슴의 우두머리'라고 부르오."

훗사르는 피식 쓴웃음을 지었다.

"결국 강한 수컷이 사슴의 우두머리가 되는 게 아닌가? 가장 강한 수컷이 암컷을 잔뜩 거느리고, 제 새끼를 낳게 한다는 이야기는 들은 적이 있는데."

사내는 고개를 끄덕였다.

"그렇소. 수컷은 암컷을 둘러싸고 치열하게 싸우고 또 싸우지. 그것은 수컷에게 자신의 모든 것을 건 싸움이오. 여자들의 사랑을 받고, 가족을 만들고, 나이가 들어 젊은이들에게 질 때까지 발버둥 치는 것이오. 수사슴에게는 그것이 삶이고, 우리는 그 삶을 오래 관철해온 수사슴을 '사슴의 우두머리'라 부르고, 그것을 본받아 자식 복이 많은 노인도 '사슴의 우두머리'라고 부르지. ……하지만."

사내는 조용히 덧붙였다.

"우리가 가장 존경하는 존재는 '사슴의 왕'이라오."

"사슴의 왕?"

"그대는 사슴의 무리를 본 적이 있소?"

"그래. 몇 번 있지."

"그렇다면 무리 속에 감시꾼이 있다는 것도 알겠군. 이변을 가장 먼저 알아차리고 경고를 보내는 사슴 말이오."

"아아, 그런 사슴이 있지. 하지만 내가 본 무리에서는 우두머리는 따로 있었어. 감시꾼이 경고를 보내서 우두머리가 움직이면 무리도 움직이는 인상이었는데."

사내는 고개를 깊이 끄덕였다.

"그 말이 맞소. 다만 퓨이카의 경우는 조금 다르오."

"퓨이카? 자네는 퓨이카 이야기를 하고 있었던 건가?"

"그렇소. 처음부터 그렇게 말할걸 그랬군. 실례했소, 미처 생각지 못했구려. 우리는 사슴이라고 하면 퓨이카를 말하다 보니."

사내는 숨을 조금 들이쉬고 말을 이었다.

"퓨이카 무리 중에는 위험에 빠졌을 때, 자신의 목숨을 바쳐 무리를 피신시키는 사슴이 나타난다오. 우두머리도 아니고 새끼도 없는 사슴이지만 위험을 가장 먼저 감지하고 제 몸을 바쳐 무리를 구하지. 대개 과거에 건강했던 수컷으로, 전성기가 지났지만 여전히 적과 싸울 힘이 충분히 남아 있는 사슴이 그런 행동을 하오.

우리는 그런 사슴을 존경하여 사슴의 왕이라고 부르지. 무리를 지배하는 자라는 의미가 아니라, 진정한 의미로 무리의 존속을 돕는 존경스러운 자. 비록 당신들은 그런 자를 '왕'이라고 부르지 않을지도 모르겠지만."

어딘가 울적한 눈빛으로 사내가 말했다.

"그러니 우리는 가혹한 인생을 헤쳐 나온 심성으로 다른 사람을 지키고 누구에게나 사랑받는 사람을 마음에서 우러러 나오는 경의를 담아 사슴의 왕이라고 부르고 있소. 우리가 존경하는 것은 그런 사람들이오. 그렇기 때문에 날 때부터 귀인인 사람이 없다는 것이오."

'그런가.'

홋사르는 얼굴을 일그러뜨렸다. 그래서 이 사내를 마주하면 평소처럼 이야기할 수 없는 것인지도 모른다.

"불쾌한 습성이군, 그건."

남자가 눈썹을 치켜떴다.

"그런가?"

"그렇지. 내가 오타와르 귀인으로서 존경받지 못한다면 자네 눈에는 단순한 애송이로밖에는 보이지 않을 것 아닌가. 심성이나 경험의 차이를 판단 기준으로 삼는다면 당해낼 재간이 없거든."

사내가 피식 웃기에 홋사르는 깜짝 놀랐다. 잠시 침묵했던 사내가 이윽고 입을 열었다.

"당신을 단순한 애송이라고 생각하지는 않소."

홋사르는 얼굴을 찌푸렸다.

"그만두게. 그런 말을 들으면 오히려 더 애송이처럼 느껴지니까."

홋사르는 부루퉁한 얼굴로 대답하면서 크게 한숨을 내뱉었다.

"뭐, 됐네. 그건 그렇다 치고, 슬슬 말해주지 않겠나? 자넨 누군가?"

사내는 표정을 가다듬고 대답했다.

"나는 간사 씨족의 반이라 하오."

홋사르는 입 속으로 그 이름을 되뇌다가 화들짝 놀라며 눈을 부릅떴다.

"그……런가! 자네가 그 '부러진 뿔의 반'인가!"

아카파 소금광산의 대참사 속에서 홀로 살아남아 도망친 노예. 홋사르는 반을 뚫어져라 쳐다보았다. 마흔은 넘었으리라. 그 나이치고는 체격이 탄탄하고 듬직했지만 확실히 마코우칸처럼 거한은 아니었다.

"족쇄를 어떻게 부쉈지?"

"그냥 잡아당겼을 뿐이오."

"그냥 잡아당겼다고?"

"그렇소. 분노가 이끄는 대로 혼신의 힘을 담아 잡아당겼더니 끊어지더군."

반이 문득 쓴웃음을 지었다.

"목숨이 위태로우면 엄청난 힘이 나온다는 얘기가 있는데, 그때가 그랬겠지. 나중에 어깨도 팔도 몹시 아팠지만, 정작 사슬을 끊을 때는 통증을 전혀 몰랐으니."

"그런가……."

홋사르는 감탄스러운 목소리로 외쳤다.

"제어가 풀린 거로군."

"제어?"

반이 되묻자 홋사르가 대답했다.

"그래. 인간의 육체에는 자신의 몸을 지키기 위한 다양한 제어 기능이 있네. 왜, 근력도 평소에 부상을 입지 않도록 실제로 낼 수 있는 힘보다 훨씬 적은 힘밖에 못 내도록 되어 있거든. '이 이상 힘을 내면 위험하다' 하고 육체가 제어를 거는 거지. 그 제어가 풀렸다면 근육이 찢어져도 상관없을 만큼 다급했던 거로군."

반의 눈빛이 어두워졌다.

"……그, 랬소."

반은 나직한 목소리로 소금광산에서 일어난 일을 설명했다. 갱도에 들이닥친 로차이와 그것에 물린 사람들이 걸린 감기와도 비슷한 병, 부스럼, 아침이 되어도 눈을 뜨지 않았던 노예들, 그리고 아궁이 속에 감춰져 있던 어린아이……. 담담한 말투였지만 홋사르는 무심결에 빠져들어 열심히 듣고 말았다.

"그럼 그 유나라는, 자네가 안고 있던 그 여자아이도 로차이에 물렸다가 살아남은 생존자란 말인가?"

홋사르가 몸을 들이밀며 묻자 반이 고개를 끄덕였다.

"다리에 송곳니에 스친 듯한 자국이 있었으니 아마도. 내가 발견했을 때는 열도 없고 건강했지만."

홋사르는 신음을 흘렸다. 팔에 소름이 돋았다. 그 병의 병소를 몸에 지니고도 살아남은 아이. 그리고 그 아이가 반짝거린다고 한 지의류…….

"내가 여기에 온 이유는."

반의 말소리에 퍼뜩 정신을 차린 홋사르가 고개를 들었다.

"유나가 걱정되었기 때문이오."

반은 홋사르를 똑바로 바라보았다.

"그저께 밤에 아이가 바위 감옥 안에서 약이 반짝거린다고 했을 때, 당신은 깜짝 놀랐소. 그건 보통 사람들 눈에는 반짝거리지 않는 것이오?"

홋사르는 고개를 끄덕이려다가 문득 동작을 멈추었다.

"그런데…… 혹시, 자네 눈에도 반짝거리는 것처럼 보이나?"

반은 고개를 저었다.

"그렇지 않소."

실망한 홋사르가 어깨 힘을 빼려던 순간, 반이 말을 이었다.

"반짝거리는 것처럼 보이지는 않지만 독한 냄새가 나더군."

"냄새? 불쾌한 냄새인가?"

반은 눈을 가늘게 뜨고 잠시 생각에 잠겼다.

"앗시미하고 흡사하지만, 그것보다 독하면서 머릿속으로 파고 드는 냄새였소. 그걸 자루에 넣어 가져오는 내내 몸속이 근질거리더군."

홋사르는 망연히 눈앞에 있는 사내를 바라보았다. 머릿속에서 싹 터 맹렬히 굴러가기 시작한 발상은 말도 안 되는 엉뚱한 생각이었지만, 지나치게 매력적이라 일소에 부치기에는 너무나 아까웠다.

반이 거듭 물었다.

"그게 반짝거리는 것처럼 보이거나, 독한 냄새가 나면 뭔가 문제가 있는 것인가?"

훗사르가 주저하면서 입을 열려는 순간, 뒤에서 목소리가 들려왔다.

"……있고말고요. 하지만 정말 매력적인 문제예요."

고개를 돌리자 미라르가 이불을 걷어내며 몸을 일으키려는 참이었다.

"그냥 누워 있어. 일어나기에는 아직 추워."

훗사르가 이불을 덮어주려고 하자 미라르가 웃으며 손을 밀어냈다.

"괜찮아. 열은 벌써 내렸고, 걱정되면 담요를 두르고 있을게. 당신이야말로 그런 꼴로 침대 밖으로 다리를 내놓고 있으면 감기 걸려."

그때, 방 안이 갑자기 밝아졌다. 사에가 불을 지핀 난로에서 새 장작이 활활 타오르기 시작했다.

"이쪽으로 오지 않으시겠어요? 제가 물을 끓일게요."

사에가 몸을 굽혀 난로에 걸린 갈고리에 토기를 걸었다. 훗사르가 쓴웃음을 지었다.

"왠지 묘한 상황이군. 낭떠러지에서 떨어져 죽은 줄 알았던 자네가 물을 끓이고, 행방을 찾고 있던 탈주 노예가 눈앞에 있다니. 혹시 이건 꿈인가?"

옆 침대에서 훗사르의 침대로 옮겨 온 미라르가 큼직한 담요를 그에게 살짝 덮어주었다. 그러자 훗사르가 그 담요로 미라르도 감싸주고는 웃으며 침대에서 내려섰다. 난로 앞에 앉아 몸을 찰싹 붙이고 담요를 덮고 있자니 몸이 푸근하게 녹아드는 것 같았다.

반도 난로 앞에 앉았다. 불빛에 비친 그의 얼굴은 어스름 속에서 상상했던 것보다 훨씬 온화했다.

"······마코우칸 씨에게 내일 사과하겠습니다."

사에가 불쑥 말했다.

"그분께는 정말 죄송스러운 짓만······."

홋사르가 씩 웃었다.

"그러게. 그 녀석에게는 정말 설상가상이겠군. 자네가 죽었다고 난리법석을 떨면서 돌아와서는 그렇게 찾아도 못 찾더니만. 이제 겨우 재회하나 싶었는데 약 때문에 곯아떨어졌으니."

사에는 난처한 표정을 지으면서도 슬그머니 웃었다. 그리고 차를 준비하면서 지금까지의 경위를 간단하게 설명했다. 그동안 몰랐던 사정을 들으면서 홋사르는 속으로 투림을 욕했다.

'그 망할 늙은이.'

탈주 노예 수색에 협력하는 척하면서 뒤에서는 그들의 계략을 위해 움직였던 것이다. 마코우칸은 오키 근처까지 갔음에도 완전히 속아서 빈손으로 돌아왔던 셈이다.

"······마코우칸 녀석, 정말 쓸모가 없군."

그렇게 중얼거리자 사에가 고개를 저었다.

"아니에요, 그건 저희가 의도한 게 아니었습니다. 그때는 정말로 킴마의 개들에게 공격을 받았습니다."

"어? 그랬나?"

"예."

사에는 반을 쳐다보았다. 반이 쓴웃음을 지으며 입을 열었다.

"아무래도 그때는 나를 잡으려고 던진 밧줄이 몇 개나 되었던 모양이오."

증오스러운 외뿔의 우두머리이자 탈주 노예라는 이유로 추적꾼을 보낸 요타르, 흑랑열에서 살아남은 귀중한 사례라는 이유로 추적했던 홋사르, 그와 이유는 비슷하지만 다른 의도로 사에를 보낸 투림, 그리고 킴마의 개를 이끌 수 있는 새로운 인물을 찾던 아파르 오마의 견술사 케노이……

이야기를 듣다 보니 목이 말랐는지 홋사르가 사에를 올려다보았다.

"거기 선반을 열어 모코이(증류주) 병을 꺼내 주겠나? 건락도 있을 테니 그것도 안주로 꺼내주게."

미라르가 홋사르를 노려보았다.

"남이 열심히 이야기하고 있는데 그런……. 모처럼 차를 끓여주었는데."

"시끄러워. 차보다 강한 게 필요하단 말이야."

사에가 건네주는 병을 받은 홋사르가 이미 차가 담겨 있던 사람들의 찻잔에 모코이를 가득 따랐다.

"너한테는 안 줄 거야."

그러자 미라르는 "필요 없어" 하고 대답했다.

뜨거운 차와 모코이의 향기가 어우러져 향긋한 냄새가 물씬 풍겼다. 한 모금 들이켜자 목구멍에서 위로 푸근한 열기가 전해지면서 몸이 금방 따뜻해졌다. 훗사르는 또 한 모금, 그 뜨거운 음료를 입에 머금었다.

미라르는 뜨거운 차를 한 모금 홀짝이며 가만히 한숨을 토했다. 맞닿아 있는 훗사르의 팔에서 온기가 전해졌다. 그 열이 몸속으로 천천히 스며들어 포근한 기분이 들었다.

훗사르의 목소리를 듣고 잠에서 깬 미라르는 이불 속에서 눈을 감고 꾸벅꾸벅 졸면서도 오가는 대화를 듣고 있었다. 그리고 지금 이렇게 난로 앞에 앉아 있으면서도 아직 꿈속에 있는 듯한 기분이었다. 평소와는 다른 시간 속에 있는 듯한, 거품 속에서 그 밝고 투명한 막 너머로 방을 바라보는 듯한 느낌이었다. 아마 흥분해서 그런 것이리라. 기대가 거품처럼 퐁퐁 솟아나 마음이 들떴다.

반과 사에는 온화한 미소를 머금고 이쪽을 쳐다보고 있다. 자제하려 했지만 들떠 있는 훗사르와 자신의 모습이 그들 눈에는 몹시 어리게 보일 거라 생각하니 왠지 쑥스러웠다.

'저 두 사람은 어떤 관계일까?'

쫓고 쫓기는 입장이었을 텐데도 어딘지 모르게 오래 함께해온 반려 같은 여유로운 유대가 있는 것처럼 보였다. 분위기가 비슷해서 그런 걸지도 모른다. 두 사람 다 혹독한 세월을 거쳐 온 사람이 가지는 고요한 분위기가 있다. 따스한 표정 아래로 서글픔이 있다.

홋사르가 손에 든 찻잔을 흔들며 입을 열었다.

"그러니까 저 아이가 자네에게 재갈을 물리기 위한 인질이었다는 말인가?"

그렇게 말하고는 얼굴을 찌푸렸다.

"그 점이 잘 이해가 안 가는군. 킴마의 개를 부릴 수 있는 후계자라면 아파르 오마의 견술사 중에서 고르면 되잖아. 어째서 다른 씨족인 자네에게 집착하는 거지?"

반은 바로 답하지 않고 불씨를 한참 바라보고 있었다.

"……말로는 좀처럼 표현하기 어렵소만."

반이 나직한 목소리로 말했다.

"그 약에서 독한 냄새가 난다고 했는데, 그 개에 물린 뒤로 몸에 기묘한 변화가 일어났소. 사슬을 잡아당겨 끊은 완력도 그렇지만……."

반은 조금씩 그 변화에 대해 설명했다. 이상하게 예민해진 후각, 킴마의 개가 다가오면 마치 뒤집히듯 바뀌는 몸의 감각, 그리고 그 상태가 되면 킴마의 개들의 영혼과 공명해 그 영혼을 하나로 묶어 고삐를 다루듯 조종할 수 있다는 것까지. 설명이 끝나자마자 숨을 삼킨 채 듣고 있던 홋사르가 커다란 한숨을 토했다.

"곧이곧대로 믿기는 어려운 얘기로군. 다시 말해서 다른 견술사는 그런 재주가 없다는 뜻인가?"

"그런 것 같소."

반은 제 팔을 문지르며 홋사르를 가만히 바라보았다.

"내가 어떻게 된 것인지…… 앞으로 어떻게 될지, 만약 알고 있다면 가르쳐주겠소? 과거에 비슷한 사람은 없었소?"

홋사르는 미라르를 흘깃 쳐다보고는 다시 반에게로 시선을 돌렸다.

"솔직히 말해 그런 사례는 처음 듣네. 하지만 내가 아는 모든 사실에 기초해 자네들에게 일어난 일을 추측해볼 수는 있지. 하지만 어디까지나 추측에 지나지 않고, 또 고명한 의술사들이 들으면 기가 막혀 헛웃음을 흘릴 만한 추측이네만."

"그래도 상관없으니 가르쳐주시오."

홋사르는 상기된 얼굴로 짧게 웃었다.

"하지만 그게 그리 간단하지가 않네. 생물에 대한 다양한 전제를 모르면 이해하기 어려운 얘기니까."

반이 가만히 웃었다.

"오타와르 귀인인 당신과 나의 지식에 큰 차이가 있다는 건 잘 알고 있으니, 아이에게 설명하는 기분으로 가르쳐준다면 고맙겠소."

무릎에 놓인 반의 손가락 끝에서 핏기가 가셨다.

"나와 저 아이는 킴마의 개에게 물리고도 살아남았소. 그렇지만 이미 예전과는 다른 몸이 되었지. 우리가 어떻게 된 것인지…… 어째서 사람이 병들고, 어째서 병들어도 낫는 자와 그렇지 않은 자가 있는지, 알고 있다면 가르쳐주시오."

똑바로 바라보는 반의 눈빛이 몹시도 어두웠다. 홋사르는 표정을 가다듬었다.

"알겠네, 설명해보지."

그러고는 입술을 축이고 말했다.

"그 대신에 내 설명을 듣고 이해했다면 자네의 피를 조금 나눠주지 않겠나?"

반은 눈썹을 치켜떴다.

"내 피를?"

홋사르는 고개를 끄덕였다.

"바위 감옥에서 미라르에게 약을 투여할 때 쓴 바늘 달린 가느다란 관을 보았나?"

"보았소."

"그걸로 세 개면 충분하네. 그 이유를 이해한다면 자네 피를 우리에게 좀 주게."

반은 홋사르를 가만히 바라보다가 이윽고 고개를 끄덕였다.

병과 면역

"사람이 왜 병에 걸린다고 생각하나?"

홋사르의 질문에 반은 짧게 답했다.

"몸에 사악한 게 들어오면 병에 걸리는 것 아닌가?"

홋사르는 미소를 지었다.

"그래, 그것도 한 가지 원인이지."

"한 가지라니, 원인이 또 있단 말이오?"

"있지. 원인과 결과도, 그 경과도 정신이 아득해질 만큼 많은 요소가 복잡하게 얽혀서 나타난다네. 지금 알고 있는 사실만으로도 말이지."

반은 홋사르의 단정한 얼굴을 바라보면서 지금 그의 매끄럽고 하얀 이마 속에 어떤 생각이 펼쳐지고 있을지 생각했다.

홋사르가 손가락 두 개를 세웠다.

"아주 대략적으로 나눠보면 병의 원인은 크게 두 가지로 볼 수 있지. 하나는 자네가 지금 한 말처럼, 병의 원인이 되는 어떤 요소가 외부에서 몸속으로 들어와 병을 일으키는 경우네. 다른 하나는 자신의 몸 자체가 원인이 되어 병드는 경우지.

중요한 것은 이 두 가지가 반드시 별개의 이유가 아니라는 점이지. 거기에 자네가 질문한 '어째서 같은 병에 걸려도 낫는 자가 있고 그렇지 못한 자가 있는가'에 대한 답이 있네. 인간의 몸은 저마다 다르지. 기가 막힐 정도로 똑같지만, 또한 기가 막힐 정도로 달라."

반은 눈을 가늘게 떴다.

"튼튼한 사람과 약한 사람이 있듯이?"

"그래, 그런 이유도 있지. 확실히 천성적으로 여러 신체 부위가 남들보다 약한 사람도 있네. 그런 사람은 병에 걸리기도 쉽고 잘 낫지도 않지. 하지만 몸이 튼튼하다고 꼭 병을 이겨내는 것도 아닐세. 우타르가 킴마의 개에 물려 죽었다는 건 알고 있나?"

"알고 있소."

"자, 보게. 우타르는 튼튼한 육체를 지닌 건강한 무인이었어. 그 전에는 병이라 할 만한 것을 앓은 적이 없는 남자였네. 그런 남자와, 자네가 거두었다는 저 말괄량이를 비교해 생각해보게. 개에 물렸을 때는 아직 아기였겠지?"

반이 고개를 끄덕였다.

"그렇지? 예외는 있지만, 기본적으로 아기는 어른보다 병에 약하네. 그래서 '일곱 살까지는 신이 맡기신 목숨'이라고 할 정도로 쉽게 죽기도 하지. 그런데 똑같은 병의 씨앗이 몸속에 들어왔을 때, 튼튼한 어른이 죽고 연약한 아기가 살아남는 경우도 있네. 병에 걸리는가, 걸리지 않는가 하는 문제의 뒤에는 간단히 설명할 수 없는 복잡한 요인이 숨어 있는 것이지. 건강한 사람도, 약한 사람도 병에 걸릴 때가 있고, 또 걸리지 않을 때가 있다네."

홋사르는 반을 가만히 바라보며 말했다.

"이 세상에 태어난 사람은 그 누구도 병에서 완전히 자유로울 수 없네."

반은 잠자코 그의 말을 듣고 있었다. 마치 아내와 아들이 그의 등 뒤에 서서 그 말을 듣고 있는 것처럼 느껴졌다.

"……그렇다면."

기나긴 침묵 뒤에 반이 중얼거렸다.

"어떤 의미로는 운이란 말인가?"

홋사르는 눈을 가늘게 떴다.

"뭐가 말인가? 병을 앓거나 앓지 않거나 하는 문제 말인가?"

"그것도 그렇지만, 낫거나 낫지 않거나 하는 문제도."

홋사르는 콧잔등을 찌푸렸다.

"나는 그 말이 싫어. 편리한 말이고, 확실히 그런 면도 있긴 하지. 하지만 운으로 받아들이면 뭔가 변하나?"

반은 도전적인 빛이 감도는 홋사르의 눈을 잠자코 바라보았다.

"어째서 병에 걸리고, 또 병이 낫는지 아직 모르는 부분이 많네. 하지만 우리는 그 인과의 단서를 찾아내는 걸 결코 포기하지 않을 걸세. 거기에는 반드시 알아낼 수 있는 뭔가가 있으니까."

홋사르는 숨을 크게 들이마셨다.

"가령 우타르가 흑랑열로 죽고, 자네 양녀가 살아남은 이유를 계속 찾다보면 반드시 알게 될 날이 올 거야. 그것만 알면 많은 사람들의 생명을 구할 수 있지. 그렇지 않겠나?"

반은 고개를 끄덕였다. 문득 어린잎 사이로 쏟아지는 찬란한 빛을 본 기분이었다. 오래도록 잊고 있었던, 나뭇잎 사이로 비치는 청정한 빛이었다.

"나와 아이가 살아남은 이유를 추측은 할 수 있다고 말하지 않았나?"

홋사르가 씩 웃었다.

"알 수 있지. 자네, '면역'이란 말을 들어본 적 있나?"

할머니가 종종 입에 담아서 반도 들은 적이 있는 말이었다. 여섯 살 때, 홍역에 걸렸다가 나은 적이 있었다. 그날 아침에 할머니는 싱글벙글 웃으며 "아아, 다행이네. 이 아이도 무사히 면역이 생겼구나. 앞으로 다시는 홍역에 걸리지 않을 거야"라고 말했다.

반은 고개를 끄덕이려다가 깜짝 놀라 홋사르를 쳐다보았다.

"……내가 전에 한 번 흑랑열을 앓았단 말이오?"

홋사르는 깜짝 놀라 눈썹을 실룩거렸다.

"대단하군. 머리 회전이 빨라."

그렇게 말한 뒤에 스스로도 건방진 소리라고 생각했는지 홋사르가 살짝 얼굴을 찌푸렸다.

"뭐, 간단히 말하면 그럴 거라 생각하네."

"하지만……."

홋사르는 손을 들어 반의 반론을 막았다.

"좀 기다리게. 간단하게 말하면 그렇다고 했잖은가. 자네는 물론 그 사건 이전에는 킴마의 개에 물린 적이 없었을 테고…… 그렇지?"

"그렇소."

"그래, 그렇겠지. 게다가 유나였나, 그 아이도 물린 적이 없었겠지. 하지만 그래도 나는 자네들의 몸속에 이미 흑랑열의 병소가 한 번은 침입했을 거라 생각하네."

홋사르의 눈에 강렬한 빛이 감돌았다.

"몸속에 이미 흑랑열의 병소가 있었기 때문에 자네들은 킴마의 개에게 물리고도 그 심각한 병에 걸리지 않고 살아난 거라 생각하네."

"……."

반은 눈살을 잔뜩 찌푸렸다.

"자, 들어보게."

홋사르는 손가락을 하나 세우고 제 몸을 가리켰다.

"우리 몸에는 개구부開口部가 여럿 있지. 상처는 말할 것도 없고, 입이나 코, 눈, 귀까지. 그렇게 밖으로 열려 있는 부분으로 눈에 보이지 않는 극히 작은 병소가 침입해 몸속에서 증식하면 병에 걸리는 거야.

하지만 생각해보게. 그런 건 언제든지 일어나는 일이지. 우리가 먹는 음식, 얼굴을 씻는 물 등 병소는 모든 것에 숨어 있네. 그래도 우리가 늘 병에 걸려 있는 건 딱히 아니지 않나? 병소가 항상 몸으로 들어오는데도 어째서 대부분의 경우에 병에 걸리지 않는지, 거기에 자네들의 증상을 설명할 열쇠가 있다네."

훗사르가 씩 웃었다.

"알겠나? 우리 몸은 하나의 나라와 다름없어."

반은 눈을 깜빡였다. 요미다의 숲에서 메아리의 주인이 '인간의 육체는 숲과 같다'고 했던 말을 기억해냈기 때문이다. 출신이 전혀 다른 두 명의 현자가 인간의 육체를 숲과 나라라고 하는, 다양한 존재가 사는 장소에 비유한 것이 신기했다.

훗사르는 제 가슴을 손가락으로 쿡쿡 찔렀다.

"이 하나의 몸 안에 실로 다양한, 눈에 보이지 않는 극히 작은 요소들이 살고 있네. 지금도 내 안에서 쉴 새 없이 움직이고 있지. 매끄러운 연계를 유지하면서 말이야. 내 육체는 그렇게 굴러가고 있는 것이지."

훗사르가 눈을 살짝 건드리며 계속 말했다.

"눈에 먼지가 들어가면 눈물이 나면서 그것을 밖으로 밀어내지. 그런 반응도 있지만, 그 밖에도 병소가 들어오면 그걸 죽이는 병사가 몸속에 있다네."

작은 병사가 제 몸속에 있다는 말이 바로 이해되지 않은 반은 얼굴을 찌푸렸다. 그 표정을 본 훗사르가 표현을 바꾸었다.

"물론 병사라는 건 비유네. 그런 역할을 하는 존재가 있다는 뜻이지."

상처가 곪는 이유는 베인 자리로 침입한 병소와 체내에 있는 병사의 역할을 하는 존재가 싸워서 죽은 유해라는 설명을 듣는 사이, 반도 홋사르가 무슨 말을 하는지 겨우 이해할 수 있었다.

"결국……."

반은 입을 열었다.

"체내에 강한 병사가 많은 사람이 건강하고, 또 병에도 강한 사람이라는 뜻인가?"

홋사르가 씩 웃었다.

"그래, 기본적으로는 그렇지. 하지만 그게 전부는 아니네. 여기가 중요하니 잘 듣게. 자네는 씨족의 땅에 들어온 사람이 적인지, 조력자인지 어떻게 구분하나?"

"……그건 그의 행동을 보고 판단하오."

"그렇지? 몸속으로 들어오는 존재는 많지만, 외부에서 들어오는 게 전부 나쁜 적인 건 아니야. 이익을 가져다주는 상인들마저도 '너희는 밖에서 들어왔으니 침입자다!' 하고 죽여버리면 나라가 빈곤해지다가 결국 멸망하고 말지. 그래서 몸속에 있는 여러 작은 병사들은 들어온 것이 적인지, 그렇지 않은지 재빨리 판단해야만 한다네.

아군은 절대 죽이면 안 되지. 하지만 무서운 적을 알아보지 못하고 침입을 허락하면 적이 몸속에서 눈 깜짝할 사이에 증가해 손쓸 방도가 없게 되네. 결국 중요한 건 적인지 아닌지 재빨리 구분하는 힘이라는 거지."

홋사르가 잠시 말을 끊고 눈썹을 실룩였다.

"자네가 외뿔의 수장이었을 때, 한눈에 '아, 적이다!' 하고 알아보는 건 어떤 순간이었나?"

반이 쓴웃음을 지었다.

"투구였소. 츠오르의 투구 끄트머리가 수풀 그늘에서 흘깃 보이기만 해도 생각할 새도 없이 적이라는 걸 깨달았소."

홋사르가 바로 그거라고 말했다.

"낯선 복장을 한 사람이라도, 침입해오면 경계는 하겠지만 다짜고짜 공격하지는 않잖나? 상황을 살피겠지. 하지만 츠오르의 무인이 침입했다면 생각할 것도 없어. 이유가 무엇이겠나?"

"그건…… 그들이 적이라는 사실을 알고 있으니까."

"그렇지? 결국 이미 적이라는 사실을 알고 있다면 즉각 공격할 수 있는 셈이지. 적의 얼굴도 전투 방식도 알고 있지. 그래서 몸속으로 침입한 적이 증가해서 그 몸을 점령하기 전에 제압할 수 있는 거야."

홋사르가 미소를 지었다.

"이것이 한 번 앓은 병에 두 번 다시 걸리지 않는 면역의 원리라네."

반은 눈을 가늘게 떴다. 홋사르의 설명이 뜻하는 바가 머릿속에서 겨우 뚜렷한 형태를 갖추었다.

"그렇군. 그래서 내가 홍역에 다시 걸리지 않는 것인가? 몸속의 병사가 이미 홍역이 적이라는 사실을 알고 있으니, 들어온 그 순간에 제압할 수 있어서?"

"그런 뜻일세. 몸속의 병사들은 한 번 홍역 병소와 처절한 싸움을 펼친 경험이 있으니, 싸울 방법도 알고 싸우기 위한 힘도 가지고 있지. 그래서 두 번째로 들어오면 바로 대처할 수 있는 걸세.

전부 그렇다면 편하겠지만 병소 중에는 모습이 금세 바뀌는 놈들도 있으니 병에 걸리지 않는 게 쉬운 일이 아니야. 그래도 그렇게 몸속의 병사들이 일을 해주니까 우리는 대개의 경우 태연히 살 수 있는 거지."

반이 신음을 흘렸다. 자신의 몸속에서 지금 이 순간에도 눈에 보이지 않는 작은 무언가가 병과 싸우고 있다. 그렇게 자신의 목숨을 지탱해주고 있다고 생각하자 뭔가 엄청난 것이 그의 몸을 에워싸고 있는 기분이었다.

"놀랍군."

반은 중얼거렸다.

"내 몸속에서 그런 일이 일어나기 때문에 목숨을 부지하고 있는데도 내 영혼은 지금까지 그걸 알지 못했다니."

홋사르의 눈에도 빛이 떠올랐다.

"그래. 정말 그렇지. 생각해보면 그게 가장 놀라운 일이네. 우리는 우리 몸속에서 무슨 일이 벌어지는지 듣지도, 보지도 못하니까."

땔감이 타닥거리며 쪼개지더니 작은 불똥과 재가 날아올랐다. 난로의 불씨를 바라보며 한참 생각에 잠겨 있던 홋사르가 마침내 고개를 들고 반을 바라보았다.

"더 놀라운 이야기를 해줄까?"

홋사르가 가만히 웃었다.

"자네 몸속에 들어간 흑랑열의 병소가 자네와 함께 살아 있을 가
능성이 있네."

3

여우는 날뛰어도, 퓨이카는 잠든다

　난로의 불꽃이 일렁일 때마다 말없이 앉아 있는 네 사람의 그림자가 벽에서 춤을 추었다.

　반은 가슴속에서 서늘한 기운이 조용히 퍼져나가는 것을 느꼈다. 몸속에 자기가 아닌 존재가 있다. 그것을 줄곧 느끼고는 있었지만, 그것이 흑랑열의 병소라는 말인가.

　"……어째서."

　반은 물었다.

　"그런 일이 일어나는 것이오? 병사가 적이라고 생각하고 그것을 죽였기 때문에 내가 살아남은 게 아니란 말이오?"

　"그건 말일세."

　홋사르는 잠시 말을 찾다가 이윽고 눈을 반짝 빛냈다.

　"그래. 지난밤, 바위 감옥에 마코우칸의 무서운 누이 일행이 쳐들어왔을 때 자네는 젊은 전사를 구해주었지. 어째서 적인데 구했나?"

반은 눈살을 찌푸렸다.

"아직 젊었으니까. 그래서 차마 죽일 수 없었소. 그 젊은 전사가 아무 짓도 할 수 없다는 것도 알고 있었고."

"바로 그거야. 몸에 해를 끼치지 않는다는 걸 알고 있으면 몸속의 병사도 병소를 죽이지 않을 때가 있는 걸세."

그런 말을 들어도 곧이곧대로 받아들일 수는 없었다.

"외람된 말이지만, 내 몸에는 뚜렷한 변화가 있소. 그리고 유나의 몸에도…… 우리 몸속에 있는 그것이 무해하다고 생각할 수는 없소."

홋사르는 입을 벌렸다가 다물었다. 잠시 후, 그가 다시 입을 떼려고 했을 때, 미라르가 몸을 뒤척거리며 반을 쳐다보았다.

"반 씨, 혹시 무화과 아세요?"

갑작스러운 물음에 반은 눈을 껌뻑거렸다.

"무화과? 과일 말이오?"

"예. 멀리 북쪽 산에서도 난다고 들었는데, 아시나 싶어서."

"……알기는 하오만."

"그 안에 있는 작은 벌을 본 적이 있나요?"

갑자기 무슨 소리를 하는지 의아했지만 반은 고개를 끄덕였다. 산에 자생하는 작고 달콤한 과실 안에는 작은 벌이 사는 경우가 많아서 어렸을 때는 조심하면서 먹곤 했다.

"그 작은 벌은 무화과 속에 알을 낳아요. 알에서 부화한 유충은 맛있는 음식 속에서 쑥쑥 자라 어른이 되면 밖으로 뛰쳐나가죠. 벌 입장에서 보면 무화과는 행복한 요람이지요.

하지만 무화과도 공짜로 벌의 요람이 되어주는 건 아니에요. 왜, 무화과는 주둥이가 좁잖아요?"

미라르가 손가락을 오므리는 시늉을 했다.

"그래서 꽃가루를 받고 싶어도 보통 곤충은 좀처럼 그 안까지 들어갈 수가 없어요. 하지만 아무 문제가 없죠. 이미 어린 벌들이 안에서 자라고 있으니까. 어린 벌에게 꽃가루를 잔뜩 묻혀서 밖으로 내보내면 그 벌들이 다른 무화과로 날아가서 수정을 돕는 거예요."

미라르는 손가락을 휘저어 허공을 나는 벌의 움직임을 그리면서 가만히 웃었다.

"생물은 먹거나 먹히거나, 죽이거나 죽임을 당하는 관계로만 살아가는 것 같지만, 이런 식으로 전혀 다른 생물이 서로 이용하면서 살아가는 경우도 많아요. 해가 되고 안 되고는 무엇을 해악이라고 생각하는가에 따라 달라지는 문제겠지요. 생사가 달린 문제가 아니니 해가 아니라고 본다든지, 몸에 변화를 가져왔으니 해라고 생각한다든지."

미라르가 진지한 표정으로 말했다.

"몸이 예전과 달라졌다고 하셨는데, 그걸 해악이라고 생각하는 건 당신의 마음이지 몸은 아닐 거라고 생각해요. 몸이 볼 때는 목숨이 달린 문제가 아니면 배제할 필요가 없겠죠. 그래서 당신의 몸이 그 병소와 공존하고 있는 것이고요."

반은 눈앞에 있는 젊은 여성을 망연히 바라보았다. 병을 앓고 있어 조금 전만 해도 안색이 다소 어두웠지만, 그래도 평소에는 저 뺨에 싱그러운 혈색이 돌 것이라 생각되는 밝은 눈의 아가씨. 반은 그녀를 똑똑한 아가씨라고 생각했다. 홋사르와는 또 조금 다른, 다정함이 느껴지는 총명함이다.

"……몸에는 해가 안 되더라도."

반은 말했다.

"역시 자신의 몸이 바뀌어간다는 건 불쾌한 일이오. 이유도 궁금하지만, 앞으로 어찌 될지도 신경 쓰이는 문제지요."

미라르는 진지한 표정으로 고개를 끄덕였다.

"반 씨와 유나가 어째서 그런 식으로 변했는지, 앞으로 어떻게 될 것인지는 저희도 확실한 답은 내줄 수 없어요. 하지만…… 그걸 고민하기 위해서라도 먼저 두 분이 어째서 흑랑열로 죽지 않았는지를 조금 더 얘기하고 싶은데, 괜찮을까요?"

반이 고개를 끄덕이자 미라르는 미소를 지으며 보드라운 손으로 그의 가슴을 가리켰다.

"당신 안에 있는 흑랑열의 병소는 어떤 의미에서는 이미 당신 몸의 일부가 되었겠지요. 하지만 분명 당신만 그런 건 아닐 거예요."

"……?"

"당신의 부모님이나 할아버지, 할머니, 씨족 사람들 모두가 몸속에 흑랑열의 병소를 가지고 있을 거라고 생각해요."

"어째서 그런 일이……."

"그야, 당신의 고향인 토가 산지는 우리의 나라를 멸망시킨 검은 늑대의 고향이니까요."

눈을 부릅뜬 반을 바라보며 미라르가 고개를 끄덕였다.

"생각해보세요. 검은 늑대가 병에 걸렸던가요? 병의 씨앗을 몸속에 가지고 있었는데, 병을 앓고 있지는 않았지요?"

"……."

"검은 늑대뿐 아니라, 사람 중에도 병에 걸린 사람과 걸리지 않은 사람이 있었지요? 오타와르 인에게는 치명적이었던 그 병이 그 당시 아카파 인에게는 감염되지 않았어요. 애초에 병소의 숙주였던 검은 늑대가 무리지어 살던 당신의 고향에서도 그런 병에 걸려 죽은 사람은 없었지요?"

반은 고개를 끄덕였다. 머리가 마비된 것처럼 저려왔다.

"평소에는 흑랑열의 병소가 진드기 속에 있을 거예요. 그 진드기에 물린 검은 늑대가 몸속에 병소를 품게 되었고, 그런 병소를 만난 적이 없었던 우리 오타와르 선조들의 몸속으로 그 병소가 들어가면서 끔찍한 병으로 나타났겠지요. 하지만……."

미라르는 몸을 살짝 내밀고 말을 이었다.

"당신들은 바로 그 진드기가 있는 산지에서 살았는데도 병에 걸리지 않았어요. 아직 추측 수준에 불과하지만, 분명 어렸을 때 어떠한 형태로 독이 약화된 병소가 몸속에 들어왔을 거예요. 그리고 그걸 제압할 수 있는 병사가 몸속에 자랐겠지요. 그렇기 때문에 토가 산지의 오파르 오마가 그곳을 고향으로 삼아 오랜 세월 동안 생활할 수 있었을 테고요."

반은 망연히 얼굴을 쓸어내리며 중얼거렸다.

"여우는 날뛰어도, 퓨이카는 잠든다……."

"네?"

가슴속에 조용한 감회가 퍼지는 것을 느끼면서 반은 미라르를 보며 미소를 지었다.

"우리는 역시 퓨이카의 민족이로군."

반은 차갑게 식은 차 한 모금으로 목을 축이고 입을 열었다.

"맛카라가 찾아오는 계절이 되면 검은 진드기가 이상하게 증가하는데, 그 시기에는 여우가 검은 진드기에 물려 수풀 속에서 경련하는 광경을 종종 보곤 했소. 그건 정말 끔찍하지. 미친 듯이 날뛴다오. 하지만 이상하게도 퓨이카는 그런 수풀을 좋아하거든.

특히 새끼를 낳을 때가 된 암컷이 검은 진드기가 있는 수풀에 웅크리고 있는 모습을 자주 볼 수 있소. 진드기가 물어도 태연히 자곤하지. 내 아버지는 여우는 검은 진드기가 있는 수풀을 싫어하니 갓 태어난 새끼 퓨이카를 잃을 염려가 없기 때문에 그런다고 말씀하셨지. 하지만 그 진드기에 병소가 있었다면 여우는 병에 걸려도 퓨이카는 그렇지 않다는 말 아니겠소."

홋사르와 미라르가 서로 눈을 마주 보았다. 두 사람의 뺨이 발그레하게 물들어 있었다.

"퓨이카라는 건 젖이 나오나요?"

미라르의 질문에 반은 고개를 끄덕였다.

"물론. 우리 토가 백성들은 어머니의 젖과 퓨이카의 젖을 마시며 자란다오."

홋사르가 미라르를 보며 고개를 끄덕였다.

"물어봐."

고개를 끄덕인 미라르가 반을 바라보더니 숨을 들이마셨다. 꽉 움켜쥔 두 손의 손가락이 떨리고 있었다.

"퓨이카는 나무에 착생하는 지의류를 먹나요?"

반이 고개를 끄덕였다.

"먹고말고. 시기에 따라 다르지만, 겨울에는 특히 잘 먹는다오. 재미있는 게 앗시미인데, 짝짓기 철이 되면 수컷도 암컷도 엄청나게 먹어대거든. 그리고 보니 그 시기에는 이키미도 잘 먹더군. 물가에 물 마시러 갔나 싶어 찾아보면 이키미를 먹고 있을 때가 흔했지."

미라르가 요란하게 숨을 토해내며 홋사르를 보았다. 함박웃음을 짓는 두 사람을 보며 반이 눈을 깜빡거렸다.

"앗시미나 이키미에 뭔가 의미가 있는 건가?"

미라르가 우는지 웃는지 모를 표정으로 말했다.

"있고말고요! 아직은 모르겠지만…… 정확한 이야기는 아무것도 할 수 없지만, 이렇게 여러 사례가 겹친다는 사실은 분명……."

홋사르가 쓴웃음을 지으며 미라르의 무릎을 툭툭 치더니 반을 돌아보았다.

"자네는 바위 감옥에서 내가 미라르에게 놓은 약에서 앗시미와 흡사한 냄새가 난다고 했었네."

"그렇소만."

"자네는 정말 기가 막힌 후각을 갖고 있네. 그 약은 바로 앗시미로 만든 약인데, 사실 이키미로도 같은 성분을 가진 약을 만들 수 있네. 앗시미와 이키미는 전혀 딴판으로 생겼지만 한 가지 공통점이 있지."

미라르가 옆에서 끼어들었다.

"지의류라는 건 균류와 조류가 공생하는 생물이에요. 균류의 종류가 다르면 다른 모양을 띠지요. 그러니까 앗시미와 이키미는 서로 다른 지의류지만, 체내에서 만들어내는 물질 속에 공통된 성분이 있는 거예요. 그건 공생하는 조류가 빛을 받아 만들어내는 영양소를 기초로 해서 지의류의 형태를 구성하는 균류가 뽑아내는 성분이에요.

지의류를 형성하는 균류는 다양한 것들을 만들어내지만 앗시미나 이키미가 공통적으로 만들어내는 바로 그 성분에 흑랑열 병소의 활성화를 억제하는 일정한 효과가 있어요. 저희는 그것을 알아낸 후에 그 약을 개량하고 있습니다. 아직 흑랑열을 치료하지는 못하지만, 그래도 그 약에는 커다란 가능성이 있어요."

반은 깜짝 놀라 눈썹을 치켜떴다.

"그래서 당신들은 유나가 그게 반짝거린다고 했을 때 놀랐던 건가?"

두 사람은 고개를 끄덕였다.

"그래요. 유나에게는 아무래도 그 성분, 흑랑열의 극소병소를 억제하는 힘이 있는 성분을 가지고 있는 게 반짝거리는 것처럼 보이나봐요. 그날도 반짝거리는 게 잔뜩 있는 곳을 안다며 저를 늪지로 데려가주었어요. 거기에도 이키미가 잔뜩 나 있었……."

미라르가 말을 하다 말고 아, 하고 짧게 외쳤다.

"왜 그래?"

홋사르의 채근에 미라르는 멍하니 홋사르를 바라보았다.

"거기, 이키미가 나 있던 늪지. 거긴 묘지였어."

"묘지?"

"응. 아마 아파르의 무덤일 거야. 물가에도 백골로 변한 말의 유해가 잔뜩 있었어. 숲 가장자리였는데, 반대편 물가는 나무를 베어 목초지로 만들어놓았더라고. 그래서 물가의 생태는 바뀌었지만, 숲속 늪지였을 때는 말의 유해 위에 있던 흙이 이키미로 덮여 있었을 거야."

홋사르가 별안간 무릎을 철썩 때렸다.

"……그거다!"

홋사르는 깜짝 놀란 미라르의 어깨를 두드리며 웃었다.

"아직 말 안 했군. 아파르 오마에게 붙잡히기 전에 유스라 오마 장로에게 굉장한 이야기를 들었어! 아파르는 진드기에 물려도 보통은 병에 걸리지 않는다더군. 아파르 젖을 먹던 무렵에는 사람도 진드기 때문에 병에 걸린 적이 없대."

홋사르는 유스라 오마 장로에게 들은 이야기를 들려주었다. 킴마의 개가 어떻게 태어났는지부터 이주민이 킴마의 무덤에 양을 풀어 물을 먹게 하면서 일어난 변화가 가져온 결과까지, 홋사르는 빠르게 쏟아냈다. 차례로 연결되어가는 이야기를 반도 사에도 무엇에 홀린 것처럼 듣고 있었다.

설명을 마친 홋사르는 반을 똑바로 쳐다보았다.

"킴마의 개에게 일어난 일과 자네와 유나에게 일어난 일은 아마 굉장히 흡사한 현상일 거야."

"……."

"아파르 오마와 유스라 오마가 아파르 젖을 먹던 무렵에는 진드기에 물려도 병에 걸리지 않았어. 병소의 숙주였던 아파르의 유해가 지의류로 덮인 묘지에 묻히던 무렵에는 그 고기를 먹은 킴마의 개들 또한 병소가 몸속에 들어와도 지금의 킴마의 개와 같은 이상한 변화는 일어나지 않았지. 분명 여기에 문제의 열쇠가 있을 거야."

모두 숨을 삼키고 홋사르를 바라보고 있었다.

"과거 흑랑열이 오타와르를 멸망시킬 정도로 맹위를 떨친 것도 검은 늑대가 본래 살고 있던 장소에서 벗어나 완전히 다른 환경 속에 내몰린 게 큰 요인이었다고들 해. 그 가설은 아마도 옳겠지. 아카파 산지나 삼림지대에는 늘 병소를 가진 검은 진드기가 있었는데도 불구하고 오타와르 왕도가 병인病因과 함께 봉쇄된 후로는 흑랑열이 재발하는 일은 없었으니까. 물론 드문드문 발병한 사람은 있었을지도 모르지만, 크게 유행하지 않은 것은 아카파 인에게 내성이 있었기 때문일 거야.

전염병은 병에 걸리는 사람 수가 많을수록 심각해지지. 종래의 흑랑열이라면 아카파 인은 병소를 가지고 있어도 거의 발병하는 일이 없었고, 지난 수백 년 사이에 오타와르 인도 아카파의 풍토와 식생활에 익숙해지면서 차츰 내성이 생겼을지도 모르지. 하지만……."

홋사르는 눈을 반짝이며 말을 이었다.

"츠오르 인이 이주해오면서 아카파의 환경은 크게 변했어. 이주민들은 숲을 벌채해 목초지로 바꾸고, 말 대신 양을 키우기 시작했지. 양이 늘어나고 배설물의 질도 바뀌자 토양도 변하고, 식생에도 영향이 미쳤을 거야. 그래서 아파르가 검은 진드기에 깃든 병소를 억제하는 힘을 지닌 지의류를 먹을 기회도 줄었을지 모르지……."

미라르가 놀란 눈치로 눈을 빛냈다.

"독보리 사건, 그러니까 아파르가 죽었다던 그 사건은 어쩌면 보리가 원인이 아니었을지도 모르겠네. 이주민이 들어온 지도 제법 지났고, 아파르 중에서도 병소에 대한 내성이 사라진 개체가 있었을지도 몰라."

홋사르가 깜짝 놀란 얼굴로 미라르를 쳐다보았다.

"그런……가. 그럴 가능성도 있겠지만, 그보다 더 높은 가능성이 있어. 독보리를 먹고도 죽지 않았던 아파르나 양이 있었다더군."

"뭐?"

"독보리에 내성이 있는 개체가 있었겠지. 하지만 그런 개체도 독을 먹고 몸이 약해졌을 때 진드기에 물리면 죽는 경우가 많았다더군. 그렇게 죽은 아파르나 양은 다른 무덤에 묻었는데, 그 무덤은 이키미나 앗시미에 뒤덮여 있었다고 해. 유스라 오마 장로 말이, 그런 무덤 속의 유해를 먹은 어미개가 낳은 새끼들은 그전 킴마의 개보다 훨씬 더 똑똑하고 무서운 개로 자랐다고 하더군."

미라르의 뺨에 붉은 기운이 감돌았다. 그녀의 얼굴을 보면서 홋사르가 말했다.

"독보리 성분을 조사해야겠어. 그 성분과 진드기에 깃든 병소, 이키미나 앗시미의 항병소 성분 말이야. 그것들이 어떻게 얽혀서 새로운 킴마의 개, 새로운 흑랑열의 숙주를 만들어냈는지 철저하게 조사해야 해.

어쨌든 이 문제에는 유카타 평원의 생태계가 크게 변한 것이 다양한 형태로 연관되어 있어. 이쯤에서 알고 있는 사실만 정리해볼까?"

홋사르는 손가락을 꼽으며 말했다.

"흑랑열에 내성이 있는 사람들의 공통점은 진드기에 물려도 병에 걸리지 않는 짐승의 젖을 먹고 자랐다는 것이야. 그리고 그 짐승이 지의류를 먹었다는 것이고. 꼭 젖이 아니더라도 다른 음식물로 약독화되었을 가능성도 있으니 단정할 수는 없지만, 어쨌든 지금은 젖이 조건이라고 가정하고 생각해보자."

미라르가 고개를 끄덕였다.

"그래. 이자무는 오키라프타는 안 먹는다고 했으니까."

반이 당혹스러운 표정을 짓는 것을 본 미라르가 얼굴을 붉혔다.

"아, 죄송해요. 어, 그러니까, 킴마의 개에 물리고도 살아남은 사람 중에 아카파 인이면서 츠오르 인의 피가 섞여 있는 아이보다 증상이 중했던 아이가 있었어요. 그 아이는 순록 젖으로 만든 오키라프타를 싫어해서 소젖으로 만든 라파테만 먹었대요. 그럴 만도 하죠. 지금은 츠오르의 영향으로 아카파에서도 순록이나 아파르 젖보다 소나 양의 젖으로 만든 라파테가 더 흔하니까요.

하지만 츠오르 인을 아버지로 둔 소년 쪽은 어머니의 영향으로 오키라프타를 종종 먹었대요. 츠오르 인은 원래 유제품은 부정하다고 입에 대지 않지만요. 애초에 제가 젖에 주목한 것도 그런 이유 때문이었어요."

홋사르는 미라르에게 눈짓으로 수긍하고 나서 반 쪽으로 고개를 돌렸다.

"아파르 오마나 유스라 오마들이 아파르의 젖을 마시며 생활했던 것처럼, 자네들 토가 산지민은 퓨이카의 젖을 마시며 자라지. 이쪽 방언으로는 밋지라고 부르는 검은 진드기에 물려 몸속에 병소를 가졌지만 지의류를 섭취함으로써 그것을 약독화하여 공존해온 퓨이카의 젖을 말이야. 오키 지방 사람들도 순록의 젖을 자주 먹는데, 순록도 지의류를 먹는 생물이지.

그 젖 속에 어떤 성분이 있는지는 조사해봐야 알겠지만, 퓨이카의 젖으로 자란 자네들은 어렸을 때부터 약독화된 병소와, 그 병소를 억제하는 성분을 퓨이카의 젖과 함께 마시며 성장함으로써 흑랑열 병소에 내성이 생기는 거겠지. 그래서 자네는 킴마의 개에 물리고도 죽지 않았던 거야."

설명을 듣는 동안 어떤 이야기가 생각난 반이 중얼거렸다.

"……유나도 마찬가지요."

"응?"

"낫카에게 들었소. 아이의 어미가 유스라 오마였다고 하더군."

반은 무의식중에 수염을 쓰다듬으며 말했다.

"그 아이의 외할아버지는 노예가 된 딸을 빈번히 찾아가 아파르 젖으로 만든 라파테나, 카잔에서 산 오키라프타를 열심히 건넸다고 하오. 하지만 딸은 그것을 전부 유나에게 먹였다고 하더군."

반이 입을 다물자 주위가 고요해졌다. 모두들 한동안 할 말을 찾지 못했다.

"……유스라 오마에게는."

사에가 불쑥 입을 열자 모두 고개를 들어 그녀를 쳐다보았다.

"아파르의 젖은 대단히 귀한 음식이었을 거예요. 그들은 아파르 오마의 하인 같은 위치에 놓인 터라 그 젖이 하사받는 상 같은 느낌이라고 들었어요. 그러니 아이의 어머니 쪽은 아파르 젖을 먹을 기회가 적었을지도 모르지요."

사에는 쓸쓸한 미소를 지었다.

"유나의 외할아버지는 딸에게 귀한 음식을 먹이려고 열심히 소금광산을 찾아갔고, 어머니는 그걸 전부 딸에게 주고…… 그것이 유나의 생명을 구했던 거군요."

아궁이를 등지고 죽어 있던 유나 어머니의 모습이 떠올라 반은 무심코 눈을 감았다. 무엇이 생명을 이어주고, 무엇이 생명을 앗아 가는지, 그 인과의 끈은 너무나도 복잡해 헤아릴 길이 없다. 그래도 사에가 말한 것처럼 유나는 할아버지와 어머니의 정성으로 살아남 은 것이다.

장작이 또 갈라지면서 작은 불씨가 허공으로 쑥 떠올랐다 사라 졌다.

"그 아이도."

반은 중얼거렸다.

"몸속에 흑랑열 병소를 가지고 있고…… 그것을 억누르는 성분 도 가지고 있다면…… 그 두 가지가 그 아이의 몸속에서 맞부딪치 면서 공존하며 살아 있는 건가."

반은 홋사르와 미라르를 바라보며 물었다.

"그 아이한테는 이키미가 반짝거리는 것처럼 보이고, 내게는 앗 시미나 그 약의 냄새가 강렬하게 느껴집디다. 더구나 킴마의 개들 과 대치하면 감각이 뒤바뀌고, 저 아이 역시 변하오. 대체 그 이유 가 무엇이오?"

말로 할수록 새로운 의문이 머릿속에 떠올랐다.

"지금까지도 검은 진드기에 물린 사람은 많았을 텐데, 그렇게 새로운 병소가 몸속에 들어와도 저처럼 바뀐 사람은 본 적이 없 소만……."

홋사르와 미라르는 얼굴을 마주 보았다.

"가능성일 뿐이지만, 일단 개를 거치면서 병소가 변화했을지도 모르네."

홋사르가 말했다.

"자네는 새로운 킴마의 개의 타액으로 감염되었으니까. 유스라오마 장로도 그러더군, 이전의 킴마의 개와 무덤이 변하고 난 뒤에 태어난 킴마의 개는 다르다고. 자네의 몸에 원래 검은 진드기의 병소에 대항할 수 있는 어떤 요소가 있었고, 변화한 흑랑열의 병소가 새로 침입하면서 복합적인 변화가 생긴 것인지도 몰라."

반은 실눈을 떴다.

"그렇다면 우리 고향 사람들이 킴마의 개에 물리면 나처럼 되는 건가?"

홋사르는 신음을 흘렸다.

"그럴 가능성이 있을지도 모르네만……."

한동안 잠자코 생각에 잠겨 있던 홋사르가 이윽고 한숨을 쉬며 턱을 어루만졌다.

"자네에게 설명하기 위해 마치 모든 걸 명확히 아는 것처럼 말했지만, 사실 전염병이라는 건 몹시 복잡한 거야. 비슷한 조건에서도 병에 걸리는 자와 그렇지 않은 자가 있는 이유를 면역 때문이라는 조건만으로 전부 설명할 수 없을 때도 있어. 쌍둥이라도 한쪽은 병에 걸리고 다른 한쪽은 걸리지 않을 때도 있고, 약의 효능에도 개인차가 산처럼 많으니까……."

홋사르는 쓴웃음을 흘렸다.

"다만 자네에게 일어난 변화와 후각이 예민해진 점은 아주 기초적인 부분 정도라면 설명할 수 있을지도 몰라."

홋사르는 하얀 손가락으로 제 이마를 건드렸다.

"흑랑열은 원래 뇌를 좀먹는 병이야. 고열이나 목의 통증처럼 감기와 흡사한 증세가 나타난 뒤에 부스럼이 생기고 경련을 일으키게 돼."

그의 말을 듣던 반은 아카파 소금광산 지하에서 병에 걸린 사람들이 기침을 하던 것을 떠올리며 눈살을 찌푸렸다.

"자네들의 몸은 검은 진드기가 옮기는 병소에는 내성이 있었어. 하지만 킴마의 개가 가지고 있던 병소는 그와는 조금 다른 형태로 변한 것이었지. 그래서 킴마의 개에 물렸을 때, 죽지는 않았지만 그 영향을 받아 뇌에 어떤 변화가 일어난 건지도 몰라."

'……그랬다.'

그날 밤, 고열이 나고 몸이 쑤셨다. 그리고 지독한 두통에 시달리며 끔찍한 악몽을 꾸었다.

"후각이나 시각이 변했다면 후각 세포나 망막이 변한 것이겠지. 하지만 어떤 냄새를 이러저러한 냄새라고 인식하는 것이나, 혹은 눈으로 보는 것에도 뇌가 깊이 연관되어 있다는 사실을 알아냈다네."

홋사르는 제 이마를 손가락으로 톡톡, 가볍게 두드렸다.

"생각하는 것, 느끼는 것, 혹은 호흡을 하거나 체온을 조절하는 것 등, 우리는 여러 작용들이 뇌에서 일어난다고 생각하고 있네. 그러니 그곳이 변하면 세상의 모습과 인상 자체가 바뀔 가능성이 있지.”

반은 눈을 가늘게 떴다. 지금, 머릿속을 퍼뜩 스치는 생각이 있었기 때문이다.

어둠 속으로 사라지려는 기억의 파편을 간신히 붙잡은 반은 아, 하고 중얼거렸다.

“……그런가, 그도 그랬나.”

“응?”

반은 사에를 힐끗 쳐다보았다가 홋사르와 미라르를 향해 시선을 돌렸다.

“개의 왕인 케노이, 그도 킴마의 개에 물린 남자라오.”

생명 속에 숨어 있는 죽음

　질주하는 늠름한 개들, 그들과 영혼의 끈으로 연결된 자신, 그리고 케노이…… 반은 그날 밤의 기억이 생생하게 되살아나 잠시 입을 다물고 화롯불을 바라보았다.

　"케노이라는 건."

　훗사르가 물었다.

　"아파르 오마 족장 오판의 아버지라고 했지?"

　반은 고개를 끄덕였다.

　"이미 상당한 노령인 데다 병든 몸이오. 무슨 병인지는 모르겠지만."

　어째서냐고, 소리가 되지 못한 소리로 묻던 비통한 눈빛이 되살아났다.

　"아파르의 젖이 병으로부터 일족을 지켜주고."

반은 중얼거렸다.

"그 병이 개에게 깃들어 증오스러운 적을 죽여준다면, 꼭 그들이 아니더라도 거기에서 신의 섭리를 찾고 싶기도 하겠지."

어느새 창밖이 푸르스름한 새벽녘의 빛깔로 물들고 있었다.

"그 병이 우리의 뇌를 바꿨고, 그래서 몸의 감각이 바뀌게 되었다면……."

반은 잠시 침묵했다가 낮은 목소리로 말했다.

"감각이 바뀌었을 때 보는 풍경은 지금 내가 보는 이 풍경과는 상당히 다르오. 주변의 모든 움직임이 몹시 느려지고, 냄새는 뚜렷해지고, 잎사귀가 스치는 소리마저 크게 들리고, 색도 변하지.

그리고 많은 빛이, 미묘하게 색이 다른 무수한 빛이 땅에도 풀에도 나무에도 가득 찬다오. 어느 빛들은 연기처럼 소용돌이치고, 일렁이며 흘러가지."

반은 얼굴을 일그러뜨렸다.

"그 풍경 속에서 나와 킴마의 개들은 무척 다정하지. 아니, 다정하다기보다는 나 자신인 것처럼 느껴진다오. ……그리고."

깊은 숨을 들이쉰 반이 망설이다가 말했다.

"그 풍경 속에는 허무가 없소. 오로지 생명만 존재할 뿐."

반이 입을 다물자 방 안에 정적이 차올랐다. 그 정적을 메우듯이 창밖에서 가녀린 새소리가 흘러들었다. 저택 주방에서는 이미 요리사들이 일을 시작한 모양이었다. 반죽을 하룻밤 재워두었다가 이른 아침부터 가마로 구워내는 이 지방 특유의 홈(빵)을 굽는 냄새가 희미하게 풍겨왔다.

반은 한손으로 얼굴을 천천히 어루만졌다.

"그 풍경을 보여주는 게 흑랑열의 병소라면, 그건 병소가 보는 풍경일까?"

홋사르는 고개를 저었다.

"그렇지 않을 게야. 확증이 있는 것은 아닐세. 하지만 킴마의 개에 물린 뒤로 그런 풍경을 보게 되었다면, 그것은 병소가 자네의 뇌에 작용한 탓에 보게 된 풍경일 게야."

반은 눈을 가늘게 떴다.

"……어째서 그런 풍경을."

홋사르는 한숨을 푹 내뱉었다.

"모르지. 하지만 추측이라도 상관없다면 짐작되는 바는 있네."

식어빠진 차를 홀짝이며 홋사르가 말했다.

"병소도 살아남아서 증식하려는 욕구를 가지고 있네. 하지만 그들은 다른 생물의 몸속에 들어가지 않으면 생명을 부지할 수가 없어. 그래서 자기들이 살아남고 증식할 수 있도록 자네들을 조종하는 건지도 모르지. 광견병은 알고 있지?"

"그렇소."

"병례病例에 따라 차이는 있지만, 광견병에 걸린 개는 사나워지면서 줄기차게 남을 물어뜯으려 하지. 병소의 입장에서 생각해보면 숙주가 다른 생물을 물어뜯어야만 새로운 숙주 속에 들어갈 수 있지. 그래야 증식도 가능하고."

홋사르는 쓴웃음을 지었다.

"그래서 병소가 뇌를 조작하고 있다……고 말할 수 있느냐 하면, 아직 확실히 해명되지는 않았지만 크게 틀리지도 않을 것이네. 기침이나 재채기를 타고 감기 병소가 타인에게 옮겨 가듯, 우리 몸이 일반적으로 가지고 있는 병소를 몸 밖으로 내보내려는 기능이 결과적으로 그들의 증식을 돕는 경우도 있지.

하지만 킴마의 개들은 개의 왕이라는 작자가 명령하지 않는 한, 자네를 만나도 물려고 하지 않았겠지?"

"그렇소."

"병소 쪽에서 보면 자네들이 서로 공격한다 해도 의미가 없네. 자네들은 물려도 죽지 않지. 조용히 공존할 수 있고, 또 타인에게 자신들을 퍼뜨려줄 소중한 숙주기도 하고. 하지만 서로 싸운다면 그 소중한 숙주가 의미 없이 사라지는 것과 같네. 그래서 자네들에게는 같은 편이니 싸우면 안 된다고 생각하게 만드는 것인지도 몰라."

반은 잠시 말없이 그 설명을 마음속으로 되새겨보았다. 그리고 떠오른 것은 몹시도 싱거운 생각이었다.

"……쓸쓸하군."

"쓸쓸해?"

반은 쓴웃음을 흘렸다.

"쉽게 말하면 우리가 가족이나 핏줄에게 느끼는 애정 또한 살아남기 위한 감정이라는 뜻이 되니까. 핏줄이라는 동지를 만드는 게 편리하니까, 몸이 그런 감정을 이끌어낸다는 말이지 않소?"

홋사르가 눈을 빛냈다.

"그렇지. 그 점에 대해서는 조금 더 설명하고 싶은 부분도 있지만……. 아아, 시간만 있다면! 천천히 그런 이야기를 해보고 싶군."

홋사르는 웃으며 고개를 저었다.

"지금은 시간이 없으니 자네들 사례로 돌아가겠네. 그 병소는 자네와 킴마의 개에게는 무해할뿐더러 서로를 한편으로 연결시켜주네만, 자네들 이외의 생물에게는 태도를 싹 바꾸어서 몹시 흉포한 살육자가 되네."

"그렇소."

"매형에게 들은 이야기인데, 흡사한 짐승에게 옮겨 가면 그때까지는 얌전했던 병소가 갑자기 사납게 구는 경우가 있다더군. 가령 승냥이에게는 무해한 병소가 이 지역에 침입한 늑대에게 감염되면 치명적인 병소가 되는 경우가 있다고 해.

병소 쪽에서 보면 숙주인 승냥이가 건강하게 증식해야만 그들의 번영으로 이어지지. 그러니 먹이를 두고 다투는 관계인 늑대를 배제하는 방향으로 작용하는 게 아닐까. 아까 여우는 날뛰어도 퓨이카는 잠든다고 했던가? 그것도 그런 현상일지 몰라. 검은 진드기에서 유래한 병소가 오랜 세월 퓨이카를 숙주로 삼아 공존했다면, 숙주의 새끼를 습격하는 여우는 배제해야 하는 상대니까."

반은 신음했다.

"그렇다면 이 모든 것이 몸속에 사는 그 병소가 자신들의 목숨을 지키고 전파하기 위해 숙주를 지키려고 하는 짓이란 말인가? 하지만 유나에게는 빛나는 것처럼 보이고, 내게는 독한 냄새로 느껴지는 앗시미는 검은 진드기가 가진 병소에게는 적이지 않은가? 자네의 가설이 옳다면 내게는 앗시미가 불쾌한 냄새로 느껴져야 맞을 것 같네만."

미라르가 가만히 웃었다.

"그러네요. 듣고 보니 말이 안 되네요."

"아니, 그렇지도 않아."

홋사르가 다소 고집스럽게 말했다.

"자네들 몸속에는 검은 진드기의 병소를 억눌러서 연명시키려는 힘도 작용하고 있을 거야. 병소가 과도하게 늘지 않도록 섭취해야 하는 물질이 특징적으로 보이게 된 걸지도……."

싱글거리며 바라보는 미라르의 시선을 알아차렸는지, 홋사르도 쓴웃음을 지었다.

"너, 그런 표정으로 보지 마. 나도 알아. 지금 하는 얘기는 어디까지나 가능성이야. 그런 가능성도 있지 않을까 하는 얘기지. 일어난 현상을 보고 거꾸로 추측해서 이렇지 않을까 가설을 세우고 있을 뿐, 실증된 이야기는 아니야."

홋사르는 가느다란 손가락으로 뺨을 긁적이며 한숨을 쉬었다.

"솔직히 이런 이야기를 할 때마다 과연 그럴까 싶을 때가 있어. 이런 가설은 늘 살아남는 것이 생물의 최대 목적이라고 가정하고 추론을 세우는데, 그렇게만 생각해도 될까 하는 의문이 들지."

그 말을 듣는 순간, 은밀한 그림자가 가만히 머릿속을 스쳐 간 듯한 기분이 들었다. 오래도록 마음속에 버티고 있는 그림자였다.

반이 조용히 물었다.

"살아남는 것 외에 뭔가가 있다는 말인가?"

"그래. 아니, 전체적으로 보면 그렇지만……."

잠시 말없이 화롯불을 바라보던 홋사르가 이윽고 고개를 들었다.

"예를 들면 이 손 말인데."

홋사르가 손가락을 활짝 펴 보이면서 말했다.

"어머니 배 속에 있는 태아의 손은 처음에는 물갈퀴가 있어. 알고 있나?"

반은 머뭇머뭇 고개를 끄덕였다. 젊었을 때, 전사 동료들이 하는 이야기로 달을 채우지 못하고 유산된 아이의 손에는 물갈퀴가 있다는 말을 들은 적이 있다. 그 이야기를 들었을 때는 태아가 어머니 배 속의 짭조름한 물에 떠서 작은 물갈퀴로 느긋하게 헤엄치는 모습이 떠올라 뭐라 표현하기 어려운 경외심을 느꼈다.

"손가락 사이에 있던 막이 사라지지 않으면……."

홋사르는 제 손가락을 꼼지락거렸다.

"이런 식으로 자유로이 손가락을 움직이지 못해. 그래서 손가락 사이의 막이 스스로 죽는 거지. 스스로 죽어서 사라지는 부분이 있어야 비로소 우리 몸이 지금의 이 형태를 이루게 되는 거야."

홋사르는 한숨을 토해내고 말을 이었다.

"어렸을 적에 할아버지께서 신기한 생물을 주셨네. 아직까지 키우고 있지. 포키시아 지방 해안 근처의 늪에 있는 해우의 일종인데,

그 지방 사람들은 찬란한 잎사귀 '피카파르'라고 부르지.

알에서 갓 태어난 유생일 때는 활기차게 헤엄쳐 다니지만 다 성장하면 꼼짝도 하지 않아. 마치 녹색 잎사귀 같은 모양으로 그저 가만히 해초에 달라붙어 있다네. 그리고 햇빛을 받으면 녹색으로 반짝거리지."

홋사르는 손가락을 오므렸다 폈다 하면서 그 빛을 표현하며 말했다.

"유생일 때는 입이 있지만 성체가 되면 입도 사라지지. 입이 없는 채로 일 년 가까이 살아."

반은 눈썹을 실룩거렸다.

"입이 없다면 아무것도 먹지 않는 건가?"

"먹지 않아. 그런데 어떻게 살아 있을 것 같나?"

"유생 때 먹이를 충분히 몸속에 비축해둔다거나……."

"절반은 맞았어. 확실히 유생일 때 평생 몸을 유지하기 위해 충분한 먹이를 빨아들이는데, 그 먹이라는 게 굉장하지. 바로 '브리카'라는 해초의 엽록체葉綠體거든."

홋사르는 초목이나 해초가 짐승이나 새와는 다른 방식으로 산다고 설명했다. 그는 잎이 녹색으로 보이는 것은 엽록체가 있기 때문이고, 햇빛을 받는 나무와 풀이 그 엽록체로부터 생명의 양분을 얻고 있다고 말했다.

"그렇다면 그 피카파르라는 해우는 해초를 먹기 때문에 햇빛만 받아도 양분을 얻을 수 있다는 말인가?"

반이 신음했다.

"이 세상에는 그런 기묘한 생물도 있군."

홋사르는 고개를 끄덕였다.

"재미있지? 해우인데 어떤 의미로는 식물이 된다니, 정말 이상한 놈이지. ……하지만 더 기묘한 점이 있어."

홋사르는 갑자기 진지한 표정으로 말을 이었다.

"피카파르는 알을 낳으면 죽게 돼. 모두 다 병에 걸려 죽어버리지."

"……."

"예외는 없어. 할아버지이신 리무엣르 님이 몇 년이나 계속 조사하셨지만 어째서 피카파르가 병에 걸리는지 완전히 해명하시지는 못했네. 단 하나, 이렇지 않을까 싶은 가설이 있기는 해. 피카파르는 유생일 때 브리카 해초의 엽록체와 함께 어떤 병소도 흡수하는 게 아닐까 하는 거지."

홋사르는 입술에 손가락을 댔다.

"피카파르 성체에는 입이 없어. 그러니까 성체가 된 후에 먹는 것에서 병소를 흡수한 건 아니지. 신체 표면으로 뭔가를 흡수한다면 개체마다 생활환경이 다르니 어떤 피카파르는 이런 병으로 죽고, 또 어떤 피카파르는 저런 병으로 죽는 차이가 있어야 마땅하잖아? 그런데 그렇지도 않네.

모두가 똑같은 시기에, 똑같은 병으로 죽는다면 유생일 때 흡수한 해초의 엽록체에 어떤 병소가 붙어 있다고 생각하는 게 가장 타당하지 않을까?"

반은 신음했다.

"그렇다면 어째서 그 피카파르는 언젠가 반드시 병에 걸려 죽게 만드는 먹이를 먹게 된 거지? 그런 식으로 모두 병에 걸린다면 언젠가는 멸종하는 거 아닌가?"

홋사르는 고개를 저었다.

"멸종하지 않아. 그 병 때문에 그것들이 멸종하지는 않는다네."

"어째서?"

"알을 낳기 전에는 발병하지 않기 때문이야."

"……."

홋사르는 조용히 말했다.

"다음 세대에 생명을 이어준 순간, 그들은 병들어 죽게 되지. 단 하나의 예외도 없이 모두 다."

정적 속에 장작 타는 소리만 울렸다.

"이 같은 생물이 또 있네. 바다에서 돌아오는 연어가 그렇지. 고향 개천을 거슬러 올라가 암컷이 알을 낳으면 곁에서 수컷이 정자를 뿌려 새로운 생명이 탄생시키지. 하지만 그들의 육체는 눈 깜짝할 사이에 병에 잠식당하네. 마치 더 이상 할일이 없다는 듯이 그 목숨을 꺼뜨리는 거야."

홋사르는 반을 바라보았다.

"한편 어떤 의미에서는 불사의 생물도 있지. 외부 요인이 없는 한, 언제까지고 분열을 되풀이하는 생물도. 이런 생물은 한없이 자기로부터 자기를 만들어내면서 살아간다네.

하지만 암수가 있는 생물은 자신과 다른 새로운 생명을 낳으면 죽게 된다네. 새로운 생명이 독립할 때까지는 살아 있겠지만 결국에는 병들거나, 또는 늙어서 죽게 되지. 나무들이 봄에 새싹을 틔우기 위해 가을에 잎을 떨어뜨리는 것처럼, 새로운 생명에게 살아갈 장소를 물려주고.

살아가는 것뿐 아니라 죽는 것까지도, 그 생명이 시작되는 순간부터 이미 생물의 몸속에 정해져 있는 거야."

창을 가린 천 너머로 쏟아져 들어오는 아련한 하얀 빛이 방을 비추기 시작했다.

"……자손을 낳고 생명을 전하는 것이."

사에가 불쑥 입을 열었다.

"어떤 의미로는 우리를 불사로 만든다는 건가요."

나직하니 메마른 목소리였다.

"그러지 못한 자는 오랫동안 이어진 생명의 끈을 끊어버리는 셈이군요."

미라르가 사에를 바라보았다.

"그렇지 않아요."

미라르는 부드러운 미소를 머금고 있었다.

"전 앞으로 아기를 가질 수 있을지 없을지도 모르지만, 그래서 더 큰소리치는 것일지도 모르지만, 그래도 그건 아니에요.

이 세상에는 엄청나게 많은 사람들이 살고 있죠. 그러니까 선조로부터 이어받은 뭔가가 있다고 해도 한 사람, 한 사람이 다음 세대를 낳을 수 있는지 없는지에 따라 그 생명을 잇는 연쇄의 끈이 이어지거나 사라지는 게 아니에요."

사에가 창백한 얼굴로 말했다.

"하지만 부모가 물려준 생명이 끊기고 마는 거잖아요."

미라르는 사에를 지그시 바라보았다.

"부모가 물려준 생명이라는 건 생김새 같은 걸 말하는 건가요?"

"그것도 있지만……."

"사에 씨, 들어봐요."

미라르가 몸을 쑥 내밀었다.

"우리는 한 사람, 한 사람이 모두 달라요. 분명 선조로부터 면면히 내려오는 건 있지요. 하지만 우리는 모두가 달라요. 어떤 생명이든 지금까지 이 세상에 태어난 적 없는 단 하나의, 각각의 개성을 가진 생명이에요."

무슨 말을 하는지 잘 모르겠다는 듯이 사에가 희미하게 눈살을 찌푸렸다. 그 모습을 본 미라르가 천천히 말했다.

"방금 홋사르가 말한 것처럼, 대장 속에 있는 균은 환경이 허락하면 아마도 영원히 살 수 있을 거예요. 자기 스스로 분열을 한없이 되풀이하면서요. 그들에게는 암수가 없으니, 두 개체가 교합해 새로운 생명을 만들어내는 일은 없는 거예요.

하지만 암수가 있는 생물은 모두 한 번뿐인 삶을 살다가 죽어가지요. 태어나는 생명도 '자신'이 아니에요. 아이는 어머니와도, 아버지와도 구별되는 완전히 다른 생명이에요. 태어나는 모든 것은 그때 한 번만 생겨나는 각각의 개성을 가진 생명이에요.

부모에게서 태어난 자식도 부모와 똑같은 얼굴은 아니잖아요? 아이가 절반은 어머니와 똑같고, 절반은 아버지와 똑같은 모습으로 태어나지는 않잖아요? 쌍둥이라 해도 완전히 똑같지는 않죠.

사람은 아버지와 어머니에게 물려받은 다양한 요소가 섞여서 태어나요. 그 조합은 분명 무한히 존재할 테고, 그렇기에 이 세상에 똑같은 사람은 한 명도 없어요. 과거에도, 그리고 미래에도 똑같은 사람은 절대 나타나지 않아요."

미라르가 미소를 지었다.

"우리가 가진 개성은 모두 하나뿐이에요. 이 얼굴도, 몸도, 마음도 이 세상에 단 한 번 나타났다가 사라져가는 존재지요."

사에는 잠자코 미라르를 보고 있었다. 미라르는 그녀의 눈에 떠오른 빛을 못 본 척하고 조용히 말을 이었다.

"이 세상에 태어나서 한 번뿐인 나만의 인생을 살다가 죽는다……. 홋사르가 말한 것처럼 우리의 몸은 죽음이 미리 예정되어 있지요. 그렇다 해도 저는 마음이라면 몰라도, 몸은 죽음이 끝이 아니라는 생각이 들어요."

미라르는 눈썹을 실룩거렸다.

"홋사르가 전에 말했죠, 인간의 몸은 나라 같다고. 정말 그래요. 하나의 개체로 보이지만 실제로는 깜짝 놀랄 만큼 수많은 작은 생명들이 우리 몸속에 있어요. 그것들은 우리를 살리면서 자기들도 살아가지요……. 우리의 몸이 늙고 병들어 죽으면 흙으로 돌아가거나, 다른 생물의 몸속으로 들어가서 생명을 이어가요. 그렇게 생각하면 몸의 죽음은 그저 변화일 뿐이라는 생각이 들어요. 뭉쳐 있던 개체가 뿔뿔이 흩어질 뿐인 거죠."

반이 숨을 깊이 들이마셨다. 미라르의 말은 몸이 바뀌었을 때 느꼈던 뭔가 말로 표현할 수 없는 감각과 이어져 있는 기분이었다. 거기에 있는 것은 허무도 비애도 없는, 하지만 어딘지 창백하고 끝없이 아득하게 펼쳐진 지평이었다.

'……그래도.'

그 지평에 선 작은 나는 목숨이 다했을 때, 스스로의 죽음을 한탄하리라.

"나라가 멸망해도 사람들은 또 다른 나라에서 살아가지."

반이 혼잣말처럼 중얼거렸다.

"그래도 고국이 사라지는 것도, 이 세상에 태어난 단 하나의 형태인 '나'가 사라지는 것도 모두 슬픈 일이오."

홋사르가 고개를 끄덕였다.

"그건 그래. 그래서 나는 의술사가 된 거야."

씁쓸한 미소를 지으며 홋사르가 말을 이었다.

"비록 병을 치료할 수 있다 해도 결국 그 사람은 반드시 죽어. 그렇다 해도 병에 걸린 사람을 열심히 치료하고 싶어."

아까부터 반의 귀로 아래층에서 움직이는 사람들의 발소리가 들려왔다. 이미 날이 완전히 밝아서 화롯불의 색이 아스라했다.

"……내 피가 필요하다고 했던가?"

반이 말하자 홋사르가 눈을 깜빡거렸다.

"그렇다네."

반은 미소를 지었다.

"마음껏 뽑으시오. 당신들은 약간의 피로는 갚을 수 없는 커다란 것을 내게 주었소."

그때 홋사르의 얼굴에 깜짝 놀랄 만큼 쓸쓸한 표정이 떠올랐다. 반은 그의 표정을 본 순간, 죽은 아들의 얼굴이 떠올랐다. 즐겁게 떠들고 노는 아들에게 그만 나가야 한다고 말했을 때, 아이는 종종 그런 표정을 짓곤 했다.

"아래층 사람들도 일어났군."

반은 조용히 말했다.

"그만 가야겠소."

홋사르는 눈썹을 실룩였다.

"그런 소리가 여기서도 들리나?"

"그렇소."

반이 미소를 짓자 홋사르는 어두운 얼굴로 한숨을 쉬었다.

"……저기."

홋사르는 머뭇거리며 말했다.

"자네는 내키지 않을지도 모르지만 또 만날 수 있을까? 지금 피를 받아도 약을 제대로 못 만들 수도 있네. 내가 자네 안전을 보장할 테니 가까운 시일 내로 카잔에 있는 우리 의원에 들러준다면 고맙겠군."

미라르도 사에를 힐끗 보더니 다시 반을 보며 몸을 내밀었다.

"부탁해요. 새로운 흑랑열이 앞으로 어떻게 변할지 모르고, 또 하나라도 더 많은 목숨을 구하고 싶어요. 도와주세요."

반은 사에와 눈짓을 주고받았다. 이 네 사람 사이에는 복잡한 입장 차이가 있다. 홋사르의 부탁은 다양한 위험이 수반되는 일이었다. 그래도 마음이 움직였다.

"찾아가겠소."

반이 말했다.

"언제라는 약속은 할 수 없지만, 반드시."

5

세 사람의 여행

복도로 통하는 옆방 문을 열자 코 고는 소리가 들려왔다. 마코우 칸은 침대에 벌러덩 드러누워 여전히 쿨쿨 자고 있다. 사에가 다가 가서 깨우려 하자 뒤에서 홋사르가 말렸다.

"깨울 필요 없어."

사에가 뒤로 돌아보자 홋사르가 씩 웃으며 손을 저었다.

"일일이 설명할 시간이 아깝잖아. 내가 말해둘 테니 그만 가봐."

사에는 잠시 망설이면서 마코우칸을 바라보았다가 다시 홋사르 쪽을 돌아보았다.

"고맙습니다. 그럼, 말씀에 따르겠습니다."

반과 사에는 홋사르와 미라르에게 고개를 깊이 숙이고 방에서 나 갔다.

막다른 벽에 난 창문에서 이른 아침의 햇살이 쏟아져, 복도는 어렴풋이 밝았다. 사에는 발소리를 죽이고 맞은편 방의 문을 한 번 쿵, 두드렸다.

잠시 후 문이 열리더니 안에서 여인이 나왔다. 마코우칸의 누나 이리아였다.

"오래 기다리셨지요? 죄송합니다."

사에가 속삭이자 이리아는 어깨를 으쓱했다.

"꽤 오래 걸렸네. 할 말은 다 나눴어?"

"예."

이리아가 반을 힐끗 쳐다보자 그녀 시선을 받으며 반이 고개를 숙였다.

"억지를 들어주셔서 고맙습니다."

이리아는 슬며시 웃었다.

"신경 쓰지 말아요. 이쪽도 뭔가 보답을 하고 싶었고, 흑랑열 문제도 마음에 걸렸으니 이 정도는 별것 아니에요."

"하지만 동생분께서……."

사에가 입을 열자 이리아는 피식 웃었다.

"괜찮아. 걔는 깨어 있으면 귀찮기만 해."

이리아는 슬그머니 복도로 나가더니 조용히 문을 닫았다.

"그럼 갈까?"

이리아의 뒤를 따라 주방으로 통하는 좁은 계단을 내려가자 홈을 굽는 고소한 향기와 더불어 향료에 재운 훈제 돼지고기를 굽는 먹음직스러운 냄새가 풍겨왔다. 주방 안으로 들어가자 고개를 든 요리사들이 이리아를 향해 목례를 했지만, 반과 사에에게는 눈길도 주지 않았다. 미리 이리아가 그렇게 하도록 지시를 내린 것이리라.

"이것 좀 가져갈게."

이리아는 한마디 던지고는 기다란 조리대 위에 식혀놓은 갓 구운 동그란 홈을 두 개 집었다. 그러고는 작은 요리 칼로 재빨리 빵을 갈라 그 속에 구운 훈제 돼지고기를 끼워 넣어 건네주었다.

"배고프죠? 먹으면서 가요."

반과 사에는 인사를 하고 받아 들었다. 아직도 뜨끈뜨끈한 홈의 까슬까슬한 감촉이 마음을 푸근하게 했다.

"그럼, 또."

주방을 빠져나가 뒤편의 나무 문까지 안내해준 이리아는 그 한마디만 남기고 다시 저택 안으로 들어갔다. 그 뒷모습을 바라보며 반이 작은 한숨을 토했다.

"피곤한가요?"

사에가 얼굴을 올려다보며 속삭였다.

"피곤한 건 아닌데."

반이 입을 열다가 쓴웃음을 흘렸다.

"음…… 확실히 좀 피곤하군."

어디가 불편한 건 아니다. 다만 길고도 기묘한 꿈을 꾼 것처럼 나른했다.

"날도 밝기 전에 번거로운 일을 부탁해서 미안했어."

사에는 미소를 지으며 고개를 저었다.

"……만나길 잘한 것 같나요?"

반은 고개를 끄덕였다. 꿈결 같은 바람에 나뭇잎이 술렁거릴 때마다 하얀 아침 햇살이 반짝반짝 춤을 추었다. 어린잎의 얇은 막이 몹시 아름답게 보였다.

"너무 많은 이야기를 들어서 아직 실감이 안 나지만…… 만나길 잘했어."

사에도 작게 끄덕였다.

반은 아침 이슬에 젖은 풀을 헤치고 걸어가면서 따끈한 홈을 크게 한 입 베어 물었다. 고소한 향기가 입 안 가득히 퍼진 순간, 맹렬한 허기가 느껴져서 세 입 만에 다 먹어치웠다. 빵 사이에 끼운 돼지고기의 노릇하게 구워진 비계의 감칠맛이 계속 혀에 남아 있었다.

사에도 조용히 홈을 우물거리고 있다. 온화한 그녀도 일을 눈앞에 두면 딴사람처럼 움직인다. 그날 밤도 이 사람의 활약이 없었다면 투림도, 홋사르 일행도 아파르 오마의 인질이 되어 변경의 백성에게 대단히 위험한 교섭 도구로 쓰였을 것이다.

그날 밤, 사에가 이리아에게 상황을 전하러 간다고 했을 때는 반도 망설였다. 고향 사람들이 아파르 오마와 공모한 것을 고려하면 이곳 유카타 산지민들도 아파르 오마의 편을 들어 아카파 왕에게 반기를 드는 쪽이지 않을까 불안했던 것이다.

하지만 사에는 괜찮다고 말했다.

"유카타 산지민은 예로부터 중앙 정권과 깊은 유대가 있어요. 특히 이리아는 오타와르 심부로 일하는 사람이라서 이 나라의 미묘한 사정에 정통하답니다.”

그렇게 말하며 그녀는 쓴웃음을 지었다.

“이리아는 눈치가 빨라요. 그녀에게 가장 소중한 것은 유카타 산지민이기 때문에 정에 휩쓸리지 않고 변경의 세력과 중앙 세력의 동향을 신중히 판단하고 움직이죠. 비록 이곳에 의탁한 아파르 오마가 음모에 가담하도록 꾀었다고 해도, 그녀라면 우호적인 태도로 그들을 달래면서 사방에서 불어오는 바람의 방향을 읽고 있을 거예요.”

사에의 눈에 적적한 빛이 감돌았다.

“그녀는 분명 아파르 오마를 버리려는 아카파 왕의 결의를 알고 있을 거예요. 그녀는 패배한 말에는 결코 올라타지 않아요.”

사에의 말대로 이리아는 석화 부대가 투림을 붙잡았다는 사실을 알자마자 일단 수하를 시켜 영지 내에 두었던 아파르 오마의 수장을 붙잡았고, 그들이 석화 부대에 가담하지 못하도록 견제했다. 그런 다음, 아카파 정예병들을 불러 그들과 함께 바위 감옥을 습격한 것이다.

석화 부대와의 공방이 처참한 사투로 번지는 바람에 아카파 병사 중에서도 사망자가 나왔다. 하지만 기습을 당한 석화 부대는 본래의 힘을 발휘하지 못하고 단시간에 제압당했다.

이리아는 냉철하게 행동을 취하는 한편, 구출해낸 투림과도 교섭을 시도했다. ‘이번 일은 토가 산지에 있던 오판 일족이 아카파 왕에게 버림받았다는 사실을 알고 독단으로 취한 반격이고, 유카타 산지령에 의탁한 아파르 오마는 관여하지 않았다. 유스라 오마 역시 명령을 받아 부득이하게 관여했을 뿐, 반역할 뜻은 없다. 앞으로 우리 측에서 엄중히 관리할 테니 그들의 처분을 자신에게 맡겨달라'는 말로 설득했다는 것이다. 이렇듯 이리아는 자신의 날개 안으로 보듬은 백성들을 지키면서, 동시에 아카파 왕에게도 빚을 씌운 것이다.

그녀의 행동은 아카파에 사는 변경의 백성들의 입장과 마음을 잘 나타내고 있다. 변경의 백성들에게 가장 소중한 것은 그들의 고향에서 살아가는 평온한 삶이다. 그것만 지킬 수 있다면 왕국의 통치자가 누구인지 따위는 고향의 존망을 걸 만큼 중요한 일은 아니다.

'……아파르 오마는.'

변경의 백성들 속에서도 고립되고 말았다. 이제 바람이 그들의 등을 떠밀어주는 일은 없을 것이다. 그렇게 생각하자 가슴속에 묵직한 응어리가 움직였다. 그들의 행동은 성급하고 거칠었지만, 그래도 궁지에 몰린 그들이 안쓰러웠다.

나뭇가지 사이로 쏟아지는 빛이 일렁이는 어린잎 너머로 유스라 오마 부락이 보였다.

잠꾸러기인 유나는 아직 쿨쿨 자고 있을 터였다. 잠에서 깨서 반이 없다는 걸 안다면 울음을 터뜨릴 테니 그 전에 돌아가고 싶었다.

유나는 몸도 마음도 튼튼한 아이다. 하지만 반과 느닷없이 헤어졌던 불안과 공포가 마음에 들러붙어 있는지, 그의 모습이 조금이라도 보이지 않으면 울었다. 어젯밤에도 꼭 끌어안아주자 그제야 잠들었다.

이모라는 안색 나쁜 여성은 그런 사정을 배려해줄 성격으로 보이지는 않았다. 유나가 반을 찾으며 울라치면 지긋지긋하다는 표정으로 혼내고도 남을 것이다.

그녀는 유나의 어머니와는 닮지 않았다. 반도 사실 유나의 어머니에 대해서는 죽은 후의 얼굴밖에 모른다. 게다가 유나의 이모와 그녀는 여덟 살이나 차이가 난다고 하니 그 탓일지도 모른다. 하지만 유나의 이모는 그녀의 언니라기보다 어머니가 아닐까 싶을 정도로 초췌해 보였다.

반은 낫카에게 사정을 듣고 깜짝 놀랐다. 이곳이 유나의 고향이고, 또 친척도 있다면 이곳에서 살게 해야 한다고 생각하면서도 괴로웠다. 하지만 유나의 이모를 실제로 만나보니 아이를 두고 갈 마음이 사라졌다.

자식도 많고 가난했던 그녀는 유나가 여동생의 딸임에도 전혀 애정을 내비치지 않았다. 이 아이를 양녀로 데려가도 되겠느냐고 묻자, 오히려 그녀는 살았다는 듯한 밝은 표정으로 그래주면 고맙겠다고 말했다.

"……피보다 정인가."

그렇게 중얼거리자 사에가 반을 올려다보았다. 그는 가만히 웃었다.

"고삐에 끌려 이런 곳까지 왔지만, 어떤 의미로 신께서 인도하신 건지도 모르겠어. 유나를 정식으로 딸로 삼을 수 있었으니까."

사에의 눈가에도 상냥한 미소가 어른거렸다.

"정말 그러네요."

그렇게 말한 사에가 걸음을 약간 늦추었다.

"앞으로 어쩔 건가요?"

반도 걸음을 늦추었다.

"오키로 돌아갈 거야."

오마도, 토마도, 키야도 마음을 졸이고 있을 것이다. 빨리 얼굴을 보여주고 안심시켜주고 싶었지만, 그 전에 들러야 할 곳이 있다.

"가는 길에 요미다의 숲에 들를 생각이지만, 초여름 이동 전에는 오키로 돌아갈 수 있겠지."

반은 사에를 바라보았다.

"당신은 어쩔 텐가?"

사에는 바로 대답하지 않았다. 그녀의 눈이 희미하게 흔들리는 듯했다. 다시 걸음을 재촉해 가다가 불쑥 멈춰 서더니 고개를 돌렸다.

"……당신을 감시하는 게 제 임무예요. 아직 그 임무는 끝나지 않았어요."

표정은 고요했지만 그 목소리는 갈라져 있었다.

"원숭이보다 후각이 예민한 당신에게 들키지 않는 건 이제 불가능하겠지만요."

반은 피식 웃었다. 가슴속에서 꿈틀거리는 이 감정이 무엇인지, 아직은 들추고 싶지 않았다. 하지만 그 감정이 거기에 있다는 사실만은 의심할 여지가 없었다.

반은 아무 말 없이 그저 고개만 끄덕였다.

*

오랫동안 반과 떨어져 본의 아니게 낯선 사람들 사이에서 살았던 유나는 그 동안 어린 마음으로 견뎌왔던 불안을 메우려는 듯, 반에게 과하게 응석을 부렸다. 마치 갓난아이로 돌아간 것처럼 떼를 썼다. 하지만 반이 안아주고 늘 어딘가 몸을 맞대고 있는 동안, 그런 이상한 행동이 서서히 잦아들었다.

처음에 유나는 사에게도 경계심을 품는 듯했다. 하지만 반과 유나가 오라하를 탄 채 앞서고 사에가 이리아에게 빌린 말을 타고 그 뒤를 따르는 모습으로 긴 여행을 하는 사이, 경계심은 서서히 녹아들었고 어느새 사에를 따르며 응석을 부리게 되었다.

이른 봄의 들판을 지나는 여행은 평화롭고 즐거웠다. 눈 녹은 물이 맑은 소리를 내며 골짜기로 흘렀고, 들판에는 기다렸다는 듯이 자그마한 꽃이 피기 시작했다. 성질 급한 작은 벌레들이 그 꽃에 모여들었다가 아스라한 햇빛에 얇은 날개를 빛내며 빛의 알갱이처럼 들판을 넘나들었다.

아카파 북부로 향하는 길에는 작은 마을이 몇 개 있다. 그 마을들은 털가죽을 파는 북부 상인들과, 곡물과 마른 식품을 주로 파는 남부 상인들이 서로의 상품을 사고파는 시장에서 생겨났다. 그곳을 둘러보면 나름대로 즐겁고, 긴 여행에 필요한 식량도 손에 넣을 수 있다.

마을에 들를 때마다 사에는 얼마간 모습을 감추었다. '모르파의 그물은 이런 마을에도 퍼져 있는 걸까?' 반은 그런 생각을 하면서 사에가 스스로 말해줄 때까지 무엇을 했는지 묻지 않았다.

어느 마을에서 평소처럼 모습을 감추었던 사에가 저녁이 되었는데도 좀처럼 돌아오지 않았다. "아주마, 어디 갔어?" 하고 자꾸 묻던 유나가 새근새근 잠들고, 숙소의 거의 모든 방에서 불빛이 사라졌을 무렵에 사에가 지친 얼굴로 돌아왔다.

그녀는 방에 들어오자마자 낮은 목소리로 말했다.

"케노이가 죽었다고 해요."

반은 잠시 말없이 사에를 올려다보았다.

"병인가?"

반의 질문에 사에는 애매하게 고개를 저었다.

"모르겠어요. 아마, 그렇겠지요."

화로로 다가와 주저앉은 사에가 동료에게 들은 정보를 이야기해주었다. 아카파 왕이 보낸 토벌군과 오판 일행이 벌인 사투의 전말을 반은 어두운 표정으로 듣고 있었다.

'……케노이가 죽었나.'

그렇다면 그들의 꿈은 끝난 것이다. 오판이 살아남았다 해도 개의 왕이 없다면 킴마의 개들을 부릴 방법이 없다.

변경의 백성들과 아카파에게는 낭보였다. 그 무서운 병이 퍼질 위험도 피하게 된 셈이다. 이렇듯 많은 사람들에게 케노이의 죽음은 행운이었다.

어느 작은 민족의 꿈이 은밀히 불타오르다가 은밀히 꺼졌다. 그뿐이다. 간사 씨족이 고향으로 돌아가지 못하는 아파르 오마를 토가 산속 깊숙이 숨겨주었다는 말을 들었을 때, 어렴풋한 비애가 가슴속에 퍼졌다. 반은 화롯불을 바라보며 한동안 그대로 꼼짝도 하지 않았다.

제 **11** 장

속임수

사슴의 왕

돌아왔다 떠난 자

하

수많은 거미집

참방참방, 정원의 수로 벽에 부딪치면서 흘러가는 물소리가 들려온다. 살얼음이 끼어 있을 때는 들리지 않던 소리다. 봄소식을 알리는 그 소리를 멍하니 들으며 요타르는 눈앞에 무릎을 꿇고 있는 남자를 바라보고 있다.

"그 이야기에 거짓은 없겠지?"

모피를 두른 남자가 고개를 들고 짧게 대답했다.

"없습니다."

진한 주름이 나이를 알려주는 그의 얼굴은 뻔뻔스러우리만치 표정이 없었지만, 요타르는 개의치 않았다. 중요한 것은 남자가 가져오는 정보일 뿐, 그의 인품이 아니다.

"마르지."

이름을 불러도 남자의 표정에는 아무 변화가 없었다.

"네가 눈으로 직접 확인했느냐?"

마르지는 불명확한 목소리로 대답했다.

"아카파 병사는 놈의 얼굴을 모르니 제가 직접 확인했습니다."

요타르는 눈을 가늘게 뜨고 단호한 목소리로 물었다.

"그 역병을 퍼뜨리는 개들을 조종할 줄 아는 것은 그 케노이란 작자뿐이겠지?"

마르지는 즉답하지 않고 잠시 생각에 잠겼다가 이윽고 낮은 목소리로 말했다.

"그런 것 같습니다. 눈에 보이지 않는 일이니 확답은 드리기 어렵지만, 개의 왕이라고 불렸던 것은 케노이뿐이었고, 다른 견술사들은 킴마의 개를 다룰 힘이 없는 듯했습니다."

"……그렇다면 케노이가 죽은 뒤로 킴마의 개들은 어쩌고 있나?"

"산속으로 흩어졌습니다."

요타르가 눈살을 찌푸렸다.

"행방을 모른다는 뜻이냐?"

마르지는 고개를 저었다.

"현재는 그렇습니다. 하지만 분담해서 뒤를 쫓고 있습니다."

"음. 행방을 알게 되면 보고하라."

"예."

요타르는 말없이 고개를 숙이고 있는 마르지를 얼마간 바라보았다. 과거 아카파 왕의 그물이라고 불렸던 모르파의 두령이자, 오랜 세월에 걸쳐 아카파의 동향을 츠오르에 전해온 밀정의 희끗한 머리를.

변경의 영지를 지배하려면 본처와 측실 사이에서의 줄다리기 같은 기술이 필요하다. 여자란 자고로 만만치가 않아서 앞에서는 복종하더라도 뒤에서는 자기 지위를 공고히 하기 위해 남편과 얽힌 여자의 사정을 파헤쳐 온갖 획책을 꾸미는 법이다.

남자는 그걸 안다. 여자들도 남자가 알고 있다는 사실을 안다. 그러면서도 누구도 얼굴에 드러내지 않는다. 드러내지 않는 것이 풍파를 일으키지 않고 평온한 나날을 자아내는 최선의 방법임을 알기 때문이다.

마르지가 츠오르에게 정보를 전달하는 것을 아카파 왕도 알고 있을 것이다. 그것은 요타르에게는 유리한 일이었다.

뭔가 불온한 사태가 일어날 때마다 아카파 왕을 불러들여 정면에서 위협하면, 영지 경영의 그늘에서 꿈틀거리는 귀찮은 문제의 싹을 세상에 드러내게 된다. 그러면 일이 너무 커지는 데다가 기록에도 남겨야 하므로 황제의 눈, 즉 '옥안'에게도 전달되고 만다.

특히나 이번 내방에는 오우아 제후가 따라온다. 선제후들 중에서도 유난히 야심이 강한 사내인 데다가 최근 눈에 띄는 행동이 늘었다. 기회만 되면 이 영토도 차지하고 싶어 하는 눈치였다. 작은 흠을 찾아내면 황제에게 진언해서 아버지의 실각을 노릴 것이다.

변경 지역을 통치하는 데는 번거로운 문제가 따르기 마련이니 황제도 사소한 일로 당장 이 자리를 빼앗지는 않을 것이다. 하지만 그 문제가 앞으로 어떤 큰일로 이어진다는 예감을 갖게 되면 움직일지도 모른다.

'어쨌거나 지금이 실력을 발휘할 때다.'

문제의 싹이 있다면 되도록 빨리 알아낸다. 그리고 이쪽이 그것을 알고 있다는 사실을 아카파 왕이 느끼게 하면 된다. '우리도 알고 있으니 섣불리 움직이지 마라. 움직이면 가차 없이 짓밟겠다.' 그렇게 무언의 협박을 가하는 것이다. 모르파는 그런 무언의 협박에 실로 알맞은 도구였다.

요타르는 아카파처럼 제도에서 멀리 떨어진 변경의 영토를 오래 관리하려면 과도한 억압은 역효과라고 생각했다. 변경의 주민도 마찬가지로 사람이다. 짓밟혔다고 생각하면 분노가 끓어오르는 법이다. 이번 일도 독보리 사건 때처럼 형이 내린 가혹한 처벌이 큰 원인이다.

'그 처벌은……'

너무도 과했다. 그때, 요타르는 형이 제안한 처벌에 이의를 제기했다. 이주민을 실제로 습격한 자를 참수하고 계략에 가담한 자를 노예로 삼는 수준의 처벌이 타당하지, 아파르 오마를 모조리 고향에서 추방하는 것은 과하다고 말이다.

하지만 형은 코웃음을 쳤다. '너는 모른다. 이번 일은 아카파 민족에게 이주민을 습격하면 어떤 꼴을 당하는지 보여줄 절호의 기회다. 처벌은 가혹할수록 의미가 있다'고 하면서.

'어느 쪽이 옳았는지, 형님은 몸소 깨달은 셈이다.'

처벌이라는 것은 처벌을 받는 쪽에서 볼 때도 어딘가 납득할 수 있는 강도여야 한다. 개인의 경우도 그렇지만 하나의 씨족 전체에 벌을 내리는 경우에는 특히 더 그렇다.

납득하기 어려운 벌을 받았다고 생각하면 반드시 원한이 남는다. 그 원망이 이윽고 문제의 씨를 낳는 것이다. 변경의 관리는 일시적인 게 아니다. 몇 세대에 걸쳐 안정적으로 이어나가야 하는 사업이다. 이 땅에 사는 민족이 아카파 왕의 치세를 그리워하게 해서는 안되는 것이다.

'앞으로 아파르 오마의 처우를 진지하게 고민해야겠군.'

오판 일파의 과격한 모반에 호응해 아파르 오마가 커다란 모반을 일으킨다면 엄중한 처벌을 가해야만 한다. 하지만 다른 아파르 오마가 모반에 응하지 않아 오판 일파가 고립된다면 복종을 선택한 아파르 오마가 그런 선택을 하길 잘했다고 느낄 만한 무언가를 선사해야 할 것이다.

그런 심산이 있다 보니 요타르는 아직 아버지에게 역병을 가진 개를 다루는 개의 왕이라는 존재에 대해 보고하지 않았다.

'아버지는 연로하시다.'

장남인 우타르의 죽음은 늙은 아버지가 예상치 못한 일이었던 만큼 충격도 커서, 아직 받아들이지 못하고 있다. 그 습격이 아카파 왕의 계략이 아닌가 하는 의혹이 마음속에서 사라지지 않았다. 마치 작은 상자에 갇힌 쥐가 출구 없는 상자 속을 뱅글뱅글 맴돌다 화가 쌓이는 것처럼, 아카파 인에 대한 증오가 쌓여가고 있었다.

지금 아버지가 사건의 전모를 아신다면 오판과 아파르 오마뿐 아니라 아카파 왕까지도 처벌할 것이다. 그리고 아카파 전체를 호되게 단속해 두 번 다시 모반을 꾀하지 못하도록 가혹한 벌을 내릴 것이다.

그것은 너무나도 어리석은 술책이다. 우타르를 잃은 원한은 풀수 있겠지만, 오랜 세월을 들여 쌓아온 아카파 지배의 근간을 처음부터 새로 구축해야 한다.

'무코니아와의 알력이 심각해진 지금······.'

그런 짓을 하고 있을 여유는 없다. 사태가 이대로 진정된다면 앞으로도 사건의 진상을 어둠 속에 묻고 아버지에게 알리지 않아야 한다.

하지만 달아난 오판이 문제를 일으키면 아버지에게 보고하지 않았다는 사실이 요타르의 신상에 큰 영향을 줄 가능성도 있다. 그는 한숨을 쉬었다.

'어찌 되었든.'

중요한 건 오판의 동향이다.

"오판의 행동은 파악했나?"

마르지는 불편한 표정으로 고개를 저었다.

"아직 파악하지 못했습니다."

잠자코 바라보자 마르지는 미간에 깊은 주름을 새기고 요타르를 똑바로 마주 보았다.

"아들들이 추적하고 있으니 조만간 찾아낼 겁니다."

요타르는 고개를 끄덕였다.

"찾아내면 내게 먼저 보고하도록."

"예."

"오판에게 아이는 있나?"

"딸 둘에 아들은 없습니다."

"형제는?"

"두 명이 있었던 듯합니다만 병으로 죽고, 오판 혼자 남았다고 들었습니다."

요타르는 흠, 하고 턱을 어루만졌다.

"아파르 오마는 일족의 유대가 강하지. 혈연이 아닌 자라도 방심해서는 안 된다. 그물을 넓게 펼치도록 해."

"예."

납작 엎드린 마르지를 보며 요타르는 짐짓 표정을 누그러뜨리며 말했다.

"그대들의 노고는 잘 알고 있다. 전에 약속한 세금 면제 말이네만, 이 년이 아니라 삼 년으로 늘려주지. 문서로 줄 터이니 가져가게."

마르지는 엎드린 채, 들릴락 말락 한 목소리로 감사를 표했다. 눈앞의 백발 머리를 보면서 요타르는 멍하니 세금 면제라는 보수만이 아니라 그들의 행동이 아카파 전체에 무엇을 가져다주는지 이 남자는 알고 있을 거라고 생각했다. 그렇기 때문에 일족의 목숨을 걸고 가느다란 밧줄 위를 건너는 것이다.

이제 이 남자가 아카파 왕을 찾아가 어떤 보고를 할지, 요타르는 문득 벽에 들러붙은 도마뱀붙이라도 되어 들어보고 싶다고 생각했다.

＊

요타르의 저택에서 나와 몇 걸음 떼자마자 마르지는 뒤를 돌아보았다. 이제 막 뜬 하얀 달의 빛을 받으며 울타리의 그림자가 밤길 위에 길게 드리워져 있다.

그림자 속에서 한 남자가 걸어 나와 마르지에게 다가왔다.

"뭔가 알아냈느냐?"

마르지가 아들 무카타를 바라보며 낮은 목소리로 물었다.

"애를 먹고 있습니다. 북쪽은 아직 눈보라가 종종 몰아쳐서."

마르지는 콧방귀를 뀌었다.

"사에는?"

"그 남자에게 꼭 붙어 있는 모양입니다."

딱히 고갯짓도 하지 않고 무카타를 바라보는 마르지의 얼굴에 희미하게 울적한 빛이 떠올랐다. 마르지는 이윽고 한숨을 한 번 내쉬더니 얼굴을 쓱 문질렀다.

"각지의 아파르 오마들의 동향은 어떠하더냐?"

무카타는 유카타 산지의 상황부터 아파르 오마가 흩어져 있는 장소의 상황까지 하나하나 보고했다. 석화 부대가 출동해 한바탕 소동을 벌인 유카타 산지를 제외하면, 아직 케노이의 죽음조차 모르고 있는 탓에 아무 변화가 없는 듯했다.

"놈들은 교묘하게 분산되어 있으니 조용합니다. 행상인이나 수용한 난민을 통해 소식을 듣게 된다면 어떻게 반응할지 모르겠습니다만."

무카타의 말에 마르지는 신음했다. 콧숨을 내뱉으며 잠시 허공을 바라보면서 뭔가 생각에 잠겨 있던 마르지가 이윽고 무카타에게 시선을 돌렸다.

"뭐, 됐다. 어쨌든 방심하지 마라."

무카타는 고개를 끄덕인 후에 머리를 조아리고 걸음을 돌렸다. 마르지가 그의 뒷모습을 보며 불러 세웠다.

"잠깐."

무카타가 뒤를 돌아보았다.

"세금을 일 년 더 면제해준다는구나. 마을에 전해라."

무카타의 눈에 대번에 밝은 빛이 깃들었다.

"예."

울타리 그림자 속으로 사라지는 아들을 바라보던 마르지는 그와 반대 방향으로 걸음을 옮겼다. 천천히 걸어가면서 투림에게 무엇을 보고하고, 무엇을 보고하지 않을지 마음속으로 고민했다.

요타르는 태도는 조용하지만 심성은 무서운 구석이 있다. 얕잡아볼 수 없는 남자다. 아카파와 츠오르, 변경의 민족들……, 이 복잡하게 얽힌 실타래를 잘못 파악하면 일족에게 되돌릴 수 없는 결과를 초래한다.

마르지는 요타르가 킴마의 개를 다룰 수 있는 것이 케노이뿐이냐고 물었을 때, 부러진 뿔의 반에 대해 보고하지 않은 것이 실수였을 지도 모른다고 생각했다. 그는 반사적으로 몇 가지 상황이 머릿속에 떠올라 그 사실을 묻어둔 것이다. 딸의 목숨을 구해주고 케노이로부터 벗어나는 길을 선택한 그 남자의 모습이 눈앞에 떠올라 마르지는 콧잔등을 찌푸렸다.

피로가 몸속 깊이 뭉쳐 있었다. 예전에는 이틀 정도 자지 않고도 이 산에서 저 산으로 뛰어다닐 수 있었는데, 지금은 해 질 녘이 되면 몸속의 묵직한 피로를 느낀다.

'긴 밤이 되겠군.'

아카파 왕에게 보고한 뒤에도 또 한 곳, 찾아가야 할 장소가 있다. 그곳에서 기다리고 있을 남자를 생각하니 눈에 보이지 않는 실에 이끌리듯 또 하나의 얼굴이 떠올랐다. 어렸을 때부터 병을 앓고 있는 장남의 창백한 얼굴. 벌써 마흔이 넘었는데, 하고 생각할 때마다 눈앞에 떠오르는 것은 어렸을 때의 천진한 얼굴이었다.

마르지는 한숨을 쉬었다.

'……이번에는 무슨 명령을 받게 될까.'

교류도 길고, 최근에는 이미 몇 번이나 만났다. 무슨 명령을 할지 대충 상상이 갔다.

'이것 참.'

이토록 조종하는 사람이 많으니, 세심히 주의하지 않으면 뒤엉키고 만다. 갑갑한 심정으로 한숨을 토해낸 마르지가 걸음을 서두르며 밤의 어둠 속으로 파고들었다.

2

스옷르와의 재회

"아아…… 뜨뜨해."

유나가 눈썹을 축 늘어뜨리며 묘하게 노인처럼 말하는 바람에 사에는 그만 웃음을 터뜨렸다.

메아리의 주인이 사는 동굴에 도착한 지도 벌써 사흘째다. 도착한 첫날, 유나는 꼭 반과 함께 씻겠다고 떼썼다. 하지만 요즘은 사에가 목욕탕에 들어가면 허둥지둥 옷을 벗고 들어오곤 한다. 그녀의 무릎에 안겨 이것저것 떠드는 게 신나는 모양이었다.

사에가 씻어주려 하면 "유나도 할 수 이써!" 하고 큰소리치며 그녀의 손에서 수건을 낚아채지만, 얼마 지나지 않아 씻어주길 바라는 눈치로 살금살금 다가온다. 정말이지, 손에 벅찬 꼬마다.

긴 여행을 거쳐 겨우 동굴에 도착했지만, 공교롭게도 메아리의 주인인 스옷르는 북서쪽 숲의 변두리에 있는 마을에 환자를 보러

가고 없었다.

앗세노미는 재회를 기뻐하며 반 일행이 떠난 뒤에 있었던 일을 설명해주었다. 그리고 오랜 부재를 걱정한 토마가 찾아왔다는 말을 들은 반은 얼굴을 흐렸다. 유나가 납치당해 쫓아갔다는 소식을 들은 토마는 얼마나 염려하고 있을까. 일단 돌아가서 걱정을 덜어준 뒤에 다시 찾아올까 했지만, 앗세노미가 '조금 더 기다려보는 게 좋을 것이다. 늦어도 네댓새 뒤에는 돌아오실 테고, 다시 왔을 때 또 엇갈릴 수도 있지 않겠느냐'고 해서 결국 동굴에 묵으며 스웃르가 돌아오기를 기다리기로 했다.

유나는 미로 같은 이 동굴이 마음에 들었는지, 위험하니 다른 구멍으로 들어가지 말라고 해도 어느새 사라져서는 엉뚱한 곳에서 돌아오곤 했다. 사에는 마음을 졸였지만 오히려 반은 별로 개의치 않았다. 유나가 돌아와도 바닥이 뚫려 있을지도 모르니 발밑을 조심하라는 말밖에 하지 않았다.

전에 이곳에서 납치당한 데다가 갈라진 동굴 속에는 위험한 곳도 있을 텐데 걱정되지 않느냐고 묻자 반은 쓴웃음을 지었다.

"근처에만 있으면 이 녀석이 어디 있는지 대충 알 수 있어. 이 녀석도 마찬가지인 모양이지만."

낫카가 유나를 납치했을 때는 가슴이 술렁거렸지만, 지금은 그런 감각이 없으니 걱정할 필요가 없다는 것이었다.

반은 유나에게는 무척 너그러워서 크게 간섭하지도 않고 큰소리를 내는 일도 거의 없었다. 여행을 시작했을 때, 유나는 오래 떨어져 있던 불안을 메우려는 듯이 반에게 찰싹 달라붙어 유난스럽게 관심을 끌려고 했다. 하지만 반은 유나를 귀찮아하지도 않았고, 아이가 손이나 머리카락을 실컷 잡아당겨도 말없이 내버려두었다.

두 사람은 마치 아빠 곰과 아기 곰 같았다. 나른하게 누워 있는 아빠 곰 위로 아기 곰이 자꾸만 기어 올라가서는 굴러떨어지거나, 배 밑으로 기어 들어가거나, 깨물고 장난치는…… 그런 광경이 떠올랐다. 사에는 그 너그러움이 신기했다. 토가 산지 씨족의 아버지와 딸은 이런 식으로 지내는 걸까? 그렇다면 토가의 딸들은 참으로 행복할 것이다.

모르파로 태어난 사람에게 아버지란 가장 엄격한 상사다. 아이의 활약은 부모의 책임이라고 해서, 아이가 실수하면 부모도 엄중히 책임을 추궁당한다.

사에의 아버지인 마르지는 오랫동안 모르파를 이끌어온 사내로, 그의 행동은 그대로 모르파의 규범 자체라 할 수 있었다. 뛰어난 추적 사냥꾼이자 엄청난 재주를 가진 밀정이었지만, 언제나 못마땅한 태도에 웃는 얼굴을 본 기억이 없다. 아버지의 손을 잡아끌거나 그의 무릎에 올라가는 일은 상상조차 할 수 없었다.

쌀쌀맞은 남자의 태도를 보상하려는 듯, 모르파의 여자들은 아이들을 아꼈다. 응석을 한없이 받아주지는 않지만 어느 아이라도 무릎에 앉혀 웃는 얼굴로 달랜다. 하지만 아버지들이 제 아이를 무릎에 앉히고 어르는 모습은 전혀 찾아볼 수 없었다.

여행 도중에 호바 거목 그늘에서 하룻밤을 보낼 때였다. 사에는 반의 허벅지를 베고 잠든 유나를 보면서 무심코 중얼거린 적이 있었다.

"유나는 행복하겠어요. 이렇게 너그럽게 키워주시니."

바로 대답하지 않고 유나의 잠든 얼굴을 굽어보며 잠시 입을 다물고 있던 반이 이윽고 고개를 들더니 아리송한 쓴웃음을 내비쳤다.

"그렇다면 다행이지만. 딸은 키워본 적이 없어서 아무래도 감을 못 잡겠어."

그 쓴웃음에는 어딘가 적적한 그늘이 있었다.

'딸은'이라는 말은 아들은 키워본 적 있다는 뜻이리라. 그렇게 생각한 순간, 어떤 사실이 떠올라 가슴속이 서늘해졌다. 이 사람은 외뿔의 우두머리, 그러니까 가족을 잃은 남자가 들어가는 전사단의 수장이었던 것이다.

사에는 반에게서 시선을 돌렸다.

'이 사람은……'

아들을 잃은 걸까.

"아, 아주마, 바바! 저기, 저기! 에쁜 나비가 이써!"

갑자기 유나가 큰 소리를 내는 바람에 사에는 생각에서 깨어났다. 수증기가 빠져나가도록 뚫어놓은 바위 창가에 정말 아름다운 나비가 앉아 있었다. 수증기를 가르듯 천천히 날개를 팔락거리고 있다. 오후의 햇빛에 날개가 반짝거렸다.

유나가 작은 다리로 열심히 탕을 헤치며 바위에 난 창으로 다가 갔다. 그 순간, 유나의 몸이 휘청 흔들렸다.

사에는 반사적으로 뛰쳐나가 그 몸을 붙잡으려 했다. 유나를 끌 어안은 순간, 미끄덩한 바닥에 발이 미끄러졌다. 순간적으로 사에 는 유나를 감싸고 몸을 비틀며 탕 속으로 쓰러졌다.

물방울이 요란하게 튀어 잠시 아무것도 보이지 않았다. 다행히 머리는 부딪치지 않았지만 왼쪽 팔 위쪽이 아팠다. 바위 욕탕 가장 자리에 부딪쳐 조금 찢어진 모양이다.

"으……."

사에는 얼굴을 찌푸렸다. 대단한 상처는 아니지만, 뜨거운 물에 피부가 불어 있어 흐르는 피가 눈에 띄었다.

품에 안긴 채로 물속에 빠진 유나는 깜짝 놀라 목소리도 나오지 않는 눈치였다. 얼굴을 닦고 눈을 깜빡거리며 고개를 돌린 유나는 사에의 팔에서 피가 나는 것을 보더니 아, 하고 소리를 질렀다.

"아주마! 피 나!"

휘둥그레진 눈에 왈칵 눈물이 차올랐다.

"……아파?"

유나는 그렇게 말하더니 얼굴을 찡그리며 울음을 터뜨렸다. 깜짝 놀란 사에가 유나의 머리를 쓰다듬었다.

"울지 마, 뚝. 아줌마는 괜찮아."

하지만 유나는 울음을 그치지 않았다.

"아주마, 아파?"

사에가 걱정되어 우는 것이다. 눈물까지 뚝뚝 흘리며 울고 있다. 유나의 우는 얼굴을 보고 있으려니 불현듯 사랑스러운 마음이 왈칵 치밀어 올랐다. 사에는 유나를 끌어안은 팔에 힘을 주었다.

"괜찮아, 고마워. 안 아프니까 울지 마."

매끄럽고 따뜻한 몸을 끌어안고 달래는 사에도 어째선지 울고 싶은 마음이었다.

＊

동굴에 도착한 지 나흘째 되는 날, 겨우 메아리의 주인인 스옷르가 돌아왔다. 반 일행이 맞이하자 스옷르는 깜짝 놀라 눈을 휘둥그레 떴다.

"……세상에, 세상에!"

스옷르는 예전에 보았을 때보다 한층 왜소해진 것 같았다. 무슨 병이라도 있나 싶을 정도로 안색도 나쁘고, 얼굴의 주름도 늘어난 데다 생기도 없었다. 게다가 주위에 큰까마귀의 기척이 없었다.

'잘 왔네, 잘 돌아왔어'라고 하며 재회를 기뻐하는 스옷르가 혼잣말처럼 중얼거렸다.

"이런 일도 다 있구나. 간절히 구하면 찾아온다는 건가."

반이 눈썹을 실룩거리자 스옷르는 쓴웃음을 흘렸지만 결국 뒷말은 입에 담지 않고 천천히 고개를 저었다.

"미안하네만, 어지러울 정도로 피곤하니 일단은 조금 쉬게 해주게나. 나중에 천천히 이야기하세."

동굴에는 그들 외에 숙박하는 사람이 없었다. 저녁 식사 시간이 되자 반 일행은 주방으로 가 동굴에서 일하는 사람들과 함께 식사를 했다. 식기나 요리를 그들이 묵고 있는 방으로 일일이 나르기 귀찮을 것 같아서 그리했는데, 오히려 그 편이 이래저래 이야기도 들을 수 있고 즐겁기도 했다.

보글보글 끓는 전골의 먹음직스러운 향기가 훈김과 함께 주방에 가득했다.

"계절이 바뀔 때면 몸이 안 좋아지는 사람이 많아서 며칠 전까지 환자가 얼마나 많았는지 몰라요. 그런데 지금은 바람이 뚝 그친 것처럼 조용하네요."

앗세노미가 그렇게 말하며 순록 고기와 봄에 산에서 캔 양파를 넣어 푹 익힌 전골 요리를 각자의 그릇에 떠주었다. 그때, 문가에 그림자가 비쳤다. 그쪽을 돌아보니 스웃르가 서 있었다.

"⋯⋯먹음직스러운 냄새로구나."

스웃르가 갈라진 목소리로 말하면서 주방으로 들어와 화롯가에 걸터앉더니 한숨을 푹 내쉬었다.

"아이구야."

가래가 찬 목소리였다. 자다가 이제야 일어났는지 얼굴이 부어 있다. 사에가 일어나 항아리에서 물을 길어 와 건네주자 스웃르가 오, 하고 웃었다. 차가운 물을 꿀꺽꿀꺽 마시더니 숨을 푹 내쉬고 입가를 닦으며 중얼거렸다.

"아아, 이제야 살 것 같네."

앗세노미가 전골을 담은 그릇을 건네주자 스웃르는 실눈을 뜨고 전골 냄새를 맡았다.

"이거야, 이거. 바로 이 냄새야. 이게 그리웠단 말이지."

미소를 띤 얼굴로 양파를 수저로 쿡쿡 찌르면서 말했다.

"이게 들어가면 이렇게나 향긋해지는데, 어째서 이주민들은 쓰질 않는 걸까?"

그러고 보니 키야도 전골에 파 종류를 쓰지 않았다. 그런 생각을 하며 반은 스웃르를 쳐다보았다.

"이주민 마을에 다녀오셨습니까?"

별안간 스웃르의 표정이 어두워졌다.

"그렇다네. 최근에는 이주민 마을만 돌고 있지."

그 말을 끝으로 스웃르는 말없이 전골 국물을 훌짝이다가 검은 보리로 만든 신맛이 강한 파우를 국물에 적셔 고기와 함께 우물우물 먹기 시작했다.

어쩌다 보니 모두들 달콤한 맛의 순록 비계와 매콤한 양파의 향기가 어우러진 뜨거운 전골을 말없이 먹고 있었다.

"……지친 기색이군요."

반이 말을 건네자 스웃르는 그릇에서 시선을 힐끗 들었다가 바로 그릇으로 내렸다.

"그래, 요즘 계속 힘들다네. 까마귀 할멈이 황천으로 떠나버렸거든."

그렇지 않을까 싶었지만, 실제로 스웃르의 입으로 들으니 허전한 고독이 가슴속을 스쳐 갔다. 그는 고개를 숙인 채로 입술을 일그러뜨렸다.

"뭐, 십 년이나 곁에 있어주었으니까 불평하면 벌을 받겠지."

스웃르는 까마귀 할멈과 지냈던 나날을 드문드문 들려주었다. 그 큰까마귀는 새끼 때 둥지에서 떨어진 것을 스웃르의 아내가 주워서 '까악 마님'이라 부르며 키우던 암까마귀였다.

새끼 때부터 감이 날카로운 까마귀였지만 아내와 함께 자식처럼 키운 탓에 영혼이 깊이 연결되었는지, 어느새 두 사람에게 까악 마님의 영혼의 목소리가 들리기 시작했다. 게다가 때로는 영혼을 머금고 돌아다녀주기도 했다.

까악 마님은 아내가 병들어 숨을 거둘 때까지 줄곧 곁에 붙어서 마치 사람처럼 한탄하며 슬퍼했다. 그리고 아내가 세상을 떠나자 까악 마님은 마치 스웃르의 아내라도 된 것처럼 그를 놀리며 도와주었다. 그 후로 스웃르는 까악 마님을 '까마귀 할멈'이라고 불렀고, 어느새 정말로 아내가 곁에 있는 것처럼 생각하게 되었다.

"까악 마님 나름대로 할멈의 마지막 말을 지켜준 것일 테지. 할멈은 날 걱정했었어. 내가 한심한 남자거든."

스웃르는 적적한 미소를 내비쳤다.

"그 녀석은 특별한 까마귀였지만 사람의 영혼을 태우는 건 역시 힘든 일이었을 게야. 이십 년을 사는 까마귀도 있는데, 십 년밖에 못 살고 가버렸어."

스웃르는 한숨을 푹 쉬며 고개를 들었다. 그러고는 울적해진 분위기를 떨쳐내려는 듯, 무릎을 찰싹 때렸다.

"뭐, 그래. 그것도 까악 마님의 운명이었던 게지. 지금쯤 황천에서 할멈 품에 안겨 내 얘기를 안주 삼아 깔깔 웃고 있을 게야."

앗세노미가 그럴 거라는 듯이 작게 끄덕였다.

저녁을 다 먹고 그릇을 뱅글뱅글 돌리며 놀던 유나가 반의 무릎 위에서 잠들었을 때, 스웃르가 앗세노미를 힐끗 쳐다보았다. 앗세노미가 눈썹을 살짝 치켜세웠다.

"그럼 목욕 좀 하고 오겠습니다. 그릇은 그쪽에 두세요. 나중에 치울게요."

그렇게 말하고는 다른 사람들과 두런두런 이야기를 하며 함께 주방에서 나갔다.

3

뒤바뀐 늑대

앗세노미와 사람들이 나가자 주방이 묘하게 넓어진 기분이 들었다. 스옷르는 반과 사에를 보며 아리송한 미소를 짓더니 불쑥 입을 열었다.

"……사람들을 물리는 건 내키지 않는 일이야."

그걸 굳이 말하는 게 스옷르다워서 반은 무심코 희미하게 쓴웃음을 지었다.

스옷르는 헛기침을 하며 눈짓으로 유나를 가리켰다.

"그 아이를 납치한 게 낫카였다는데, 사실인가?"

"예. 명령을 받아 거절하지 못하고 저지른 듯합니다만."

"명령? 누가?"

반은 스옷르를 바라보았다.

"복잡한 사정이라 말씀드리면 폐가 될지도 모릅니다. 비밀을 지켜주신다면 일단 괜찮을 것 같기는 합니다만."

스웃르가 한쪽 뺨을 실룩거렸다.

"그렇다면 굳이 묻지는 않겠네만, 사정을 설명할 생각이 아니라면 어째서 일부러 찾아왔나? 무사한 얼굴을 보여주러 온 건 고맙네만, 내가 돌아오기를 나흘이나 기다렸다는 말은 그 외에도 내게 용건이 있다는 뜻이겠지?"

반은 아니, 하고 입을 열었다.

"그때 도중에 이야기가 끊겼잖습니까. 무슨 용건으로 저를 불렀는지, 그걸 듣지 못하고 이곳을 떠나는 바람에."

스웃르는 입을 헤 벌린 채로 민망하다는 듯 웃었다.

"아, 그랬지. ……용건이 있는 건 내 쪽이었지."

스웃르는 머리를 긁적이더니 '그런데 그때 어디까지 말했더라' 하고 중얼거렸다.

"제 기억으로는 광견병에 대해 이야기할 때 젊은이가 판자에 실려 와서……."

반이 말하자 스웃르가 살짝 쓴웃음을 지었다.

"그랬던가? 나이를 먹는다는 건 서글프군. 낮에 잠을 자면 좀처럼 정신이 안 돌아오니."

스웃르가 머리를 흔들며 음, 하고 한 번 고개를 끄덕였다.

"생각나는군. 그때 자네가 로차이에게 물렸다고 해서 역시 그런가 싶었어. 그렇다면 앞뒤가 맞아. 자네하고 로차이 사이에 뭔가 접점이 없으면 그런 일은 일어나지 않을 테니까."

스웃르는 천천히 고개를 저었다.

"어쨌거나 기묘한 광경이었네. 사람과 개가 모두 뒤바뀌어 달려가다니."

"……예?"

스웃르가 손바닥을 홱 뒤집으며 말했다.

"그날 밤, 눈밭을 달려가는 자네들은 모두 완전히 뒤바뀌어 있었어. 그 상태는 그 로차이들에게도 아마 일반적인 상태가 아닐 게야."

반은 눈을 부릅떴다. 그것은 생각해본 적도 없는 일이었다. 킴마의 개들은 늘 그런 상태일 줄 알았는데, 그렇다면 그들 또한 어떤 계기가 있어야 그 상태가 되는 것인가?

'그렇다면……'

그 계기란 무엇인가?

"나는 말일세."

스웃르가 말했다.

"자네들이 나간 뒤에도 기묘한 광경을 보았네. 꿈인 줄 알았는데, 지금 생각해보면 그것도 로차이들이었는지 몰라."

스웃르의 시선이 허공을 헤맸다.

"녹초가 되어서 날이 저물기 전에 잠든 날이었지. 그런 식으로 이상하게 지치면 영혼이 유명幽明의 경계로 빠져나가는 일이 있거든. 이상한 곳으로 가지 않도록 까마귀 할멈이 내 영혼을 머금어주어서 밤의 숲을 날아다녔지……."

물이 펄펄 끓는 소리가 자그맣게 들려왔다.

"문득 아래를 내려다보니 빛이 흘러가는 광경이 보였네. 달려가는 개들의 무리였지. 늑대나 개도 짐승이니 생명의 빛을 발하는 건 당연한 일이지. 하지만 그 개들의 몸은 마치 야광충이 춤추는 소용돌이처럼 어지러이 반짝이는 게, 어쨌든 정상이 아니었어. 게다가 그 무리는 기묘한 방식으로 달렸지. 똑바로 달려가나 싶더니 갑자기 방향을 바꾸어 나무들 사이를 지나고 수풀을 뛰어넘더니 다시 방향을 바꾸더군. 뭔가 먹잇감이라도 쫓는 줄 알았는데, 놈들의 앞을 달리는 먹잇감은 보이지 않았어."

스옷르가 말을 끊고 반을 쳐다보았다.

"놈들의 앞에는 먹잇감이 아니라 선도자先導者가 있었네. 뭐가 있었다고 생각하나?"

반은 눈살을 찌푸린 채로 물었다.

"남자, 입니까?"

스옷르는 고개를 저었다.

"사람이 아닐세."

그의 눈이 번득 빛났다.

"놀라지 말게. 놈들을 선도했던 건 한 마리 늑대였다네."

반은 눈을 껌뻑거렸다.

"홀로 영역을 침범한 늑대를 쫓았다는 말씀입니까?"

스옷르는 아니라며 손을 내저었다.

"말했잖은가, 무리를 이끌고 있었다니까. 털 결이 아름다운 늑대가 이상한 빛을 발하면서 마치 끈을 잡아당기듯 무리를 끌고 있었다네."

"검은 늑대입니까?"

"그럴지도 몰라. 기억하는 모습은 털 결이 아름다웠다는 점뿐이네만."

스웃르가 빛나는 눈으로 반을 바라보며 말했다.

"그리고 그 늑대도 뒤바뀐 상태였어."

스웃르가 입을 다물자 주방에 정적이 차올랐다. 반은 스웃르를 바라보았다.

"그 늑대를 조종하던 자는 없었습니까?"

스웃르는 으음, 하고 신음했다.

"있었을지도 모르지. 하지만 짧은 비상飛翔이었던 데다가 늑대가 개들을 이끌고 있다는 사실에 놀라서 금방 깨어난 터라, 그 점은 모르겠네."

반은 고개를 숙이고 화롯불을 바라보았다. 몇 개의 실이 무늬를 짠 통에 어느 실이 어떻게 얽혀 있는지 보이지 않았다. 풀어보지 않으면 중요한 부분을 착각할 것만 같았다. '애초에 뒤바뀐다는 게 어떤 상태를 말하는 걸까? 그리고 그 상태와 행동을 조종당하는 이유 사이에 어떤 관계가 있을까?'

"전에……."

반이 턱을 어루만지며 말했다.

"반전이라는 건 '영혼인 자신'과 '육체의 자신'이 뒤바뀌는 거라고 말씀하셨지요? 평소에는 영혼이 전면에 나와 있지만, 뒤바뀌면 마음이 육체에 지배당하고 만다고."

"음."

반은 화로를 바라보며 말했다.

"오타와르 귀인도 비슷한 말을 했습니다. 몸속에 침입한 흑랑열 병소도 살아남아서 증식하기를 바라기 때문에 그것이 우리의 머리를 차지해서 몸을 움직이고 있는 것인지도 모른다고요."

스웃르의 눈이 환하게 빛났다.

"그거다."

"……?"

"나도 바로 그 이야기를 하고 싶어 자네를 여기로 부른 걸세."

스웃르는 반을 뚫어져라 쳐다보았다.

"자네 안에도, 그 아이 안에도, 그 개들 안에도 '병의 생혼'이 있네. 누구나 몸속에 병의 생혼을 얼마간 가지고 있는 법이지만, 자네들 안에 있는 것들은 평범하지가 않아. 어쨌거나 자네들을 뒤바꾸어버리니까. 자네들의 영혼을 통제해서 몸을 조종하다니, 엄청난 힘일세."

반이 눈살을 잔뜩 찌푸렸다. 그 충동, 물어뜯고 싶다는 충동은 분명 그 녀석들의 감정일 것이다.

'하지만……'

마음속에 있던 생각이 떠올랐을 때, 스웃르가 헛기침을 하며 말했다.

"나는 말일세, 도움을 청하고 싶어 자네를 불렀던 거라네."

반은 눈썹을 실룩거렸다.

"도움?"

스웃르가 진지한 눈으로 반을 바라보았다.

"음. 그 병을 어떻게 할 수 없을까 싶어서."

스웃르의 얼굴은 조금 창백했다.

"솔직히 말해 나는 그게 무섭네. 병의 생혼이라는 건 여러 가지 작용을 하지. 광견병에 걸린 개나 사람이 변한 모습을 두어 번 보았네. 하지만 광견병에 걸린 사람은 살아나지 못했네. 모두 죽어버렸지."

스웃르가 뺨을 문지르며 말했다.

"흑랑열은 그것과는 달라. 비슷하지만 다르지. 자네도, 그 로차이들도 병의 생혼을 몸속에 가진 채로 평범하게 살다가 어느 순간 갑자기 뒤바뀌지. 사람과 개가 일제히 뒤바뀐다는 건 보통 일이 아니야. 너무 기묘해."

스웃르는 요란하게 한숨을 내쉬었다.

"나라 하나를 멸망시킨 병이니, 평범한 병과는 다른 성질을 지녔는지도 모르지."

스웃르가 어두운 눈으로 반을 보았다.

"소금광산에서 흑랑열이 발생했다는 소식을 들었을 때, 우리는 걸리지 않는 병이라 생각해서 크게 염려하지 않았네. 하지만 지금 이곳에는 이주민들도 있지. 아카파의 저주니 뭐니 시시한 소리를 지껄이며 이주민이 개에 물리면 기뻐하는 놈들도 있는 모양이네만, 그건 웃기지도 않는 소리지. 사람의 목숨을 대신할 게 어디 있겠나. 이주민이든 누구든 병에 걸리면 고통스러워. 그들을 구해주고 싶다네. 하지만 그 병은 우리는 걸리지 않는 것이어서 고칠 방법을 몰라."

스웃르가 고개를 떨구었다.

"소금광산 사건 이후로 드문드문 이주민 마을이 로차이의 습격을 받고 있네. 얼마 전에도 미크라 숲 남쪽에 있는 이주민 마을에서 장작을 주우러 갔던 소년이 로차이에게 물렸지. 우연히 그 이웃 마을에 내가 있는 걸 안 부모들이 부르러 왔기에 달려가봤지만, 손을 쓰기에는 이미 늦었더군."

스웃르는 손으로 얼굴을 천천히 쓸어내리며 신음하듯 말했다.

"내가 잘 아는 아이였네. 말썽꾸러기였지만 귀여운 꼬마였어. 부모들은 남쪽에서 온 사람들인데, 밭일에 종사하면서 순록을 키우는 녀석들에게 곡물을 싸게 팔아 모두들 고마워하는 좋은 사람들이었다네. ······정말로 가여웠어. 어떻게든 해주고 싶었는데."

그 말을 끝으로 잠시 손에 얼굴을 묻고 입을 다물고 있던 스웃르가 이윽고 한숨을 크게 내쉬었다. 그러고는 고개를 들고 붉은 눈으로 반을 바라보았다.

"그날 밤, 뒤바뀐 자네를 보았을 때 문득 깨달았네. 뒤바뀌었다는 건 지금 몸속을 보고 있다는 뜻이야. 그렇다면 어쩌면 이 남자는 지금 병의 생혼의 얼굴을 보고 있는 게 아닐까."

반이 눈살을 찌푸리자 스옷르가 황급히 말했다.

"물론 얼굴을 본다는 건 비유일세."

"압니다, 알지만……."

"아무리 사소한 일이라도 상관없네. 뒤바뀌었을 때, 자네가 느낀 점이 병과 맞설 단서가 될지도 몰라. 그걸 가르쳐주게."

반은 제 팔에 시선을 떨어뜨렸다. 홋사르는 이 혈관에서 피를 뽑았다. 병의 정체를 알아내고 병을 죽일 방법을 찾기 위해. 그리고 지금, 스옷르 또한 똑같은 역할을 그에게 바라고 있다.

'나는 병의 얼굴을 보았는가?'

뒤바뀌어 있을 때는 후각이 예민해지고 눈에 보이는 세계도 일변한다. 하지만 병의 모습은 보이지 않는다. 다만 퓨이카나 로차이와 매우 흡사한 감각이 생겨난다.

'홋사르는 퓨이카도 검은 진드기의 병소를 가지고 있다고 했지.'

앗시미를 섭취해서 검은 진드기의 병소를 억누르고 있다고 했다. ……그렇다면 퓨이카 역시 몸속에 자그마한 생물을 무수히 갖고 있다는 뜻이다.

그 젖을 먹고 자란 반의 몸속에도, 그리고 킴마의 개들의 몸속에도 비슷한 극소 생물이 있다. 그리고 그것들이 서로 반발하거나, 혹은 공동으로 만들어낸 무언가가 반전되었을 때의 감각에 영향을 주는 건지도 모른다. 하지만 그 순간조차 그것들 전부가 '자신'으로 느껴진다. 느슨하게 뭉쳐서 윤곽을 형성하는 자신이다.

반은 생각에 잠겨 천천히 말했다.

"뒤바뀌었을 때, 제가 보는 것은 아마 당신이 까마귀 할멈을 타고 보는 것과 비슷한 광경일 겁니다. 병의 모습을 보고 있다고 해도 빛의 알갱이가 보일 뿐입니다."

스웃르는 어깨를 늘어뜨렸다.

"그런가……."

반은 사에를 힐끗 쳐다보았다. 그녀도 이쪽을 보고 있다.

스웃르는 북쪽 지방 이주민을 걱정하고 있지만 개의 왕이 죽은 지금, 더 이상 그 개들이 조종을 받아 주민을 습격하는 사건은 일어나지 않을 것이다.

'이제 그렇게 걱정할 필요 없다고 가르쳐주어야 할까?'

조종하는 사람이 없으면 그 개들이 이주민을 골라서 습격하는 일은 없을 터였다. 반이 그렇게 생각했을 때, 문득 방금 전 머릿속에 떠올랐던 생각이 마음속으로 돌아왔다.

"……뒤바뀌어 있을 때."

반은 실눈을 뜨고 말했다.

"유독 가까이 있는 걸 물어뜯고 싶은 충동을 느낀 적이 있습니다. 아마 그것이 흑랑열의 병의 생혼이 명령하는 일이겠지만…… 실제로 이 몸으로 직접 물어뜯는 상황까지는 가지 않았습니다."

스웃르가 놀란 듯이 눈을 부릅떴다.

"아마 뒤바뀐 상태에서도 제 영혼은 사라지지 않았던 거겠지요."

스웃르가 눈살을 찌푸리며 신음했다.

"하지만 로차이들은 물어뜯잖는가? 개라서 그런가?"

반은 눈을 가늘게 뜨고 고개를 숙였다.

'······아니다.'

뒤바뀌었을 때, 그 개들은 곧 나 자신이다. 감정도, 충동도 하나의 실 위에 있는 것처럼 연결됨을 느낀다. 그러므로 알 수 있다. 물어 뜯고 싶은 충동은 있다. 하지만 개들도 그 충동에 무작정 휘둘리는 것은 아니다.

'물어뜯는 이유는······.'

머릿속을 스치는 빛에 반이 시선을 번쩍 들었다.

"개라서 그러는 게 아닙니다. 다른 충동이 겹쳤기 때문입니다."

"다른 충동?"

반은 고개를 끄덕였다.

"뒤바뀌었을 때는 분명 병의 생혼이 느끼는 충동에 따라 움직입니다. 하지만 그렇다 해도 제 영혼은 완전히 사라지지 않았어요. 가느다란 줄 위에서 두 마리 거미가 뒤엉켜서 흔들리는 것처럼, 병의 생혼과 맞서서 아슬아슬한 균형을 유지하고 있습니다."

반은 가슴 앞에서 오른손과 왼손을 단단히 엮었다.

"이렇게 아슬아슬한 균형을 겨우 유지하고 있을 때, 옆에서 다른 힘이 가해지면······."

무릎으로 손을 밀어 올려 두 손을 탁 풀면서 반이 스웃르를 쳐다보았다.

"균형이 깨지지요."

스웃르는 눈살을 찌푸렸다.

"이해하기 어렵습니까?"

스옷르가 신음했다.

"미안하군, 잘 모르겠어."

반은 다른 비유를 궁리했다.

"가령…… 그래요, 잘 길들인 개에게 기다리라는 명령을 내려서 먹이를 못 먹게 하면 그 개는 고분고분 기다리지요. 몸을 떨고 침을 흘리면서도 기다리는 법입니다. 어린 강아지라도 어떻게든 육신의 충동을 억누르지만 이제 괜찮다고 말하는 순간, 그 억제가 풀리지요."

스옷르는 아, 하고 눈을 부릅떴다.

"그럼 이 말인가? 물어뜯고 싶은 충동과 물기 싫은 충동이 맞부딪쳐서 아슬아슬하게 균형을 이루고 있을 때, 옆에서 물라고 명령하는 사람이 있다는 말인가?"

반은 고개를 끄덕였다.

"그렇습니다. ……뭐랄까, 뒤바뀌어 있을 때는 명령을 거부하기가 힘듭니다. 그만 몸이 움직이고 말아요."

스옷르는 음, 하고 신음했다.

"자네 영혼은 병의 생혼에 대항하는 데 온 힘을 다 쏟고 있으니. 그렇다면 옆에서 한 번 더 자극하면 움직일지도 모르겠군."

반 역시 그럴지 모른다고 생각했다. 케노이의 명령을 거역하기 힘들었던 것은 육체의 충동과 그의 명령이 똑같은 방향을 바라보고 있었기 때문이리라.

"하지만 그렇다면……."

스웃르가 굳은 얼굴로 반을 보았다.

"물라고 명령한 사람이 있다는 뜻이 되네. 그게 누구란 말인가?"

반은 대답하지 않고 가만히 스웃르를 쳐다보았다. 그 의미를 깨달은 스웃르가 가만히 눈썹을 치켜세웠다.

"그런가. 그자가 방금 전에 말한 번거로운 문제에 얽혀 있는 게로군."

반은 그렇다고도, 아니라고도 대답하지 않았다. 다만 조용히 말했다.

"……어쨌든 걱정하시지 않아도 그 병은 진정될 겁니다."

스웃르가 얼굴을 찌푸렸다.

"어떻게 그리 장담할 수 있나?"

반은 그대로 스웃르를 바라보며 말했다.

"조종하던 자가 죽었기 때문입니다."

스웃르가 눈을 껌뻑거렸다.

"죽었다?"

"예."

스웃르는 눈살을 찌푸리며 반을 바라보았다.

"그자가 죽은 게 언제지?"

반은 사에를 힐끗 쳐다보았다. 그녀가 입을 열었다.

"이제 두 주쯤 되어갑니다."

순간 스웃르의 얼굴이 얼어붙었다.

"그럴 리 없어."

"예?"

스웃르의 목소리는 희미하게 떨리고 있었다.

"그래, 열흘 전일세. 방금 전에 말한 미크라 숲 이주민 아이가 습격당한 게."

4

가족

　멀리서도 잘 보였던 기원의 궁전 첨탑은 가까이 다가갈수록 선명한 광채를 더해갔다. 츠오르 땅으로 바뀐 지금도 카잔 마을이 교역도시였다는 점은 변함없다. 기원의 궁전 안에서는 아카파나 츠오르의 신들뿐 아니라, 이 땅을 찾는 여러 사람들이 기도를 올리는 신들을 모시고 있다.

　카잔으로 향하는 오크파 가도는 초원을 느긋하게 흘러가는 큰 강인 '마하르'로부터 마을로 물을 끌어오는 수로를 따라 이어져 있다. 때문에 여행자는 이 가도까지만 오면 물 걱정 없이 여행을 할 수 있다.

　"아바, 저거 머야?"

　오라하의 뿔을 붙잡고 몸을 내민 유나가 큰 소리를 내는 바람에 오라하가 시끄럽다는 듯이 귀를 흔들었다. 유나가 가리키는 것을 본 반이 조용한 목소리로 대답했다.

"저건 깃발이란다."

카잔 마을을 에워싼 성벽에 색색으로 걸린 깃발이 봄바람에 나부끼고 있었다.

"붉은 게 옛 아카파 왕국의 깃발, 파란 게 츠오르의 깃발. 저쪽의 노란색과 초록색 깃발은 훨씬 남쪽에 있는 이기리아 왕국의 깃발이야. 카잔 마을로 모여드는 상인들의 고향을 상징하는 깃발이 걸려 있는 거지. 저 마을로 향하는 여행자들이 '아아, 우리 깃발이다' 하고 생각하도록 걸어두는 거란다."

"흐응."

유나는 끙끙거리다가 이해했는지, 못했는지 짐짓 젠체하며 대꾸했다.

"알게따. '이리 온, 이리 온' 하고 손을 흔드는 거구나?"

말을 타고 따라오던 사에가 반과 눈짓을 주고받으며 생긋 웃었다. 무거운 불안에 떠밀려 여기까지 왔지만, 그래도 카잔을 보고 천진하게 떠드는 유나의 목소리를 들으니 마음이 조금 밝아졌다.

그때, 뒤에서 요란한 바퀴 소리와 함께 고함 소리가 들려왔다.

"어이, 피해!"

길에서 물러나며 피하자 커다란 자루를 쌓은 짐마차가 지나갔다. 소년이 짐칸 끝에 서서 산더미 같은 짐을 몸으로 감싸듯이 필사적으로 붙잡고 있지만, 그래도 바퀴가 길 위의 자갈을 밟고 지날 때마다 짐이 덜컹덜컹 흔들렸다.

유나의 말처럼, 많은 여행자들이 깃발에 이끌리듯 카잔을 향해 말과 순록을 몰아가고 있어서 가도는 평소보다 더 혼잡했다. 옥안 내방에 맞추어 갖가지 행사가 열리는 탓에 아카파 각지에서 사람들이 모여들었다.

"오키 민족의 천막은 성벽 북쪽에 있다고 했지?"

반이 중얼거리자 사에가 성벽을 가리켰다.

"저 뒤편일 거예요. 조금 더 가다가 가도에서 벗어나 초원을 가로지르도록 해요."

바람이 한 자락 불어왔다. 하늘에 피어오른 구름이 낮게 흐르면서 초원에 아련한 그림자를 드리웠다.

*

메아리의 주인인 스옷르에게 이주민 마을이 아직도 빈번하게 습격을 당한다는 소식을 들었을 때, 반의 머릿속에 맨 먼저 떠오른 것은 아파르 오마와 상관없는 승냥이들에게도 병이 퍼진 게 아닐까 하는 우려였다. 하지만 스옷르는 그것이 승냥이가 아니라고 말했다.

"그건 틀림없이 사냥개였네. 검은 늑대와 교배해서 얻은 로차이야."

그런 말을 들으니 또 한 가지 오싹한 생각이 반의 머릿속에 떠올랐다.

"죽은 자의 영혼이 그 개들에게 옮겨 가는 일은 가능할까요?"

그러자 스옷르가 얼굴을 잔뜩 찌푸렸다.

"불가능하지는 않지만…… 그렇다고 해도 그자가 로차이를 조종할 리는 없겠지."

반은 깜짝 놀라 되물었다.

"어째서입니까? 살아 있을 때도 개들 곁에서 영혼으로 조종했던 사내니……."

스옷르는 고개를 저으며 반의 말을 가로막았다.

"그렇다고 해도 죽으면 그런 식으로는 조종하지 못하네."

알겠나, 하고 스옷르는 자세히 설명했다.

"'나'라는 건 역시 육신이 있고서야 '나'라고 할 수 있네. 이 세상에 한이 남은 망령도 있기는 하지만, 그 경우에도 제 모습으로 나타나잖는가?"

본 적이 없어 간단히 수긍할 수는 없었지만, 한을 남기고 죽은 사람이 그 모습으로 나온다는 말은 종종 들었다.

"하지만…… 나비가 되어 돌아왔다는 말을 들은 적이 있습니다만."

스옷르는 쓴웃음을 흘렸다.

"사랑하는 남자와 짝을 맺기 전에 죽은 처녀가 나비가 되어 돌아온다는 그 소문 말인가?"

"예."

그렇게 대답했으나 단순한 옛날이야기 같다는 생각이 들어 반도 쓴웃음을 지었다.

"하지만 당신은 까마귀를 탈 수 있었잖습니까?"

스옷르는 손가락을 세웠다.

"바로 그 점이야. 나는 까마귀를 탔네. 그래서 알 수 있어. 다른 생물을 탄다는 건 쉬운 일이 아니야. 그야말로 영혼의 경쟁이나 다름없지. 자네도 알겠지?"

확실히 그런 느낌이다.

킴마의 개들에게 찰싹 달라붙어 달렸을 때는 지면도 가까웠고 풀도 다르게 보였다. 그것은 개가 보는 세계였으리라.

그리고 말을 할 수가 없었다. 인간으로서의 자신이 한없이 작아진 감각이었다. 허무가 멀리 떠나 평온했지만, 역시 마음속에는 배가 얼어붙는 듯한 위화감과 공포가 남아 있었다.

'그건……'

인간으로서의 자신이 사라질지도 모른다는 공포였으리라.

"까마귀를 타더라도 내가 나일 수 있었던 건 살아 있었기 때문이라네. 돌아갈 육신이 있었기 때문이야. 하지만 죽어버린 뒤에 까악 마님을 타면 나는 분명 그것에게 졌을 테지. 까마귀가 되었을 게야."

스옷르는 그렇게 말하며 목소리를 가만히 낮추었다.

"나도 이따금씩 까악 마님 속에 정말 할멈의 영혼이 들러붙은 게 아닐까 생각하곤 했다네. 어찌나 비슷하게 행동하는지, 말하는 투까지 똑같았다니까."

스옷르는 쓴웃음을 지으며 고개를 저었다.

"하지만 아니야. 나는 까악 마님을 탈 수 있었으니까. 일단 타보면 알아. 제대로 표현하지는 못하겠지만 그 영혼은 틀림없이 까악 마님의 영혼이었어. 황천에 가기 전에 할멈이 그 몸으로 들어가는 바람에 그 그림자가 어딘가에 남았을지도 모르지. 하지만 뭐랄까, 그래도 그건…… 왜, 개가 주인을 닮아가는 꼴이거든. 영혼은 틀림없이 까악 마님 것이었어."

쓸쓸한 웃음을 머금은 채로 스옷르가 말했다.

"육신이 있다는 건 역시 중요한 문제야. 영혼만으로는 오래 형태를 유지할 수 없거든. 그런 일이 가능하다면 이 세상은 망령들로 바글바글할 테지."

스옷르는 제 팔을 문지르며 반을 바라보더니 조용히 말했다.

"로차이들을 조종하던 놈은 죽어서 그 개에 옮겨 갔을지도 몰라. 지금도 그 개 속에 있을지 모르지. 하지만 그런 짓을 했다면 그자는 분명 이미 그 개의 영혼과 융합되었을 게야. 육신은 이 세상과 영혼을 이어주는 커다란 끈이야. 육신이 사라지면 이 세상과의 연결도 사라지지. 그에 비해 개는 아직 살아 있어. 죽은 자보다 훨씬 강하지. 개와 동조하겠다는 의지는 남을지도 모르지만, 개로 변해 하루이틀 지내는 동안 사람이었던 시절의 의지는 녹아서 사라져버리는 게야."

스옷르는 허공에 손을 펼쳐 사람 모습을 그리는 시늉을 했다.

"전에 사람이라는 건 숲과 같다고 했지? 수많은 작은 생명들이 하나의 육체 속에 살면서 몸을 형성하고 있다고. 그래도 나는 나고, 자네는 자네야. 뭐라고 해야 하나, 육신이 있기에 우리는 스스로를 인식할 수 있는 걸세. 한 덩어리의 나라는 존재로 있을 수 있는 게야."

그렇구나. 반은 생각했다. 그것은 경험으로도 이미 잘 아는 일이었다.

'그렇다면 케노이는……'

더 이상 킴마의 개들을 조종하지 않는 걸까? 강한 집착을 품고 있던 남자였으니 죽어서도 끈질기게 의지를 가지고 있을지도 모른다. 그래도 살아 있을 때처럼 무리를 이끌기는 어려울지도 모른다.

케노이의 영혼이 조종하는 게 아니라면 남은 가능성은 두 가지다. 그가 죽어 들판에 흩어진 로차이들이 오키 지방으로 흘러들어 갔을 가능성과, 오키 지방에도 전부터 그 병을 가진 로차이들이 있었을 가능성이다.

동굴에서 나와 오마 가족을 향해 밤길을 걸으며 반이 그런 추측을 입에 담자 사에가 눈살을 찌푸렸다.

"그런 가능성도 있기는 하겠지만, 그래도 이주민 마을을 노려서 습격하고 있다면 조종하는 사람이 있다는 뜻이 되잖아요?"

반이 고개를 끄덕이자 사에의 표정이 어두워졌다.

"하지만 누가? 킴마의 개를 조종할 수 있는 사람은 케노이와 당신뿐이라서 그가 그토록 당신에게 집착했던 거잖아요?"

반은 밤길을 멍하니 쳐다보며 낮은 목소리로 대답했다.

"사람을 따르지 않는 무리가 있을지도 모르지만, 나는 오판이 '속임수'를 썼다고 생각해."

"속임수?"

반이 허리춤에서 불쑥 단검을 빼 보여주었다.

"이것 하나밖에 없는 상태에서 적과 마주쳤을 때, 내가 먼저 이 녀석을 능숙하게 다룰 수 있다는 사실을 적에게 보여주지."

단검을 휘휘 흔들며 반이 말했다.

"그리고 엉겁결에 이걸 떨어뜨리는 거야."

"……아아."

사에는 고개를 끄덕였다. 똑같은 기술을 아버지에게 배운 적이 있기 때문이다. 상대가 가진 단검에만 정신이 팔려 있으면 상대가 그것을 떨어뜨린 순간, 얼씨구나 싶어 그만 마음이 해이해진다. 그 순간이 바로 가장 두려운 허점이 된다.

눈썹을 잔뜩 찡그린 채로 사에가 반을 바라보았다.

"케노이와 오판이 처음부터 그런 수를 쓸 작정이었다는 말인가요?"

"짐작 못 할 일은 아니잖아? 케노이는 병든 몸이었어. 오래 살 수 없는 남자였지."

반이 사에를 바라보며 말했다.

"개의 왕이야말로 그들 계획의 핵심이지. 킴마의 개를 이끌 수 있는 자가 없으면 아무것도 못 하는, 정말 허튼 계획이야. 내가 그들 말을 들으면 다행이지만, 나처럼 다른 부족 남자의 의향에 전적으로 의존해야만 성립하는 계책은 너무나 위태롭지. 나 같으면 그런 계책에 부족의 명운을 걸지는 않을 거야."

사에는 어두운 얼굴로 생각에 잠겨 반의 말을 듣고 있었다.

"나는 어쩌면 당신들의 눈을 돌리기 위한 광대였을지도 몰라."

"그건……."

눈살을 찌푸린 채로 고개를 갸웃거리며 사에가 중얼거렸다.

"어려울 거예요. 물론 저희도 만능은 아니지만, 그래도 각지의 여러 밀정들과 서로 연락을 취하며 그물을 치고 있어요. 킴마의 개를 다룰 줄 아는 자가 저희 그물에 전혀 걸리지 않았을 리는 없어요."

반은 밤길로 시선을 돌리며 조용히 말했다.

"그럴지도 몰라. 하지만 그럴 리 없다고 생각할 때 틈이 생기는 법이야."

사에는 고개를 돌려 반을 올려다보았다. 봄날 밤에 나뭇가지 사이로 으스름달이 이따금 고개를 내민다. 그 희미한 빛이 비쳐서 진하게 음영이 드리운 반의 얼굴에는 외뿔의 우두머리였던 시절을 엿볼 수 있는 그림자가 감돌고 있었다.

스옷르의 말을 들었을 때, 반의 가슴에 싹튼 것은 공포였다. 케노이의 죽음 소식을 들은 아카파 왕이나 오타와르 귀인들은 안도한 나머지 흑랑열에 대한 경계심을 늦추었을 것이다. 이주민 마을을 습격하는 게 야생화된 승냥이였다 해도, 한시라도 빨리 그들에게 그 사실을 전하지 않으면 되돌릴 수 없는 일이 벌어질 것 같은 예감이 들었다.

'아직 끝나지 않았던 것이다. 그늘에 숨어 있던 존재가 그 정체를

드러내는 것은 아마도 이제부터일 테지.'

옥안내방이 다가오고 있다. 오판이 살아남았다면 이 기회를 놓칠 리 없다.

카잔에 가서 홋사르를 만나야만 한다. 그러기 위해서라도 먼저 오키로 돌아가 오마 가족의 걱정을 씻어주고 유나를 맡기려 했다. 그러나 겨울부터 봄 사이에 머무는 방목지로 돌아간 반 일행을 기다리는 것은 뜻밖의 소식이었다.

천막에서 나온 오마는 반과 유나를 보자마자 부들부들 떨었다. 반은 그의 눈에 차오르는 눈물을 보자 가슴이 옥죄어드는 기분을 느꼈다.

"걱정을 끼쳐서 정말 죄송합니다."

반이 갈라진 목소리로 말하며 오마의 손을 붙잡자, 그는 눈물을 흘리면서 고개를 저었다.

"무사해서 다행이네."

오마는 쥐어짜낸 목소리로 그렇게 말하며 울었다. 저 멀리 마을이 보였을 때는 들떠 있던 유나는 오마가 우는 모습에 당황했는지 반의 품속에서 어쩌면 좋을지 모르겠다는 표정으로 오마를 보고 있다.

옆쪽 천막에서 요키 가족이 나왔지만 토마와 키야, 망야는 천막에서 나올 기미가 없었다.

"모두 별고 없으십니까?"

반이 희미한 불안을 느끼며 묻자, 오마가 얼굴을 잔뜩 일그러뜨렸다.

"할머니가……."

올 겨울에 감기가 심해져서 돌아가셨다는 말을 들은 반은 눈을 질끈 감았다. 주름이 가득한 얼굴에 떠 있던 해맑은 웃음과, 유나를 무릎에 앉히고 불러주던 엉터리 노래가 귓가에 되살아났다.

"오래 사셨으니까."

오마는 눈물을 흘리면서도 미소를 지었다.

"지금쯤 상춘의 땅에서 먼저 간 사람들 틈에 껴서 좋아하는 노래라도 부르고 계시겠지."

반은 고개를 끄덕이며 눈을 떴다.

"……토마하고 키야 씨는?"

갈라진 목소리로 묻자 오마가 아아, 하고 눈썹을 실룩거렸다.

"카잔에 가 있다네."

반은 깜짝 놀라 되물었다.

"카잔? 이 계절에요?"

"그래. 키야 친정 사람들하고 함께 퓨이카를 선뵈러 가게 되어서."

오마는 옥안내방에 맞추어 이주민들이 이 땅에서 어떤 성과를 거두고 있는지 선보이는 행사가 열린다고 했다. 고갯길의 눈이 녹을 무렵, 관리들이 이 부근을 순찰하면서 퓨이카를 잘 키운 이주민들에게 언질을 주며 돌아다녔다고 한다.

"박람회라는 걸 연다나. 옥안 앞에서 퓨이카를 타고 달리는 경주를 하는 모양이야. 훌륭한 기술을 선보인 자에게는 상금을 준다면서 토마가 아주 기세등등하게 츠피를 타고 갔다네. 사돈 쪽 사람들도 다 함께 간다고 하기에 내가 키야더러 다녀오라고 했지. 이런 기회는 흔치도 않고, 또 모처럼 생긴 기회니 마을에서 옷이라도 한 벌 사 오라고."

그렇다. 츠오르 이주민이 이 땅에만 사는 퓨이카를 다루는 모습은 변경 경영이 순조롭다는 사실을 나타내는 절호의 구경거리가 될 것이다. 그 밖에도 순록 시합이나 말몰이, 각지의 특산품을 모은 다양한 행사가 열린다고 했다.

"나도 구경하고 싶었는데."

옆에서 요키가 끼어들었다.

"동물들을 돌봐야 하니까."

그 말을 들으며 반은 막연한 불안을 느끼고 있었다. 이 마을에 들어오기 얼마 전, 나중에 합류하겠다고 속삭이며 숲속으로 사라진 사에가 지금 이곳에 있었다면 똑같이 불안한 그림자가 눈에 감돌았을 것이다.

'옥안내방……'

올봄에 내방이 있다는 건 알고 있었지만 아카파 각지에서 이주민을 모아 행사를 연다는 생각은 하지 못했다. 츠오르 이주민이 아카파 지방에 적응하며 잘 살고 있다는 사실을 보여주는 성대한 잔치. 아파르 오마로서는 차마 눈 뜨고는 볼 수 없는 광경이리라.

'토마…….'

토마와 키야가 걱정되었다. 한시라도 빨리 카잔으로 가서 무슨 대책을 마련하지 않으면 안 된다는 생각이 들었지만, 유나를 어떻게 해야 할지 난처했다. 가급적 여기에 두고 가고 싶었다. 하지만 키야도 없는 데다 그렇지 않아도 일손이 부족해 바쁜 오마 가족에게 맡길 수는 없다.

앞으로 일어날지도 모르는 아수라장을 생각하면 유나를 데려가기가 꺼려졌지만 카잔에는 키야와 토마가 있다.

유나 역시 제법 말도 늘었고 철도 들었다. 장난기 많은 성격은 여전했지만 사람의 기분을 배려하고 남의 말을 들을 줄도 알게 되었다. 데려가도 괜찮다고 생각하는 수밖에 없었다.

오라하를 타고 숲을 지날 때, 유나의 자그맣고 따스한 등을 배로 느끼며 문득 이 아이와의 신비한 인연을 생각했다. 사방에 시체밖에 없는 황량한 풍경 속에서 만난 따스한 생명. 이제 그 무엇과도 바꿀 수 없는 소중한 생명…….

반이 무심코 그 매끄러운 머리카락을 쓰다듬자 유나가 깜짝 놀란 듯, 뒤를 돌아보며 환하게 웃었다.

*

성벽에 가까워지자 오라하가 별안간 턱을 쳐들고 콧구멍을 벌름거렸다. 목구멍에서 훅훅, 짧은 소리가 새어 나왔다.

"……오라하, 왜 그래? 화나쩌?"

깜짝 놀라 불안한 기색으로 몸을 비틀어 올려다보는 유나에게 반은 미소를 지어 보였다.

"동료들의 냄새를 맡은 거겠지."

그때, 성벽 안쪽에서 효효, 하고 날카로운 울음소리가 울렸다. 영역을 주장하는 경계음이다. 오라하도 목을 쭉 빼더니 쿄쿄, 하고 답했다.

"머라는 거야?"

"글쎄다. 그쪽으로 갈 건데 소란 피우지 말라고 말하는 게 아닐까?"

실제로 자기 무리가 아닌 무리에 다가갈 때, 퓨이카는 이런 소리를 낸다. 서로 경계심을 드러내며 맞서지만, 번식기가 아닌 한 뿔을 맞부딪치며 싸우는 일은 없다.

성벽 모퉁이를 돌자 눈앞에 펼쳐진 광경에 유나가 히야! 하고 얼빠진 탄성을 질렀다. 반도 무심결에 중얼거렸다.

"……이거 대단하군."

초원 위에 수많은 천막이 줄지어 있다. 대충 말뚝을 박아 밧줄만 둘러놓은 방목장에 순록이니, 말이니 하는 짐승 무리가 노닐고 있다. 수는 그리 많지 않지만 퓨이카도 있었다.

개들도 여기저기에 묶여 있어, 가까이 다가가자 밧줄을 잡아끌며 요란하게 짖어댔다. 개 옆에 있던 목장 소년들이 "야, 조용히 해!" 하고 윽박질렀지만, 좀처럼 그칠 줄을 몰랐다.

바람이 불 때마다 말과 순록 냄새가 훅 다가왔다. 거기에 음식을 하는 냄새도 섞여 있다. 생각보다 규모가 훨씬 큰 야영지였다. 이제부터 어떻게 토마와 키야를 찾을까 고민하는데, 문득 오라하가 몸을 떨었다.

그리운 냄새가 나는 쪽으로 고개를 돌리자 순록 방목장 가장자리를 따라 퓨이카를 타고 달려오는 청년이 보였다.

"아, 오바! 오바다!"

유나가 펄쩍 뛰어오를 기세로 외쳤다. 토마가 손을 흔들며 달려왔다. 제법 훌륭한 자세였다. 츠피 역시 어엿한 퓨이카로 자라 토마를 태우고도 유유히 달리고 있다.

"반 씨! 유나!"

토마는 달려오자마자 큰 소리로 외쳤다. 새빨간 얼굴로 입술을 바들바들 떨고 있다. 츠피와 오라하는 서로 마주 보더니 일단 목을 낮게 숙였다. 그러더니 목을 쭉 뻗어 콧구멍을 벌리고 서로의 냄새를 맡았다. 훅훅, 가쁜 숨을 내뱉고 있다.

반이 츠츠츠츠, 하고 혓소리로 달래자 두 마리는 조금씩 긴장을 풀더니 고개를 흔들면서 평소의 자세로 돌아갔다.

"이제 능숙해졌네."

반이 칭찬하자 토마가 얼굴을 찡그렸다. 울음을 참는 그 얼굴을 보니 콧속이 찡해졌다.

"미안해, 걱정했지?"

토마는 고개를 저으며 크게 숨을 들이마시더니 유나를 보며 미소를 지었다.

"……무사했구나."

오랜만에 만난 데다가 토마가 울먹거리는 얼굴로 웃는 바람에 유나는 토마를 보았다가, 고개를 돌려 반을 올려다보았다가, 다시 토마를 바라보았다.

"사정은 나중에 천천히 얘기할게. 조금 급한 용건이 있어서 마을에 가봐야 하거든. 키야 씨에게 유나를 좀 맡기고 싶은데."

반이 말하자 토마가 고개를 끄덕였다.

"어머니도 굉장히 기뻐하실 거야. 계속 애간장을 태우셨어."

반은 토마를 따라가려다가 문득 뒤를 돌아보았다. 역시 사에의 모습은 없었다. 조금 마음에 걸렸지만 반은 이내 고개를 앞으로 돌리고 토마의 뒤를 쫓았다. 사에라면 마을 안으로 들어갈 즈음에는 다시 돌아올 것이다.

토마 일행의 천막은 성벽 옆에 있었다. 가까이 다가가자 방목장에서 퓨이카를 돌보던 청년들이 고개를 돌렸다. 깜짝 놀라 눈을 휘둥그레 뜨고 얼어붙은 듯이 우뚝 멈춰 서 있었지만 바로 정신을 차리고 허겁지겁 달려왔다.

"미노, 치다, 모키!"

이름을 부르자 청년들은 울음을 터뜨릴 듯한 얼굴로 반을 바라보았다.

"반 씨……."

더는 말이 나오지 않는 듯, 입을 다물고 바라보고 있다. 북적거리는 바깥 소리가 들렸는지 천막 헝겊을 들추고 키야가 나왔다. 그녀는 반과 유나를 보자마자 가느다란 눈을 번쩍 떴다.

많이 말랐다. 늘 차분하고 다정한 미소를 머금고 있는 사람이었는데, 뺨이 홀쭉한 게 얼굴을 못 알아볼 정도였다.

반은 떨리는 입술로 말도 하지 못하고 그와 유나를 바라보는 그녀의 얼굴에 이윽고 뜨거운 환희의 빛이 떠오르는 것을 보았다. 그때, 그는 무언가가 가슴을 깊게 도려내는 듯한 느낌을 받았다.

'이 사람은 가족이다. ……이미 가족인 것이다.'

반은 뜨거운 감정이 가슴에 차올라 조금 떨리는 손으로 오라하에서 내렸다. 유나를 안아 땅으로 내려주고 키야에게 깊이 고개를 숙였다. 목이 메어 목소리가 제대로 나오지 않았다.

반은 간신히 목소리를 쥐어짜냈다.

"걱정을 끼쳤습니다. 미안합니다."

키야의 눈에 눈물이 그렁그렁 맺히더니 뺨을 타고 떨어졌다.

5

'킴마의 개'의 냄새

마코우칸이 차와 과자를 얹은 쟁반을 한 손에 들고 어깨로 문을 밀며 들어왔다. 진하게 우려낸 차의 향기와 달콤한 씨앗을 넣어 갓 구워낸 과자의 향기가 대번에 방 안에 퍼져나갔다. 미라르의 얼굴이 환해졌다.

"아, 차를 새로 끓여준 거야? ……아아, 향긋해라."

미소를 짓고 있지만 그 눈가에는 피로가 보였다.

마코우칸은 쟁반을 식탁에 내려놓고 차와 과자를 차렸다. 홋사르는 의자에 몸을 묻듯이 축 늘어진 자세로 멍하니 눈앞의 차를 바라보고 있었다.

"피곤하시지요?"

그 말을 듣고 홋사르는 한숨을 쉬었다.

"지쳤어. 정말이지……."

토마소르와 아카파 왕을 연결해주라는 심학원장의 지시가 내려온 게 사흘 전이었다. 그리고 그 지시에 뒤이어 어젯밤 토마소르가 조수 시칸을 데리고 찾아왔다. 여전히 늑대를 쫓고 있는지, 옷 여기저기에 늑대의 털이 붙어 있었다.

어젯밤 이곳에서 묵은 토마소르와 시칸은 방금 전까지 이 방에서 장광설을 펼쳤던 것이다.

"형님은 그런 면이 있지."

훗사르가 혼잣말처럼 중얼거렸다. 소탈하고, 호기심이 왕성하고, 사람이 좋다. 마음이 잘 맞는 형님이지만 자기 생각에 빠져들면 갑자기 말이 통하지 않는다.

어젯밤은 저녁 식사 때, 늑대 이야기를 지긋지긋하도록 들었다. 토가 지방에서는 거의 전멸당한 검은 늑대의 수가 북쪽 숲에서는 조금씩 늘고 있다. 검은 늑대와 승냥이를 여러 마리 붙잡아 흑랑열 감염 여부를 조사하기 위해 오타와르 성역으로 보냈다고 했다.

"리무엣르 님이 진언해주셔서 정말 큰 도움이 됐어."

토마소르가 말했다.

"감염되었을 가능성이 있는 검은 늑대와 승냥이, 산 채로 성역에 보내는 것에 반대도 꽤 컸지만…… 츠오르 사람들뿐 아니라 오타와르 내부에서도 말이야…… 리무엣르 님이 정력적으로 각 방면을 설득해주셔서 겨우 실현된 거야. 몸에 부담이 없을 정도로 몇 차례에 나누어 주사를 놔 재워가면서 이송하고 있어서 아직 이 마을에도 도착하지 못했지만. 뭐, 전문가들이니 잘 이송해주겠지."

토마소르는 그렇게 말하고는 생각났다는 듯이 덧붙였다.

"북쪽 숲에 있을 때 심부 사람이 네 서간의 사본을 가져다주어서 진드기도 조사해보았는데, 그쪽은 아직 눈이 남아 있어서 진드기 수 자체가 너무 적었어. 조금 더 따뜻해져서 진드기가 증가할 무렵에 조사하면 검은 늑대에 감염되는 사례도 찾을 수 있을지 몰라."

그나저나 너는 훌륭한 성과를 거두었구나, 하는 토마소르의 말에 홋사르는 복잡한 심경이었다. 눈을 빛내며 말하는 이 형님이 자신을 기만하고 있다고 생각하고 싶지는 않았다. 그래서 정면에서 물어보았다.

"형님은 케노이의 계략을 알고 계셨습니까?"

토마소르는 진지한 얼굴로 고개를 저었다.

"관여하지는 않았어. 이건 천지신명께 맹세코 진실이다."

그렇게 똑똑히 말한 뒤에 뺨을 살짝 일그러뜨리며 덧붙였다.

"다만 그게, 어렴풋이 느끼는 바는 있었다만. ……그걸 심학원장께 보고하지 않았던 건 분명 실수였을지도 모르지만, 괜한 간섭은 받고 싶지 않았어."

토마소르가 시칸을 흘깃 쳐다보며 날카로운 표정을 지었다.

"나는 지금도 아파르 오마를 진심으로 동정한다. 케노이를 구해내지 못한 게 너무나 분해."

여독도 있어 어젯밤은 그 이상 이야기하지 않았지만, 푹 자고 늦게 일어난 토마소르는 아침 식사를 마치고 지금까지 쌓인 이야기를 쏟아내듯이 거침없이 아파르 오마를 옹호하는 의견을 늘어놓기 시작했다.

"아파르 오마의 비극은 애초에 아카파 왕의 서툰 교섭 수완 때문에 시작된 거야. 츠오르에 굴해서 그들을 그런 처지로 내몬 것은 왕의 책임이고, 그 결과에도 책임이 있다. 그들에게 미안해서 어떻게든 해주고 싶은 마음이 왕에게 있었다면 사태가 이리되지는 않았을 거야. 그렇지?"

토마소르가 침을 튀겨가며 말했다. 너무 과격한 말이 이어지자 홋사르는 도중에 이야기를 끊고 심학원장이 오타와르가 이 사건에 관여하지 않았음을 직접 아카파 왕에게 전하라는 명령을 받은 것 아니냐고 상기시켜주자, 토마소르는 불그레한 얼굴로 고개를 끄덕였다.

"그렇긴 하지. 그래서 지금 진심을 토해내는 거야. 이 분노를 내뱉고 똑바로 마주 본 다음이 아니면 왕을 만나자마자 후려칠 테니까."

그런 식으로 한참을 떠들어대다가 결국 지쳤는지, 토마소르는 기분 전환 좀 하고 오겠다며 시칸을 데리고 마을로 떠났다. 하지만 마을로 가봤자 여기저기서 옥안내방을 위한 성대한 잔치를 준비한답시고 시끌벅적한 것을 보면 또 화가 쌓이는 것 아니겠느냐고 홋사르는 희미하게 의심하고 있었다.

"……뭐, 형님 말씀도 이해는 하지만."

분명 이번 일은 아카파 왕에게 잘못이 있다. 아카파를 고향으로 삼는 수많은 작은 민족의 심정과 행복을 지켜주지 못한다면 점령당한 국가 안에서 왕이라는 이름을 유지하고 있는 의미가 없다. 츠오르의 눈이 두려워 자국민의 입을 막는 데 만족한다면, 앞으로 아카파 왕을 존경하는 이가 줄어들 것이다.

아카파 왕은 아카파 민족을 연결하는 상징이다. 사람들의 마음이 그에게서 멀어지면 아카파 민족이라는 이름으로 느슨하게 뭉쳐 있던 여러 민족들 간의 유대도 사라질 것이다. 그리고 마침내 아카파라는 이름도 츠오르 변경에 속한 지명의 의미밖에는 갖지 못할 게 틀림없다.

그것을 충분히 알고 있던 투림도 아파르 오마가 더 이상 비참한 꼴을 당하도록 내버려둘 수는 없다고 했다. 그는 무코니아의 압력이 해마다 강해지고 츠오르의 힘 없이는 평화를 유지할 수 없는 이 아카파에서, 그래도 아카파로서 존속하기를 바란다면 흔들다리 위를 건너듯 사방에 세심한 주의를 기울이면서 걸음을 내딛는 수밖에 없다고 했다. 솔직히 홋사르의 마음도 토마소르보다는 투림 쪽으로 쏠렸다.

토마소르 옆에 앉아 한마디도 하지 않고 무슨 생각을 하고 있는지 모를 눈으로 가만히 이쪽을 바라보던 시칸을 떠올리며 홋사르는 얼굴을 찌푸렸다.

"용서할 수 없어."

그렇게 중얼거리자 한발 먼저 과자를 먹고 있던 마코우칸이 웅얼거리는 목소리로 물었다.

"뭐를 말입니까?"

"어라? ……이 녀석, 나보다 먼저 먹지 마."

손가락으로 식탁을 두드리자 마코우칸이 어리둥절한 표정을 지었다.

"먼저 먹어도 되겠느냐고 여쭈었더니 끄덕이셨잖습니까?"

훗사르는 눈을 껌뻑거렸다. 전혀 기억나지 않았다.

"그랬던가?"

미라르가 쓴웃음을 흘렸다.

"그래. 당신이 고개를 끄덕였어. 마음은 딴 데 가 있는 얼굴이었지만."

훗사르는 부루퉁한 표정으로 접시를 잡아당겨 과자를 베어 물었다. 바삭하게 익은 바깥 부분이 달콤하고 향긋해서 맛있었다.

"그래서 용서할 수 없다니, 뭐가?"

"아아……."

훗사르가 차를 한 모금 마시고 말했다.

"내가 용서할 수 없는 건 아파르 오마가 제 뜻을 주장하기 위해 병을 이용했다는 사실이야. 그걸 형님이 시인했다는 게 도저히 이해가 안 되고, 용서도 못 하겠어."

활도, 검도 사람을 죽이기는 매한가지다. 하지만 병은 사람을 고르지 않는다. 한 번 퍼지면 막을 방도도 없고, 또 아무 상관 없는 사람들까지도 죽인다.

"아파르 오마가 볼 때는."

미라르가 불쑥 말했다.

"무고한 사람이 없는 거겠지. 이 아카파에 살면서 그들의 비극에 무관심한 사람들도, 지금 행복하게 사는 사람들도 모두 보복을 받아야 할 이유를 가지고 있다고 생각할 거야."

미라르가 한숨을 쉬었다.

"원인이 병이라면 신이 죄인이라고 판단했기 때문에 걸렸다고 생각할 수도 있고."

홋사르가 입술을 비죽거렸다.

"그게 가장 마음에 안 들어. 어째서 형님은 그런 빌어먹을 사고방식을 보고도 못 본 척했을까? 아파르 오마 이야기를 할 때마다 시칸의 안색을 살피면서 말하질 않나, 보고 있으면 짜증이 나."

태연히 앉아 있던 시칸의 모든 것을 초월한 듯한 표정을 떠올릴 때마다 속이 뒤집혔다. 사람을 깔보면서 결코 경의를 표하지 않는 그 완고함…….

미라르가 몸을 내밀어 가만히 홋사르의 손을 붙잡았다.

"그러지 마. 화난 채로 토마소르 님을 대하면 안 돼. 가는 말이 고와야 오는 말이 곱다잖아. 해서는 안 될 말까지 하게 될 거야."

홋사르는 콧방귀를 뀌었다.

"나도 밖에나 다녀올까? 형님이 돌아와서 또 그 장광설을 듣게 된다면 이번에는 잠자코 있을 자신이 없군."

마코우칸이 창밖을 쳐다보았다.

"나가시려면 서두르는 게 좋겠습니다. 방금 비가 내리기 시작했으니 토마소르 님이 곧 돌아오실 것 같은데요."

그 말이 끝나기가 무섭게 방문 너머에서 제자의 목소리가 들려왔다.

"……손님이 오셨습니다. 안으로 안내할까요?"

세 사람은 얼굴을 마주 보았다.

"손님?"

홋사르가 중얼거리자 마코우칸이 일어섰다.

"보고 오겠습니다."

일단 방에서 나간 마코우칸이 곧 복잡한 표정으로 돌아왔다. 그의 뒤에서 나타난 손님을 본 홋사르는 그가 왜 그런 표정을 지었는지 깨달았다.

"이거, 이거……!"

홋사르는 의자를 박차고 일어났다. 미라르도 일어서서 비 내음과 함께 들어온 반과 사에에게 난로 옆 의자를 권했다. 정작 손님 의자를 빼주어야 할 마코우칸은 부루퉁한 얼굴로 문가에 멀뚱히 서 있었다.

"마코우칸, 얼굴 좀 풀어."

홋사르가 쓴웃음을 지으며 말하자 마코우칸이 퉁명스럽게 말했다.

"속아서 광대 노릇을 한 것도 모자라 약까지 억지로 먹은 남자가 싱글벙글 맞이하면 오히려 기분 나쁘지 않겠습니까?"

잠깐 동안 모두가 침묵했다. 그때, 갑자기 미라르가 웃음을 터뜨렸다. 홋사르와 반도 얼굴을 누그러뜨렸지만 사에만은 진지한 얼굴로 마코우칸을 올려다보았다.

"……정말 죄송했습니다."

깊이 고개를 숙인 사에를 부루퉁한 얼굴로 바라보면서 마코우칸은 그만 고개를 들라고 했다.

"당신에게 사정이 있었다는 건 압니다. 시간이 좀 더 지나서 마음이 가라앉으면 평소 얼굴로 돌아갈 테니 걱정 마십시오."

그 말을 들은 홋사르가 껄껄 웃었다.

"뭘 그리 어렵게 말해? '이제 됐습니다'라고 하면 그만이잖아."

그렇게 말한 홋사르는 마음속으로 스스로를 향해 조소했다.

'내가 들떠 있다니!'

아무래도 이 두 사람을 만나면 태연할 수가 없다. 미라르도 뺨이 발그레하다.

"이렇게 빨리 찾아와주실 줄은 몰랐어요."

그렇게 말하며 미라르가 재차 난롯가에서 몸을 녹이라고 채근했다.

비가 내려서 그런지 확실히 싸늘했다. 순록을 키우는 북쪽 민족들의 가죽옷을 두른 반은 유카타 산지에서 만났을 때보다 더 무거운 표정을 짓고 있었다.

식탁 옆을 돌아 난롯가 의자로 다가간 반이 문득 걸음을 멈추었다. 눈에 보이지 않는 것을 응시하듯 의자를 바라보고 있다.

"왜 그러나?"

그렇게 묻자 반은 고개를 들고 심각한 표정으로 홋사르를 바라보았다.

"여기에 누군가 앉아 있었소?"

홋사르는 눈을 깜빡거렸다.

"그래. 내 매형의 조수가 앉아 있었는데…… 그게 무슨 문제라도?"

"매형의 조수?"

반은 눈살을 찌푸리고 혼잣말처럼 중얼거렸다.

"그렇다면 오타와르 분이오?"

홋사르는 미라르를 힐끗 쳐다보았다. 그녀의 얼굴에도 어렴풋이 불안한 기색이 감돌았다.

"아니, 오타와르 인은 아니네. 아파르 오마 청년이지."

순간, 반의 눈에 날카로운 빛이 번쩍였다. 지붕을 때리는 빗소리가 단숨에 요란해진 것만 같았다.

6

토마소르와 시칸

토마소르가 돌아온 것은 점심때가 조금 지나서였다.

"우우, 춥다. 마을 안이라도 눈이 내리면 이렇게 기온이 떨어지는 구나."

수건으로 머리를 닦으며 방으로 들어온 토마소르는 낯선 손님의 존재를 알아차리고 "아, 이거 실례" 하고 중얼거렸다.

마코우칸이 자연스럽게 토마소르의 뒤로 돌아가 문을 닫았다.

"형님."

홋사르가 토마소르의 정면에 서서 물었다.

"시칸은 어디 있습니까? 방에 짐도 없는 모양이던데, 어디로 보 낸 겁니까?"

토마소르는 무슨 일이냐는 듯이 눈살을 찌푸렸다.

"점심을 먹고 나서 헤어졌어. 어디 이 근방을 어슬렁거리는 것 아닐까? 그 녀석을 데리고 아카파 왕을 만나러 갈 수도 없고, 오랜만에 카잔에 왔으니 물건도 좀 사고 싶다고 하기에 휴가를 주었는데……. 시칸에게 무슨 문제라도 있나?"

홋사르는 매형의 얼굴을 가만히 쳐다보았다. 그 얼굴에 떠오른 당혹감은 연기로 보이지 않았다. 그렇게까지 요령 있는 사람은 아니라고 믿고 싶었다.

"형님, 여기 오기 전에 북쪽 숲에 계셨지요? 시칸도 함께."

토마소르의 미간에 잡힌 주름이 짙어졌다.

"어째서 그런 걸 또 묻지? 어젯밤에 그렇다고 했잖아."

"시칸은 항상 형님과 함께 있었습니까?"

고개를 끄덕이려던 토마소르의 눈이 희미하게 흔들리는 것을 홋사르는 놓치지 않았다.

"떨어져 있었을 때도 있었군요."

토마소르가 불쾌한 기색을 내비쳤다.

"이게 뭐하는 짓이지? 심문이냐? 이유를 말해. 시칸을 뭔가 의심하는 건가?"

그때 의자를 끄는 소리가 났다. 반이 일어나서 천천히 토마소르에게 다가갔다.

"처음 뵙겠소. 간사 씨족의 반이라 하오."

갑작스러운 말에 토마소르는 눈을 껌뻑거렸다. 눈살을 찌푸린 채로 반을 쳐다보다가 이윽고 깜짝 놀라며 눈을 휘둥그레 떴다.

"간사 씨족의 반? 부러진 뿔의 반인가……!"

반은 고개를 끄덕였다.

"훗사르 말로는 당신도 자세한 사정을 알고 있다던데, 내가 평범하지 않은 후각을 가지게 되었다는 것도 알고 있소?"

토마소르는 기가 눌린 눈치로 고개를 끄덕였다.

"그래, 그 이야기는 들었어. 자네 양녀도 특별한 시각을 가지게 되었다면서?"

반은 고개를 끄덕였다.

"당신에게서 검은 늑대의 냄새가 나. 암컷을 많이 잡았나? 냄새가 독하군."

토마소르의 얼굴에 경악스러운 빛이 스쳤다.

"이건…… 대단하군. 그래, 맞아."

반이 토마소르를 바라보았다.

"당신에게서 검은 늑대의 냄새가 나기는 하지만, 로차이 냄새는 나지 않는군."

"로차이?"

"검은 늑대와 사냥개를 교배해 얻은 킴마의 개 말이오."

토마소르가 깜짝 놀라 눈을 부릅떴다. 반이 그를 정면에서 바라보며 말했다.

"당신에게서는 나지 않는 로차이 냄새가 시칸이라는 남자가 앉아 있던 의자에서 강하게 풍기고 있소."

토마소르의 얼굴이 굳었다.

방 안이 고요해지면서 빗소리가 요란하게 들렸다.

"형님."

훗사르가 날카로운 목소리로 채근하자 토마소르가 훗사르 쪽으로 시선을 돌렸다. 창백하게 굳은 얼굴에 분노의 기색이 스쳤다.

"마음에 안 들어."

토마소르가 내뱉듯이 말했다.

"뭔지 몰라도 시칸을 의심하는 모양인데, 그는 나쁜 짓을 할 사람이 아니야. 표정이 없어서 오해를 사기 쉽지만……."

"형님!"

훗사르가 외쳤다.

"형님도 마음속으로는 알고 있을 겁니다. 그렇기에 감싸려는 거겠지요. 하지만 촌각을 다투는 문제입니다. 지금 정을 따질 때가 아닙니다. 진실이 문제란 말입니다!"

토마소르의 얼굴에 핏줄이 불거졌다.

"진실?"

토마소르가 포효하듯 고함을 질렀다.

"진실을 알려줄까? 시칸의 육친이 참살당했어! 시칸의 형은 아카파 왕에게 살해당한 케노이의 종자였어. 병든 케노이를 받들어 끝까지 싸웠던 남자였다."

토마소르는 빈정거리듯 웃어젖히며 말했다.

"아아, 그래. 너희들이 보면 시칸은 참으로 수상쩍어 보이겠지. 확실히 조사할 때 늘 함께 있는 건 아니야. 지금까지 몇 년 동안이나 광범위한 지역을 분담해서 조사해왔으니까. 몰래 오판과 만날 수도 있었겠지. 하지만 그게 어떻다는 거냐? 오판은 시칸에게는 경애하는 친족이다. 형의 최후가 어땠는지 궁금하게 여기는 게 인정 아니더냐!"

토마소르가 반을 삿대질하며 말했다.

"그 녀석에게서 킴마의 개 냄새가 났다고? 그래서 어떻단 말이지? 케노이는 이미 죽었어. 개의 왕은 살해당했다. 설사 시칸이 오판을 만나 킴마의 개와 접촉할 기회가 있었다 해도 이제는 아무것도 못 해!"

반은 한 걸음 앞으로 나아가 토마소르를 바라보았다.

"아이가 죽었다. 킴마의 개 때문에."

조용한 목소리였다. 그 목소리의 고요함이 대번에 그 자리의 열기를 꺼버렸다.

"······뭐?"

토마소르가 당혹스러운 듯 입을 반쯤 벌렸다.

반은 기복 없는 목소리로 말을 이었다.

"미크라 숲 남쪽, 이주민의 아이가 킴마의 개에 물려 죽었소. 아직 열한 살이었다더군. 땔감을 주우러 갔다가 킴마의 개에게 공격당한 거지. 부모는 승냥이에게 물린 줄 알고 상처에 약초를 붙여주고 상태를 보았다는데, 하루 이틀 지날수록 목이 아프다고 하더니 이내 고열을 앓으며 경련하기 시작했소. 치료사가 그 마을에 도착했을 때, 이미 아이는 온몸이 굳어서 괴로워하며 죽었다고 하더군."

토마소르는 할 말을 잃고 반을 바라보았다.

"그 아이를 문 개들은 이튿날 다른 마을도 습격했소. 다행히 죽은 사람은 없었지만 개에 물린 한 소녀는 지금도 일어서질 못하고 있다고 하오."

번득이는 눈으로 토마소르를 바라보면서 반은 천천히 말을 이었다.

"오판이 끌고 왔는지, 원래 북쪽 숲에도 킴마의 개들이 무리지어 살았는지 그건 모르겠소."

반이 기복 없는 목소리로 말했다.

"그 습격에 시칸이라는 청년이 가담했는지 안 했는지도 모르오. 하지만 아이가 킴마의 개에 습격당한 바로 그때, 같은 장소에 있었소. 그가 킴마의 개와 접촉했다면 적어도 사정을 알고 있을 가능성은 높겠지. 그렇지 않겠소?"

토마소르는 대답하지 않았다.

당신은, 하고 반이 나직한 목소리로 말했다.

"이주민이라면 고통 속에서 죽어도 상관없다고 생각하시오?"

토마소르는 입술을 떨며 겨우 입을 열었다.

"그렇지는 않아. 하지만……."

뭔가 격렬하게 망설이는 듯, 시선이 흔들렸다.

"토마소르 님."

미라르가 불쑥 이름을 불렀다. 그녀는 식탁에 배를 붙이고 몸을 내밀고 있었다.

"시칸이 무슨 짓을 하려는지, 일단 그걸 알아야 하지 않을까요?"

토마소르는 말없이 미라르를 쳐다보았다.

"그는 단순히 휘말린 것인지도 몰라요. 어떤 입장인지는 여기에서 따져도 알 수 없는 문제잖아요. 하지만 적어도 옥안내방 행사를 위해 이주민이 모여든 이때에 그가 여기에 있고, 거기에 킴마의 개들도 연관되어 있을지 모른다면…… 두렵지 않으신가요?"

미라르가 목덜미를 부여잡으며 말했다.

"저는 너무 두려워요. 무슨 일이 벌어나기 전에 막아야 해요. 시칸을 구하고 싶다면 늦기 전에 막아야 해요."

토마소르는 숨을 들이쉬었다가 내뱉었다. 그 손가락이 희미하게 떨리고 있었다.

"……그, 렇군. 자네 말이 맞아."

머릿속에서 여러 가능성이 보였을 것이다. 토마소르의 얼굴에 처음으로 초조한 기색이 비쳤다.

"내가 어리석었어."

그렇게 중얼거린 토마소르가 숨을 한 번 크게 들이마시고는 홋사르를 쳐다보았다.

"북쪽 숲에 있을 때, 시칸과 따로 행동한 적이 몇 번 있었네. 그 편이 조사 효율이 좋았으니까. 그래서 그가 내 눈이 닿지 않는 곳에서 오판 일행과 만났을 가능성은 부정할 수 없어."

한 손으로 입가를 가리고 토마소르가 한숨을 쉬었다.

"그 녀석 심정은 뼈저리게 이해해. 그토록 좋아했던 형의 유지를 이으려는 거겠지. 아파르 오마의 비원을 이루기 위해서라면 기꺼이 목숨도 버릴 작정일 거야."

토마소르는 반을 돌아보며 말했다.

"그런 마음은 자네도 이해하지 않나? 자네는 외뿔의 우두머리 였지?"

반의 눈에 어두운 빛이 번득였다. 그는 잠시 말없이 토마소르를 바라보다가 짧게 말했다.

"당신은 외뿔을 오해하고 있소."

"오해? 무슨 뜻이지?"

되물어보는 토마소르의 말을 자르듯 반이 입을 열었다.

"지금은 그런 이야기를 할 때가 아니오. 그 청년을 마지막으로 본 장소는?"

토마소르는 기가 눌려서 웅얼거렸다.

"마드로 길에 있는 유카타 지방 요리를 파는 식당인데……."

마코우칸이 그 말을 듣고 눈썹을 실룩였다.

"뭇타오 말입니까?"

토마소르가 그를 돌아보았다.

"아아, 그래. 그런 이름이었어. 이 층 창가에 꽃 장식이 있는……."

마코우칸은 고개를 끄덕이고 홋사르를 쳐다보았다.

"그럼 뭇타오가 맞습니다. 그 가게 주인은 잘 아는 사람입니다. 저라면 시칸의 얼굴도 아니까, 제가 안내해도 되겠습니까?"

홋사르가 손을 흔들었다.

"물론이야, 다녀와."

마코우칸이 연 문을 통해 반과 사에가 나가려 하자 토마소르가 황급히 달려왔다.

"기다려! 나도 간다!"

반이 뒤를 돌아보며 조용히 거절했다.

"당신을 데리고 다닐 수는 없소."

그의 몸에서 솟아오르는 단호한 기척이 토마소르를 위축시켰다.

"하지만…… 시칸을 어쩔 작정이지?"

반은 짧게 말했다.

"여기로 데려올 수 있는 상황이면 그를 데려오겠소."

토마소르가 살짝 표정을 누그러뜨렸다.

"그런가. 그럼 여기에서 기다리지. ……하지만 부탁이니, 거칠게 대하지는 말게. 그는 내게 아들이나 다름없는 존재야."

토마소르를 가만히 바라보던 반은 이윽고 말없이 문밖으로 나갔다.

7

비 내리는 거리의 추적

낮게 깔린 구름 밑으로 세찬 비가 내렸다. 마코우칸은 마구간을 힐끗 보았다. 시칸은 말을 타고 이동하고 있다. 방금 마구간을 확인했을 때 그의 말이 없었으니 틀림없다.

"말을 타고 갈까?"

마코우칸이 묻자 사에가 고개를 저었다.

"걸어가요. 마드로 거리라면 그리 멀지도 않고, 거기서부터 뒤를 추적하려면 말은 거치적거려요."

"알았어. 그럼 뒷길로 가지. 그 편이 빨라."

마코우칸은 두건을 깊이 뒤집어쓰고 약자들의 보금자리인 '치미야 토로스' 의원의 나무 뒷문을 열고 밖으로 나갔다.

바람은 별로 없었지만 빗줄기가 생각보다 거셌다. 도로 옆의 얕은 도랑에서 물이 넘쳐 길을 씻어내며 흐르고 있다. 비 때문에 어둑한 마을은 인적도 드물고, 노점이나 행상도 물건이 젖지 않도록 장사를 접어 거리가 조용했다.

걸음을 재촉하며 마코우칸은 옆에서 따라오는 반을 힐끗 보았다. 어디로 보나 전사다운 듬직한 남자지만, 몸집은 그리 크지 않다. 바위 감옥에서 보았을 때도 느꼈지만 이 남자가 그 사슬을 잡아 뜯었다는 사실이 도저히 믿기지 않았다.

'이 남자는 속을 알 수 없다.'

오래도록 투기장에서 사투를 벌여온 탓인지, 전사와 마주하면 그 남자가 무서운 사람인지 아닌지 대강 파악할 수 있다. 그것은 이미 이성이 아니라 피부로 감지하는 반응 같은 것이었다. 하지만 이 남자는 알 수가 없다. 강한지, 약한지, 무슨 생각을 하는지 전혀 알 수가 없다. 감정이 몸속 깊이 묻혀 있어서 흔들어보아도 그 동요를 간단히 끌어낼 수 없는 것이리라.

그런 생각을 하다가 문득 방금 전의 대화를 떠올렸다. 한순간이지만 이 남자가 사적인 일로 분노를 내비쳤던 것이다. 속도는 늦추지 않고 그대로 걸어가면서 마코우칸은 반에게 물었다.

"……뭐 좀 물어봐도 될까?"

반은 마코우칸을 보고 눈짓으로 수락했다.

"토마소르 님이 외뿔을 오해한다고 한 건 무슨 뜻이었지?"

반은 고개를 정면으로 돌리고 잠시 말없이 걸어가다가 모퉁이를 하나 돌았을 때, 입을 열었다.

"그 귀인은 외뿔을 고향을 위해 일부러 사병死兵이 된 영웅처럼 생각하는 모양이던데, 그렇게 훌륭한 존재가 아니오. 우리가 사병이 된 건 이미 죽어 있었기 때문이지.”

“……음?”

“우리 모두 외뿔이 되었을 때, 이미 숨만 쉬고 있는 시체였소. 한 시라도 빨리 죽고 싶지만, 스스로 죽음을 택하면 상춘의 땅으로 가지 못하지. 그래서 죽어도 된다는 허락이 내려오는 순간만 손꼽아 기다리고 있었소. 한심하다고 하면 실로 한심한 이야기지만.”

자조도 비애도 섞여 있지 않은 담담한 말투로 반이 말했다.

“우리는 처음부터 단 한순간도 츠오르 제국에 이긴다는 허황된 꿈은 꾸지 않았소. 중요한 건 어떻게 패하는가였지. 항복한 뒤에 고향 사람들에게 살기 편한 나날이 찾아오도록 허점을 찾을 도구가 되어주겠느냐고 씨족장이 물었을 때, 나는 진심으로 안도했소.”

나란히 걸어가는 사에의 옆얼굴이 희미하게 일그러졌다.

반은 입을 다물고 고집스럽게 앞만 바라보며 잰걸음으로 걸어갔다.

마코우칸도 그 뒤로 입을 다물고 조금 걸음을 서둘러 두 사람을 가게로 안내했다.

마드로 거리는 큰길에서 하나 안쪽으로 들어간 샛길로, 땅만 다져놓은 흙길은 이미 비에 젖어 진창으로 변해 있었다.

뭇타오는 이 층짜리 낡은 건물 일 층에 들어가 있는 작은 식당이었는데, 유카타 지방의 음식을 파는 가게가 적어 식사 시간에는 고향의 맛을 찾는 사람들로 제법 붐비는 곳이다.

점심때가 지난 지금은 한산해서 손님이 두 사람밖에 없었다. 비를 피할 겸 시간을 때우고 있는지 난로 옆에서 가게 주인과 떠들고 있다.

마코우칸이 들어가자 주인이 그를 알아보고 빙긋 웃었다.

"이거, 오랜만이네."

마코우칸은 가볍게 인사를 하고 말을 꺼냈다.

"그보다 낮에 토마소르 님이 오셨지요? 수첩을 깜빡 두고 가셨다는데, 어디에 앉아 계셨는지 기억하십니까?"

"어, 그래? 오늘은 붐벼서 주방에 붙어 있느라 보지 못했는데. 도와주는 사람들도 오후에는 쉬었으니 어디에 앉아 계셨는지 잘 모르겠군. 하지만 수첩 같은 건 못 봤는데."

가게 주인이 말하는 사이, 반은 오른쪽 구석의 식탁으로 다가갔다.

"……."

사에가 뭐라 속삭였다. 발밑을 보라는 말처럼 들렸다. 반이 고개를 끄덕이더니 신중하게 걸음을 떼서 식탁 옆에 섰다.

"여기다."

반이 짧게 말하자 사에가 고개를 끄덕이며 식탁 밑으로 몸을 숙였다. 그러고는 가만히 뭔가를 보고 있다.

이윽고 사에가 손짓을 하자 반이 그 옆에 웅크렸다. 바닥을 가리키며 뭔가 작은 소리로 속삭이고 있다.

마코우칸이 가까이 다가가자 반이 일어나서 속삭였다.

"……실내였다면 냄새가 확실히 남아 있을 텐데."

마코우칸은 그런가, 하고 중얼거리면서 창밖을 보았다.

"비 때문인가. 때가 안 좋군. 냄새가 씻겨나간 건가?"

무릎을 꿇고 계속 뭔가를 살피고 있던 사에가 일어섰다.

"제게는 비가 고맙지만요."

사에가 작은 목소리로 속삭이더니 주인에게 등을 돌리고 바닥에 희미하게 찍힌 수많은 발자국 속에서 몇 개를 가리켰다. 마코우칸은 소리 없이 눈짓으로 알겠다고 전하면서 바닥에 난 장화 자국을 바라보았다.

'이게 시칸의 발자국인가.'

반이 냄새로 알아낸 것이리라. 확실히 시칸의 체격에 맞는 장화 자국이었지만, 다른 손님의 발자국과 섞여서 구분하기 어려웠다.

"바닥에 떨어져 있던가?"

가게 주인이 근심스럽게 물었다.

"아니, 없는 것 같습니다. 누가 주워 갔거나, 아님 다른 곳에서 잃어버린 거겠지요. 번거롭게 해서 죄송했습니다."

마코우칸은 미소를 지으며 주인에게 사과했다.

사에와 반은 이미 문가로 이동했다. 마코우칸이 고개를 끄덕이자 두 사람은 먼저 빗속으로 나갔다.

인적 없는 좁은 길에 서서 사에는 가만히 길을 바라보고 있다. 비가 두건과 외투를 적시며 흘러내렸다. 이윽고 사에가 걸음을 뗐다. 일정한 보폭으로 걸어갔는데, 제법 큼직한 걸음이었다.

뒤를 따라가면서 마코우칸은 얼굴을 흐렸다.

'진창이니 발자국은 남아 있겠지만……'

큰길로 나가면 돌길로 바뀐다. 날이 맑으면 진흙 흔적이 남아 있겠지만 이렇게 비가 내리니, 벌써 씻겨나갔을 것이다.

큰길로 나가자 사에는 다시 한참 멈춰 서서 돌이 깔린 도로를 가만히 바라보다가, 바로 방금 전과 똑같은 보폭으로 걸음을 뗐다. 발끝이 향하는 쪽을 보고 방향을 가늠했다 해도, 그 걸음에 지나치게 거침이 없어서 마코우칸은 고개를 갸웃거렸다.

"발자국이 보이나?"

뒤에 바짝 다가가 묻자 사에가 고개를 저었다.

"돌길이라 거의 보이지 않아요. 하지만 시칸이라는 사람의 걸음걸이를 알아냈으니까."

'그런가……'

아버지에게 배웠던 기술이 어렴풋이 머릿속에 되살아났다.

사람은 저마다 걸음걸이에 버릇이 있다. 보폭이나 어느 쪽 다리에 중심을 싣는지 처음 몇 걸음으로 알아낼 수 있다면, 발자국이 끊겨도 그 걸음걸이를 흉내 내어 걸어가는 동안 다음 단서를 찾을 수 있다.

큰길을 한 구획 정도 지났을 때 사에가 샛길로 들어갔다. 뒤따라 모퉁이를 돈 마코우칸은 눈썹을 실룩였다. 눈앞에 마장이 있었기 때문이다.

'그래, 여기였지.'

뭇타오로 가려면 이곳이나 가게 앞 샛길의 마장에 말을 묶어두고 갔을 것이다. 사에가 없었다면 어느 쪽 마장을 썼는지 몰랐을 것이다.

마장에는 차양이 있었지만 말을 잠시 묶어두는 장소라 비를 겨우 피할 만큼의 지붕밖에 없었다. 말을 돌보는 소년이 작은 의자에 앉아 지붕 옆에 구색으로 붙어 있는 낙수받이에서 철철 떨어지는 빗물을 발끝으로 툭툭 차며 지루함을 달래고 있었다.

세 사람이 다가가자 무슨 일이냐는 듯이 소년이 고개를 들어 이쪽을 쳐다보았다. 사에는 마장 안으로는 들어가지 않고 재빨리 바닥을 훑어보고는 바로 오른쪽으로 걸음을 뗐다.

"……말의 흔적도 추적할 수 있나?"

그렇게 묻자 사에는 살짝 쓴웃음을 지었다.

"기본은 똑같으니까요."

마코우칸은 무심코 반의 얼굴을 보았다. 그의 얼굴에도 감탄스러운 빛이 떠오른 것을 보니 괜히 마음이 놓였다.

'역시 보통이 아니야.'

숙달된 사냥꾼이라도 어지간한 달인이 아니고서야 마을 안에서 이런 식으로 흔적을 쫓기란 불가능하다.

대체 어떤 흔적을 찾아낸 건지, 사에는 이따금 걸음을 멈추면서도 거의 일정한 속도로 나아갔다.

생각해보면 마을 안이라 말을 탔어도 달릴 수는 없었을 것이다. 그리고 빗속이다. 돌길에서 말발굽이 미끄러지는 것을 염려해 샛길을 택하는 사람이 많다. 시칸도 그랬는지, 사에는 묵묵히 비에 젖은 길을 더듬어 갔다.

발자국은 추적할 수 있어도 말이 지나간 거리를 따라가기는 상당히 힘들었다. 그러나 지친 기색 없이 걸어가는 반과 사에를 보고 마코우칸도 애써 태연한 얼굴로 따라갔다.

이윽고 사에가 멈춰 선 곳은 낡은 창고 뒤편이었다.

"……여기에서 한 번 말에서 내렸어요."

사에의 말을 들은 마코우칸은 창고 벽에 말을 묶어둘 수 있도록 점점이 설치되어 있는 쇠고리를 본 후, 그 밑의 바닥에 찍힌 발자국을 쳐다보았다.

이 정도로 확실한 자국이라면 마코우칸도 읽을 수 있다. 시칸은 이곳에서 내려 말을 묶어둔 것이다. 그 밖에도 사람 발자국과 말발굽 자국이 몇 개 찍혀 있었다.

조금 앞쪽에 뒷문이 보였다. 반은 이미 그 뒷문을 향해 걸어가고 있었다.

뒷문은 활짝 열려 있어, 침침한 창고 안에서 사내 몇 명이 일하는 모습이 보였다. 사내들은 요리에 쓰는 냄비와 시루에 밧줄을 감아 상자 속에 담고 있었다.

"식기 창고인가."

그렇게 중얼거리며 반의 얼굴을 본 마코우칸은 깜짝 놀랐다. 반의 옆얼굴에 심각한 빛이 감돌았기 때문이다.

반은 창고를 바라보며 낮은 목소리로 말했다.

"오판의 냄새가 남아 있다. 희미한 냄새지만, 조금 마음에 걸리는 냄새가……."

그때, 창고 안에서 일하던 사내들이 고개를 들어 이쪽을 쳐다보았다. 그중 한 명이 미심쩍은 표정으로 다가왔다.

"무슨 볼일이라도?"

뒷문의 문틀을 붙잡고 반이 대답했다.

"여기서 식기를 싸게 살 수 있다는 소문을 듣고 왔소만."

사내는 가슴께를 긁적이며 귀찮다는 듯이 대답했다.

"그렇긴 한데. 그래서 뭘 가져왔지? 아교는 필요 없어."

반은 눈을 가늘게 떴다.

"아교는 안 되나?"

"그래. 한발 늦었네. 방금 팔러 온 손님이 있었거든. 한동안은 충분해."

두 사람의 대화를 듣다가 마코우칸은 겨우 깨달았다. 이곳에서는 식기를 수리하는 데 쓸 수 있는 재료와 식기를 교환해주는 것이다. 적당히 말을 주고받으며 그 사실을 알아낸 반의 수완에 마코우칸은 감탄했다.

'아교라…….'

아교는 아파르 오마에게는 값이 괜찮은 유용한 제품이다. 죽은 말의 가죽으로 양질의 아교를 만든다는 말을 예전에 누나에게 들은 적이 있다.

그 사실을 반도 눈치챘는지, 유감스러운 표정을 가장하며 말했다.

"쳇, 한발 늦었나. 설마 오우탄은 아니겠지? 그 녀석, 몸집이 작은 놈이었나?"

사내가 고개를 저었다.

"아니, 키는 당신만 했어."

"그럼 파오우인가. 조카가 붙어 있지 않던가?"

"조카인지는 모르겠지만 어린 녀석을 하나 데리고 있더군."

"그럼 파오우가 맞아. 젠장, 아교를 팔아 식기를 사겠다는 내 말을 듣고 먼저 온 건가. 그릇을 사 갔겠지?"

사내는 쓴웃음을 지으며 고개를 저었다.

"아니, 그릇이 아니야. 시루를 사 갔어. 그 녀석이 아닐 수도 있으니, 괜한 시비는 걸지 말게."

반은 한숨을 내뱉으며 쓴웃음을 지었다.

"하긴, 그러네. ……몇 명이서 왔던가?"

"당신도 끈질기군. 세 명이었어, 어린 녀석도 포함해서."

마코우칸은 뒷문에서 벗어나 두 사람에게 속삭였다.

"물건을 사러 온 게 오판이라면 왜 시루 같은 걸 사 갔을까?"

반이 심각한 표정으로 중얼거렸다.

"오판의 냄새에 화약 냄새가 섞여 있었소."

마코우칸은 깜짝 놀라 걸음을 멈추고 반을 쳐다보았다.

사에의 얼굴이 얼어붙었다.

"그래서 시루를……."

시루에 화약을 담아 묶어서 도화선에 불을 붙여 던지면 엄청난 살상력을 발휘한다. 마코우칸은 눈썹을 찌푸렸다.

"하지만 어떻게 화약을?"

화약은 엄중하게 관리한다.

츠오르는 화약을 잘 다루기 때문에 군용으로는 물론이고 불꽃놀이에도 화약을 쓰는데, 제조부터 유통까지 엄격하게 관리해서 몰래 빼돌릴 틈이 없다.

하물며 오판의 행동은 모르파와 오타와르 심부 사람들이 주시하고 있다. 화약과 같은 무기 유통에 관련된 장소에 오판이 나타났다면 그 정보는 바로 왕의 귀에 들어갔을 터였다.

"무코니아의 화약일지도 몰라요."

사에가 어두운 표정으로 생각에 잠겨 중얼거렸다.

"무코니아 군이 자카토 협곡의 요새를 공격했을 때, 라판이 화염탄을 사용했으니까요."

반이 고개를 끄덕였다.

"나도 그 생각을 하고 있었어. 오판은 라판 족을 사로잡았으니까 무기도 몰수했겠지. 라판의 화염탄을 그대로 운반하면 짐도 거치적거리고 너무 눈에 띄니, 화약만 빼내서 젖지 않도록 운반한 거겠지."

마코우칸이 신음했다.

"그렇군. 그래서 여기서 시루를 산 건가. 큰길 쪽 그릇 가게에서 시루만 잔뜩 사면 눈에 띌 테니까. 여기라면 수리용 아교와 교환해서 싸게 손에 넣어도 눈에 띄지 않고."

그들은 주도면밀하게 계획을 세우고 있다. 적은 인원으로 많은 사람을 살상할 수 있는 모반을.

한참 입을 다물고 있던 사에가 눈길을 들어 마코우칸을 바라보았다.

"홋사르 님께 이 사실을 전해주시겠어요? 저는 아버지께 이 일을 알리고 더 자세히 조사해야겠어요."

마코우칸이 고개를 끄덕였다.

어느새 빗줄기가 가늘어지고 거리가 밝아졌다. 구름이 걷혀, 그 가느다란 틈새로 맑은 저녁노을 빛이 황금빛 실처럼 거리 위로 쏟아졌다.

무수한 발자국 속에서 찰랑거리는 흙탕물도 아스라이 빛나고 있었다.

8

옥안내방

펑, 펑, 펑, 큰 소리가 나더니 초원에 하얀 연기가 솟아올랐다.

하늘 높이 붉고 푸른 연기의 꽃이 피더니 봄바람을 타고 흩어졌다. 대낮의 멋진 불꽃놀이에 군중들의 함성과 박수가 일었다.

갑작스러운 폭음에 놀라 울먹이는 얼굴로 매달리던 유나도 하늘에 아름답게 일렁이는 색색의 연기를 보자마자 환성을 질렀다.

"앗, 꽃, 꽃! 바, 바바! 하늘에 꽃이 폈어!"

마을 밖 초원에 설치된 광대한 경기장은 아카파 각지에서 모인 사람들 때문에 열기로 가득했다. 카잔 성벽 근처에 설치된 관람석은 멀리서 봐도 눈에 띌 만큼 규모가 컸다. 중앙에는 옥안이 느긋하게 쉬면서 구경할 수 있는 천막석이 있고, 오우한 제후와 요타르의 가족이 동석을 허락받았다.

아카파 왕은 그 오른쪽에 설치된 천막석에 가족과 함께 앉아, 이따금 초원에서 들려오는 아카파 민족의 인사에 손을 흔들어 답례하고 있었다.

초원에 설치된 경기장에는 양 떼를 특정한 울타리 속에 얼마나 빨리 몰아넣는지 겨루는 양몰이 경기용 울타리와 퓨이카를 얼마나 잘 타는지 겨루기 위한 장애물이 설치되어 있다. 울타리와 밧줄로 나뉜 준비 구역에는 이미 양 떼와 퓨이카가 모여 있었다.

잔뜩 흥분해서 양 떼 주변을 맴도는 양치기 개들을 야단치는 목동들의 목소리 때문에 퓨이카들이 초조하고 불안해 보였다.

"양 떼하고 너무 가까워."

선수의 표식인 붉은 띠를 가슴에 비스듬히 두른 토마가 양 울타리를 바라보며 혀를 찼다. 치다와 다른 청년들도 몸을 젖히며 달아나려는 퓨이카를 붙잡느라 고생하고 있다. 날뛰는 퓨이카에 끌려서 넘어진 이주민 청년도 있었다.

반은 불꽃놀이를 보여주려고 품에 안고 있던 유나를 바닥에 내려 키야에게 맡기고, 울타리로 몸을 내밀어 입가에 손을 대고 "호우, 호우, 호우!" 하고 큰 소리를 냈다. 퓨이카들이 일제히 돌아보더니 동작을 멈추었다. 선수들도 깜짝 놀라 반을 쳐다보았다.

"수건으로 눈을 가려줘."

다른 사람들에게 알려주면서 오라하의 목을 붙잡고 재빨리 수건으로 눈을 가리자, 토마 일행도 반을 따라서 서툰 손놀림으로 퓨이카의 눈을 가리기 시작했다. 반은 기수들 사이를 돌아다니며 어떻게 진정시키는지, 언제 눈가리개를 벗기면 되는지 알려주었다.

반이 다루면 퓨이카들이 마법에 걸린 것처럼 조용해지다 보니 이 주민 청년들도, 오키 청년들도 민망한 기색으로 웃으며 그들 나름의 동작으로 감사와 경의를 표했다.

그 표정을 본 반은 이상한 기분이 들었다.

밋밋하게 생긴 츠오르 청년들, 북방 오키 민족의 청년들…… 지금까지의 삶 속에서는 거의 인연이 없는 아득한 타인에 지나지 않았던 사람들 사이를 지금 이렇게 걸어 다니고 있다. 그리고 서로 미소를 나누고 있다.

등을 붙잡아주는 키야의 도움을 받아 울타리로 기어 올라가 바, 바, 하고 손을 흔드는 유나의 함박웃음, 키야의 푸근한 미소, 토마와 모키 일행의 상기된 얼굴을 보며 생각했다. 아아, 가족이 저기 있구나.

양을 쫓는 민족, 순록을 쫓는 민족, 땅을 경작하는 민족, 사냥을 하는 민족, 노점을 여는 상인들, 다른 얼굴, 다른 말, 다른 냄새가 혼연일체가 되어 이 초원을 채우고 있다.

멀리서 온 사람들도, 이 땅에서 나고 자란 사람들도 불꽃을 올려다보며 똑같이 환성을 지르며 앞으로 벌어질 시합을 기다리고 있다.

민족마다 특유의 냄새가 느껴져, 어디에 어느 민족이 있는지 보지 않아도 알 수 있었다. 지나치게 예민한 후각도 어느새 당연해져서, 전에는 어땠는지 이제는 기억나지 않았다.

'나는 변했다.'

이 육체도, 생활도, 모든 것이.

모키가 뭐라 속삭이면서 퓨이카에게 눈가리개를 씌우고 있다. 진심으로 퓨이카를 아끼는 그의 옆얼굴을 보아도, 그가 츠오르 인이라는 사실은 전혀 마음에 걸리지 않았다.

홋사르의 말이 문득 마음속에 떠올랐다. 사람의 육체를 나라에 비유한 홋사르. 그가 한 말을 지금이라면 실감할 수 있다.

육체도, 나라도 한 덩어리의 존재 같지만 사실은 그렇지 않을 것이다. 잡다한 작은 생명이 한데 모여 각각의 삶을 살면서 어느덧 혼연일체가 되어 하나의 커다란 생명을 이어주고 있을 뿐이다.

아마도 태초에 신들이 그 손가락으로 자아냈을 그런 거대한 섭리 속에서 우리는 태어나고, 또 사라져간다.

'오판……'

양 떼 건너편에 있는 많은 사람들을 바라보며, 그곳에 섞여 있을지도 모를 한 남자를 생각했다. 부조리함에 울고, 그것을 바로잡기를 열망하고, 기묘한 병을 만나 급기야 여기까지 달려온 남자를.

커다란 몸속에 파고들려는 작지만 치명적인 병……. 굳이 그런 병이 되려 하는 남자의 심정을 생각하면 분노보다도 비애가 치밀어 오른다. 설사 그의 계략이 성공한다 해도 그에게는 더 이상 미래가 없다. 그래도 그는 감행할 것이다.

'막을 수 있을까?'

모르파를 비롯해 아카파 왕의 수하들이 군중 속에 섞여 오판을 찾고 있지만, 어쨌거나 사람 수가 너무 많았다. 모르파처럼 그의 얼굴을 아는 사람이라면 또 몰라도, 얼굴도 본 적 없는 아카파 왕의 병사들이 이 혼잡한 군중 속에서 그를 찾아내기란 어려울 것이다.

말을 탄 사람들도 많고, 먼지를 피하려고 헝겊으로 입가를 가리고 있는 사람도 많다. 양 떼를 모는 목동들은 물론이고 상인도 말을 타고 줄줄이 모여들고 있는 데다, 개도 온 사방을 맴돌고 있다.

반은 관람석을 쳐다보았다.

'화약을 던진다면⋯⋯.'

위에서 아래쪽으로 던져야 멀리 날릴 수 있다.

옥안을 노린다면 성벽 위에서 관람용 천막으로 떨어뜨리는 게 가장 효과적이겠지만 성벽 위에는 츠오르 병사들이 물 샐 틈도 없이 경계하고 있다. 관람석으로 던질 수 있는 위치까지 가기란 일단 불가능하다. 그렇다면 역시 군중 속에 섞여 공격할 가능성이 가장 크다.

'경기가 시작되어 선수들 쪽으로 사람들 눈이 쏠렸을 때 감행하는 게 가장 그럴 듯한데⋯⋯.'

그렇게 생각했을 때, 그때까지 성대하게 울려 퍼지던 대낮의 불꽃놀이 소리가 그쳤다.

파열음이 사라져 조용해진 봄의 창공에 경기의 시작을 알리는 뿔피리 소리가 드높이 울려 퍼졌다.

첫 번째는 양몰이 시합이었다. 출전한 사람들이 흥분한 표정으로 울타리 중간에 설치된 문에 모여 있었다. 관람석 근처에 있는 군중들에게서 환성이 일었다. 시선을 돌리자 옥안과 그의 아들로 보이는 소년이 오우한 제후와 요타르를 거느리고 천막에서 나오는 모습이 보였다.

그들이 관람석 끝에 서서 손을 크게 흔들었다. 순식간에 군중들의 환호가 한층 더 커졌다. 그 목소리가 잦아들기를 기다려 옥안이 뭐라 입을 열었지만 목소리는 이곳까지 닿지 않았다. 울타리 밖에 있는 사람들은 그저 봄의 햇살에 찬란히 빛나는 아름다운 비단옷에 감싸인 그 모습을 바라보기만 할 뿐이었다.

"뭐라고 하는지 들려?"

그렇게 속삭이는 토마에게 반은 피식 웃었다.

"별말 아니야. 빤한 소리지."

"츠오르 어로 말하고 있는 거지?"

"그렇긴 한데, 뒤에 통역사가 있어서 아카파 어로 바꿔주고 있으니 앞쪽에 있는 사람들은 무슨 내용인지 알 거야."

옆에서 유나가 끼어들었다.

"아바, 기름진 토지가 머야?"

반은 눈썹을 실룩이며 유나를 보았다.

"너도 들리니?"

"다 들려. 응? 토지도 맛있어?"

반은 쓴웃음을 흘렸다.

"기름진 토지란 건 훌륭한 땅이라는 뜻이야. 땅이 맛있는 건 아니란다."

그렇게 말했을 때, 문득 그리운 사람의 냄새가 코에 닿아 반은 뒤를 돌아보았다. 사람들 사이를 매끄럽게 헤치며 사에가 다가왔다.

경기장에 무기 반입은 금지되어 있는데도 활을 들고 등에 화살통을 메고 있다. 길을 터준 사람들이 조금 놀란 얼굴로 사에를 쳐다보다가 그 허리띠에 아카파 왕의 표식이 묶여 있는 것을 보고 아아, 경비병인가, 하는 표정을 지었다.

곁으로 다가온 사에가 쑥스러운 듯이 웃었다.

"너무 눈에 띄죠? 어쩔 수 없지만……."

손에 든 활을 보니 유나가 납치당한 밤, 절벽 위에 있던 사에의 모습이 뇌리에 되살아났다.

사에는 그때 밤의 어둠을 꿰뚫고 아득히 떨어진 호쿠소우 나무에 불화살을 쏘았다. 보통 사수는 흉내도 못 낼 재주다. 아마 이 사람의 궁술은 아카파 왕도 높이 평가할 것이다.

사에는 평소와 다름없이 조용한 표정이었지만 그 뺨은 조금 긴장한 것처럼 보였다.

손에 든 활에서는 독특한 냄새가 풍겨왔다. 많이 맡아보지 못한 나무 냄새였는데, 그러고 보니 사에의 몸에 배어 있는 냄새이기도 했다.

"그 활은, 주목朱木으로 만든 건가? ……주목치고는 냄새가 강한데."

사에는 활을 보면서 어리둥절한 표정을 지었다.

"냄새? 냄새가 나나요?"

"음."

"그런가요. 저는 전혀 못 느끼겠는데."

"그렇군. 그럼 내 코 때문일지도 모르겠군."

사에가 살짝 웃었다.

"그러네요. 당신 코는 특별하니까."

사에가 활을 가만히 어루만지며 말했다.

"이건 오크바 주목으로 만든 활이에요. 저희 고향 쪽에 많이 나는 나무인데, 그러고 보니 다른 지역에서는 거의 본 적이 없네요. 탄성이 강하고 찰기가 있어 저희는 예로부터 이 나무를 사용해왔어요."

토마가 츠피의 고삐를 쥐고 다가왔다.

"아, 사에 씨."

토마가 이름을 부르자 사에는 미소를 지으며 살짝 고개를 숙였다.

"사에 씨, 멋지네요."

토마가 눈부시다는 듯이 중얼거리자 사에는 민망하다는 표정을 지었다.

어젯밤, 토마와 치다 일행과 키야에게는 사정을 대강 설명하고 다른 사람들에게 소문 내지 않도록 단단히 입단속을 했다.

사에와 의논해 경기가 한창일 때 무슨 일이 일어나면 혼란에 빠지지 않고 재빨리 주위를 통제할 사람이 있는 편이 나으니 설명을 하는 게 좋겠다고 판단한 것이다. 사정을 털어놓았을 때 사에도 그 자리에 있었으니 그녀가 모르파라는 사실은 그들도 잘 알고 있다.

아파르 오마가 무슨 짓을 할지도 모른다는 점에는 불안해하는 듯했지만, 토마 일행은 의외로 냉정하게 그 이야기를 받아들였다. 이주민인 치다 일행은 물론, 이주민과 오키 민족 사이에서 태어난 토마 역시 그들의 삶이 여전히 위태로운 기반 위에 있다는 사실을 피부로 느끼고 있기 때문이리라.

오히려 토마는 흑랑열이 아카파의 저주가 아니라 단순히 병든 개가 원인이라는 말을 듣고 진심으로 안도하는 눈치였다. 그 사실을 다른 사람들에게도 알려주고 싶다는 토마에게 복잡한 사정이 얽혀 있으니, 지금은 아직 시기가 아니라고 말하자 눈에 띄게 낙담했다. 하지만 결국에는 납득하고 아무에게도 말하지 않겠다고 약속했다.

신호탄이 터졌다.

양 떼를 에워싸고 있던 울타리가 일부 열리더니 양 떼가 우르르 초원으로 달려 나왔다. 아카파 남부로 옮겨 간 이주민 목동들이 교묘하게 말을 다루어 개를 부리며 양 떼를 몰았다. 구경꾼들의 환성이 한층 커졌다.

마을별로 경쟁하고 있는 듯했다. 치열한 접전이었지만 이윽고 파란 끈을 두른 목동들이 다른 무리를 제치고 멀찍이 있는 울타리 속에 그들의 양 떼를 몰아넣자 오른편에 있던 구경꾼들 사이에서 환성이 일었다. 주먹을 맞부딪치며 기뻐하고 있다.

"……이제 내 차례야."

토마가 긴장한 목소리로 말했다.

반은 그의 어깨에 손을 얹고 침착하게 하라고 격려했다. 그리고 토마와 치다 일행을 바라보며 목소리를 낮추었다.

"어제 말한 대로 개가 습격해도 동요하지 마. 퓨이카는 너희를 태운 상태에서도 개보다 빠르다. 만일의 경우에는 다른 사람들도 데리고 똑바로 달려서 개들을 떼어놓고, 울타리를 뛰어넘어 초원으로 달려가. 너희가 개를 유인하는 사이에 우리가 아파르 오마를 찾아내서 제압하마. 킴마의 개는 부리는 자를 붙잡으면 막을 수 있으니 걱정 마."

청년들의 얼굴은 다소 창백했지만 그래도 다들 입술을 꾹 다물고 고개를 끄덕였다.

울타리를 따라 빙 둘러 온 관리가 출주문으로 이동하라고 지시했다. 토마 일행은 긴장한 얼굴로 퓨이카의 옆구리에 발뒤꿈치를 대고 출발했다.

"오바, 힘내!"

유나가 큰 소리로 외쳤다. 아무래도 경쟁이라는 걸 아는 모양이다.

"토마 오바도, 치다 오바도, 미노 오바도……."

모두의 이름을 부르려고 애쓰는 사이, 그들의 모습은 다른 선수들에 묻혀 사라졌다. 그래도 유나는 그들의 뒷모습을 향해 열심히 외쳤다.

울타리를 기어오르는 유나의 등을 붙잡아주던 키야가 반을 힐끗 쳐다보았다. 그 눈에는 불안한 기색이 역력했다.

"괜찮습니다."

반은 낮은 목소리로 속삭였다.

"토마와 저 아이들은 자세가 안정적이에요."

"······하지만 혹시나, 개가······."

반은 키야를 바라보았다.

"저를 믿으세요. 유나를 부탁합니다. 무슨 일이 있어도 이 아이가 울타리 안으로 못 들어가게 해주세요."

키야는 고개를 끄덕이며 유나의 허리띠를 질끈 고쳐 잡았다.

"갠차나."

유나가 떼를 썼다.

"유나, 안 떨어져."

문득 사에의 눈가가 누그러졌다. 그러더니 그녀는 마음을 가다듬 듯 숨을 한 번 들이쉬고 주위를 살피기 시작했다.

오키 민족과 오키 지방으로 이주한 이주민이 퓨이카를 키우기 시작한 지 벌써 몇 년이나 지났지만, 퓨이카를 타고 장애물을 뛰어넘을 수 있을 만큼 기술이 숙달된 사람은 그리 많지 않았다. 그런 관계로 출주문에 나란히 선 기수는 겨우 일곱 명뿐이었다.

그래도 이 부근에서는 퓨이카 자체가 드물어서, 구경꾼들은 울타리 위로 몸을 내밀며 경기 개시를 지켜보고 있었다.

신호탄이 터졌다.

동시에 관리가 출주문을 좌우에서 단숨에 열자, 퓨이카에 올라탄 청년들이 일제히 너른 경기장으로 뛰쳐나갔다. 왼쪽 끝에 있던 한 마리가 흥분해서 뿔을 흔들며 옆으로 길을 잘못 들었다. 젊은 기수 가 얼굴을 붉히며 방향을 잡으려 했지만 퓨이카는 전혀 말을 듣지 않고 장애물이 없는 엉뚱한 방향으로 뛰어갔다. 구경꾼들이 폭소를 터뜨리며 야유를 퍼부었지만, 나머지 여섯 명은 제법 훌륭한 질주를 보이며 장애물 쪽으로 달려갔다.

구경꾼들의 폭소가 탄성으로 바뀐 것은 토마가 츠피를 멋들어지게 몰아 말로는 절대 넘을 수 없는 높이의 흙벽돌 장애물을 유유히 뛰어넘었을 때였다. 토마도, 치다도, 미노와 모키도 차례로 높은 장애물을 뛰어넘어 비스듬히 걸린 커다란 판자로 뛰어올라 그대로 달려갔다. 환성이 커졌다. 구경꾼들 중에는 깜짝 놀라 입을 쩍 벌리고 있는 사람도 있었고, 흥분해서 손뼉을 치는 사람도 있었다.

토마 일행의 움직임을 지켜보던 그때, 구석에서 꿈틀거리는 그림자를 발견한 반은 그쪽을 돌아보았다.

목구멍이 얼어붙었다. 개다. 검은 개들이 울타리를 넘어 차례로 경기장으로 들어갔다.

"사에!"

날카롭게 외쳤을 때, 사에는 이미 화살통에서 화살을 뽑아 활에 걸고 있었다.

"누가 어디서 조종하는지 알겠어요?"

반은 고개를 저었다.

'이상해.'

아무것도 느껴지지 않는다. 킴마의 개가 가까이 있을 때 느껴지는 그 '반전'의 감각이 전혀 들지 않았다. 오라하가 곁에서 몸을 가볍게 떨었지만 흥분한 기색은 아니었다.

하지만 경기장 안은 혼란에 빠졌다. 검은 물처럼 차례로 밀려드는 개들이 격렬하게 짖어대며 퓨이카를 몰아세웠기 때문이다.

구경꾼들도 술렁거리고 있다. 그 동요 속에 섞여 있는 아카파의 저주라는 말이 반의 예민한 귀로 들려왔다.

제지해야 할 관리들도 역병을 옮기는 개일지 모른다는 공포 때문인지 울타리 쪽에서 우왕좌왕할 뿐, 경기장에 들어가려는 자가 없었다.

장애물을 뛰어넘는 데 집중하고 있던 토마 일행도 개를 알아보았는지 고삐를 다루는 손이 흐트러졌다. 개들이 사납게 짖어대며 퓨이카를 덮쳤다.

도움을 청하듯 이쪽을 바라보는 토마와 눈이 마주쳤다.

울타리를 뛰어넘어 초원으로 나가라고 손짓으로 신호하자 토마는 고개를 끄덕이고 치다를 비롯한 나머지 사람들과 퍼뜩 눈짓을 주고받더니 한목소리로 다른 선수들을 부르며 울타리를 향해 질주하기 시작했다.

그 모습을 지켜본 반이 오라하에 올라탔다.

"……아, 안 돼요!"

사에가 다급히 말리려 했다.

"츠오르 병사들이 보고 있어요. 당신 얼굴을 아는 사람이 있을지도……."

반은 말없이 사에의 손을 떼어내고 오라하를 몰아 울타리를 뛰어넘었다.

가까이 다가가면 개들과 감응할 수 있을지도 모른다. 감응하지 못하더라도 개 떼를 흩어지게 해서 토마 일행이 달아날 수 있도록 도울 수는 있을 것이다.

오라하는 장애물을 가뿐히 뛰어넘었다. 군중들은 갑자기 뛰어나온 기수를 넋 나간 듯 바라보았다.

퓨이카를 빠르게 몰아 검은 개들을 따라잡은 반은 토마 일행과 개들 사이에 끼어들었다. 오라하는 콧구멍을 벌리고 온몸의 근육에 힘을 주며 개들과 맞섰다.

개들과 눈이 마주쳤다. 그 순간, 흠칫 놀랐다.

'이놈들은 킴마의 개가 아니다!'

그렇다면 어째서……. 그렇게 생각한 순간, 서쪽 군중들이 웅성거리면서 갈라지더니 말을 타고 울타리를 뛰어넘는 남자가 보였다.

손에 뭔가를 들고 있다. 심지가 불에 타는 냄새가 났다. 이미 불이 붙은 것이다. 남자가 손을 번쩍 치켜들었다. 그 손에는 던지기 쉽게 밧줄을 묶은 시루가 들려 있었다.

활시위 소리가 울리더니 남자가 튕겨나가듯이 말에서 떨어졌다. 동시에 온몸이 떨리는 폭음이 울리더니 탁한 비명과 함께 핏방울이 튀었다. 주위에 있던 사람들이 줄줄이 쓰러지고, 주위가 연기 속에 파묻혔다.

그 연기를 가르듯 또 한 마리의 말이 나타났다. 이쪽을 향해 일직선으로 달려온다. 그 얼굴을 본 반은 눈을 부릅떴다.

'……오판!'

쏜살같이 다가온 오판은 왼손으로 고삐를 쥐고 오른손을 번쩍 치켜들었다.

눈이 마주쳤다.

오판은 핏발 선 눈으로 반을 바라보며 이를 드러내고 웃었다.

또다시 활시위 소리가 나더니 오판의 팔이 튕겨나간 것처럼 뒤로 꺾였다. 시루를 든 팔에 화살이 박혀 있다. 하지만 오판은 시루를 떨어뜨리지 않았다. 이를 악물고 왼손에 시루를 옮겨 쥐고, 품에 안다시피 해서 이쪽으로 돌진했다.

재빨리 몸을 돌리려던 반은 그대로 얼어붙었다.

토마 일행이 뒤에 있다. 여기서 달아나면 토마 일행이 시루를 맞을지도 모른다. 반은 고개를 돌려 토마 일행의 상황을 확인했다. 뒤에 있는 장애물에 가려져 있기는 했지만 울타리를 뛰어넘어 초원으로 나가는 머리가 힐끗 보였다.

생각이 아니라 몸이 먼저 움직였다. 반은 오라하를 몰아 단숨에 장애물을 뛰어넘었다. 뛰어넘은 후에 뒤를 돌아보자 맹렬한 기세로 말을 몰아 장애물로 달려드는 오판이 보였다.

'뛰어넘을 것인가, 집어 던질 것인가……'

어쨌거나 달아날 수 없다. 심지가 짧다. 이제 곧 화약에 불이 붙는다.

오판이 말을 도약시켰다. 장애물 끝, 가장 낮은 곳을 노리고 있다. 완벽한 도약이었다.

다음 순간, 화살이 오판의 머리를 꿰뚫었다. 수많은 화살이 차례로 어깨를 관통하고, 옆구리를 꿰뚫었다. 허공에 튀어 오른 오판의 몸이 휘청 기울더니 말과 함께 장애물 꼭대기에 부딪쳐, 장애물 뒤로 주르륵 굴러떨어지다가…… 폭발했다.

폭음이 천지를 뒤흔들었다.

말과 오판의 몸이 불길과 하얀 연기에 감싸였다. 뼈와 피와 도자기 파편이 끔찍한 소리를 내며 사방으로 튀었다. 장애물의 흙벽돌이 깨졌다.

반사적으로 반은 팔로 머리를 감쌌지만 휙 날아온 파편이 몸에 내리꽂혔다. 고막이 터져서 아무 소리도 들리지 않았다. 머리와 두 팔이 불에 타는 것처럼 아팠다.

이마에 뭔가가 부딪치는 감각을 마지막으로 세상이 사라졌다.

아버지의 말씀

목소리는 들렸다.

무슨 말을 하는지는 모르겠다. 다만 웅웅거리는 탁한 메아리가 자신을 둘러싸고, 누가 그의 이름을 부르며 말을 걸고 있었다.

유나가 울면서 자꾸만 외치는 소리, 토마가 뭐라고 부르는 소리, 키야의 목소리, 사에의 목소리…….

그런 목소리가 엎치락뒤치락 교차하며 나타났다가 사라지는 것을 느끼면서 졸음과 혼미함의 경계를 얼마나 오갔을까. 차가운 밤바람이 얼굴을 어루만지고 밤이슬의 냄새를 맡았을 때, 번쩍 눈을 떴다.

어둑한 천막 안이었다.

고요하다. 인기척은 없다. 천막의 틈새로 들어온 밤바람에 정신을 차린 건지도 모른다.

'여기는 어디지?'

나는 어째서 이런 곳에 누워 있는 걸까?

기억이 나지 않는다. 어떻게 여기로 왔는지, 전혀 기억나지 않는다. 그렇게 생각한 순간, 이마가 차갑게 얼어붙고 불쾌한 땀이 솟았다.

'무슨 일이 있었던 거다.'

머리가 지독히 아프다. 귀가 울린다. 심장이 뛸 때마다 어깨가 욱신욱신 쑤신다.

돌연 머리에 활을 맞은 오판의 표정이 눈에 떠올랐다. 대번에 기억의 도화선에 불이 붙은 것처럼 귓속에 폭음이 들리고, 코를 찌르는 화약 냄새와 함께 피와 살점, 그리고 뼈가 흙벽돌과 뒤엉켜 산산조각 나던 광경이 생생하게 되살아났다.

'그래, 나는…….'

화염탄의 폭풍爆風에 당한 것이다.

무슨 일이 있었는지 기억해냈다는 안도감이 온몸에 퍼져나갔다. 반은 길게 한숨을 토했다.

'……흙벽돌 장애물.'

오판과 그의 운명을 가른 것은 그 초라한 벽 하나였다.

드문 드문 단편적으로 기억이 되살아났다.

정신을 잃었던 건 짧은 시간이었으리라. 여러 사람들의 손에 들려 운반된 기억은 있었다. 곁에 있던 사에에게 토마 일행과 오라하가 무사한지 묻고, '괜찮다. 모두 무사하다. 오라하는 토마 일행이 돌보고 있다'는 대답을 들은 기억도 있다.

그러고 보니 훗사르의 얼굴을 본 듯한 기분도 들었다. 치료를 해 준 것일까? 현기증이 지독해 뭔가 약을 먹은 뒤로는 무슨 일이 있었는지 거의 기억나지 않는다.

'여기는……'

어느 천막일까. 낯선 천막이다. 그렇게 생각했을 때, 풀을 밟으며 다가오는 발소리가 들려왔다. 입구의 천막이 걷히기 전에 냄새로 알았다. 사에다.

손에 통을 들고 들어온 사에는 이쪽을 보고 살짝 놀란 표정을 지었다.

"정신이 들어요?"

조용한 목소리였다. 지금은 그녀의 차분한 목소리가 무척 고마웠다.

"……다른 사람들은?"

그렇게 중얼거리자 옆에 무릎을 꿇고 앉은 사에가 이마에 얹힌 수건을 갈면서 대답했다.

"다들 무사해요. 토마 씨와 다른 사람들도, 오라하도."

새로 얹어준 수건의 냉기가 기분 좋았다. 반은 한숨을 쉬었다.

사에가 속삭였다.

"상태는 어때요? 통증은?"

어스름 때문일까, 사에의 표정이 몹시 어두워 보였다.

"심하지는 않아. 괜찮아."

그렇게 말하자 사에는 참고 있던 숨을 토해냈다.

"다행이에요……."

"얼마나 잤지?"

"그리 오래는 아니에요, 슬슬 동이 틀 테니까."

반은 깜짝 놀라 되물었다.

"동틀 녘이라고? 그럼 어제 낮부터 계속 자고 있었단 말인가?"

"네. 몇 번인가 비몽사몽 눈을 뜬 적도 있었지만요. 홋사르 님이 머리를 세게 맞았으니 움직이지 않는 게 좋다고 약을 먹이신 탓도 있을지 모르겠네요."

그렇게 오래 자고 있었다는 게 왠지 이상했다. 제일 아픈 곳은 머리였지만 왼쪽 어깨와 가슴, 옆구리, 허벅지에도 통증이 있다. 반사적으로 몸을 뒤틀었는지, 상처는 몸 왼쪽에 집중되어 있는 듯했다.

움직이자 격통이 치달았지만 그렇다고 가만히 있을 수도 없다. 숨을 쉴 때 아픈 것을 보니 늑골에 금이 갔는지도 모르겠다. 어깨나 다리뼈는 부러지지 않은 모양이다.

"홋사르 님은 이마의 상처를 걱정하셨어요. 구토 증세가 있으면 바로 알려달라고 하셨는데, 그런 증세는 없는 것 같으니……."

"음, 머리는 아프군. 하지만 지금은 현기증도 사라졌어."

"기억은 어떤가요? 무슨 일이 있었는지 기억나요?"

사에가 불안한 얼굴로 가만히 물었다.

"대강은. 군데군데 기억나지 않는 부분도 있지만."

사에가 안도한 듯 미소를 지었다.

"다행이네요. 실려 갈 때 자꾸만 똑같은 걸 물어보기에 걱정했거든요."

"그래? 뭘 물었기에?"

"토마 일행은 무사한지, 오라하는 어떤지."

"아아…… 그건 어렴풋이 기억나."

사에가 가만히 웃었다.

"정말 다행이에요."

오판이 장애물 뒤로 떨어진 덕이다. 그 벽도 폭풍을 막아주었지만, 말과 오판의 몸이 화염탄을 감싼 꼴이 된 것이다.

반은 재차 떠오른 오판의 처참한 마지막 모습을 억지로 머릿속에 도로 집어넣고 중얼거렸다.

"여기는?"

"의료용 천막이에요. 투림 님께서 츠오르 관리들에게 당신은 오키 민족이라고 적당히 둘러댔으니 안심하세요."

"투림이?"

"네. 홋사르 님이 당신을 치료하는 동안, 잠시 이곳에 직접 찾아왔어요. 당신에게 고맙다는 말을 전해달라더군요."

반은 눈살을 찌푸리며 느릿하게 눈을 깜빡거렸다.

"고맙다니?"

"츠오르 병사가 오판과 대치하다가 시루 폭탄으로 사망했다면 사태는 심히 복잡해졌을 거라고요. 당신이 나서준 덕분에 교묘하게 둘러댈 수 있었다고 말씀하셨어요."

"······잘 둘러댔나?"

"예. 북부 민족 내부에서 개인적인 다툼이 있어, 퓨이카 경기에 나간 선수를 질투하는 자들이 있었다고 둘러댔다더군요."

반은 사에를 쳐다보았다.

"겨우 그런 얘기로 용케 넘어갔군."

사에는 진지한 표정으로 고개를 끄덕였다.

"그러게요. 요타르 님께 넌지시 맞장구를 쳐달라고 부탁한 모양이에요."

반은 예상치 못한 이름을 듣고 눈썹을 실룩였다.

"요타르······ 오우한 제후의 아들 말인가?"

"네."

사에는 작게 한숨을 쉬었다.

"저희 아버지는 요타르 님과 연결되어 있어요. 요타르 님은 벌써 오랫동안 저희를 이용해 츠오르 인은 들어갈 수 없는 곳의 상세한 정보를 얻고 있지요. 아카파 왕도 잘 알고 있는 사실이에요. 요타르 님도 그가 알고 있다는 걸 알고 계시죠. 그런 관계예요."

반은 미간을 찌푸렸다.

"그렇다면 오우한 제후의 아들은 이미 킴마의 개에 대한 정보를 알고 있나?"

"정보를 서서히 흘리면서 반응을 살폈던 모양이에요."

사에는 물이 든 통을 옆으로 살짝 밀었다.

"오라버니들 얘기로, 요타르란 인물은 그들의 이익과 아카파의 이익이 어떻게 연결되어 있는지 잘 아는 남자라고 하더군요. 그로서도 지금 섣부른 소동이 벌어지면 변경 관리 능력을 의심받을 테니, 이쪽 설명에 편승해 사태를 수습하는 쪽에 서준 걸 거예요."

과거 츠오르 군과 싸웠을 때, 요타르라는 이름은 거의 들어본 적이 없었다. 형 우타르는 잔인한 수를 태연히 쓰는 사내였지만 요타르라는 남자의 인상은 흐릿했다.

요타르는 평상시의 위정자이리라.

생김새도 다르고 언어도 다른 민족이 모인 이 나라에서 그런 남자가 있다는 사실은 분명 중요한 요소다.

"오우한 제후는 어떻게 생각할까? 요타르는 부친에게 상세한 사정을 알렸나?"

사에는 고개를 저었다.

"아마 모를 거예요. 오우한 제후는 장남의 죽음을 크게 한탄해, 지금도 범인을 색출하려는 노력을 늦추지 않고 있으니까요. 알았다면 훨씬 가혹한 행동을 취했을 거예요."

반은 눈살을 찌푸렸다.

"그렇다면 요타르의 입장이 위태롭지 않나? 아버지가 애써 찾으려는 진상을 알고 있으면서 잠자코 있었다는 사실을 들키면."

"맞아요. 알면서도 애써 침묵하는 것 같아요."

"그런가……."

보신보다 이 땅의 안정을 우선하는 거라면 더더욱 귀한 사내다.

"잃어서는 안 될 남자로군."

"정말 그래요. 오라버니들도 요타르 님의 입장을 우려하고 있지만, 투림 님은 괜찮을 거라고 말씀하셨어요. 우타르 님이 살아 계셨을 때는 요타르 님을 지지하는 가신이나 관료들은 겁쟁이라는 비난을 받으며 평결 때도 의견이 받아들여지는 경우가 적었다네요. 그런데 지금은 그들의 힘이 눈에 띄게 강해졌고, 무엇보다 오우한 제후가 최근 요타르 님께 의지하고 있으니 괜찮다고요."

반은 긴 한숨을 토했다.

화염탄이 뚫은 구멍은 이렇게 막혀간다.

'오판…….'

너의 죽음은 무엇을 위한 죽음이었나. 참고, 또 참아 여기까지 와서 겨우 이루어낸 것이 순식간에 막혀버릴 만큼 작은 구멍 하나 뚫는 일이었나.

화염탄이 폭발했을 때, 배 속을 뒤흔든 소리와 그 냄새가 다시 되살아나 반은 얼굴을 찡그렸다.

"구경꾼들에게 피해는 없었나?"

문득 생각이 미쳐 묻자 사에의 눈이 막을 내리듯 어두워졌다.

"한 사람, 죽었어요. 크게 다친 사람들도……."

무거운 목소리가 희미하게 떨렸다.

고개를 돌려 사에를 본 반은 흠칫 놀랐다.

'이 사람은 자신을 탓하는 건가.'

사에는 자신이 그 남자를 사살한 탓에 화염탄이 구경꾼들 옆에서 폭발하여 사상자가 나왔다고 생각하는 것이다. 하지만 그때 사살하지 않았다면 다른 형태로 사망자가 나왔을 것이다. 그래도 그 자리에서 폭발에 휘말린 사람들을 생각하면 자신을 탓하지 않을 수 없으리라.

"당신 잘못이 아니야."

사에가 창백한 얼굴에 희미한 미소를 지었다.

"네."

안다. 알지만, 이 사람은 앞으로도 이 무거운 짐을 마음에 품고 갈 것이다.

"활이⋯⋯."

사에가 조용히 중얼거렸다.

"서툴렀다면 좋았을 텐데."

반은 한숨을 쉬었다.

"⋯⋯서툴렀다면 내가 죽었겠지."

사에는 씁쓸한 미소를 머금었다가 별안간 봇물이 터지듯 말을 쏟아냈다.

"당신 모습밖에 안 보였어요. 그때 전 당신을 구할 생각밖에 없었어요. 화살로 그들을 막으려고⋯⋯ 그 생각밖에 안 들었어요. 거기 있는 사람들이 눈에 안 보였어요."

반은 무심결에 손을 뻗어 사에의 무릎을 쓰다듬었다.

사에가 울음을 터뜨렸다. 무너져 내리듯 반의 머리맡에 얼굴을 묻고, 몸을 웅크리고, 어린 소녀처럼 펑펑 울었다. 그 슬픔의 파도가 천천히 잦아들 때까지 반은 사에의 등을 어루만졌다.

이윽고 사에가 몸을 일으키고는 민망한 듯 고개를 숙이고 두 손으로 얼굴을 문질렀다.

"옛날에……."

반은 멍하니 천막의 들보를 보면서 불쑥 떠오른 생각을 입에 담았다.

"아버지가 그러셨어. 사람이라는 건 서글픈 생물이라 무엇을 해도 어딘가 후회가 남는 법이라고."

"……."

"사람에 비하면 짐승은 단순해서 걱정 따위는 없어 보이지만, 그것도 우리가 멋대로 그리 생각할 뿐이라고. 짐승도 짐승 나름대로 고민이 있을지도 모른다고. 이 세상에 태어난 존재는 모두 아무리 발버둥 쳐봤자 결국 후회를 지고 사는 걸지도 모른다고."

그렇게 말하던 아버지의 얼굴을 떠올린 반은 쓴웃음을 지었다.

"우리 아버지는 심술쟁이라 남들이 좋다고 하는 건 꼭 헐뜯곤 했거든. 그러면서도 눈물은 많아서……. 까다로운 남자였어. 그래도 아버지 말씀은 묘하게 마음에 남아 있어."

밤의 어둠 속에서 모닥불에 비친 아버지의 얼굴이, 입가를 슬며시 일그러뜨리며 어떤 생각에 잠겨 불을 바라보던 그 표정이 눈에 선하게 떠올랐다.

'그런가.'

아버지가 짐승은 짐승 나름대로 고민이 있다고 했던 것은 그때였다. 사슴의 왕 이야기를 해주었을 때였다.

반은 조용히 말했다.

"아버지는 사슴의 왕을 본 적이 있었다고 해."

사에가 미간을 살짝 찡그렸다.

"제 몸을 던져 무리를 지키는 사슴 말인가요?"

"맞아."

반은 고개를 끄덕이며 쓸쓸하게 웃었다.

"아버지가 들려주신 건 어렸을 때부터 들었던 사슴의 왕 이야기와는 그 의미가 상당히 달랐어. 그건 아버지가 어른으로 접어든 우리에게 보내는 전별餞別이었을 거야. 그때, 우리는 열다섯이었지."

사에는 눈물을 훔치며 조용히 듣고 있었다.

"어엿한 남자가 되기 위한 신성한 의식을 간신히 치러내고 녹초가 되어 모닥불을 에워싸고 있었을 때……."

화롯불이 일렁거릴 때마다 천막의 들보 그림자가 흔들렸다. 그것을 바라보며 반은 이야기를 시작했다.

"퓨이카는 발이 빠르고 천 길 낭떠러지에도 강하니 어지간해서는 늑대나 승냥이에 당하지 않아. 그래도 평지에서 늑대나 승냥이의 습격을 받으면 쫓겨서 달아날 때는 새끼가 뒤처질 때가 있지. 그럴 때, 무리 속에서 수컷 한 마리가 불쑥 튀어나와서 천적과 맞서는 모습을 본 적이 있다고 아버지가 그러시더군. 이제는 젊지 않은, 나이 지긋한 수컷이 그런 행동을 했다는 거야."

손짓 발짓 섞어가며 그 광경을 설명하던 아버지의 모습이 떠올랐다.

"무리는 점점 멀리 달아나는데, 그 무리를 등지고 그 수컷은 홀로 늑대들 앞에 서서 마치 도발하듯 펄쩍펄쩍 뛰었다는 거야."

눈물 자국이 남은 얼굴로 사에가 가만히 귀를 기울이고 있다.

"혼자 남은 사슴은 약해. 아무리 덩치가 큰 수컷이라도 늑대 무리 앞에 일부러 남는 건 무모한 짓이야. 그런데도 마치 눈앞에 닥친 죽음을 비웃으며, 제 생명을 과시하듯 뛰어오르며 춤을 추었다고 해."

반은 미소를 지었다.

"아버지는 멍청한 놈이라고 했어. 아무리 강해도 몇 마리나 되는 늑대들에게 포위당하면 달아나지 못해. 제 발로 궁지 속에 뛰어들어 제 목숨을 위험에 내놓다니, 멍청한 놈이나 하는 짓이라고. 우리는 젊었으니까 울컥했지. 그렇지 않다. 무리를 지키기 위해 제 몸을 희생하다니 대단하다. 그야말로 무리를 지키는 사슴의 왕이라고 입을 모아 반론했어."

그날 밤 모닥불의 불빛과 아마도 두 번 다시 만나지 못할 동료들의 얼굴이 떠올랐다.

"그랬더니 아버지가 웃는 거야. 너희도 멍청한 놈들이구나, 하고. 아버지는 한 명, 한 명 가리키며 말씀하셨어. 나는 영웅이 될 수 있다, 씨족을 위해 기꺼이 목숨을 바칠 수 있다고 생각하겠지만 착각도 유분수다. 너희들 같은 애송이는 살아남기 위해 발버둥 쳐야 한다. 제 목숨을 지킬 수 있다면 그나마 다행이지만, 전쟁이 한창일 때는 제 몸 하나 지키기도 마음대로 되지 않는다. 적이 압도적으로 강하면 필사적으로 달아나라. 달아나서 목숨을 부지하고 자손을 낳아 늘려라. 그것이 너희 의무다, 라고."

아버지의 굵은 목소리가 귓가에 맴돌았다. 울컥해서 아버지에게 대들었던 자신의 목소리도.

"하지만 달아나지 못하는 사람이 있다면? 나는 아버지에게 그렇게 물었어. 미처 달아나지 못한 아이가 있다면 구하는 게 전사의 의무 아니냐고."

사에가 물었다.

"……아버님께서는 뭐라고 하셨나요?"

"갑자기 진지한 얼굴로 그러시더군. 그건, 그게 가능한 사람이 할 일이라고."

미소를 거두고 그를 똑바로 바라보며 그렇게 말했던 아버지의 눈빛이 떠올랐다.

"적 앞에 홀로 뛰쳐나가 도발하는 사슴은 하늘로부터 그럴 수 있는 몸과 마음을 받은 사슴이다. 재능이란 잔혹한 것이다. 때로는 그것을 가진 자를 사지로 내몬다. 그런 재능을 갖고 태어나지 않았다면 천수를 누렸을 텐데, 얼마나 가련한 녀석이냐. 그렇게 말씀하셨어."

한숨을 쉬듯 그렇게 말한 아버지의 목소리가 귓가에 선했다.

"아버지는 그런 사슴을 태평하게 사슴의 왕이니 뭐니 추켜세우는 소리를 들을 때마다 구역질이 난다고 그러시더군. 약한 자가 잡아먹히는 이 세상에서 그런 녀석이 있기 때문에 살아남는 생명도 있지만, 그래서 도움을 받은 자가 그 녀석에게 고마워하는 건 당연한 일이지만, 그런 녀석을 무리를 구하는 왕이라고 떠받드는 마음 이면에 있는 생각을 용납할 수 없다는 거야."

비애가 가슴속에 퍼졌다. 젊었을 때는 느끼지 못했던 고요한 비애였다. 아버지는 너무나 당연한 말씀을 하셨던 것이다. 그때는 몰랐지만.

"홋사르에게 손 이야기를 들었을 때…… 왜, 태아는 손가락 사이에 막이 있지만 그 부분이 스스로 죽음으로써 손가락이 제대로 움직일 수 있는 손이 만들어진다는 이야기 말이야."

"네."

"그 이야기를 들었을 때, 나는 사슴의 왕을 떠올렸어. 제 몸을 던져 다른 생명이 살 수 있도록 돕는 것. 그것은 단순한 필연일지도……. 그런 식으로 태어났기 때문에 그냥 그리 되었을 수도 있다는 걸 깨달았지."

반은 가만히 숨을 내뱉고 중얼거렸다.

"그걸 깨달았을 때, 가슴이 서늘했던 이유가 뭘까. 삶과 죽음을, 그저 그렇게 태어났기 때문이라고 생각하고 싶지 않은 이유는? 산다는 것에 아마 의미는 없을 텐데. 거기 있으니까 존재하고, 사라질 때가 되어 사라질 뿐일 텐데."

반은 눈을 감고 손으로 얼굴을 가렸다.

천막을 흔드는 바람 소리가 조용히 울려 퍼졌다.

10

잊고 있던 것

"아바!"

다리를 끌며 천막 밖으로 나가자 불쑥 큰 소리가 들렸다.

"아, 안 돼, 안 돼. 달려들면 안 돼."

키야가 허둥지둥 뒤에서 유나를 붙잡았다.

"아바는 다쳤단 말이야."

반은 웃으며 "괜찮아, 이리 오렴" 하고 불렀지만, 유나는 머쓱한 표정으로 다가오더니 가만히 자그마한 손가락으로 허벅지에 감긴 붕대를 만졌다.

"아파?"

"지금은 많이 안 아파. 괜찮아."

작은 머리에 손을 얹자, 그 보드라운 머리카락이 햇볕을 받아 따끈따끈했다.

봄바람이 상쾌하다. 풀 내음을 맡아본다. 이러고 있노라니 서서 걸을 수 있다는 사실이 얼마나 큰 행복인지 느낄 수 있었다.

"반 씨!"

토마가 달려왔다.

"벌써 걸어도 돼?"

반은 고개를 끄덕였다.

"걱정을 끼쳤군. 이제 괜찮아."

주위를 둘러보았지만 치다 일행의 모습은 보이지 않았다.

"치다하고 다른 사람들은?"

"장을 보러 갔어. 보상금도 받았겠다, 돌아가기 전에 이것저것 사고 싶다고."

"넌 왜 안 따라가고?"

"난 내일 갈 거야. 어머니와 유나를 데리고 가려고."

반의 용태를 걱정해 다 같이 장에 나가지 않고 나눠서 다녀오기로 한 것이리라.

"……괜히 마음 쓰게 했군."

그렇게 말하자 토마가 "아니, 뭘" 하고 조금 쑥스러운 표정으로 웃었다.

봄바람을 타고 문득 익숙한 사람의 냄새가 났다. 시선을 들자 늘어선 천막 저편에서 다가오는 사람 그림자가 보였다. 유나가 폴짝폴짝 뛰어올랐다.

"아, 사에 아주마다! 미라르 아주마도!"

말릴 새도 없이 유나가 강아지처럼 달려가 사에에게 매달렸다. 사에가 웃으며 유나를 안아 올리고 미라르가 뺨을 콕콕 찌르자 유나가 까르르 웃었다.

미라르는 눈부신 듯 실눈을 뜨고 반을 보며 말했다.

"아직 돌아다니면 안 돼요."

반은 쓴웃음을 지었다.

"가끔은 바깥바람도 쐬고 싶은데."

미라르는 미소를 지으며 고개를 저었다.

"마음은 이해하지만 그래도 아직 안 돼요. 머리의 상처는 얕보면 큰일 나요."

그 말에 도로 천막으로 들어가려는데, 키야가 다가와 사에에게서 유나를 받으려 했다. 그러자 유나가 사에의 목을 꼭 끌어안고 매달렸다.

"시러! 유나, 같이 있을 거야! 같이 있어도 되지?"

"안 돼. 이제부터 상처를 치료하실 거란 말이야."

유나가 입술을 바들바들 떨었다. 울음을 터뜨릴 징조를 알아챈 사에가 키야에게 괜찮다고 말했다.

"제가 보고 있을게요. 유나, 그 대신 얌전히 있을 수 있지?"

유나는 응, 하고 힘차게 고개를 끄덕였다.

"정말 괜찮으세요?"

"네."

사에는 고개를 끄덕였다.

"반 씨를 많이 걱정했으니 함께 있고 싶은 거겠지요. 같이 있게 해주죠."

"그래요. ……그럼 부탁할게요. 힘들다 싶으면 부르세요."

천막 안으로 들어가 침상에 눕자 미라르가 재빨리 붕대를 풀었다.

"아직 꽤 아프죠?"

"조금. 하지만 그리 심할 정도는 아닙니다."

"그러네요, 붓기도 많이 가라앉았고. 하지만 이쪽은 아직 피가 마르지 않았어요."

왼쪽 허벅지의 상처를 보고 미라르가 한숨을 쉬었다.

"아직 걸어 다니면 안 돼요. 이 상처는 보기보다 깊으니까."

반은 고개를 끄덕였다. 말마따나 이 상처는 아직 꽤 아팠다.

미라르는 손가락을 흔들며 그걸 쳐다보라고 했다가 눈을 감고 두 팔을 들어보라고 한 뒤에 구토감은 없는지 물었다.

"없습니다."

"두통은?"

"이젠 거의 사라졌소."

미라르는 고개를 끄덕이고 표정을 조금 풀었다.

"아마 괜찮긴 하겠지만, 뇌진탕은 가볍게 보면 큰일 나요. 한동안 머리를 흔들지 않도록 하세요. 나았다고 생각해도 두 번째 충격이 가해지면 생명에 지장이 생기는 경우도 있으니까."

반은 얼굴을 찌푸렸다.

"한동안이라는 건 얼마나?"

"이 주 정도는 퓨이카를 타지 마세요."

반은 눈썹을 실룩거렸다. 그런 표정을 짓자 이마의 상처가 욱신거렸다.

"그렇게나 오래?"

"예. 반 씨는 잠깐이기는 해도 완전히 의식을 잃었다고 들었어요. 만일을 위해 그 정도는 쉬어야 해요."

"……큰일이군."

그렇게 중얼거리며 무심코 유나 쪽을 쳐다보았다. 사에의 무릎 위에서 일단은 얌전히 있던 유나가 몸을 내밀었다.

"아바, 큰일 났어? 왜?"

어른들의 얼굴에 저도 모르게 미소가 번졌다.

"괜찮아. 넌 얌전히 있어."

그 말을 듣자마자 유나가 뾰로통해졌다.

"얌전히 있자나."

사에가 웃으며 그러네, 하고 동의했다.

반은 턱을 어루만지며 말했다.

"토마 가족은 슬슬 오키로 돌아가야 하는데, 그들만이라도 먼저 돌아가라고 할까."

"그러시죠. 반 씨가 여기 있어준다면 저희도 마음이 놓이고."

그 말을 들으니 홋사르의 얼굴이 떠올랐다. 그 순간 계속 마음에 걸렸지만 물을 기회를 놓쳤던 중요한 질문이 생각났다.

"시칸은 붙잡았습니까?"

미라르는 고개를 저었다.

"아뇨. 아직 단서도 없어요."

붕대를 새로 꼼꼼히 감으며 미라르가 어두운 얼굴로 말했다.

"이상한 일이지요. 오판 패거리와 함께 있었을 텐데, 그토록 감시인이 많은 곳에서 어떻게 달아날 수 있었는지."

미라르는 고개를 들고 반을 쳐다보았다.

"이번 일은 왠지 이해할 수 없는 구석이 많아요. 그렇게 생각하지 않나요? 킴마의 개들도 경기장에 뛰어들어 퓨이카를 몰아세우기만 했지, 물지도 않고 어디론가 달려가버렸다면서요."

반은 눈을 찌푸렸다.

"……킴마의 개?"

미라르는 눈을 깜빡거리며 허공을 노려보았다. 배 속이 불쾌하게 울렁거렸다.

'나는 뭔가 중요한 걸 잊고 있다.'

기억의 실을 더듬어가는 사이, 하나둘씩 단편적으로 그때의 광경이 되살아났다. 울타리 밑으로 파고들어 경기장에 들어온 검은 개들. 사에가 뭔가를 물었다.

'누가 어디서 조종하는지 알겠느냐고 물었지.'

그렇다. 알 수 없었다. 그때는 뒤바뀌는 감각이 전혀 찾아오지 않았던 것이다.

그렇게 생각한 순간, 온몸이 떨릴 정도로 큰 충격이 스쳤다.

반의 안색이 바뀐 것을 알아차렸는지, 사에가 불안한 기색으로 그의 얼굴을 들여다보았다.

"……왜 그래요?"

반은 두 사람을 바라보았다.

"그건 킴마의 개가 아니었어."

두 사람의 몸이 잠시 얼어붙었다.

"……네? 뭐라고요?"

미라르가 당혹스러운 듯 중얼거렸다.

"확실한가요?"

사에가 날카로운 목소리로 물었다.

"지금 생각났어. 틀림없이, 그건 그냥 사냥개였어."

"그렇다면……."

"그래. 시칸은 거기에 없었던 거야."

미라르가 눈을 깜빡거렸다.

"어, 네? 그렇다면 어째서…… 무슨 일이……."

하나의 불씨가 차례로 다른 도화선에 옮겨 가듯, 여러 가지 생각이 머릿속에 떠올라 반은 신음했다.

"속임수다. 오판은 그가 자신 있는 사술을 우리에게 건 거야."

"속임수?"

그렇게 되묻는 미라르에게 반이 대답했다.

"위력 있는 무기를 쓸 것처럼 굴다가 일부러 떨어뜨리는 겁니다. 실수한 것처럼 꾸며서 방심한 상대의 품을 찌르는 거요."

미라르의 얼굴이 창백해졌다.

"앗…… 그렇다면 시칸은 그냥 달아난 게 아니라 뭔가 다른 계략을 꾸미고 있단 말인가요?"

반은 고개를 끄덕였다.

"나도 계속 석연치 않았소. 그 화염탄은 사용법이 너무나도 어설펐어. 그런 짓을 하려고 오판이 목숨을 헛되게 던진 게 너무 이상했소. 하지만 진짜 목적이 달리 있다면 모든 게 맞아떨어져. 시칸은 진짜 계획을 위해 처음부터 다른 장소에 있었을 거요. 그 장소에 시칸이 있다는 사실을 숨기기 위해 오판은 일부러 그곳에서 죽은 걸 테지. 수가 바닥난 것처럼 우리를 방심시키려고."

천막 안에 정적이 깔렸다.

11

끔찍한 가능성

"……그렇다면 시칸은 어디에?"

사에가 중얼거리자 미라르가 어쩌면, 하고 말했다.

"계속 생각해봤어요. 제가 그의 입장이었다면 어떻게 했을까. 저라면 비록 옥안이 찾아온 천재일우의 기회가 눈앞에 있다 해도 킴마의 개를 단 한 번의 습격에 써버리는 짓은 하지 않을 거예요."

미라르가 진지한 눈으로 반을 쳐다보았다.

"저라면 킴마의 개와 그 몸에 깃든 병소를 퍼뜨릴 방법을 고민할 거예요. 단 한 번의 요란한 복수극이 아니라, 막고 싶어도 막을 수 없을 만큼 광범위하게 병을 퍼뜨릴 방법 말이죠. 시칸은 오타와르 성역에서 자라 의술과 생물의 생태를 공부했으니, 분명 저와 똑같은 생각을 할 거예요."

반은 한껏 눈을 가늘게 떴다. 그 말이 옳다면, 눈에 보이는 것은 자폭을 각오한 습격보다 훨씬 두려운 미래다.

"병을 퍼뜨리기 위해 어떤 짓을 한단 말이오? 승냥이와 교배라도 시킬 텐가?"

미라르는 고개를 저었다.

"더 간단한 방법이 있어요. 사실 저희는 그걸 걱정하고 있었어요. 하지만 시루를 샀다고 해서 아, 다른 짓을 할 건가보다 했지요. 실제로 경기장에 킴마의 개가 나타났으니 엉뚱한 걱정이었구나 싶어 가슴을 쓸어내렸어요."

"간단한 방법이라면?"

미라르의 얼굴이 어두워졌다.

"진드기를 쓰는 거예요."

"진드기……."

"그래요. 전에도 말했지만 저희 가설이 옳다면 흑랑열의 주된 숙주는 유스라 오마가 밋지라고 부르는 검은 진드기예요. 그 진드기에 물린 개나 늑대가 병소를 갖게 되는데, 그 반대의 가능성도 있어요. 숙주인 개의 피를 흡입함으로써 병소가 개에서 진드기로 옮겨갈 가능성도 있어요."

반은 눈을 부릅떴다.

진드기에 물려서 병에 걸린다는 생각만 하고 있었으니, 병든 짐승에게서 진드기로 병소가 옮겨 간다는 생각은 머릿속에 없었다. 하지만 듣고 보니 그럴 법한 이야기다. 오타와르 성역에서 자란 시칸이라는 청년이라면 머릿속에 금세 떠오를 가설일지도 모른다.

미라르는 핏기 없는 얼굴로 말했다.

"아카파 인에게 흑랑열이 치명적이지 않았던 점을 보면, 이 주변에도 흑랑열 병소를 가진 검은 진드기가 생식하고 있을 거예요. 하지만 아카파보다 동쪽에 사는 저희 오타와르 인에게 그 질병은 치명적이었어요. 다시 말해……."

"아카파 동쪽에 생식하는 진드기에는 병소가 없다?"

"네."

반은 턱을 천천히 어루만졌다.

"만일 아카파 동쪽, 츠오르 본국으로 향하는 오타와르 가도 주변의 수풀에 병소를 가진 진드기가 늘어난다면……."

미라르가 고개를 끄덕였다.

"끔찍한 일이 벌어질 거예요. 그 진드기에 피를 빨린 승냥이가 흑랑열의 숙주가 되고, 그것이 반복되어 점점 개체가 늘어나면 가도를 지나는 사람들은 항상 병을 두려워해야 할 거예요. 전에도 말했지만 병소라는 건 숙주를 바꾸는 동안 강력한 독성으로 변이하는 경우도 있어요. 일반적인 진드기 감염으로는 병에 걸리지 않았던 사람들도 일단 킴마의 개에 옮겨 갔다가 다시 진드기로 돌아온 병소라면 발병할지도 몰라요."

미라르는 이마에 달라붙은 머리카락을 손가락으로 가만히 쓸어냈다.

"지금까지도 킴마의 개가 일정 기간 머무른 지역에서는 분명 새로운 병소가 진드기에 옮겨 가기 시작했을 거예요. 그건 저희도 줄

곧 우려하던 일이에요. 하지만 지금까지 감염이 없었던 동쪽으로 새로운 감염이 시작된다면…… 끔찍한 일이 벌어질 거예요."

사람 사이에 옮는 병이 아니었기 때문에 지금까지는 아카파 변경부에만 있었던 병. 어쩌면 알려지지 않았을 뿐, 이 병으로 죽은 모피 상인도 있었을지 모른다. 하지만 변경까지 오가는 사람들의 수는 그리 많지도 않고, 고열로 죽었다는 사실만으로는 흑랑열을 의심하지 않는다. 사람들 입에 오르내리는 일도 없었을 것이다.

하지만 아카파로 향하는 수많은 상인과 병사, 관리가 오가는 오타와르 가도 주변의 숲이 흑랑열을 가진 승냥이들의 서식지로 변해버리면 그 소문은 눈 깜짝할 사이에 각지에 퍼질 것이다. 그렇게 되면 아카파는 이윽고 육지 속의 외딴섬으로 변할 것이다. 더군다나 끊임없이 새로운 숙주의 몸을 통해 변화하면서 독성이 강력해진 병소는 아카파 인이나 토가, 오키 사람들도 병들게 할지 모른다…….

오판과 아파르 오마의 원한에 찬 목소리가 귀에 들리는 듯했다.

고통스러워하라, 침략자여. 우리를 먼지처럼 다룬 자들이여, 너희가 강제로 빼앗아간 토지는 너희에게 고통만을 주는 땅으로 변할 것이다. 그리고 이 땅은 오로지 이 땅의 신에게 축복받은 자를 위한 낙원이 된다…….

"게다가……."

중얼거리는 미라르의 얼굴은 불안으로 일그러져 있었다.

"오타와르 가도 주변에는 밭도 흩어져 있어요. 진드기가 들쥐에게 병소를 옮기면 끔찍한 일이 벌어질 거예요."

들쥐의 번식력은 개와 비교할 바가 아니다. 게다가 밭에 들끓는 들쥐는 수확이 끝나면 일제히 마을로 이동한다. 혹은 대상隊商의 짐에 파고들어 먼 곳으로 이동한다.

미라르가 손으로 이마를 짚었다.

"옛 오타와르 왕국에 흑랑열이 만연한 것도 들쥐 때문이었다고 해요. 귀인들은 그들 영지의 숲에 울타리를 만들어 검은 늑대를 번식시켰어요. 그 숲에서 병은 검은 늑대로부터 진드기에게로, 다시 진드기로부터 다른 동물로 퍼졌고, 이윽고 들쥐가 왕도로 병을 퍼뜨린 거지요. 왕도는 비참한 사태에 빠졌지만, 단 한 가지 다행이었던 점은 과거 오타와르 왕도와 귀인들의 영지가 광대한 내해에 떠 있는 섬에 있었다는 사실이었어요."

"성스러운 이들이 역병의 섬에 걸린 다리를 떨어뜨리고……."

사에가 옛 노래의 한 소절을 부르자 미라르가 고개를 끄덕였다.

"그래요. 우리 선조는 진드기도 쥐도 따라오지 못하도록 머리를 깎고 옷을 벗고 벌거숭이로 다리를 건넜어요. 그렇게 흑랑열이 섬 밖으로 퍼지는 것을 막았던 거예요."

미라르가 입을 다물자 봄바람이 천막을 펄럭펄럭 흔드는 소리만 들려왔다.

"시칸이라는 청년은 그걸 알고 있었던 거군."

알고 있었기 때문에 그는 들판에 킴마의 개들을 풀어놓으려는 것이다.

개에게서 진드기로, 진드기에게서 짐승으로, 그리고 사람으로……. 역병의 파도를 신이 주신 시련으로 아카파 땅에 퍼뜨린다. 그 파도를 맞고도 끝까지 살아남은 사람이야말로 이 땅에서 살아도 좋다는 신의 허락을 받은 자라고 생각하는 것이리라.

미라르는 떨리는 손으로 머리카락을 쓸어 올렸다.

"약이 완성되면 두려워할 필요도 없겠지만, 확실한 효과가 있는 약을 완성하려면 아직 많은 시간이 필요해요……."

미라르는 그렇게 말하며 큰 한숨을 쉬었다.

"아아, 시칸은 어째서 이런 짓을 저질렀을까."

미라르는 고개를 한 차례 흔들고 말했다.

"지금 이런 말을 하면 경솔하게 들릴지도 모르지만, 그래도 전 시칸이 싫지 않아요. 무뚝뚝하고 퉁명스러워 오해를 사기 쉽지만, 그건 자기를 지키는 가면 같은 거라…… 아파르 오마는 다정함을 나약함이라고 비웃으니 되도록 본심을 보이지 않으려 했던 거겠지요. 하지만 심성은 착한 사람이에요. 토마소르 님마저 가망이 없다고 포기한 빈사의 강아지를 며칠 밤이고 잠도 자지 않고 돌보기도 하고……."

미라르는 잠시 말을 끊었다가 다시 입을 열었다.

"하지만 확실히 고집스러운 부분이 있어서, 옳다고 생각하면 완고하게 굽히지 않았어요. 다른 각도에서 사물을 본다는 걸 굉장히 싫어했지요. 그건 입맛에 맞게 변명하기 위한 방편이라고 생각했던 것 같아요."

미라르가 울상을 지었다.

"정말 그렇게 생각했는지는 모르겠지만, 자기 생각을 그리 입에 담는 사람이 아니었으니까요. 하지만 그렇게 느낄 때가 몇 번 있었어요."

사에가 조용히 말했다.

"형님뿐만 아니라 그의 외할아버지도 독보리 사건 때 처형당했다고 하더군요."

미라르는 고개를 끄덕였다.

"그래요. 토마소르 님이 요전에 말씀해주셨어요. 시칸은 그 외할아버지를 무척 존경했다고요. 알고 보면 잘못은 츠오르에 있는데, 츠오르가 아무 벌도 받지 않는 건 신의 섭리에 어긋난다는 말을 줄곧 했던가 봐요."

반은 한숨을 쉬었다.

"그렇다면 자기 손으로 직접 처벌하겠다는 건가."

시칸이 모습을 감춘 지 벌써 이레가 지났다.

반의 그런 생각을 읽었는지 미라르가 말했다.

"시간과의 싸움이에요. 지금이 한계선이겠죠. 지금 개를 붙잡지 못하면 결국……."

미라르의 눈에 강렬한 조바심이 감돌았다.

"그 병을 옮기는 진드기는 개를 물면 일단 열흘은 떨어지지 않아요. 길 때는 열나흘 동안 피를 빨기도 해요. 게다가 진드기에게 감염될 확률은 그리 높지 않을 거예요. 킴마의 개가 이십 여일 숲에 있었다고 병소가 단숨에 퍼지는 일은 없을 거예요."

그래도, 하고 미라르가 얼굴을 흐렸다.

"피를 잔뜩 빤 암컷은 한 번에 이천 내지 삼천 개의 알을 낳아요. 킴마의 개를 붙잡지 못한 채로 그들이 숲에 오래 머물러 수많은 진드기에게 병소를 옮기고, 그 진드기들이 다른 승냥이에게 병소를 옮긴다면…… 흑랑열은 동쪽으로 점점 퍼지겠지요. 게다가 새로운 환경 속에서 어떤 변화를 일으킬지, 저희는 예측조차 할 수 없어요. 분하지만 약이 먼저 완성될 것 같지는 않아요……."

말끝이 떨렸다.

사에가 미라르의 어깨를 부축하듯 가만히 붙잡았다.

"괜찮아요."

미라르가 깜짝 놀라 사에를 보았다.

"네?"

"시칸은 아직 카잔에 있을 거예요. 가도에 접근하지 못했어요."

사에는 조용한 목소리로 말했다.

"그 부근은 옥안이 복귀할 때 지나는 길이에요. 저희도 츠오르 인도 지금까지 많은 사람들을 풀어 물 샐 틈 없이 경계하고 있어요. 또 시칸이 카잔에 있었다는 건 확실하니 그가 카잔에서 벗어나려 한다면 반드시 그물에 걸릴 거예요. 혹 길이 없는 수풀이나 숲을 지나려 해도 킴마의 개뿐이라면 몰라도, 사람이 지날 수 있는 장소는 생각보다 적답니다."

순수한 모르파다운 냉정한 표정으로 사에가 말했다.

"저희는 수백 년 동안 아카파 왕의 그물로 살아왔어요. 사람이 지날 수 있는 장소는 전부 파악하고 있어요. 그는 아직 저희 그물에 걸리지 않았어요. 아카파에 있을 겁니다."

사에가 작은 한숨을 토하며 말을 이었다.

"사람이 몰고 있다는 게 다행이네요. 개들만 있었다면 붙잡기가 훨씬 어려워질 거예요. 지금 빨리 잡아야 해요."

미라르는 사에를 바라보며 복잡한 표정으로 고개를 끄덕였다.

진드기라는 작은 생물을 사용한다면 검문을 빠져나갈 방법은 얼마든지 있다. 가슴에 그런 불안을 품고도, 그녀들은 그것을 입에 담지 않고 돌아갔다.

춤추는 사슴이여

반은 두 사람이 나간 뒤에 닫혀서 펄럭거리는 천막의 천을 바라보며 그녀들이 마음속 불안을 굳이 입에 담지 않은 이유를 생각했다.

'나를 염려한 건가.'

부상당한 그가 시칸을 추적하지 않도록 마음을 쓴 것이리라.

유나가 곁으로 다가와 발라당 드러누웠다. 한참 뭐라 종알거리더니 이윽고 반의 팔에 얼굴을 붙이고 잠들어버렸다.

그 곤한 숨소리를 들으며 반은 오후의 빛을 어렴풋이 머금은 천막의 천을 올려다보았다.

'시칸은 이미 모르파의 그물을 벗어났을 것이다.'

그것은 감이라기보다 확신이었다. 사에의 말을 들으며 계속 그런 생각을 했다.

'오판은 단순히 속임수를 쓴 게 아니야.'

핏발 선 눈으로 만족스럽게 웃던 그 표정의 의미를 지금은 똑똑히 알 수 있다.

'날 죽이고 싶었던 거다.'

오키 민족이 퓨이카를 모는 실력을 자랑하는 그 장소에서 개들을 시켜 토마 일행을 습격하면 반드시 반이 나설 것이라 생각한 것이다.

'위험을 무릅쓰며 화염탄을 들고 그 장소에 나타난 건 속임수를 거는 동시에 나를 죽일 수 있는 절호의 기회였기 때문이다.'

거기까지 냉정하게 계산한 오판이니, 모르파의 그물을 빠져나갈 방법을 찾지 못했다면 시칸이라는 소중한 패를 성급히 쓰지 않았을 것이다.

'뭔가 있었던 거야.'

모르파의 그물을 벗어날 방법이.

'혹은 때를 기다리고 있는 걸까.'

킴마의 개들을 멀리 아카파 산야에 풀어서 늘릴 셈인가. 그리고 그 개들을 시켜 누군가를 물게 해서 새로운 개의 왕을 만들어낼 작정인가.

'아니……'

그건 너무 위험한 도박이다. 아카파 안에 오래 머물면 시칸은 반드시 모르파의 그물에 걸린다. 시간이 걸리는 정교한 계획일수록 중간에 저지당할 위험이 커진다.

'아니면 시칸이라는 청년 역시 우리의 눈을 돌리기 위한 가짜 표적인가.'

이미 킴마의 개를 조종할 수 있는 누군가가 있는 것일까. 혹시 개의 왕이나 반과 같은 능력이 없어도 킴마의 개들을 다룰 방법을 알아낸 걸까.

그 경우도 고려해야겠지만 가능성은 희박할 것이다.

'대용품이 많다면 나 같은 건 그리 중요한 존재가 아니야. 자기 목숨과 바꿔가면서까지 나를 죽일 의미가 없다.'

핏발 선 오판의 눈이 또다시 마음속에 떠올랐다. 온몸에 화살이 박힌 채로, 그래도 폭탄을 품고 다가오던 필사적인 표정이.

'제 목숨과 바꿔가면서까지 나를 죽여야 했던 이유가 뭘까?'

내가 할 수 있는 일이 뭐란 말인가.

킴마의 개가 동쪽 숲에 널리 퍼져 진드기가 증가하면 그가 할 수 있는 일은 더 이상 아무것도 없다.

'그렇다면 그 전에 내게 방해받고 싶지 않은 일이 있다는 건가?'

그게 무엇일까.

'내가 할 수 있는 일은 킴마의 개 무리를 조종하는 것⋯⋯.'

반은 눈을 잔뜩 찌푸렸다.

그가 튀어나와 개들을 조종하면 곤란한 짓을 시칸이 꾸미고 있는 건가.

'그게 뭐지? 무슨 짓을 하려는 건가?'

무엇인지는 몰라도, 장소는 짐작이 갔다.

조만간 동쪽 숲에 방사할 것을 고려한다면 역시 카잔 동쪽에서 무슨 일을 벌이려 할 것이다.

'왕도로 돌아가는 옥안을 노릴 셈인가?'

이 시기에 카잔 동쪽이라고 하면 역시 그것이 가장 먼저 머릿속에 떠오른다.

아파르 오마 입장에서는 가급적 신의 뜻을 받들어 제재하는 자가 누구인지 알리려 하리라. 장기적으로 볼 때, 승자는 아파르 오마라는 사실을 알리고 싶을 것이다. 게다가 옥안을 습격하면 그들을 배신하고 저버린 아카파 왕에게도 복수할 수 있다.

하지만 사에의 말처럼 옥안의 귀로는 그야말로 개미 한 마리 빠져나갈 수 없을 만큼 경계가 삼엄하다. 그런 곳에 과연 귀중한 킴마의 개와 그 조종자를 풀어놓을까.

'풀어놓는다……'

불가능한 일로 보이기에 더더욱 일을 벌일지도 모른다. 일을 벌이지 않는 경우는 생각해봤자 소용없는 일이다. 지금은 그가 방해하면 곤란한 일이라는 한 가닥 실마리를 따라가야 한다.

'일을 벌인다고 상정하자. 그렇다면 무슨 수로?'

옥안을 습격하고 킴마의 신이 가진 힘을, 아파르 오마의 강렬한 원한을 츠오르에 똑똑히 보여주고, 그와 동시에 킴마의 개들과 그 조종자를 보호할 방법. 그런 방법이 과연 있을까.

'문제는 일이 벌어질 장소다. 츠오르도, 모르파도, 모두가 습격은 불가능하다고 생각하는 장소. 하지만 킴마의 개들에게는 오히려 습격하기 쉬운 장소.'

그런 곳이 있을까? 그렇게 생각했을 때, 문득 하나의 지명이 기억속에서 떠올랐다.

그 순간, 눈앞에 번개가 번득이듯 깨달았다.

그거다. 동료와 웃고 떠들며 애마를 어루만지면서 편안한 마음으로 있을 때, 오판이 입에 담은 그 말.

"아파르도 낭떠러지 정도는 내려갈 수 있어. 물론 아르르판 절벽은 무리겠지만. 퓨이카는 어떻지?"

유카타 지방의 협곡 이름도, 토가 산지의 절벽 이름도 아닌, 머나먼 아카파 동쪽의 낭떠러지 이름을 입에 담은 것을 그때는 기묘하게 여겼지만, 지금은 그 이유를 알 수 있다.

'아르르판 절벽인가?'

늘 머릿속에 있던 그 이름과 퓨이카를 타는 반이 연상 작용을 일으켜 그때 무심코 입 밖에 낸 것이리라. 그리고 입 밖으로 흘린 것을 나중에 후회했을 터였다.

'오판…….'

밝은 햇살 아래서 자랑스럽게 애마를 어루만지던 그 사내는 이제 이 세상에 없다.

사람의 목숨이란 얼마나 허무한가.

유나의 코가 팔에 찰싹 붙어 있다. 새근새근, 숨소리가 팔에 닿는다.

'이 아이를 두고.'

다시 시작된 따스한 가족의 둘레에서 벗어나 길을 떠날 의미가 있을까?

'가면…….'

다시는 돌아오지 못할 것이다.

개의 왕이 되지 않으면 그 개들을 이끌 수 없다. 하지만 일단 뒤바뀌면 말을 잃는다. 인간으로서의 자신이 점점 작아지다가 사라진다. 이 몸을 뒤바꾸어 개들과 영혼을 연결해서 멀리, 저 멀리, 사람이 없는 광활한 초원 속으로 파고든다면…… 하루, 이틀 밤낮을 뒤바뀐 상태로 지낸다면…… 분명 더는 인간의 영혼을 유지할 수 없을 것이다.

자그마한 자신은 모든 사물이 빛의 알갱이로 변해 흘러가는 그 광대한 세상에 녹아들어 짐승으로 변할 것이다.

저녁노을의 어렴풋한 빛이 유나의 매끈한 뺨을 비추고 있다.

이 아이의 목숨이 걸린 일은 아니다. 아카파에 사는 사람에게는 걸리면 두려운 병이지만, 끔찍한 병은 그 외에도 얼마든지 있다.

부득이하게 휘말렸을 뿐인 이 기묘한 싸움. 자신을 내던질 정도의 의미가 있는 걸까?

눈을 감자 여러 광경이 드문드문, 환영처럼 눈꺼풀 속에 떠올랐다.

증가하는 진드기, 밭에서 마을로 들어오는 쥐, 저도 모르게 감염되어 고통을 받으며 죽어가는 사람들, 그 모습을 지켜보는 가족…….

문득 아득한 밤의 기억이 마음속에 떠올랐다. 고통스러운 숨을 토해내는 어린 아들의 머리맡에서 필사적으로 기도했던 그날 밤의 심정이.

'내가 할 수 있는 일이 있다면…….'

내 아이에게 들러붙은 이 병마를 물리칠 힘이 내게 있다면 목숨도 필요 없다, 아무것도 필요 없다고 생각했다.

'기가 막힌 일이군.'

진심으로 바랐을 때는 갖지 못했던 힘을 지금 가지고 있다.

오판은 병에서 신의 얼굴을 보았다. 분명 병은 신과 비슷한 얼굴을 갖고 있다. 언제 걸리는지도, 어째서 걸리는지도 알 수 없고, 살아나지 못하는 자와 살아나는 자의 경계도 확실치 않은, 마치 제 손에서 멀리 떠난 일종의 신의 손바닥에 그려진 운명처럼 보인다.

'……하지만.'

그렇다고 해서 포기하고 초연히 받아들여도 되는 것은 아니다. 그 속에서 발버둥 치는 일이야말로 '생명'일 것이기 때문이다.

뒤바뀌었을 때 보았던 그 무수한 빛. 연약하고 자그마했지만, 그러나 모두 살기 위해 빛나고 있었다. 서로 맞부딪쳐 패배하고, 때로는 승리하고, 때로는 남을 도우며 생명을 이어가는 무수한 빛. 이 세상에 태어난 순간에 받은 육신으로 생물은 모두 목숨을 이어가기 위해 무수히 작은 싸움과 갈등을 되풀이하고 있다.

남의 목숨을 앗아가는 생명, 남의 목숨을 지탱하는 생명, 잡다한 생명의 본질이 서로 맞서며 뒤섞이고 흘러간다. 그 모든 것이 생명일 것이다.

'병으로 목숨을 잃는다고 체념해도 되는 건.'

체념하고 받아들이는 것 외에는 다른 도리가 없는 사람뿐이다. 남이 목숨을 잃는 것을 두 손 놓고 봐도 되는 것은 구할 능력이 없는 사람뿐이다.

꾹 감은 눈앞의 어둠 속에서 폴짝폴짝 뛰는 작은 사슴을 본 듯한 착각이 들었다. 온 힘을 실어 폴짝 뛰어오를 때마다 생명이 흩어져 반짝거렸다.

'……춤추는 사슴이여, 빛나다오.'

압도적인 어둠에 맞서서 힘차게 춤추는 작은 사슴이여, 빛나다오.

"아리사, 모시르."

오래도록 입에 담지 않았던 아내와 아들의 이름을 중얼거리자, 목구멍에 뜨거운 응어리가 흐르는 듯했다.

"두 사람에게 해주지 못했던 걸 혈연도 인연도 없는 사람들에게 해줘도 될까?"

너희가 고개를 끄덕여준다면 미련도 주저도 사라질 텐데.

반은 쓴웃음을 지었다. 뜨거운 눈물이 눈가에 맺혔다.

죽은 자는 말이 없다. 답은 언제나 내 안에 있다.

유나는 곤하게 자고 있었다. 그 보드라운 뺨을 손끝으로 가만히 어루만지자 차마 말로 할 수 없는 애틋한 정이 치밀어 올랐다.

반은 눈을 질끈 감고 중얼거렸다.

"······용서해다오."

돌아오지 못한다면 이 아이는 펑펑 울 것이다. 하지만 이 아이는 아직 어리다. 시간이 흐르면 이윽고 슬픔은 치유되고, 이 아이에게 그는 분명 과거의 아득한 꿈같은 존재로 변할 것이다.

이 아이에게는 이제 가족이 있다. 키야도 토마도 오마도, 치다와 그 친구들도 이 아이를 곱게 키워줄 것이다.

'그 차가운 빗속에서.'

토마와 만난 것은 정말 행운이었다. 가혹한 운명으로 태어난 이 아이를 따뜻한 가족의 품속에 맡기고 갈 수 있다.

반은 눈을 뜨고 유나가 깨지 않도록 조용히 일어섰다.

제 12 장

사 슴 의 왕

사 슴 의 왕 _하

돌 아 왔 다 떠 난 자

끈을 조종하는 자

"뭐?"

경기장에 침입한 그 검은 개들이 킴마의 개가 아니었다는 소식을 전한 순간, 홋사르는 버럭 소리를 질렀다.

"그럼 시칸은 거기에 없었나?"

미라르가 고개를 끄덕였다.

"아마도. 사에 씨가 그날 모르파들이 어떤 식으로 그물을 치는지 알려주었는데, 어지간한 방법이 아니고서는 그 속에서 달아나지 못했을 거야."

홋사르가 얼굴을 찌푸렸다.

"그렇다면……."

"그래, 역시 진드기를 쓸 방법을 생각하는 게 아닐까? 그 가능성이 가장 높을 거야."

마코우칸이 끼어들었다.

"하지만 어떻게 말입니까? 저희는 시칸이 사라지고 얼마 지나지 않아 뒤를 쫓았고, 모르파도 신속하게 그물을 쳤을 겁니다. 시칸이 흔적도 남기지 않고 아카파에서 나갈 수 있었다고 생각하기는 어렵습니다. 개들뿐이라면 모르파의 그물에 걸리지 않고 아카파 동쪽으로 건너갈 수도 있겠지만, 킴마의 개가 아무리 영리해도 개는 어차피 개입니다. 자주 명령해서 이끌지 않으면 원하는 장소로 데려갈 수 없을 텐데요."

홋사르가 신음했다.

"시칸과 킴마의 개는 함께 있을 거야. 사람이 이끌 필요가 없다면 애초에 이렇게 귀찮은 짓은 하지 않았을 테니."

"그렇다면……."

"그래, 문제는 방법이다."

미간을 잔뜩 찌푸린 홋사르가 말했다.

"옥안내방으로 츠오르의 경비도 보통 때보다 훨씬 삼엄한 데다, 모두들 개에는 신경이 곤두선 상태야. 어떻게 개들을 이끌고 검문을 빠져나갈 수 있을까?"

"사그다 숲이나 산을 지나서……? 아니면 저희 예상을 뒤엎고 전혀 다른 장소에 숨어서 때를 기다린다거나."

마코우칸의 말에 홋사르는 고개를 저었다.

"모르파는 바보가 아니야. 그 정도는 예상했겠지."

"맞아. 사에 씨도 그런 말을 했어. 허를 찔리지 않도록 동쪽뿐 아니라 사방에 어느 정도 그물을 쳐놓았다고. 오타와르 심부도 관여한 것 같아. 그런 분위기를 풍기는 말투였어.”

훗사르는 신음했다.

“그렇다면, 시칸이 동쪽 숲으로 킴마의 개를 데려갔다면 츠오르 군의 검문도, 아카파 병사의 검문도, 모르파의 그물도, 그뿐 아니라 오타와르 심부의 눈마저 빠져나갔다는 뜻이야. 그 녀석에게 그런 재주가 가능할까?”

마코우칸은 고개를 저었다.

“불가능할 겁니다. 아무리 똑똑해도 혼자서는 별 수 없을 테니까요.”

그 순간, 훗사르가 퍼뜩 눈을 가늘게 떴다.

뺨과 대조적으로 창백한 빛이 두드러진 이마 속에서 어지러이 온갖 가능성을 가늠하고 있는 듯, 훗사르는 무심한 눈빛으로 미라르를 지그시 바라보다가 불쑥 입을 열었다.

“……혼자가 아니라면 어떻지?”

“응? 아파르 오마가 몰래 돕고 있다는 말이야?”

훗사르는 고개를 저었다.

“아니. 아파르 오마가 아니야. 그들에게는 감시의 눈이 빈틈없이 붙어 있어. 시칸의 배후에 그를 돕는 자가 있다고 한다면, 그 자는 우리가 예상할 수 없는 인물이겠지.”

훗사르가 매서운 눈으로 말했다.

“시칸과 개 떼를 츠오르 군의 검문에도, 아카파 왕의 검문에도 걸리지 않고 보내줄 수 있는 자. 모르파뿐 아니라 오타와르 심부의 사정에도 정통해 그 손길에서 빼내줄 힘이 있는 자…….”

그 눈에 고통스러운 빛이 번득였다.

홋사르는 그를 다그치려고 입을 연 미라르를 손을 들어 저지하고 고개를 숙였다.

한참을 그러고 있던 홋사르가 마침내 의자를 빼고 일어나면서 말했다.

“……미안, 잠깐 나갔다 올게.”

홋사르는 함께 가겠다고 따라나서던 마코우칸을 돌아보더니 매서운 얼굴로 말했다.

“넌 올 필요 없어.”

“네? 하지만…….”

뭐라 대꾸하려던 마코우칸을 무시하고, 홋사르는 잰걸음으로 방을 가로질러 문을 붙잡았다. 이럴 때는 무슨 질문을 해도 대답해주지 않는다. 그걸 알고 있기에 굳이 불러 세우지 않고 보냈지만, 방에서 나가는 홋사르의 뒷모습에 어른거리는 탁한 그림자를 본 미라르의 얼굴은 굳어 있었다.

“……마코우칸.”

미라르가 고개를 돌리자 마코우칸는 가만히 고개를 끄덕였다.

“압니다. 걱정 마십시오.”

마코우칸은 홋사르가 복도를 지나 밖으로 나갈 때까지 기다렸다가 방에서 나갔다.

*

오타와르 귀인들이 아카파에 머물 때 사용하는 오타와르 공관은 아카파 왕의 저택에 가까운 숲속에 있다.

오후의 빛이 나무줄기를 불그스름하게 물들이고, 나뭇잎 사이로 쏟아지는 빛이 산들바람에 살며시 일렁이고 있었다.

홋사르가 종자도 거느리지 않고 말을 타고 정문으로 들이닥치자 문지기가 깜짝 놀라 달려 나왔지만, 홋사르는 뒤도 돌아보지 않고 그대로 정문 현관으로 달려갔다. 널찍한 계단을 청소하던 사내에게 다짜고짜 말고삐를 쥐여준 홋사르는 그대로 현관으로 올라갔다. 공관의 종자들이 허둥지둥 인사를 하는 사이, 저택 안쪽의 오른쪽 방으로 성큼성큼 걸어갔다.

"홋사르입니다!"

그렇게 한마디 던지기가 무섭게 그는 대답도 기다리지 않고 문을 열었다. 안에 있던 남자들이 고개를 들고 의아한 표정으로 돌아보았다. 커다란 책상 안쪽에 앉아 있는 리무엣르, 그 맞은편에 서 있는 것은 모르파의 우두머리 마르지였다.

홋사르의 얼굴을 본 리무엣르는 마르지에게 말했다.

"……그럼 그렇게 먹여라. 또 무슨 일이 생기면 서슴지 말고 알리도록."

마르지는 리무엣르에게 깊숙이 머리를 조아린 후, 기름종이로 단단히 싼 물건을 가슴에 품고 홋사르 쪽으로 돌아섰다.

"오랜만에 뵙습니다."

마르지는 알아듣기 어려운 목소리로 중얼거리고 머리를 깊이 숙이더니, 홋사르가 입을 열 틈도 주지 않고 재빨리 옆을 지나 밖으로 나갔다.

"······저 꾸러미는 아라지나입니까?"

홋사르가 묻자 리무엣르는 그래, 하고 대답했다.

"아라지나로 바꾼 뒤로 효험이 있나보더구나. 조금 더 빨리 알아내서 그걸로 바꿨더라면 좋았겠지만, 뭐, 값비싼 약이니까. 장기적으로 먹이려면 이 정도 시기가 좋을지도 모르지."

마르지의 장남은 어렸을 때부터 난치병을 앓고 있다. 할아버지가 아니었다면 그가 사십 년 가까이 연명하지는 못했을 것이다.

가슴속에 퍼지는 씁쓸한 감정을 느끼며 홋사르는 리무엣르를 바라보았다.

"마르지를 이용했군요."

리무엣르가 눈썹을 추켜올렸다.

"무슨 소리냐?"

"시칸과 킴마의 개 말입니다."

리무엣르의 눈가가 희미하게 실룩거렸다.

2

오타와르 의술의 미래

홋사르는 리무엣르를 똑바로 노려보았다.

"이유가 뭡니까? ……어째서 이런 짓을 하신 겁니까?"

"이런 짓이라니?"

"그들을 아카파 동쪽으로 보내셨잖습니까!"

리무엣르는 흠, 하고 한숨을 쉬었다.

"용케 알았구나. 누구에게 들은 게냐?"

"아닙니다. 여러 가지 생각을 대조해보니 할아버님 외에는 불가
능했어요."

홋사르는 의자를 빼서 앉았다. 그 동안에도 리무엣르에게서 눈을
떼지 않았다.

"진드기 감염에 대한 지식이 있고, 츠오르와 아카파 양쪽에서 존
경을 받으며, 킴마의 개와 시칸을 검문에 걸리지 않고 빼내줄 수 있

는 자. 게다가 오타와르 심부와도 긴밀한 끈이 있어 모르파까지도 조종할 수 있는 그런 인물이 달리 있겠습니까?"

리무엣르는 희미하게 쓴웃음만 흘릴 뿐, 아무 말도 하지 않았다.

"흑랑열 감염 여부를 알아내기 위해 성역으로 보낸 검은 늑대와 승냥이의 검체檢體 속에 킴마의 개를 숨겼던 거지요? 모르파 중에는 시칸의 얼굴을 아는 자도 있었겠지만, 그건 마르지가 잘 둘러댔겠지요. ……마르지는 할아버님만은 절대 거역할 수 없으니까."

리무엣르는 턱 앞에 두 손의 손끝을 첨탑처럼 모으고 그래, 하고 대답했다.

"부모 마음이라는 게 그런 법이다."

리무엣르는 담담한 말투로 뒤를 이었다.

"정치, 권력, 종교, 신념, 충의, 명예, 욕심…… 인간을 강하게 옭아매는 그런 모든 동기를 날려버릴 수 있는 게 존재한다면, 자신과 자신이 사랑하는 자의 목숨뿐일 게야."

홋사르는 얼굴을 일그러뜨렸다.

"어째섭니까?"

"……."

"어째서 이런 짓을."

리무엣르는 말없이 깍지 낀 두 손 위에 얹은 턱을 까딱거렸다.

한참 그러고 있다가 마침내 턱짓을 멈추고 눈을 떴다.

"그래, 이유는 많지만, 네가 치료의 단서를 찾아낸 게 가장 큰 이유였다. 진드기 감염에는 너희가 개발한 약이 듣는 것 같았고, 숙주인 개들의 수도 파악하고 있어서, 이 정도라면 옛날처럼 크게 유행하기 전에 억누를 수 있겠지 싶었다. 그 가능성이 확실해졌으니 해 봐도 되겠다고 생각한 게다."

홋사르는 얼굴에 노기를 품고 입을 열었다가 퍼뜩 눈살을 찌푸렸다.

"아니…… 그렇다면 처음부터 꾸민 일은 아니었단 말씀입니까?"

리무엣르는 눈썹을 실룩였다.

"처음부터라니?"

"문제의 시초 말입니다. 아카파 소금광산이나……."

리무엣르가 느닷없이 웃음을 터뜨렸다.

"세상에, 어리석은 소리 마라. 나는 그렇게 한가하지 않아."

"그렇다면 시칸 일행의 계략을 어떻게 알았던 겁니까?"

"물어보았으니까."

"……?"

리무엣르가 웃음을 거두고 말했다.

"순서대로 설명할 테니 차분히 들거라."

리무엣르는 찻잔을 들어 차를 한 모금 마시고 설명하기 시작했다.

"두말하면 잔소리지만, 심부는 일단 시칸의 동향을 주시하고 있었다. 시칸도 조심스럽게 행동했던 모양이지만 심부는 그자를 풀어놓고 지켜봤던 게지."

찻잔을 책상에 내려놓고 그 가장자리를 손가락으로 어루만지며 리무엣르가 한숨을 쉬었다.

"그렇지만 심부도 방심했던 모양이다. 어쨌거나 아직 스무 살이 될까 말까 한 청년이었으니, 토마소르의 조수로 조사하러 나갔을 때는 가끔 눈을 떼기도 했던 모양이야. 뒤늦게 그게 후회된다고 치이하나가 그러더구나. 설마 그 청년이 이런 식으로 사태를 급변시킬 줄은 몰랐다고."

"시칸이 사태를 급변시켰다?"

홋사르는 깜짝 놀라 되물었다.

"오판이 아니라?"

리무엣르는 고개를 저었다.

"오판이 계획을 세웠을 때는 우리도 조용히 지켜볼 수 있었지만, 시칸은 오판과는 사고 기초가 달라. 그 점이 위험했지."

"역시 진드기 때문입니까?"

"그래, 그 점도 있다. 하지만 그게 전부가 아니야. 그자는 개의 왕에 의존하지 않고 킴마의 개들을 이끄는 데 성공했어."

"예? 어떻게 말입니까?"

"훈련으로 길들인 검은 늑대를 무리의 우두머리로 삼았던 게다."

홋사르는 흠칫 놀랐다. 뇌리에 늑대가 우리에 사납게 몸을 부딪치던 광경이 떠올랐다.

'그런가, 그 늑대는 시칸에게 다른 늑대의 냄새가 묻어 있어 흥분했던 건가?'

"덧붙여서 네 연구 성과도 다소 상관이 있어."

뜬금없는 말에 홋사르는 눈을 껌뻑였다.

"제 연구가?"

"네게 망각의 병에 걸린 쥐를 정상으로 돌려놓는 실험을 맡겼잖느냐."

"……예."

"시칸이 그러더구나. 쥐가 점점 정확하게 미로를 기억하는 것을 보다 보니, 흑랑열을 앓는 검은 늑대를 써서 킴마의 개를 조종할 수 있을지도 모른다는 생각이 들었다고."

예상치 못한 말에 홋사르는 입을 헤 벌린 채로 망연히 리무엣르를 바라보았다. 그는 담담하게 시칸에게 들었다는 계획의 경위를 설명하기 시작했다.

개의 왕 케노이가 죽을병에 걸렸다는 사실을 알았을 때, 오판은 아버지를 구하고 싶다는 일념으로 오타와르 심학원에서 공부하는 시칸에게 치료법을 물었다고 한다. 그 대화의 과정에서 일족에게 무슨 일이 일어났는지 알게 된 시칸은 케노이처럼 특수한 능력을 얻은 사람만 킴마의 개를 다룰 수 있다는 것을 위태롭게 여기게 되었다.

사냥개를 훈련시키듯, 누구에게나 가능한 방법으로 킴마의 개를 조종할 수 있다면 할 수 있는 일도 단숨에 늘어나고, 계획도 안정된다.

하지만 킴마의 개는 이상하리만치 영리하고, 또 다루기도 어려웠다. 자기들끼리만 뭉쳐 다니고, 다른 존재를 무리 속에 들여놓지 않았다. 노련한 견술사들이 시도해보았지만 사냥개를 길들이듯이 명령에 따르게 만들지 못했다. 그들이 따르는 것은 케노이뿐……. 하지만 케노이가 없으면 무리도 우두머리를 따른다는 말을 들었을 때, 시칸은 문득 한 가지 가능성을 떠올렸다.

킴마의 개는 흑랑열에 걸려 변화한 개들이다. 케노이 역시 흑랑열로 변화했다. 똑같은 병을 앓았던 자만이 갖는 특수한 연결이 개들을 조종하는 고삐라고 가정한다면, 미리 훈련시켜서 단단히 길들여 사람의 명령에 절대 복종하도록 만든 개에게 흑랑열을 옮긴다면 어떻게 될까…….

결론부터 말하면, 그 개는 조종할 수도 있었고 킴마의 개들 속에도 융화되었지만 무리를 이끄는 우두머리는 되지 못했다. 하지만 착상은 잘못되지 않았다고 생각한 시칸은 이어서 킴마의 개보다 체격이 크고 강한 검은 늑대로 시험했다.

그런 시행착오를 되풀이하는 데 있어 토마소르의 조수라는 신분은 절호의 위장이 되었다. 스승을 위한 실험이나 훈련 과정에 시칸은 교묘하게 자신의 의도를 집어넣었던 것이다.

야생 늑대를 개처럼 훈련시키기는 어렵다. 하지만 토마소르를 돕고 있던 시칸은 검은 늑대가 다른 늑대보다 사람을 잘 따른다는 사실을 알고 있었다. 더군다나 킴마의 개는 원래 검은 늑대의 피를 이어받았다.

그래도 무리의 우두머리가 되려면 필요한 자질이 따로 있는지, 시험한 검은 늑대가 전부 무리의 우두머리가 될 수 있었던 것은 아니었다. 케노이처럼 모든 킴마의 개를 인도하는 개의 왕이 될 수 있었던 검은 늑대는 없었지만, 소규모 집단이라면 이끌 수 있는 검은 늑대는 한 마리 나타났다…….

"케노이처럼 특수한 자만 다룰 수 있다면 제압할 방법도 다양하지. 하지만 아무나 조종할 수 있는 무리로 변하면 손쓸 방법이 없을지도 몰라."

리무엣르가 피식 웃었다.

"치이하나가 진심으로 두려워하더군. 병에 대한 공포란 건 그런 거겠지. 네가 말한 신약이 정말 듣는지, 만일 병이 유행할 경우에도 과거와 같이 비참한 일은 벌어지지 않는 건지, 핏기가 가신 얼굴로 내게 묻더구나."

훗사르는 할아버지를 바라보았다.

"뭐라 답하셨습니까?"

"글쎄다. 예견할 수 있는 모든 가능성을 이야기했지. 하지만 말하면서도 약에 대한 이야기는 큰 의미가 없다고 생각했다. 치이하나의 생각이 뻔히 보였거든. 신약이 모든 오타와르 인에게 확실하게 듣는다고 증명된 것이 아니라면, 그녀는 결코 위험한 다리는 건너지 않을 테지."

리무엣르가 한숨을 쉬었다.

"치이하나는 킴마의 개들을 다룰 방법을 아는 자가 아직 적을 때 알아차려서 다행이라고 하더구나. 지금이라면 그들을 죽이면 끝날 일이라고."

그 자그마한 노파의 호락호락하지 않은 얼굴이 떠올랐다.

'그 할멈이라면 그런 말을 하고도 남지.'

그렇게 생각했을 때, 리무엣르가 불쑥 물었다.

"너라면 어쩌겠느냐?"

갑작스러운 질문에 훗사르는 눈을 껌뻑거렸다.

"어쩌다니요?"

"치이하나의 그런 말을 들었을 때, 너라면 어떻게 반응했을지 묻는 게다."

훗사르는 즉답하지 않고 고개를 숙인 채 생각했다.

'나라면 어떻게 할까. 오판 일족을 모살하는 길을 택할 것인가?'

분명 그게 가장 확실하고, 수고나 비용도 들지 않는 길이다. 게다가 그들은 죽어도 어쩔 수 없는 짓을 저질렀다.

가랑비가 내리는 싸늘한 아침, 아카파 소금광산에서 본 비참한 광경이 눈앞에 떠올랐다. 죽은 그들에게 묻는다면 오판 일족을 죽여달라고 할 것이다. 그들과 같은 꼴을 당할 사람이 더 이상 늘어나지 않도록 막아달라고.

'하지만…….'

훗사르는 한숨을 내쉬고 눈길을 들었다.

"저라면 다른 제안을 했을 겁니다."

"어떤 제안 말이냐?"

"저는 그들을 죽여서 막는 방법은 취하지 않을 겁니다. 치이하나는 코웃음을 치겠지만."

훗사르는 할아버지를 똑바로 쳐다보며 말했다.

"저희는 신이 아닙니다. 아파르 오마가 인정하는 법의 집행자도 아닙니다. 치이하나의 사고방식은 아파르 오마의 광신과 별 차이가 없습니다. 이런 말은 하기 싫지만, 자신의 교만을 깨닫지 못하는 점은 오타와르 귀인이나 아파르 오마나 똑같습니다."

리무엣르가 흥미롭다는 얼굴로 훗사르를 바라보았다.

"그럼 어쩔 테냐?"

"붙잡아야지요. 붙잡아서 성역으로 끌고 갈 겁니다. 그리고 그들과 상의하고, 아카파 안에 흩어진 아파르 오마들과도 의논해야겠지요. 아카파 왕이나 요타르와도 동시에 교섭할 겁니다. 몇 년, 몇십 년이 걸리더라도 납득할 수 있는 결론을 찾는 겁니다. 그 사이에 저희는 흑랑열에 대처할 방법을 연구하면 됩니다."

리무엣르가 미소를 지었다.

"애석하구나."

"……네?"

"한 가지만 더 내다보았다면 미숙하기는 하나 온건한 해결법이라고 칭찬해줄 수 있었건만."

훗사르는 울컥해서 할아버지를 쳐다보았다.

"그게 뭡니까? 제가 내다보지 못했다는 것이?"

리무엣르는 훗사르를 바라보며 말했다.

"오타와르 의술의 미래다."

3

의술사의 무기

"전부터 생각은 했다만, 너를 조금 더 데리고 돌아다녔어야 했다."

리무엣르는 찻잔 가장자리를 손끝으로 빙글빙글 어루만지며 말했다.

"오우한령은 제국 안에서는 변경에 지나지 않아. 게다가 로나와도 관계가 원만하다보니 안온하게 지내온 너는 어떤 의미에서 둔해진 것 같구나."

목구멍에 치솟는 불쾌한 감정을 느끼며 홋사르는 잠자코 리무엣르를 바라보았다.

"궁정 제사의장의 후임 선출이 시작된 것을 알고 있느냐?"

"예."

"누가 가장 유력할 것 같으냐?"

훗사르는 부루퉁한 얼굴로 대답했다.

"거기까진 모릅니다."

"그렇겠지. 이건 심부조차 알아내지 못해서 내가 알려준 정보니까."

리무엣르는 찻잔 가장자리를 만지작거리던 손길을 멈추었다.

"다음 제사의장은 아마 츠가나일 게다."

훗사르는 슬그머니 눈을 가늘게 떴다.

츠가나는 대단히 교조적敎條的인 남자다. 황제 앞에서조차 오타와르 의술을 사교의 부정한 재주라고 공언하길 서슴지 않는다. 명예욕이 강한 남자라는 건 알고 있었지만, 명문가 출신이 많은 궁정 제사의 중에서는 그리 유력한 가문 출신이 아니기 때문에 제사의장이 될 가능성은 생각해보지도 않았다.

"유력자들끼리 싸우는 틈에 엉뚱한 말이 앞으로 튀어나온 판국이지. 더군다나 그의 손녀가 어느 선제후의 측실로 들어가 총애를 받고 있어, 그 선제후가 그를 강력하게 추천하고 있다. 이런 일도 있는 법이지."

리무엣르는 한숨을 쉬었다.

"그 광신자가 제사의들을 이끈다면 상황이 대단히 복잡해질 게야. 더군다나 아직 오십 대니, 황제 폐하보다 젊지."

훗사르는 입술을 굳게 다물었다.

서늘한 예감이 가슴속에 흘러 피부가 차갑게 식었다. 리무엣르가 느끼는 불안이 생생한 현실의 감각으로 마음에 다가왔다.

현 황제 나타르의 지지가 있기에 오타와르 의술사는 자유로운 활동을 허락받고 있는 것이다. 나타르 황제는 황후를 구한 리무엣르를 진심으로 귀하게 여기고 오타와르 의술을 신뢰하고 있지만, 다음 황제도 그 마음을 이어받으리라는 보장은 없다. 실제로 나타르가 황제가 되기 전까지 오타와르 의술사는 부정한 주술사로 취급당했다. 조용하고 은밀히 활동할 수밖에 없는 상태가 오래도록 계속되었던 것이다. 지금은 활동이 눈에 띄는 만큼 오히려 예전보다 가혹한 상황이 벌어질지도 모른다.

나타르 황제보다 교조적인 남자가 차기 황제가 되고 츠가나 같은 남자가 제사의장이 된다면, 오타와르 의술사들을 체포해 숙청하는 사태가 현실로 일어날지도 모른다.

리무엣르는 조용한 목소리로 말했다.

"나는 이 제국 안에 오타와르 의술을 심기 위해, 지금까지 모든 정성을 쏟아왔다. 자금도 썼고, 많은 귀족들의 목숨을 구해 인맥도 쌓아왔지."

갈고 닦은 것처럼 빛나는 책상 표면을 멍하니 바라보며 리무엣르가 말했다.

"나타르 황제뿐 아니라 오우한 제후를 비롯해 유력한 선제후들 중에도 우리 의술에 의지하는 자들이 나타나기 시작했으니, 가령 츠가나가 궁정 제사의장이 된다 해도 당장 박해를 받을 일은 없겠지. 하지만 지금보다는 확실하게 상황이 퇴보할 게다."

리무엣르가 한숨을 쉬며 고개를 들었다.

"의술은 모든 것과 얽혀 있다."

홋사르는 말없이 그를 바라보았다.

그것은 예전부터 리무엣르가 종종 입에 담던 말이었다. 의술은 사람의 목숨만 구하는 기술이 아니다. 의술은 모든 것과 얽혀 있다. 이 세상이 어떻게 존재하는지, 생명이란 무엇인지, 그것을 어떻게 생각할 것인지, 그런 모든 사항과 얽혀 있다. 그는 홋사르에게 그것을 가르쳐준 사람이었다.

"너는 전에 청심교 의술을 커다란 구슬에 비유했지. 참으로 적절한 표현이었어. 청심교는 모든 것을 구슬 속에 가둬버린다. 츠오르인이 구슬 밖으로 나가지 않는 한, 오타와르 의술이 세상에 퍼지는 일은 없을 게야."

리무엣르의 눈에 어두운 빛이 어른거렸다.

"그들을 구슬 밖으로 꺼내는 방법은 아마 한 가지뿐일 게다."

홋사르가 중얼거렸다.

"……죽음의 기로로 내모는 것 말입니까?"

리무엣르가 고개를 끄덕였다.

"나타르 황제도, 오우한 제후도 똑같아. 지금 시간을 되돌려 우타르를 반드시 구할 수 있다고 한다면 오우한 제후는 네게 치료를 맡길 테지."

죽어가는 장남을 앞에 두고 통곡하던 오우한 제후의 얼굴이 떠올랐다.

'죽고 싶지 않다', '잃고 싶지 않다'라는 마음이 분명 오타와르 의술사에게는 커다란 무기가 된다.

빛을 머금은 눈으로 리무엣르가 홋사르를 바라보았다.

"사람은 나중에 핑계를 댈 수 있는 생물이야. 오타와르 의술로 목숨을 건지고 싶다면, 몸을 더럽히는 짓이니 뭐니 하는 청심교 의술의 교리를 입맛에 맞게 해석해 곡해할 사람이 반드시 나올 것이다."

홋사르는 잠자코 있었지만 마음속으로는 리무엣르의 말에 수긍하고 있었다.

확실히 그리되면 오타와르 의술은 이 제국 안에서 활발하게 성장할 것이다. 오타와르의 탁월한 의료 기술에 청심교 교의와 교묘하게 융합한 생사관을 더한다면 오타와르 의술은 마침내 이 제국 안을 순환하는 혈액 같은 존재가 될지도 모른다.

'……아니, 혈액이라기보다 세균일까?'

제국의 체내에서 증식하면서 제국의 생명을 지탱하고, 타국도 감염시키고, 확산되어, 끝없이 생명을 유지시키는 내부의 생명체.

'할아버지의 말은 심오하다.'

넓고 깊은 시야. 그런 감탄과 함께 홋사르는 이유 없이 가슴속에 기묘한 불안을 느꼈다.

"그 사실과……."

홋사르는 입을 열었다.

"시칸을 동쪽으로 보낸 일이 무슨 상관이 있단 말입니까? 진드기를 이용해 흑랑열을 퍼뜨리고, 츠오르 인들을 죽음의 기로로 몰아세울 작정입니까?"

리무엣르는 불쾌한 냄새를 맡은 것처럼 얼굴을 찌푸렸다.

"엉뚱한 소리를. 가능성이 보인다고는 해도, 아직 치료법이 확립되지도 않은 단계에서 그런 위험한 도박을 할 리가 없잖느냐."

리무엣르는 천천히 고개를 저었다.

"여기까지 말했는데 아직도 모르겠느냐. 너답지 않구나."

홋사르는 가만히 리무엣르를 쳐다보았다.

'진드기를 늘리는 게 아니라면 대체.'

그가 수고를 들이고 위험을 무릅써가며 시칸을 동쪽으로 보낸 이유는 무엇이란 말인가.

'옥안의 귀환으로 경계가 삼엄한 이때에 굳이……'

그렇게 생각했을 때, 문득 옥안을 따라온 사람들의 얼굴이 떠올랐다. 번갯불에 드러나듯 한순간에 모든 것을 깨달았다.

'그런가, 츠가나의 손녀가 측실로 들어갔다는 선제후라는 게……'

홋사르는 신음하듯 말했다.

"킴마의 개가 오우아 제후를 습격하도록 만들 작정입니까?"

리무엣르는 조용한 표정으로 홋사르를 바라보았다.

저녁노을의 빛

오타와르 공관 밖으로 나오자 생각지도 못한 빛이 그를 감쌌다. 저녁노을의 마지막 빛이 하늘에 어른거렸다. 그 맑은 빛을 올려다 보며 홋사르는 입술을 굳게 다물었다.

어째서일까, 눈물이 눈앞을 가렸다.

저녁하늘의 빛이 눈에 아렸다.

종자가 끄는 말을 타고 문밖으로 나가서도 홋사르의 눈에는 눈앞에 펼쳐진 숲조차 보이지 않았다. 그저 묵묵히 말을 몰며 마음속을 오가는 상념을 추스르려 애썼다.

'시칸은 알고 있을까?'

츠오르 귀족을 습격하는 데 성공해도, 혹은 실패해도, 어쨌거나 킴마의 개와 함께 어둠 속에 묻히게 되리라는 것을.

'알고 있을지도 모르지. 그 청년은 총명하니……' 그렇게 말한 할아버지의 담담한 목소리가 귓가에 되살아났다.

그래도 시칸에게는 달리 선택할 수 있는 길이 없었으리라.

킴마의 개와 시칸을 아카파령 동쪽으로 보내주마 제안했을 때, 오판은 그 제안을 그 자리에서 받아들였다고 한다.

시칸의 공으로 케노이가 없어도 킴마의 개를 몰 수 있게 되었지만, 츠오르뿐 아니라 아카파 왕의 수하까지 철통 감시를 하고 있는 아카파 영내에서는 개를 늘리는 일도, 견술사에게 훈련을 시키는 일도 만만치 않다.

오판은 검은 늑대를 시켜 무리를 이끄는 훈련의 성과도 살필 겸, 이주민 마을을 습격함으로써 아카파 왕을 위협하려 했다고 한다. 하지만 변경 이주민을 조금씩 죽이는 수법으로는 아카파의 중추를 무너뜨리기까지 너무 많은 시간이 걸린다.

케노이의 시신을 남긴 눈속임도 이주민이 습격당하는 사건이 증가하면 결국 그 의미를 잃는다. 그들을 에워싼 그물은 다시 좁혀질 것이다. 오판은 점점 다가오는 감시망을 피부로 느끼고 있었던 게 틀림없다. 사면초가의 처지에서 오판 역시 줄곧 킴마의 개를 아카파 외부에서 늘릴 방법을 찾고 있었으리라.

츠오르 선제후를 습격한다는 조건도 오판으로서는 바라마지 않던 일이었을 터였다. 흑랑열이 동쪽으로 퍼지는 것이 아카파를 더럽힌 츠오르 인에 대한 벌이라는 사실이 명확해지기 때문이다.

왕도로 돌아가는 옥안을 습격해 츠오르 귀족에게 병을 옮기는 데 성공해도, 그다음은 킴마의 개와 함께 제거당하리라는 가능성을 오판도 고려했을 것이다. 그렇지만 오판도, 시칸도 할아버지의 제안을 받아들이는 길을 택했다.

'어떤…….'

생각이 있었던 걸까. 제거당하지 않기 위해 뭔가 대책을 마련했던 걸까.

'아니면 내맡겼던 걸까?'

신에게 모든 것을.

새가 지저귀며 저녁하늘을 가로질렀다.

비애가 다시 치밀어 올랐다.

'죽어도 어쩔 수 없는 자들이다.'

그들은 많은 사람들을 병들게 하고, 고통에 빠뜨리고, 죽였다. 시칸 역시 당장 병을 퍼뜨리려 하고 있다.

"내가 제안하지 않았어도 그들은 죽을 운명이었다."

할아버지는 그렇게 말했다.

"치이하나는 이미 암살 명령을 내렸어. 나는 닫혀가는 문에 손을 집어넣어 아주 잠시 막았을 뿐이다."

치이하나는 당초 할아버지의 제안을 거부했다고 한다.

오타와르 의술의 장래를 생각하면 오우아 제후를 죽이는 것에는 분명 큰 의미가 있지만, 일을 감행할 때는 단순하고 신속하게 처리해야 한다. 거추장스러운 요소가 증가하면 예측할 수 없는 사태가 벌어질 가능성도 증가한다. 흑랑열의 숙주를 아카파 동쪽으로 내보내는 것은 너무나 위험하다. 설사 활의 명수들만 모인 모르파의 손을 빌린다 해도 킴마의 개를 전부 쏴 죽일 수 있다는 보장은 없다. 한 마리라도 놓쳐서 달아나면 어쩔 셈이냐고.

그때 할아버지는 숫자를 보여주며 설명했다고 한다.

"중요한 건 숙주의 수라고 설득했지. 분명 십여 마리의 숙주가 동쪽 숲으로 흩어지면 감염이 심각하게 확산될 가능성이 있지만, 한두 마리의 개를 놓친 정도라면 자연발생적으로 퍼질 가능성과 큰 차이가 없다는 것을 보여주었고, 그제야 치이하나의 마음이 움직였다."

암살이라는 방법을 고려한다면 오우아 제후를 죽이는 것도, 또는 제사의 츠가나를 죽이는 것도 불가능하지는 않다. 하지만 그들이 죽으면 설령 병사病死라 해도, 아니 병사이기 때문에 더욱 오타와르가 관여했다고 의심받을 가능성이 있다.

그에 반해 킴마의 개로 인한 습격이라면 시칸이 살아서 붙잡히지 않는 한, 변경 민족이 꾸민 절망적인 복수였다는 결론으로 정리될 것이다. 더군다나 모르파가 개들을 활로 쏘아 옥안을 구해낸다면 아카파 왕의 츠오르에 대한 충성도 증명할 수 있다.

아카파 왕도 오우한 제후도, 변경 관리의 문제점을 추궁당할지 모르지만 이런 자잘한 다툼은 변경에서는 흔한 일이다. 아카파 왕에게 반란 의도가 없었다는 게 명백하다면 그리 큰 문제가 되지는 않을 것이다.

"시칸은 안됐지만, 그도 그냥 죽는 것보다야 본때를 보여주고 죽는 게 훨씬 낫겠지."

할아버지의 말을 떠올리며 홋사르는 얼굴을 일그러뜨렸다.

'상식적으로는 그렇지……'

확실히 맞는 말이다. 그렇지만 뭔가가 마음에 걸려서 솔직하게 동의할 수 없었다.

오우아 제후를 죽이면 분명 한동안 오타와르 의술사는 무사할지도 모른다. 하지만 미래를 전부 내다볼 수 있는 자는 어디에도 없고, 일어나는 일에 대처할 방법은 그 외에도 다양하다. 할아버지 역시 그런 건 알고 있었을 것이다. 알면서도, 굳이 이런 짓을 한 이유가 뭘까?

홋사르는 눈을 가늘게 떴다.

'게다가 할아버님은……'

치이하나의 눈조차 교묘하게 속이고 있다.

확실히 킴마의 개가 한두 마리 달아났다고 해서 당장 폭발적인 유행으로 이어지지는 않을 것이다. 하지만 병에 절대적인 사실이란 없다.

애초에 그 병이 없던 지역에 진드기를 통해 숙주가 증식한다면 무슨 일이 벌어질지 아무도 모른다. 이주민이 얽혀 병소가 변화한 것처럼, 뜻하지 않은 변화가 일어날지도 모르는 것이다.

문득 서늘한 생각이 가슴을 스쳤다.

'할아버님은 오히려.'

그것을 바랐던 걸지도 모른다.

그런 위험한 도박을 할 리가 있느냐고 부정했을 때, 할아버지의 부자연스러우리만치 초조한 목소리를 떠올린 홋사르는 눈앞이 어두워졌다.

어느새 나무들의 그림자가 짙어졌다.

푸르스름한 어둠 속을 말을 타고 터덜터덜 지나며 홋사르는 밤하늘보다도 어두운 제 마음속을 바라보고 있었다.

할아버지의 마음속에 있는 두려운 생각은 홋사르의 마음속에도 있다.

'병은……'

더할 나위 없이 매력적이다. 두렵지만 못 견디게 마음을 사로잡는다.

이 세상의 이면에 숨은, 어둠 속에 숨어 있는 생물의 진실이 병이라는 현상 속에 도깨비불처럼 번득이며 아른거리기 때문이다. 그것을 궁금하게 여기는 마음이 때로 사람의 목숨을 아끼는 마음을 뛰어넘으려 할 때가 있다.

과민 반응을 일으킬 위험성을 잘 알면서도 스루미나에게 신약을 써야 한다고 말했던 할아버지의 그 조용하고 창백한 얼굴이 떠올랐다. 할아버지가 신약이 아카파 인에게 주는 영향을 알고 싶어 굳이 위험을 무릅썼다는 것을 알면서도, 홋사르 역시 그 말에 따랐다.

살릴 방법이 있으니 괜찮다. 약을 맞고 죽을 위험과 맞지 않아서 죽을 위험, 둘 다 있다면 훗날의 신약 개량을 위해서라도 치료해야 한다고 스스로에게 변명하며.

'그래……'

핑계는 얼마든지 찾을 수 있다. 사정은 얼마든지 덧붙일 수 있다. 의술을 위해, 훗날 사람들을 구하기 위한 일이라고 믿을 수만 있다면.

하지만 그때 그들은 스스로의 크나큰 교만에 눈을 감았던 게 아닐까.

아득한 옛날, 할아버지는 수조 앞에 서서 초록색으로 빛나는 생물을 보여주며 말했다.

"병은 때로 죽음으로 진실을 보여준다. 이 세상에 필요 없는 것들을 없애서 있어야 할 것들을 살리는 거지. 신의 손에 들린 조각도처럼 사라져야 할 부분을 깎아냄으로써 참모습을 드러내는 거야⋯⋯."

할아버지의 마음속 어딘가에 병을 세상에 풀어 그것이 세상을 바꾸는 미래를 보고 싶다는 생각이 있었는지도 모른다.

비록 그것이 많은 사람들을 죽게 만드는 결과로 이어진다 해도, 그 뻔뻔하고도 끔찍한 시련 끝에 살아남은 자야말로 마땅히 있어야 할 존재라고 생각하는 마음이 어딘가에 있었는지 모른다.

'그런 마음은 내게도 있어.'

육체는 스스로 죽어 사라지는 부분이 있어야 비로소 지금의 이런 형태를 이룬다. 생물의 몸에는 그 생명이 시작된 순간부터 삶뿐 아니라 죽음 역시 기록되어 있는 것이다.

어슴푸레한 그 생각은 너무나 조용히, 깊은 나락 같은 무언가로 이어져 있었다.

훗사르는 말을 세우고 어스름 속에서 가만히 숨을 들이마셨다.

'그러고 보니 이 이야기를 그 남자에게 했었지.'

그렇게 생각했을 때, 문득 귓가에 반의 나직한 목소리가 되살아났다.

"그래도 고국이 사라지는 것도, 이 세상에 태어난 단 하나의 형태인 '나'가 사라지는 것도 모두 슬픈 일이오."

숲은 이미 어둠 속에 가라앉아 나무들의 윤곽도 어렴풋했다. 저녁노을은 지평선에 불그스름하게 남아 있고, 하늘은 어디까지나 푸른 어둠에 가라앉아 있었다. 그 푸른 저녁하늘에 별이 하나 빛나고 있었다. 바늘로 찍은 것처럼 정말 조그마한, 하지만 가슴이 아리도록 맑은 하얀 빛이었다.

'그래⋯⋯.'

병이 신의 손길이고 죽음이 존재의 의미를 보여준다 하더라도, 여전히 그런 차가운 세상 속에서 보잘 것 없는 생명으로 살아가야만 하는 존재가 인간인 것이다.

'그 비애를, 어쩔 도리 없는 비애를 짊어지고 그래도 발버둥 치는 자를 돕기 위해 의술사가 되지 않았던가.'

도도히 흐르는 큰 강 속에서 부침을 거듭하며, 힘겹게 태어나는 작은 생명을 돕기 위해 의술사가 되었던 것이다.

해야 할 일이 별안간 마음속에 떠올랐다.

거창한 일은 불가능하다. 그래도 움직여야 할 방향만은 보였다.

말 옆구리를 발뒤꿈치로 눌러 출발했을 때, 앞쪽에서 횃불을 든 기마가 다가왔다.

"주인님."

마코우칸의 굵은 목소리가 들렸다.

"횃불 하나 없이 저택에서 나오신 겁니까?"

훗사르는 애마의 목을 쓰다듬었다.

"돌아가는 길은 이 녀석이 아니까…… 그렇게 말하고 싶지만, 방금 마음이 바뀌었어. 돌아가지 않겠다."

마코우칸은 눈살을 찌푸렸다.

"예?"

훗사르는 턱을 한껏 치켜들었다.

"불 좀 비춰. 돌아가기 전에 들를 곳이 있다."

5

감이 뛰어난 아이

오키 민족의 야영지로 다가가자 울음소리가 들렸다. 점점이 흩어져 있는 오키 민족의 천막 한쪽에 불빛이 보이고, 몇몇 사람들이 움직이는 그림자가 언뜻 보였다.

"……저 울음소리는 유나로군요."

마코우칸의 말에 홋사르는 얼굴을 흐렸다.

분명 반이 데리고 있는 양녀의 울음소리 같았다. 때를 쓰는 게 아니라, 너무나 서글픈 소리로 울고 있다. 가슴을 짓누르는 불길한 예감에 홋사르는 서둘러 말을 몰았다.

반의 천막 입구 근처에 사람들이 모여 있었다.

키야가 유나를 안고 열심히 어르고 있다. 그 주위를 퓨이카 고삐를 쥔 청년들이 에워싸고 있었다. 홋사르가 다가가자 그들은 고개를 들어 쳐다보았다.

"무슨 일인가?"

홋사르가 묻자 토마가 굳은 얼굴로 대답했다.

"반 씨가 사라졌습니다."

홋사르는 흠칫 놀라 그들을 쳐다보았다.

"사라졌다? 언제 사라졌나?"

"모르겠습니다. 미라르 님과 사에 씨가 돌아왔을 때는 천막에 있었을 텐데. 방금 전 유나가 아바가 없다고 울면서 뛰쳐나와서, 그 바람에 깜짝 놀라 찾아보았더니 오라하도 사라졌고……."

유나는 눈물범벅이 된 얼굴로 키야의 품속에서 연신 바동거리고 있었다.

"저쪽이야! 아바는 저쪽으로 갔어! 유나도 갈 거야! 빨리, 가야 해!"

홋사르의 안색이 흐려졌다.

마음속에 어른거리던 예감이 차츰 확실한 형태를 띠었다.

미라르, 사에와 이야기한 뒤에 누구에게도 알리지 않고 어둠을 틈타 퓨이카를 타고 야영지를 떠났다면, 그는 킴마의 개를 쫓아갔을지도 모른다. 반은 킴마의 개와 연결고리가 있다. 어쩌면 그만이 알 수 있는 무언가가 있었는지도 모른다. 그렇다면.

'낭패다.'

심장 고동이 빨라졌다.

모르파 일족이 시칸과 킴마의 개를 사살하기 위해 펼친 그물 속으로 들어가면…… 그도 목숨을 잃는다. 모르파 일족은 킴마의 개와 개를 조종하는 자를 말살하라는 명령을 받았다. 설사 사에에게 반이 같은 편이라는 말을 들었다 해도 모르파에게 그는 또 다른 개의 왕이 될지도 모를 불안을 머금은 패다. 이 소동의 불씨를 완전히 종식시키기 위해서는 죽여버리는 편이 안전하다고 판단할 게 틀림없다.

'어쩐다.'

뭔가 대책이 없을까?

사에를 의지할 수는 없다. 그녀도 모르파다. 심부나 투림을 의지할 수도 없다…….

홋사르는 입술을 깨물었다.

"마코우칸, 뒤를 추적할 수 있겠어?"

그렇게 속삭이자 마코우칸의 얼굴이 어두워졌다.

"날이 밝으면 어떻게든……."

그래서야 너무 늦다. 반의 상처는 아직 낫지 않았으니 평소보다 이동 속도는 떨어질지도 모르지만, 그래도 퓨이카를 타고 갔다. 밤 사이에 벌어진 거리를 발자취를 쫓으며 좁힐 수 있을 턱이 없다.

홋사르는 초조하게 손톱을 깨물었다.

'조금만 더 빨리 여기로 왔더라면.'

모르파 일족이 킴마의 개를 몰살하지 못했을 경우, 그 개들을 찾아내 아카파령으로 데려갈 방법이 있는지 반에게 물어보려 했었는데. 이제는 킴마의 개의 뒤처리는커녕 반에게 위험을 전할 길도 없다.

토마가 근심스러운 얼굴로 물었다.

"무슨 일입니까? 뭔가 알고 계시다면 가르쳐주십시오."

홋사르는 말없이 청년들을 보았다. 사정이 사정이니만큼 섣불리
털어놓아도 될 문제가 아니었다. 진심으로 불안이 묻어난 얼굴로
그를 바라보는 청년들을 보니 그들이 아무것도 모른 채 전부 끝나
버리는 건 너무나 잔혹하다는 생각이 들었다. 하지만 어쩔 수 없다.
일단 털어놓으면 그들을 더욱 불안하게 만들 것이다.

홋사르는 고개를 저었다.

"상처가 걱정될 뿐이야."

토마는 얼굴을 일그러뜨렸다.

"아직도 그렇게 위험한 상태입니까?"

"……괜찮겠지만, 머리 부상은 가볍게 볼 수 없으니까."

홋사르가 한숨을 쉬고 말했다.

"분담해서 찾아보지. 발견하면 의원에 있는 미라르에게 알려
다오."

진지한 표정으로 끄덕이는 토마를 바라보며 홋사르는 마음속으
로 사과했다.

반이 킴마의 개를 쫓고 있다면 이 청년들에게 발견될 리 없다.

그들에게 작별을 고하고, 카잔 마을로 말을 몰며 홋사르는 마코
우칸에게 속삭였다.

"서둘러 의원으로 돌아가자. ……오늘 밤 안에 응급치료 도구를
챙겨서 요타르에게 만일에 대비하고 싶으니 가도로 보내달라고 허

가를 받자꾸나."

마코우칸은 얼굴을 찌푸렸다.

"하지만 반은 문을 지나지 않았잖습니까. 산길을 지날 텐데요."

"그래서 뭐? 우리도 산길로 가자고? 깨지기 쉬운 약병을 가지고 말을 타고 퓨이카 뒤를 쫓잔 말이냐?"

홋사르는 고개를 저었다.

"그건 불가능해. 가도를 지나는 게 빨라. 옥안 행렬은 내일 아침에 출발한다. 동행은 용납되지 않겠지만, 뒤를 쫓다보면 언젠가는 만날 수 있어."

홋사르는 얼굴을 살짝 찡그리며 말했다.

"막을 수는 없을지 몰라도, 구할 수는 있을지도 모른다."

*

달려가는 홋사르와 마코우칸의 모습을 지켜보면서 토마는 격렬한 초조감에 사로잡혔다.

"……저 사람들, 뭔가 숨기고 있어."

토마가 속삭이자 치다가 끄덕였다.

"그래, 나도 그렇게 생각했어. 뭔가 우리에게 말 못 할 사정이 있나봐."

미노가 신음했다.

"그럴 수도 있지만, 부상 얘기는 사실이잖아. 미라르 님이 그러셨잖아, 한동안 퓨이카는 못 타게 하라고."

토마가 주먹을 불끈 쥐었다.

"어쨌든 한시라도 빨리 찾아내야 해."

모키가 얼굴을 찌푸렸다.

"하지만 이렇게 어두워서야 발자국도 쫓을 수 없어. 어느 쪽으로 갔는지도 모르고……."

그때, 뒤에서 커다란 목소리가 끼어들었다.

"알아!"

청년들은 깜짝 놀라 뒤를 돌아보았다. 유나가 새빨간 얼굴로 손가락을 치켜들고 있었다.

"저쪽이라니까! 아바는 저쪽에 있어!"

똑바로 한 방향을 가리키고 있다. 조금도 흔들리지 않는 확신에 찬 그 동작을 본 토마는 기묘한 생각이 들었다.

"설마……."

치다 일행도 똑같은 생각을 했는지, 눈을 껌뻑거리며 유나를 보았다가 토마를 보았다.

"유나는 언제나 반 씨를 찾아내지?"

미노와 모키도 고개를 끄덕였다.

"이 녀석, 감이 굉장히 뛰어난가봐."

세 사람의 시선에 유나는 입을 비죽였지만 곧바로 다시 손가락을 세우며 단호하게 말했다.

"아바는 저쪽."

청년들과 키야는 얼굴을 마주 보았다.

한동안 다들 아무 말도 않고 생각에 잠겨 있었다. 이윽고 토마가 입을 열었다.

"나…… 이런 생각을 해봤는데, 웃지 말고 들어줄래?"

6

오크바 주목을 가진 자를 무찌르라

드높은 하늘에 희끗한 구름이 흐르고 있지만 바람은 거의 느껴지지 않았다. 멀리서 천천히 다가오는 행렬의 소리가 희미하게 들려오기 시작했다.

사에는 가만히 화살을 고쳐 쥐고 시위의 탄력을 가늠했다.

'바람이 없어서 다행이야.'

바람이 옆에서 불어올까 봐 계속 걱정했던 것이다.

킴마의 개는 기묘하게 움직인다. 마르지가 모르파 중에서도 탁월한 활 실력을 가진 사람들만 배치했지만, 그래도 바람이 있으면 실수할 가능성이 커진다.

'실패해서 개들이 이 숲속으로 파고든다면……'

그다음에 벌어질 일을 생각만 해도 위 언저리가 서늘했다.

미라르와 헤어진 다음, 바로 아버지에게 불려가 이번 계획을 들었을 때는 놀랐지만, 마음도 놓였다. 평소처럼 아버지는 일의 배경에 대해서는 한마디의 설명도 없이 해야 할 일을 명령했을 뿐이었다. 하지만 그 시점에서 시칸이 옥안을 습격할 장소를 알고 있었다는 것은 꽤 일찍부터 시칸과 킴마의 개가 이미 아카파령의 경계를 빠져나간 것을 알고 있었다는 뜻이리라. 다 알면서도 태연히 제 딸이 오판 일행을 활로 쏴 죽이도록 명령했다고 생각하면 암담한 응어리가 가슴을 틀어막았다.

문득 반의 얼굴이 떠올랐다. 천천히 등을 쓸어주던 손과 그 목소리……

"재능이란 잔혹한 것이다."

조용한 목소리가 귓가에 들렸다.

그래도 해야만 할 일이 있다. 사에는 잠시 눈을 감고 숨을 한 번 내쉰 다음, 다시 눈을 떴다.

'여기서 끔찍한 병을 막지 않으면……'

옥안 행렬이 다가온다. 이제 곧 습격이 시작되리라. 행렬의 경비병들에게는 보이지 않고, 이쪽에서는 행렬이 보이는 위치에 자리를 잡은 지 벌써 한참이 지났다. 나무들 너머로 가도와 절벽이 보였다.

옥안이 귀로에 오르는 오늘은 평민들의 왕래가 금지되어 있어 길 위에는 사람 그림자 하나 없이, 그저 한낮의 햇빛이 가도를 찬란하게 비추고 있다. 그 가도 저편에 우뚝 솟은 절벽은 거의 낭떠러지에 가까웠다.

'……아르르판 절벽.'

아무리 킴마의 개라지만 깎아지른 듯한 저 가파른 절벽을 정말 내려올 수 있을까.

날카로운 빛이 시야에 번쩍 들어왔다. 행렬 선두에 선 창병의 창 끝이 빛을 반사한 모양이다. 절벽과 숲 사이에 끼어 가도가 좁아져 행렬은 길게 늘어졌고, 경비병의 간격도 벌어졌다. 그래도 경비병의 얼굴에 긴장한 기색은 보이지 않았다.

아르르판 절벽 위에서는 활을 쏘아도 표적을 꿰뚫을 수 없다. 바위가 떨어지는 경우에 대비해 절벽 쪽의 가도에 튼튼한 낙석 방지용 울타리가 있는 탓이다. 때문에 경비병은 절벽이 아니라 숲 쪽에 붙어 행렬을 호위하며 다가오고 있었다.

덜컹덜컹 요란한 소리를 내며 다가온 마차가 눈앞을 지나기 시작했다. 한 대, 두 대, 세 대, 똑같은 마차가 지나간다. 전부 호화로운 장식이 붙은 커다란 마차로, 창문에 발이 쳐져 있어 어느 마차에 옥안이 타고 있는지 짐작할 수 없었다. 시칸의 표적은 옥안이 아니라고 듣기는 했지만, 그래도 지나가는 마차를 지켜보는 동안 사에는 긴장했다.

훌륭한 준마에 올라탄 무인들이 마차의 뒤를 따랐다. 츠오르 귀족들은 모두 불굴을 자랑하는 무인들이라 마차는 타지 않는다. 그것은 선제후라도 마찬가지였다.

사에는 실눈을 뜨고 차례로 지나가는 귀족들의 얼굴을 지켜보았다.

이윽고 검은 말을 탄 거한이 눈앞에 다가왔다. 그의 옆을 따르는 시종이 든 방패의 문장을 본 사에는 활을 고쳐 쥐었다.

'……오우아 제후.'

검은 말을 탄 선제후는 천천히 눈앞을 지나갔다.

사에는 눈살을 찌푸렸다.

킴마의 개가 내려올 기미는 전혀 없다.

이제 곧 행렬은 아르르판 절벽 밑을 빠져나간다. 조금 더 가면 길
이 넓어져 경비병은 다시 행렬을 에워싼 형태로 밀집해, 비록 킴마
의 개라 해도 습격하기 어려워진다.

서늘한 불안이 등을 어루만졌다.

'뭔가……'

어긋나 있다. 우리는 뭔가 놓치고 있다.

그 예감이 차츰 커지더니 맥박이 빨라졌다.

'설마……'

한 단어가 머릿속에 번득였다.

'이 역시 속임수인 건……?'

오판의 특기였던 책략을 시칸 또한 이용한 게 아닐까?

행렬은 무사히 지나서 천천히 절벽 언저리를 돌아 사라졌다.

*

절벽 위에서도 지나가는 행렬이 보였다.

마르지의 아들 무카타는 굳은 얼굴로 반대편 수풀 속에 숨어 있

는 청년의 옆얼굴을 바라보았다.

'……뭘 하고 있는 거지?'

습격할 기회가 시시각각 사라져간다.

청년의 뒤에는 스무 마리의 개들이 엎드린 채로 조용히 명령을 기다리고 있다. 청년 옆에는 검은 늑대가 있다. 청년은 그 등에 손을 얹고 절벽 아래를 가만히 바라보고 있었다. 검은 늑대와 개들은 시칸이 지시한 이 지점으로 운반하는 동안 약으로 재워놓았다. 약의 분량은 놀라우리만치 완벽했다. 짐승들은 조금 전에야 눈을 떴지만 이미 약의 영향은 전혀 찾아볼 수 없었다.

검은 늑대는 방금 전부터 이쪽을 향해 귀를 쫑긋거리고 있다. 바람 맞은편에 있고 거리도 충분히 두었으니 들킬 리는 없겠지만, 아무래도 찜찜했다. 늑대가 고개를 돌릴 때마다 청년은 그 등을 가만히 쓰다듬으며 진정시키는 듯한 동작을 보였다.

'어째서지? 어째서 움직이지 않나?'

무카타가 마음속으로 중얼거렸을 때, 청년이 쑥 일어섰다.

검은 늑대가 천천히 몸을 일으키자 킴마의 개들도 일어서서 번쩍이는 눈으로 이쪽을 바라보았다.

무카타는 정신이 번쩍 들어 활을 고쳐 쥐었다. 하지만 무카타가 활시위를 당기기도 전에 검은 늑대와 킴마의 개들이 일제히 달려들었다. 주위에서 활시위가 튕기는 소리가 났다. 동료들이 연달아 활을 쏘고 있다.

한 마리의 개가 활에 맞아 비명과 함께 허공으로 튀어올랐다. 하지만 무카타가 쏜 화살도, 동료들이 쏜 화살도 다른 개들을 맞히지는 못했다. 마치 화살이 어떻게 날아올지 잘 알고 있는 것처럼 개들은 가뿐히 활을 피했다.

비릿한 짐승 냄새가 코앞에 들이닥쳤을 때, 무카타는 청년의 웃음소리를 들었다.

"동포를 죽이는 더러운 배신자들! 우리의 원한을 통감해라!"

활을 든 팔에 파고드는 검은 늑대의 송곳니를 느꼈을 때, 무카타는 자신의 죽음을 느꼈다. 이를 악물고 활을 내던진 무카타는 검은 늑대를 매단 채로 오른손으로 허리춤의 사냥칼을 빼서 청년을 향해 던졌다. 사냥칼은 일직선으로 날아 청년의 배에 박혔다. 청년은 눈을 까뒤집고 배에 깊숙이 박힌 사냥칼을 보면서 신음하더니, 무너지듯 땅에 무릎을 꿇었다.

그래도 청년은 고통스러운 숨을 몰아쉬며 검은 늑대를 향해 목소리를 쥐어짰다.

"가라! 절벽을 내려가! 오크바 주목을 가진 자를 무찌르고 숲속으로 달려가거라……!"

무카타는 불현듯 팔이 가벼워진 것을 깨달았다. 검은 늑대가 무카타의 팔을 놓고 몸을 돌려 킴마의 개들을 이끌고 절벽을 내려가기 시작했다. 가파른 낭떠러지를 유유히, 믿을 수 없이 가벼운 몸놀림으로 달려간다.

무카타는 땅에 떨어진 자신의 활을 바라보았다.

'……오크바 주목으로 만든 활.'

모르파가 사용하는 활.

"네놈……."

무카타는 배를 부여잡고 바닥에 머리를 처박고 있는 청년을 쳐다보며 중얼거렸다.

"우리를 공격하도록 훈련시켰나?"

그 목소리를 들었는지 청년은 고개를 들어 무카타를 쳐다보았다. 그리고 격렬하게 기침을 해대더니 웃으면서 갈라진 목소리로 말했다.

"……킴마의 신이여, 당신의 활을 쏘았나이다. 증식하고 번영하라, 킴마의 개들아……."

활시위가 울렸다. 청년의 몸에 무수한 화살이 박혔다. 청년은 신음하다가 이윽고 움직임을 멈추었다. 하지만 모르파 일족이 절벽 언저리로 달려왔을 때, 검은 늑대가 이끄는 개들은 절벽의 작은 홈을 딛고 민첩하게 내려가 이미 활이 닿지 않는 아득한 절벽 밑으로 모습을 감추었다.

*

'……아!'

사에는 마음속으로 작게 외쳤다.

아르르판 절벽의 낭떠러지를 작고 검은 그림자들이 차례로 뛰어내렸다.

사에는 활을 움켜쥐었지만 활시위는 아직 당기지 않았다. 이대로 행렬을 습격할 작정일지도 모른다. 섣불리 쏴서는 안 된다. 다른 동료들도 똑같이 판단했으리라. 아직 아무도 활을 쏘지 않는다.

검은 늑대가 이끄는 킴마의 개들은 눈 깜짝할 새에 낭떠러지를 내려가, 낙석 방지 울타리를 가뿐히 뛰어넘어 가도로 나왔다. 하지만 그들은 행렬 쪽에는 눈길조차 주지 않았다. 검은 늑대가 이끄는 무리는 가도로 나오자마자 연기처럼 흩어졌다. 그리고 주저 없이 가도를 가로질러 이쪽으로 똑바로 달려들었다.

'……!'

사에는 움찔 놀라 활을 거머쥐었다. 마치 숲속에 숨어 있는 모르파들의 모습이 보이는 것처럼, 개들은 배치된 사수들을 향해 똑바로 달려왔다.

가도에 가까운 숲 언저리에서 활시위 소리가 나더니 탁한 비명 소리가 치솟았다. 사방에서 활시위 소리와 사람과 짐승이 뒤엉키는 소리가 들리기 시작했다.

아차, 하고 깨달았을 때는 눈앞에 개 한 마리가 있었다. 번득이는 눈으로 사에를 노려보며 송곳니를 드러낸 채로 으르렁거리지도 않고 그대로 달려들었다. 사에는 반사적으로 활을 버리고 허리춤의 사냥칼을 뽑았다. 팔을 물어뜯으려는 개의 턱을 아슬아슬하게 피하면서 그 턱을 옆에서 사냥칼로 그었다.

피비린내를 맡으며 사에는 달렸다. 정신없이 달려서 숲 밖으로, 가도로 나갔다. 마찬가지로 가도로 달려 나온 동료들의 모습이 시야에 하나둘 들어왔다. 모두 활을 들고 벌건 눈으로 숲을 돌아보고 있다. 숲속에서 들려오던 소리가 조금씩 사라져갔다.

가쁜 숨을 헉헉 몰아쉬며 사에는 숲을 쳐다보았다.

'처리했나? 아니면…….'

그렇게 생각했을 때, 검은 짐승들이 망령처럼 숲 언저리에 나타났다. 기묘한 빛을 눈에 머금고 이쪽을 바라보고 있다.

한 마리가 한 걸음 앞으로 나섰다.

바로 활시위 소리가 울렸다. 개가 화살에 맞아 깽, 하고 짧은 비명을 지르며 나가떨어졌다. 다음 순간, 여러 마리가 일제히 달려 나왔다. 동료들이 연달아 활을 쏘았지만 개들은 오른쪽으로, 왼쪽으로 가뿐히 화살을 피해가며 달려들었다. 동료들이 활을 버리고 사냥칼을 움켜쥐었을 때, 개들이 땅에 몸을 납작 숙인 채로 달려들었다.

개들은 물지 않았다.

늑대가 커다란 먹잇감을 사냥할 때처럼 스쳐 가면서 송곳니로 손과 발에 상처를 냈다. 사냥칼에 베일 것 같으면 떨어졌다가, 다시 달려들어 병을 가진 송곳니로 살을 베었다. 이미 냉정하게 상황을 확인하기는 불가능했다. 그저 정신없이 송곳니를 피하고, 사냥칼을 휘두르고, 달아날 뿐이었다. 팔이 묵직해지고 절망이 가슴속으로 퍼져나갔다. 사에는 개를 걷어차고 간신히 틈을 찾아내 달아났다.

어떻게 움직였는지, 어느새 다시 숲 언저리로 돌아와 있었다.

다리가 엉켜 제대로 움직일 수 없다. 수풀에 걸려 넘어지는 바람에 사냥칼을 떨어뜨리고 말았다. 겨우 몸을 일으켰을 때, 비릿한 냄새가 물씬 얼굴을 덮었다. 눈앞에 개의 송곳니가 있었다.

사에는 반사적으로 두 손으로 개의 코와 턱을 그대로 움켜잡았다. 개가 앞발로 미친 듯이 팔을 할퀴어 핏방울이 튀었지만, 사에는 턱을 놓지 않았다. 뜨뜻한 짐승의 턱이 꿈틀거릴 때마다 손가락이 풀렸다.

전후좌우로 머리를 흔들어대는 개의 힘에 눌려 턱을 놓치면 목숨은 없다.

손가락이 풀린다. ……턱이 손에서 쑥 빠져나갔다.

사에는 무심코 눈을 질끈 감고 송곳니가 손에 박히는 순간을 기다렸다.

하지만 송곳니가 닿는 감촉은 찾아오지 않았다. 쭈뼛거리며 눈을 뜨자, 눈앞에는 아직 개의 얼굴이 있었다. 눈빛이 멍하다. 눈앞에 있는 그녀가 아니라 어딘가 멀리 있는 무언가를 바라보고 있는 듯했다. 쫑긋 선 귀가 움찔 뒤로 젖혀졌다. 순간, 개는 몸을 돌리더니 누가 끈으로 잡아당기는 것처럼 가도를 향해 돌아갔다.

어깨를 들썩이며 사에는 그 모습을 망연히 지켜보았다.

서늘한 땀이 온몸을 적셨다.

무슨 일이 벌어졌는지 어리둥절한 채로 개가 달려간 절벽을 바라보고 있으려니 절벽을 뛰어 내려오는 작은 그림자가 보였다.

머나먼 들판으로

온몸이 울렁거린다. 오라하를 타고 산을 빠져나가는 사이, 나아가던 상처가 다시 벌어져 피가 허벅지를 타고 흘러내렸다. 머리에도 계속 둔한 통증이 있다.

그 모든 것을 무시하고 반은 정신없이 오라하를 몰았지만 생각보다 몸이 쇠약해졌는지 이곳에 도착하기까지 시간이 꽤 걸리고 말았다.

아르르판 절벽이 다가오자 피비린내가 풍겨왔다. 킴마의 개의 냄새도 짙다. 오라하가 콧구멍을 벌름거리며 불쾌하다는 듯이 몸을 떨었다. 그 목에 손을 얹어 어르며 반은 천천히 절벽으로 다가갔다.

아직 눈에는 보이지 않는 앞쪽에서 남자 네 명의 냄새를 느꼈다. 피 냄새는 그 남자들 옆쪽의 수풀에서 유독 진하게 풍겼다. 킴마의 개의 냄새는 짙었지만 바람에 조금씩 씻겨나가고 있었다. 이미 절벽 위에는 없는 모양이다.

남자들로부터는 피와 땀, 그리고 오크바 주목의 냄새가 났다.

'……모르파인가.'

모르파가 이미 이곳에 와 있는데 킴마의 개의 모습은 없고, 피투성이의 누군가를 에워싸고 있다면 무슨 일이 일어났는지 어렴풋이 짐작이 갔다.

'모르파가 시칸을 찾아내…… 죽였나.'

하지만 킴마의 개들은 모르파의 손을 벗어난 것이다. 아마도 절벽을 타고 내려갔을 것이다.

반은 입술을 굳게 다물었다. 개들이 멀리 떠나면 추적은 어려워진다. 한시라도 빨리 뒤를 쫓아야만 한다. 하지만 모르파들은 살기가 등등했다. 이대로 아무 말도 없이 절벽을 내려가려 하면 활을 쏘아댈 것이다.

반은 숨을 가다듬고 오라하를 몰았다. 그리고 활의 사정거리에 들어가기 직전에 멈춰 서서 그들을 불렀다.

"……모르파여."

절벽 밑을 살피고 있던 사내들이 화들짝 놀라 뒤를 돌아보았다. 그들이 활을 움켜쥐고 시위를 겨누자 그중 한 사람이 손을 들어 동료들을 막았다. 실눈을 뜨고 반을 바라보고 있다.

반은 긴장을 풀고 이름을 밝혔다.

"나는 간사 반이다. 적의는 없다. 그쪽으로 가도 되겠나?"

순간 동료들을 막았던 남자가 눈을 부릅떴다. 그리고 손을 들어 무기를 가지고 있지 않다는 사실을 알리며 빠른 걸음으로 반을 향해 다가왔다. 한쪽 팔에서 피와 개의 침 냄새가 났다.

"반…… 부러진 뿔의 반인가?"

남자의 눈에는 핏기가 서려 있었다. 뭔가 입을 열려다가 잠시 망설였지만, 바로 그 망설임을 걷어내듯 말했다.

"사에에게 들었다. 자네가 사에의 목숨을 구했다고."

반은 낮은 목소리로 되물었다.

"당신은……?"

"나는 무카타. 사에의 오라비요."

무카타는 초조하게 얼굴을 일그러뜨리며 간절한 기색으로 손을 뻗었다.

"부탁이오, 동생을…… 사에를 구해주시오. 시칸은 우리를, 모르파를 습격하도록 킴마의 개를 훈련시켰어. 놈들은 이미 절벽을 내려갔소……."

반의 얼굴이 얼어붙었다.

'사에…….'

반은 이를 악물고 오라하의 고삐를 힘껏 당겼다. 절벽 가장자리까지 다가가자 바람이 밑에서 솟구쳤다.

한참 아래쪽에서 킴마의 개들과 모르파들이 격렬하게 싸우는 광경이 자그맣게 보였다. 예전에 보았을 때도 오싹하리만치 가파른 절벽이었지만, 이렇게 새삼 다시 봐도 이 절벽의 바위에는 거의 발을 디딜 만한 자리가 없다. 부상당한 이 다리로 오라하를 몰아 내려갈 수 있을지 확신하기 어려웠다.

'영혼만 빼내서 가볼까?'

과거에 케노이가 그랬던 것처럼.

하지만 반은 금세 그 생각을 버렸다.

비록 운 좋게 개들을 붙잡아 이끌 수 있다 해도 절벽의 이쪽 숲이나 산지는 논밭에 인접해 있다. 카잔 마을과도 가깝다. 개들을 끌고 가려면 눈 밑에 펼쳐진 저 숲 너머로 가야 한다. 저 숲 너머, 사람이 거의 들어가지 않는 북동쪽 원생림 깊숙이 끌고 가야만 한다.

뒤에서 머뭇거리는 목소리가 들렸다.

"활을 조심하시오."

뒤를 돌아보자 무카타가 고통스러운 표정으로 속삭였다.

"우리는 킴마의 개와 개를 조종하는 자를 말살하라는 명령을 받았소."

반은 고개를 끄덕였다. 그리고 팔을 흘깃 쳐다보았다가 다시 무카타를 바라보았다.

"약이 들을지도 모르오. 희망을 버리지 마시오."

무카타가 깜짝 놀란 듯 눈을 깜빡거렸다.

반은 그 얼굴을 보고 고개를 까딱 숙인 뒤, 숨을 크게 들이쉬고 잠시 하늘을 우러러보았다. 평소와 다를 바 없는 하늘이 그저 한없이 펼쳐져 있다.

"……가자, 오라하."

동지의 이름을 부르며 반은 단숨에 절벽으로 몸을 날렸다.

*

반은 오라하에게 모든 것을 맡기고 절벽을 내려갔다.

늘씬한 퓨이카의 다리는 믿을 수 없을 만큼 강인한 힘으로 바위 틈새를 찾아내 무게를 지탱하며 내려갔다. 바위산에서 나고 자란 짐승의 감이 그 육체를 매끄럽게 이끌었다.

킴마의 개의 냄새가 솟아오르는 바람을 타고 이따금 콧속을 파고 들었다. 미간에서 이마로, 이마에서 머릿속으로, 근질근질한 충동이 퍼질수록 몸이 한 겹 한 겹 벗겨져나간다.

반은 그 감각에 몸을 맡겼다.

훤히 드러난 몸뚱이에서 눈에 보이지 않는 끈이 뻗어나간다.

무수한 빛이 일렁일렁 소용돌이치는 광대한 흐름 속에서 점점이 빛나는 그리운 이들의 빛에 그 끈의 끝이 닿았을 때, 저릿한 환희가 몸속으로 흘러들었다.

킴마의 개들이 걸음을 멈추고 반을 올려다보았다. 그들 또한 이 온기를 느끼고 있을 것이다. 망설이면서도 움직임을 멈추고 이쪽을 보고 있다. 그들과 이어진 순간, 몸속에 강렬한 충동이 솟아나기 시작했다. 물어뜯고 싶은 충동이었다.

서로의 몸속에 깃든 무언가가 몸부림치고 있다. 살기 위해, 증식하기 위해.

반은 숨을 크게 몰아쉬고 욱신거리는 그 충동을 억누르며 개들을 품으려는 듯이 마음의 손을 펼쳤다. 이어져 있던 끈에서 온기가 퍼져나갔다.

반은 소리 없는 목소리로 그들을 불렀다. ……그러자 개들이 답해 왔다. 부모를 만난 아이처럼 끓어오르는 환희를 전하며 모여들었다.

별안간 숨 막히는 고통이 몸을 꿰뚫어 반은 신음했다.

동지가 활에 맞은 것이다.

맹렬한 분노가 치밀어 올라 반은 활을 쏜 모르파를 쏘아보며 이를 드러냈다. 남자의 얼굴이 일그러진 것처럼 보였다. 그 팔에 달려들어 물어뜯고 싶은 충동이 온몸을 꿰뚫자 반은 몸을 부르르 떨었다.

몸에 전달되는 감각이 바뀌었다. 절벽 아래까지 내려온 것이다.

활을 가진 남자의 모습이 점점 가까워졌다. 화살을 메우고 있다. 쏠 작정이다. 반은 으르렁거리며 남자를 향해 돌진했다.

그때, 그리운 냄새가 코끝을 스치더니 비명에 가까운 목소리가 귀를 때렸다.

"멈춰! 활을…… 쏘지 마……!"

고개를 돌리자 이쪽으로 달려오는 여자가 보였다. 자꾸만 엉키는 다리를 필사적으로 움직여 달려오고 있다. 그 모습을 본 순간, 미칠 듯이 타오르던 몸에 한 줄기 청량한 감각이 흘러들었다.

'…….'

목소리가 들렸다. 마음속에 울리는 인간으로서의 자신의 목소리였다.

'물면 안 된다…….'

"……반 씨!"

사에가 달려왔다.

반은 얼굴을 일그러뜨리며 그를 향해 뻗어오는 그 하얀 손을 피했다. 지금 이 사람을 만지면 개들과 이어진 유대가 끊긴다.

반은 오라하의 고삐를 끌어 몸을 홱 돌려 달려가기 시작했다. 콧속에 뜨거운 감정이 울컥 치밀어 올라 눈앞이 아른거렸다. 눈을 감자 환영처럼 가야 할 길이 보였다. 가느다란 외길이다.

짐승도 인간도 아닌, 가늘고 어렴풋한 그 길을 어느 쪽으로도 기울지 않고 달려가야만 한다.

반은 눈을 가늘게 뜨고 곁에 다가온 개들과 한데 어우러져 오라하를 몰았다. 검은 늑대가 허벅지에 바싹 붙었다. 맞닿은 자리에서 부드러운 온기가 전해져 왔다. 활시위 소리가 울리더니 격통이 몸을 꿰뚫었다. 동지가 또 화살에 맞은 것이다.

'……달려라, 오라하.'

반은 이를 악물고 속도를 높였다. 검은 늑대와 개들도 힘껏 속도를 높였다.

숲의 나무들이 눈앞으로 다가왔다.

반은 수풀을 뛰어넘어 어두운 숲속으로 몸을 날렸다. 개들이 바싹 따라오고 있다. 퓨이카에게 뒤처지지 않으려고 필사적으로 달려온다.

'가자, 저 멀리.'

반은 마음속으로 호소했다.

'화살도, 사람들 냄새도 닿지 않는 곳으로.'

뭉근한 비애가 가슴속에 흘렀다.

'병을 품은 채로도 살 수 있는 곳으로…….'

나무와 풀, 흙 냄새가 콧속을 가득 채웠다.

끝없이 펼쳐진 어두운 숲속 깊이, 깊숙이, 한 무리의 짐승들이 달려갔다.

8

어우러져 가는 사람들

노을이 숲의 나무 표면을 붉게 물들였다. 나무 사이로 천천히 흐르는 연기가 빛줄기를 흔들었다.

아르르판 절벽 밑으로 다가갔을 때, 홋사르가 처음 본 것은 자욱이 피어오르는 연기였다. 절벽 밑 바위터에 죽은 개들을 쌓아놓고, 그 위에 가지를 잔뜩 얹어 붙인 불이 활활 타오르고 있다. 유분이 많은 호쿠소우 가지를 썼는지, 불길 옆의 시커먼 연기가 꿈틀거리며 하늘로 올라갔다. 몇 명의 남자들이 그 불을 에워싸듯 서 있었다. 길에 앉아 머리를 무릎 사이에 파묻고 있는 자도 있다.

홋사르가 다가가자 남자들이 돌아보았지만, 모두 어딘가 넋이 빠진 듯한 표정으로 이쪽을 바라볼 뿐이었다. 마르지가 남자들 속에서 나와 홋사르 앞에 섰다.

"……심부 사람들은 알고 있었지?"

난데없는 말에 홋사르는 눈살을 찌푸렸다.

"뭐? 무슨 소린가?"

마르지는 대답하지 않았다. 다만 말없이 홋사르를 노려보았다.

"무슨 일이 있었지? 오우아 제후는? 시칸은 어떻게 됐나?"

마르지는 눈을 가늘게 뜨고 의심스러운 눈초리로 홋사르를 쳐다
보다가 이윽고 코웃음을 쳤다.

"오우아 제후는 지금쯤 오늘 밤 숙소에 도착했겠지. 시칸은 내 아
들들이 죽였다."

말을 마치기가 무섭게 마르지는 이를 악물었다. 그리고 악문 잇
새로 신음하듯 말했다.

"우리를 함정에 빠뜨린 건 시칸이냐? 아니면 네놈들이냐?"

마코우칸이 한 걸음 앞으로 나서서 홋사르를 뒤로 감싸려 했지
만, 홋사르는 마코우칸의 어깨를 밀어냈다.

"할아버님이나 심부가 자네들을 함정에 빠뜨렸다 해도, 나는 모
르는 일이다."

홋사르는 조용한 목소리로 말했다.

"하지만 그런 짓은 하지 않았겠지. 의미가 없어."

마르지는 잠자코 날카롭게 빛나는 눈으로 홋사르를 쳐다보면서
거친 숨을 몰아쉬었다. 이윽고 시선을 돌리더니 수하들이 있는 곳
으로 돌아갔다.

그와 엇갈리듯 한 남자가 다가왔다. 소매가 피에 젖어 있다. 남자
는 고개를 살짝 숙이고 낮은 목소리로 말했다.

"아버지의 무례를 용서하십시오."

홋사르는 남자를 바라보았다.

"자네, 물린 건가?"

남자는 고개를 끄덕이고 감정 없는 목소리로 킴마의 개들이 오우아 제후가 아니라 그들을 습격했다고 말했다. 그 말을 들은 홋사르는 암담했다.

'그런가…….'

생각해보면 이해가 가는 일이다. 시칸 일족의 입장에서는 동포인 그들을 사냥한 모르파가 아무리 증오해도 부족할 상대였을 게 분명했다. 게다가 킴마의 개를 이곳에서 빼내려면 활로 공격하는 사냥꾼의 의표를 찌를 필요도 있었던 것이다. 하지만 지금 설명을 들을 때까지 그런 생각은 전혀 하지 못했다. 할아버지도 눈치채지 못했던 게 아닐까.

'생각해보면 어수룩했어.'

홋사르는 입술을 깨물었다.

'할아버님께 모르파는 어떤 의미로 사람이 아니었지.'

사냥개와 같은 도구였다. 획책하고 명령한 자신이 원한을 산다는 생각은 해도, 명령을 받아 움직였을 뿐인 그들이 원한을 살 가능성은 머릿속에서 아예 빠져 있었을지도 모른다.

'나 역시…….'

할아버지들과 다를 바 없다. 홋사르는 그렇게 생각했다. 마음속 어딘가에서 모르파를 편리한 도구처럼 여겼다. 사람으로 보지 않았던 것이다.

홋사르는 자욱하게 피어오르는 연기와 그 옆에 우뚝 서서 죽음을 바라보는 남자들을 바라보았다.

'이리도 무의미하고, 무익하고, 비참한……'

홋사르는 짧은 숨을 삼키고 고개를 한 차례 저으며 남자의 손을 잡았다.

"상처를 보여다오."

마코우칸의 도움을 받아 홋사르는 모르파들에게 약을 처방하고 개에게 물린 지저분한 상처를 씻고 꿰맸다. 손을 놀리며 홋사르는 계속 말했다. 그러지 않고는 견딜 수 없었다.

"이 약은 잘 듣지. 자네들은 아카파 민족이야. 원래 내성도 있을 테니 걱정 말게."

의술사가 입에 담아서는 안 될 안이한 위로를 굳이 계속 건넸다. 그 위로가 조금이나마 마음에 닿았는지, 응급처치를 마칠 무렵에는 무겁고 탁했던 남자들의 눈에 희미하게 생기가 돌아오고 있었다.

방금 전 마르지의 무례한 태도를 사과한 남자가 낮은 목소리로 말했다.

"……고맙습니다."

홋사르는 고개를 저었다.

"인사해야 할 건 오히려 날세. 너무 늦었지만, 어찌할 도리도 없이 늦었지만 말이야."

남자를 보다가 불 옆에 있는 남자들 쪽으로 시선을 돌리며 훗사르가 말했다.

"자네들이 개를 막아준 덕분에 많은 사람들이 목숨을 구했어. 고맙네."

그때 뒤에서 목소리가 들려왔다.

"……저희는 개를 막지 못했습니다."

깜짝 놀라 뒤를 돌아보니, 어두운 숲속 나무들 사이에서 희끄무레한 여자가 나타나 다가왔다.

"사에."

지독한 몰골이었다. 옷은 너덜너덜하게 찢겨나간 데다 진흙투성이였다. 팔에는 길게 상처가 나 있고, 말라붙은 피가 딱지처럼 앉아 있었다.

훗사르는 손을 뻗어 그녀의 팔을 조심스레 잡았다. 상처를 꼼꼼히 살피고 표정을 살짝 누그러뜨렸다.

"물린 상처는 아니군. 긁혔나?"

사에는 멍한 기색으로 고개를 끄덕였다.

"괜찮을 것 같지만, 자네는 개의 피도 뒤집어썼으니 긁힌 상처로 병소가 들어갔을지도 몰라. 약을 놔도 되겠나?"

사에는 또 조용히 고개를 끄덕였다.

훗사르는 정성스레 상처를 씻고 화농 방지약을 바른 뒤에 신약을 놓았다. 그 치료를 받는 동안 사에는 아무 말도 않고 그저 어두운 눈으로 훗사르의 손을 바라보고 있었다.

"······무슨 일이 있었나?"

홋사르가 낮은 목소리로 묻자 사에의 눈가가 딱딱하게 얼어붙었다.

"저희가 잡은 개는 여섯 마리뿐이었습니다."

사에는 조용한 목소리로 말했다.

"나머지 열네 마리와 검은 늑대는······ 그 사람이 데려갔어요."

홋사르는 시선을 들어 사에를 바라보았다. 그녀의 눈에 눈물이 그렁그렁 맺혔다.

"뒤를 쫓았지만, 그들은 빨라서······ 걸어서 쫓아가도 따라잡을 수 없고, 이 숲 안쪽은 말은 들어가지 못해요. 곧 해가 질 텐데······."

사에가 한 손으로 얼굴을 가리고 흐느꼈다.

"그 사람, 다리가 피에 젖어 있었어요. 상처가 벌어진 거겠지요. 그런 몸으로, 머리도 움직이면 안 된다고 했는데."

홋사르는 망설이며 손을 뻗어 그 어깨를 감쌌지만, 할 말을 찾지 못했다. 사에의 뒤쪽으로 펼쳐진 숲은 이미 푸른 어둠 속으로 가라앉기 시작했다.

그 사내는 개들을 데려간 것인가. 이 깊은 숲속으로, 사람들에게 병이 옮지 않도록 저 멀리.

사에도 눈물을 닦고 고개를 들어 숲을 돌아보았다.

"언젠가······."

사에는 자그맣게 중얼거렸다.

"이렇게 되지 않을까, 예감은 했어요."

눈물이 뺨을 타고 흘러내렸다. 사에가 눈을 꾹 감은 그 순간, 위쪽에서 아이 목소리가 들려왔다.

모두 깜짝 놀라 고개를 들었다.

목소리가 들린 쪽을 올려다보니 아르르판 절벽 위에 작은 횃불이 하나 보였다. 누군가가 횃불을 빙글빙글 흔들고 있다.

"……사, 에, 아주, 마……!"

밝은 목소리가 가벼운 메아리를 타고 내려왔다.

횃불이 다시 빙글빙글 움직이더니 이윽고 스윽 꺼졌다.

"저 목소리."

마코우칸이 중얼거리며 홋사르를 쳐다보았다.

홋사르는 대답하지 않고 그저 불빛이 사라진 절벽 위를 올려다보았다. 개를 태우고 있는 불이 꺼질 무렵, 작은 횃불 두 개가 가도 뒤쪽에서 나타나더니 흔들거리며 다가왔다.

"사에 아주마!"

이번에는 똑똑히 들렸다. 잘못 들을 수가 없는 목소리였다.

"유나……."

사에는 이름을 중얼거렸다가 정신이 번쩍 든 얼굴로 횃불을 향해 달려갔다.

그들에게 다가온 것은 두 마리의 퓨이카였다. 토마가 유나를 안고 츠피에 올라타 있었고, 또 한 마리에는 이주민 청년이 타고 있었다. 유나가 사에를 보자마자 몸을 틀어 토마를 올려다보더니 의기

양양하게 말했다.

"바! 그랬지? 사에 아주마라고."

사에는 어딘가 망연한 표정으로 손을 뻗어 유나의 뺨을 가만히 어루만졌다. 유나는 간지럽다는 듯이 웃더니, 사에의 손가락을 붙잡고 붕붕 흔들었다.

"유나 말이야, 아바 찾으러 왔어. 아주마, 아바 어?"

사에의 눈가가 문득 누그러졌다. 사에는 목멘 소리로 말했다.

"……봤어. 하지만 반 씨는 말이야, 숲속으로 달려가버렸단다."

그러자 유나가 어처구니없다는 듯이 한숨을 쉬었다.

"아이! 아바 때문에 못 살아."

그 당돌한 말투에 홋사르도 무심코 뺨을 누그러뜨렸다.

"용케 여기인 줄 알았구나."

홋사르가 토마에게 묻자 토마가 민망하다는 듯이 얼굴을 일그러뜨렸다.

"유나 실력입니다. 저희는 이 녀석 말만 따라 달려왔을 뿐이에요."

토마는 유나는 반이 어디에 있는지 느낄 수 있는 모양이라고 말하며 곁에 있는 이주민 청년을 보았다.

"중간에 몇 번이나 되돌아가려고 했지?"

청년도 쓴웃음을 지으며 고개를 끄덕였다. 그리고 주위를 힐끗 쳐다보며 목소리를 낮추었다.

"……무슨 일이 있었습니까? 저희는 여기 오지 않는 게 나았습니까?"

사에는 청년을 향해 고개를 저었다.

"와줘서 고마워요, 치다 씨."

사에에게 사정을 들은 토마와 치다는 침울한 얼굴로 숲을 바라보았다.

"큰일이네, 다친 몸으로."

토마가 중얼거리자 유나가 다시 몸을 틀어 그의 얼굴을 올려다보았다.

"아바한테 갈 거지?"

토마는 눈을 깜빡거리며 유나를 내려다보았다.

"당연하지. 너, 어디로 갔는지 알겠어?"

유나는 함박웃음을 지으며 자신만만하게 손가락을 세웠다.

"저쪽!"

토마와 치다가 피식 웃었다.

"사에 씨, 저희는 가겠습니다."

토마가 그렇게 말하고는 훗사르를 돌아보며 쭈뼛쭈뼛 말했다.

"저기, 이런 부탁은 실례일지도 모르지만, 가능하다면 어머니께 제가 한동안 돌아오지 않아도 걱정 마시라고 전해주시겠습니까?"

훗사르는 미간을 찌푸렸다.

"전하는 건 상관없지만, 반은 킴마의 개와 함께 있다."

토마와 치다는 서로의 얼굴을 힐끗 쳐다보았지만 어깨를 으쓱 움츠렸을 뿐, 아무 말도 하지 않았다.

'……이미 알고 있나.'

반에 대한 그들의 깊은 정에 감탄하면서도, 홋사르는 거듭 말하지 않을 수 없었다.

"게다가 이 숲 안쪽은 말도 들어갈 수 없는 원생림이야. 이 아이를 데려갈 셈인가?"

토마가 가만히 웃었다.

"괜찮습니다. 저희는 들판에서 나고 자랐으니까요."

치다도 퓨이카의 목을 어루만졌다.

"게다가 이 녀석에게 숲과 산은 고향이거든요."

그리고 조용한 목소리로 말했다.

"반 씨가 저희에게 이 녀석을 어떻게 타는지 가르쳐주었습니다. 반 씨가 갈 수 있는 곳이라면 저희도 갈 수 있습니다."

사에가 치다에게 가만히 다가가 그를 올려다보았다.

"저도 태우고 가는 건 어려울까요?"

치다는 깜짝 놀란 듯이 눈썹을 실룩였지만 바로 대답했다.

"아니, 괜찮습니다."

"그럼 부탁해요. 태워줘요, 나도 함께 가겠어요."

토마의 얼굴이 대번에 환해졌다.

"굉장해! 사에 씨가 함께 간다면 든든하지요."

그렇게 말하고는 씩 웃으며 덧붙였다.

"그래야 반 씨도 기뻐할 테고."

사에는 난처한 기색으로 쓴웃음을 지었지만, 바로 치다가 내민 손을 붙잡고 퓨이카에 올라탔다.

"사에……."

모닥불을 등지고 서 있던 마르지가 딸을 날카롭게 불러 세웠다.

"괜한 짓 마라! 우리는 이제 킴마의 개 문제에서 일절 손을 뗄 것
이다!"

사에는 마르지를 똑바로 쳐다보며 맑은 목소리로 말했다.

"저는 오크바 주목의 활을 버리겠습니다. 두 번 다시 고향으로 돌
아가지 않겠어요."

아연실색한 마르지에게서 시선을 떼고 사에는 홋사르에게 미소
를 지으며 고개를 숙였다. 그 얼굴에는 여러 가지 굴레를 끊어낸 밝
은 미소가 어려 있었다.

"응? 아바한테 갈 거지?"

유나가 안달 난 목소리로 말하자 사에는 웃으며 손을 뻗어 유나
의 뺨을 콕콕 찔렀다.

"자, 유나야, 데려가주렴."

유나는 으스대며 고개를 끄덕였다.

"그럼 출바알! 저쪽으로!"

그 작은 손가락이 가리키는 쪽으로, 토마 일행은 웃으며 퓨이카
의 기수를 돌렸다.

저물어가는 태양의 마지막 빛이 그들의 등을 불그스름하게 비추
고 있다.

오키의 백성과 이주민 청년, 유스라 오마의 딸과 모르파의 여인은 가족처럼 어우러져 깊은 숲속으로 사라졌다.

초록의 빛

뒤쪽에서 문 열리는 소리가 났다.

뒤를 돌아보니 미라르가 쟁반을 들고 방정맞게 발끝으로 문을 밀며 들어오는 참이었다.

그윽한 차의 향기가 물씬 풍겨왔다.

아르르판 절벽 밑에서 의원으로 돌아온 지 벌써 이틀이 지났지만 아직 피로가 가시지 않았다. 움직일 기력조차 없어 홋사르는 멍하니 약의 생성에 대해 생각하며 시간을 보내고 있었다.

토마가 부탁한 전언은 약속대로 그의 어머니에게 전했다. 깜짝 놀라 크게 걱정할 줄 알았지만 키야는 의외로 차분하게 전언을 들었다.

"어머나, 일부러 알려주시다니 정말 고맙습니다. 그러면 조금 더 여기서 아들을 기다려봐야겠군요. 오래 걸릴 것 같으면 미노만 먼저 오키로 돌려보내서 남편과 가족들에게 알리면 되니까요."

키야는 그렇게 말하며 살포시 미소를 지었다.

"아시다시피, 유나라면 분명히 반 씨를 찾아낼 테지요. 사에 씨도 함께 가주셨다니, 정말 다행입니다."

키야의 차분한 목소리를 들으며 홋사르도 마음이 진정되었다.

사에의 이야기를 들은 뒤로 줄곧 마음속에 어른거렸던, 짐승이 되어 원생림 속으로 사라지는 고독한 남자의 모습은 흐려지고 가족들에게 둘러싸여 미소 짓고 있는 평온한 반의 얼굴이 떠올랐다.

'그래. ……그 남자는 이제 외뿔이 아니야.'

그들은 분명 그 남자를 찾아낸다. 그럴 것이다.

미라르는 작은 탁자에 차 쟁반을 내려놓고 홋사르의 옆에 서서 수조를 들여다보았다.

"눈 깜짝할 새에 잎이 되었네."

커다란 수조 속에 초록색 해초가 일렁거리고 있다. 한낮의 빛을 머금은 물속에서 일렁일렁 흔들리는 그 해초의 줄기에 큼직한 잎사귀가 붙어 있었다.

알에서 갓 부화했을 때는 열심히 헤엄치며 돌아다니다, 이윽고 해초에 들러붙어 그 입을 움직여 해초의 엽록체를 빨아들이던 해우가 지금은 유생 때와는 전혀 다른 형태로 모습을 바꾸었다.

편평한 그 몸의 끝에는 과거에 머리였던 부위의 흔적이 있지만 지금은 입도 사라져 움직이지도 않고, 그 몸에는 잎맥까지 생겨 영락없이 잎으로 보인다. 돌아다니는 기쁨도, 먹는 기쁨도 잃고, 그저 조용히 존재하기만 하는 생명으로 바뀌었다.

이윽고 이 초록색 잎은 알을 낳고 제 몸속에 있는 병소에 져서 죽는다. 병소는 죽은 잎의 몸에서 빠져나와 해초로 들어가고, 알에서 태어난 해우가 해초를 빨아 먹을 때 다시 그 몸속으로 들어가는 것이다.

빛나는 잎사귀, 피카파르에게 병소는 끔찍한 병의 근원이지만 병소에게 잎은 자신의 생명을 지탱해주는 세계인 것이다.

어느 쪽이 주역인지 판가름할 수 없는 기묘하고 복잡한 생명 활동이 눈에 보이지 않는 곳에서 조용히 펼쳐지고 순환한다.

"어렸을 때 말이야……."

홋사르가 문득 쓴웃음을 지었다.

"이 녀석이 죽은 걸 발견하고 겁을 먹은 적이 있어. 뭔가 잘못한 줄 알았지."

그때 어깨를 감싸주던 할아버지의 묵직한 손길도, 그 목소리도 또렷이 기억한다.

그때는 어머니를 여읜 지 얼마 되지 않았을 때였다.

알을 남기고 죽은 피카파르를 보며 어머니를 그리던 소년에게 들려주기에 할아버지의 말은 꽤나 냉소적이었고, 목소리 또한 평탄하고 냉철했다.

"살아 있는 것들은 모두 병마의 씨앗을 몸속에 숨기고 살아간단다. 그것에 지지 않으면 계속 살지만, 그렇지 못하면 죽는다. 모두, 그렇단다."

'할아버님은 그때.'

할아버지 나름의 방식으로 위로해주었던 건지도 모른다.

달콤한 위안이 아니라, 냉철하지만 단 하나의 예외도 없는 이 세상의 무상無常을 보여주며.

할아버지는 그런 사람이다. 온화하고 우아한 외견 속, 근본에 있는 본질은 지독히 차갑다.

'……하지만.'

할아버지의 그 말이 아마도 그의 출발점이었다.

'살아 있는 것들은 모두 병마의 씨앗을 몸속에 숨기고 살아간다.'

생명 속에는 반드시 죽음이 숨어 있다.

'그래도 그렇게 살아가는 수밖에 없어. 가녀린 생명의 끈이 끊어지지 않도록 열심히 이어붙이면서.'

태어나서 사라지는 순간까지의 시간을 슬픔과 기쁨으로 채워가면서. 때로 타인에게 손을 뻗고, 때로는 자신도 타인의 따스한 손길에 구원을 받으며 생명의 끈을 자아내는 것이다.

끔찍한 병을 품고 깊은 숲속으로 사라진 남자가 다시 마음속에 떠올랐다. 그 남자의 뒤를 쫓아 떠난 사람들의 뒷모습도.

그들도, 자신도 언젠가는 꿈결 속에 녹아든다.

미지근한 물 속으로 쏟아지는 한낮의 햇빛 속에서 초록색 잎사귀
가 아스라이 빛나고 있었다.

-끝-

인간 육체의 안과 밖

인간의 육체만큼 이해하기 어려운 것은 없습니다.

최근 몇 년 사이, 노부모를 비롯해 갱년기에 달한 제 육신의 이상 신호에 휘둘리고 있습니다. 오십이라는 고개를 넘으면 젊었을 때와 달리 '내리막을 내려가는 속도를 줄일' 수는 있어도 '오르막을 쭉쭉 올라가는' 일은 없습니다. 이처럼 인간 육체의 혹독한 진실을 느낄 때마다 지금 제 몸속에서 어떤 일이 벌어지고 있는지 궁금해지기 시작했습니다.

제 눈으로 보고, 귀로 들을 수 있는 것은 전부 자기 밖의 세상에서 일어나는 현상으로, 내 몸인데도 그 안쪽의 사정을 알아내려면 최신 기기에 의존하는 수밖에 없습니다. 이상하다면 이보다 더 이상한 일이 없습니다.

그런 생각으로 끙끙 앓고 있을 무렵, 한 권의 책을 만났습니다. 《파괴하는 창조자》라는 생물진화론에 관한 책이었습니다. 인간의 육체를 침략하는 적인 바이러스가 때로 신체를 변화시키는 역할을 담당하는 공생체로 작용할 때가 있을지도 모른다는 발상에서 출발해, 다양한 사상을 검증해가는 내용입니다. 이 책을 읽고 하룻밤 잠들었다가 눈을 떴을 때, 늑대 같은 짐승에게 팔을 물려 몸속에 들어와버린 바이러스로 인해 서서히 변화해가는 남자의 이미지가 문득 선명하게 떠올랐습니다.

달려가는 남자의 뒷모습을 열심히 쫓아가는 깜찍하고 어린 딸의 모습이 보였을 때, '아, 쓸 수 있겠다'라는 생각이 들었습니다. '사람'에서 멀어지는 남자와 그를 쫓아가는 어린 딸. 그런 이야기라면 쓸 수 있겠구나, 하고요.

저는 아무래도 마음에 울리는 게 세 개쯤 떠올라야 이야기를 쓸 수 있는 모양입니다. 《사슴의 왕》 같은 경우 '사람은 제 몸 안쪽에서 무슨 일이 벌어지는지 알 수 없다'는 점과 '인간(혹은 생물)의 육체는 세균이나 바이러스가 하루하루 공생하거나 갈등하는 장소이기도 하다'는 점, 그리고 '그건 사회와도 비슷하다'는 점 등 이 세 가지가 겹쳤을 때 이야기가 쑥 태어났습니다.

저희는 장 속에 있는 장내세균에게 소화흡수나 비타민 합성, 면역 활성화 등 여러 도움을 받으며 살아가고 있습니다. 물론 반대로 장에 탈을 일으키는 쪽으로 돌아서는 녀석도 있고요. 지금도 이 몸속에서 돕거나 싸우거나, 복작거리는 작은 생명들이 있다고 생각하면 제 몸이 하나의 세계인 양 기묘한 감각에 사로잡힙니다.

흔히 인간의 육체는 '미크로코스모스Mikrokosmos'라고 하지요. 인간이 육체 안에서나 밖에서나 공생과 갈등을 되풀이하며 살아간다는 것을 깨달았을 때, 《사슴의 왕》이라는 이야기가 맹렬한 기세로 머릿속에서 형태를 갖추어갔습니다.

글을 쓰기 시작하고서야 절실히 깨달았지만, 이 발상을 풀어 다른 세계를 무대로 쓴다는 건 고된 작업이었습니다. 제가 의학적인 지식이 없는 아마추어라는 이유만이 아니라, 다른 세계에서 의학이 갖는 의의부터 고민해야 했기 때문입니다.

완성하기까지는 삼 년이나 걸렸습니다. 도중에 그만둘까 생각한 적도 있었습니다. 조금 슬럼프에 빠져 있을 때, 우연히 또 한 권 소중한 책을 만났습니다.

야나기사와 게이코 씨의 《우리는 왜 죽는가-죽음의 생명과학》이라는 책을 읽고 저는 비로소 조건만 맞아떨어지면 불사의 생물이 존재할 수 있다는 사실, 그리고 성의 분화가 죽음을 낳았다는 사실을 알게 되었습니다. 산란 후에 죽는 연어의 경우 산란 후에 현저히 면역력이 떨어져서 병에 걸릴 가능성이 있다는 것을 알았을 때, 《파괴하는 창조자》에 나오는 해우(갯민숭달팽이) '엘리지아 클로로티카Elysia chlorotica'의 인상적인 에피소드를 떠올렸습니다. 그때 이야기가 다시 움직였습니다.

늘 그렇지만, 이 《사슴의 왕》은 특히나 많은 책과 많은 사람들의 도움으로 겨우 세상에 내놓을 수 있었던 이야기입니다.

이번에는 특히 의학에 관한 부분에서 근본적인 착오를 범해서는 안 된다는 강한 위기의식이 있어서 사촌 오빠이자 의사인 마쓰키 다카미치에게 많은 신세를 졌습니다. 과거에 여러 나라를 돌아다니며 감염증 지식도 풍부히 갖춘 사촌 오빠의 조언이 없었다면 이 이야기는 결코 완성할 수 없었을 겁니다. 사촌 오빠에게는 이번에 철저한 의학 감수를 부탁했는데, 다망한 와중에 정말 꼼꼼하고 자상하게 이끌어주었습니다.

또한 균류와 조류의 공생체인 지의류에 대해서도 전문가인 국립과학박물관 오무라 요시히토 선생님께서 많은 시간을 할애해서 훌륭한 이야기를 들려주셨습니다. 선생님께서 채집한 아름다운 지의류를 보며 들었던 의외성 넘치는 많은 이야기가 《사슴의 왕》의 세계를 윤택하게 지탱해주었습니다.

그리고 순록 유목민에 대해서는 과거에 함께 공동 연구를 했던 소중한 친구인 국립민속학박물관의 사사키 시로 교수에게 귀중한 조언을 많이 받았습니다. 사사키 선생이 순록을 타고 있는 사진이 든 연하장을 책상에 올려놓고 《사슴의 왕》을 열심히 썼습니다.

묘사나 여러 해석에 오류가 있다면 전부 저의 책임이지만, 이 분들의 정성 어린 감수 덕분에 이야기를 지탱하는 중요한 근간을 키울 수 있었습니다. 이 자리를 빌려 진심으로 감사드립니다.

처음 의뢰해주신 뒤로 십 년 넘게 걸린 이 책을 끈기 있게 계속 기다려주신 가도카와 서점 편집자 여러분, 깜짝 놀랄 정도로 명쾌하면서도 깊이 있는 그림으로 표지를 장식해주신 가게야마 도오

루 님, 프로모션 영상에서 멋진 일러스트를 그려주신 가지와라 니키 님, 이 장편을 읽고 감상을 보내주신 여러분, 못 쓰겠다, 못 쓰겠다고 괴로워하는 저를 괜찮다고 격려해주셨던 동료 작가 오기와라 노리코 씨, 사토 다카코 씨, 그리고 늘 대화에 어울려주고 아이디어 정리를 도와주고 안팎으로 지지해준 제 반려와, 가족에게 진심으로 감사를 전합니다. 정말로 고맙습니다.

우에하시 나호코

타인을 위해 희생할 수 있게
만드는 가치는 무엇일까?

《사슴의 왕》의 작가 우에하시 나호코는 과거 우리나라에도 소개
되었던 애니메이션 〈정령의 수호자〉의 원작 《정령의 수호자》 시리
즈나 소설 《야수(원제 : 짐승의 연주자)》 등을 통하여 장대한 판타지로
일본은 물론, 전 세계 독자들에게 많은 관심과 사랑을 받고 있는 작
가입니다. 2014년에는 '아동문학의 노벨상'이라고도 불리는 국제
안데르센 상 작가상을 수상하기도 했습니다.

일본 현지에서 《사슴의 왕》이 처음 발표되었을 때, 저는 제목이
나 그동안의 작풍으로 보아 단순한 판타지일 거라 생각했습니다.
그런데 책을 읽기 전에 일본 서점 직원들의 투표로 뽑는 '서점대상'
수상 소식에 이어 '일본의료소설대상' 수상 소식을 듣고는 의아한

생각이 들었습니다. 판타지 소설인데 의료 분야의 상을 받다니, 대체 어떤 이야기인지 궁금하지 않을 수 없었습니다. 그리고 작품의 마지막 페이지를 덮은 지금, 자칫 지루하고 고리타분할 수 있는 의료 분야의 지식을 완전히 새로운 세계에 녹여낸 우에하시 나호코의 멋진 시도와 그 성과에 경탄하지 않을 수 없습니다.

1962년생인 우에하시 나호코는 본인과 부모님의 건강 문제로 육체적 한계를 인식하게 되면서, 전부터 가지고 있던 '결코 피할 수 없는 죽음'이라는 생각, 즉 태어나는 순간부터 끝이 설계되어 있는 생명에 대해 진지하게 생각하게 되었다고 합니다.

암이나 갱년기 질환도 의학의 발전에 따라 나날이 치료법이 발전하고는 있지만, 그런 질환도 끝내 치료되지 않는 순간이 있습니다. '그렇다면 역시 생명은 처음부터 그런 식으로 필멸이라는 결말을 갖도록 '프로그램' 되어 있지 않을까.' 그런데도 사람들은 누구나 공평하게 맞이하는 죽음 앞에서도 그것을 받아들이지 못합니다.

작가는 병으로 아내와 아들을 잃고 고뇌하는 반의 독백을 통해 끊임없이 묻습니다. 어째서 병에 걸리고도 살아남는 사람과 그러지 못하는 사람이 있는 것인가? 거기에 신의 뜻은 작용하는 것인가?

그 질문에 대한 답은 영원히 찾을 수 없을 것 같습니다. 그러나 작가는 거기에서 멈추지 않고, 빛나는 잎사귀 '피카파르'와 그 알의 생태를 통해 생명의 순환에 따르는 필연적인 죽음을 독자들에게 보여줍니다.

2015년 대한민국을 가장 큰 혼란에 빠뜨렸던 사건은 누가 뭐라 해도 '메르스'일 것입니다. 현실에서 치료법을 찾을 수 없는 괴질이 빠르게 퍼지고 있을 무렵, 저는 이 작품에서 마침 홋사르와 미라르가 흑랑열로 인한 오타와르의 멸망을 설명하는 부분을 번역하고 있었습니다. 우에하시 나호코는 여러 질병, 특히 전염성이 높은 질병들이 갖는 가장 기본적인 증세를 표현한 것이겠지만, 메르스 환자들의 상태와 너무나 흡사한 묘사에 현실과 픽션이 보여주는 기막힌 우연의 일치에 놀라지 않을 수 없었습니다.

　　작품 속에서 홋사르와 미라르는 제 몸도 아끼지 않고 괴질을 앓는 환자들 곁에서 그들을 돌보고, 치료법을 찾아서 불철주야 연구에 애를 씁니다. 그와 마찬가지로 현실에서도 일선의 수많은 의료진들이 감염의 위험을 무릅쓰고 환자들을 살리기 위해 헌신했습니다. 뉴스를 통해 그들의 모습을 보면서, 저들도 똑같은 사람인데, 치료법조차 찾을 수 없는 병이 두렵지 않을 리 없을 텐데, 저렇게 타인을 위해 희생할 수 있게 만드는 가치가 무엇인지 생각해보지 않을 수 없었습니다.

　　《사슴의 왕》에서는 그런 가치를 조금 더 이해하기 쉽게 보여줍니다. 한 번은 잃었지만 다시 찾은 '가족'의 온기를 지키고자 하는 반, 미라르를 지키고 싶은 홋사르…….

　　감염의 위험을 무릅쓰고 한 사람이라도 더 많이 살리기 위해 불철주야 애쓰는 천재 의술사 홋사르의 노력, 병 때문에 얻은 특수한 능력으로 많은 사람들을 전염병의 위기에서 구해냄으로써 궁극적으로는 딸 유나에게 행복한 미래를 안겨주고자 하는 반의 희생.

대조적인 두 주인공이 보여주는 놀랍도록 흡사한 이타주의야말로 이 작품을 무엇보다 빛내주는 소중한 가치일 것입니다.

또한 이 작품은 국가의 흥망에 따른 다민족 문제를 여러 각도에서 조망하고 있습니다. 침략당한 소수민족, 국가의 강제 이주 정책에 이용당하는 빈곤층 등, 다른 민족이 섞이면서 처음에는 반목하던 사람들도 대를 거듭하고 시간이 흐르며 민족이라는 혈통의 구분을 떠나 하나의 개체인 사람으로서 서로를 돕고 보듬어가며 삶을 영위해갑니다.

반이 유나를 데리고 토마의 마을에 들어가 차츰 적응해가는 부분은 읽고 있노라면 가슴이 뭉클해집니다. 한때 병으로, 전쟁으로 가족과 민족을 잃고 죽음만을 바라보던 고독한 한 남자의 마음에 다시 감돌기 시작하는 따스한 온기가 글자 사이사이를 따라 이쪽까지 생생하게 전달됩니다.

결국 우에하시 나호코가 이 작품을 통해 궁극적으로 표현하고자 했던 것은 삶이나 죽음이라는 단순한 것이 아닌, 태어난 순간부터 죽는 순간까지의 한정된 시간 속에서 우리 모두가 어떻게 타인과 어우러져 보다 가치 있는 삶을 살아갈 수 있는가에 대한 고찰이 아닐까 싶습니다. 흔한 말이지만, 사람들은 그렇게 타인을 살림으로써 그들의 기억과 대물림되는 생명 속에서 영원한 삶을 얻는 것일지도 모릅니다.

옮긴이_ **김선영**

1979년에 태어나 한국외국어대학교 일본어과를 졸업했다. KBS 등 여러 매체에서 전문 번역가로 활동했으며, 다양한 장르의 일본 문학에 관심을 가지고 번역을 계속하고 있다. 옮긴 책으로는《고백》《야행관람차》《완전연애》《경관의 피》《월광게임》《츠나구》《물밑 페스티벌》《열쇠 없는 꿈을 꾸다》《태양이 앉는 자리》《야경》등이 있다.

사슴의 왕 • 하
돌아왔다 떠난 자

1판 1쇄   2015년 12월 29일
2판 1쇄   2021년 11월 15일

지은이   우에하시 나호코
옮긴이   김선영

펴낸이   임지현
펴낸곳   (주)문학사상
주소   경기도 파주시 회동길 363-8, 201호(10881)
등록   1973년 3월 21일 제1-137호

전화   031)946-8503
팩스   031)955-9912
홈페이지   www.munsa.co.kr
이메일   munsa@munsa.co.kr

ISBN 978-89-7012-527-5 (04830)
     978-89-7012-525-1 (04830) 세트